Barbara Voors

INSOMNIA
Savannas Geheimnis

Barbara Voors

INSOMNIA

Savannas Geheimnis

Roman

Aus dem Schwedischen von Gisela Kosubek

Gustav Kiepenheuer Verlag

Originalausgabe:
Sömnlös, Wahlström & Widstrand, Stockholm 2000

Die Übersetzung wurde gefördert von
Svenska Institutet, Stockholm

ISBN 3-378-00641-2

1. Auflage 2001

Published by agreement with Bengt Nordin Agency, Värmdö, Sweden,
and Agentur Literatur, Germany
Einbandgestaltung Henkel/Lemme
Druck und Binden GGP Media, Pößneck
Printed in Germany

www.gustav-kiepenheuer-verlag.de

Erster Teil

1. Kapitel

Ich habe aufgehört zu schlafen. Es gibt sicher tausenderlei Arten einzuschlafen, doch ich beherrsche keine einzige.

Früher einmal schlief ich abgrundtief und ohne jede Besinnung. Als ich elf war, sind meine Nächte ein Dunkel geworden, aus dem mich nur ein sehr entschlossener Mensch hat hochreißen können. Bis vor genau vierundsechzig Tagen. Ich schlafe nicht. Aber denke um so mehr. *Denken* ist vielleicht zuviel gesagt, ich weiß nicht, wie man diese Nächte bezeichnen soll, angefüllt mit ziellosem Umherwandern in einer Riesenwohnung, allzu nahe bei einem Bruder, den ich liebe und zuweilen aus meinem Leben fort wünsche. Heute ist die Wohnung entschieden zu groß, denkt man an das Kind, das sie einst mit seinen Tretautos, mit Geschrei und unerschütterlicher Freude erfüllt hat. Bei meinen nächtlichen Wanderungen bleibe ich manchmal vor Martins Zimmer stehen – das ist der letzte Fixpunkt, wenn Brotbacken, Kühlschrankabtauen und Zehennägelschneiden erledigt sind –, und jedesmal löse ich ganz vorsichtig ein Stück des Klebestreifens, den mein Bruder über der Türklinke angebracht hat: VERPLOMBT.

»Verplombt« meint »Nicht berühren, nicht reingehen, bitte schlaf jetzt, Savanna«, so sagt mein Bruder Sam. »Schlaf einfach.«

Aber mein Bruder weiß nichts von Schlaflosigkeit, nichts von den Gedanken, die einen Menschen zwischen drei und fünf Uhr morgens beschäftigen können, in den gefährlichen Stunden, in denen der Sonnenaufgang unmöglich erscheint und das Einschlafen ebenso. Wie auch ich es zuvor nicht gewußt habe. Ist man zu diesem Zeitpunkt noch immer wach, kann man sich ebensogut ankleiden, Kaffee trinken und danach, wie zur Täuschung, alles wieder ausziehen und vorsichtig flüstern, obwohl niemand da ist: »Gute Nacht.«

Manchmal schlafe ich ein. Manchmal schlafe ich überhaupt nicht ein. Manchmal liege ich in einer Art Dämmerzustand und sinne unergründlichen Dingen nach – niemals sind sie interessant. Wenn ich alle Milchpackungen im Laden auf den Kopf stellen würde, wieviel Zeit brauchte es? (Eine Stunde in der Wirklichkeit und vier Stunden verpaßten Schlaf.) Wenn ich versuchen würde, mich an alle gelesenen Romane zu erinnern, deren Titel mit dem Buchstaben P beginnen? Wenn ich völlig still liege, einfach unbeweglich? Wenn ich nur ... Schlaflosigkeit, ja. Nicht viel weiß ich über die Ursachen, um so mehr über ihre Symptome und Konsequenzen.

Es ist ja wohl klar, daß ich weiß, warum ich nicht schlafe. Ich habe davon gesprochen, wie sich die Sache äußert, ohne auf die Ursachen einzugehen. Aber natürlich weiß ich Bescheid! Doch nehmen mich die Symptome vorläufig so sehr gefangen, daß ich nicht recht Zeit habe, mich mit den Ursachen zu beschäftigen. Man muß wohl sagen, daß ich im Reich der Details und des Auflistens steckengeblieben bin: heute nacht zwei Stunden Schlaf. Der Rest verging damit, den Kühlschrank aufzuräumen, mir wegen der bevorstehenden zwanzig Sommerurlaube Sorgen zu machen, und endete mit einer leichteren Konversation auf portugiesisch zwischen mir und meinem Rekorder. Danach eine Stille so abgrundtief, daß Atem und Herzschlag störend erschienen, mörderisch laut in dem kleinen Teil des Universums, das ich darstelle. Natürlich weiß ich, warum ich nicht schlafe. Laßt mich das Ganze nur erst auflisten. Ordner und Verzeichnisse, das bin ich.

Zuerst ein paar sporadische Überschriften: URSACHE DER SCHLAFLOSIGKEIT: UNENTDECKT. PLAN: SICHER, ABER WEISS NOCH NICHT. ZEIT: FRÜHSOMMER 1997. Danach der Text: Savanna Brandt, fünfunddreißig Jahre alt. Hatte einmal ein Kind. Ein Satz, auf den ich nicht näher eingehen will. Arbeite halbtags in der Ministerialbibliothek, ebenfalls halbtags als

Doktorand in einem Stockholmer Institut – manche dort halten mich für »grandios« (ein anspornender, doch immer sorgenvoller Professor), andere für chaotisch und pathetisch (nicht gleichgesinnte Doktoranden). Bewohne eine unverhältnismäßig große Wohnung mit meinem älteren Bruder Sam, diese ist in zwei Hälften geteilt durch eine Doppeltür, die mal von mir, mal von ihm geöffnet wird – immer abhängig von den Lebensumständen. Wir wohnen ganz oben in dem gelben Haus, das auf den Friedhof hinausgeht, in Södermalm, dem inzwischen gefragten Teil von Stockholm. Machen wir das Fenster auf, können wir uns über die Gräber zuwinken, falls das unsere Art wäre. Von unseren Eltern haben mein Bruder und ich eine riesige Wohnung und eine historische Schuld geerbt. Ich weiß nicht, was schwieriger zu verwalten ist.

Warum schlafe ich nicht? Man kann die Sache auch umdrehen: Warum schlafen so viele andere? Nacht für Nacht, eigentlich furchtbar eintönig. Mehr Menschen sollten erfahren, was man aus einer Nacht wirklich machen kann. Ob es konstruktiv ist, läßt sich noch nicht sagen, ich selbst bin erst bei der vierundsechzigsten Nacht. Schlaflosigkeit – *Insomnia*. Ich habe so viel zu erzählen, genau das scheint mein Problem zu sein. Dieser vollgestopfte Kopf, die Gedanken, die sich durch das Gehirn bewegen und meine Ruhe in kleine spitze Stücke zertrennen. Der Körper wird ein Kraftfeld, in dem sich Ruhe zuallerletzt einfinden kann. Viel zu erzählen, am Morgen erinnere ich mich an keinen einzigen Gedanken. Nur die Symptome habe ich nicht vergessen: das Schwitzen, die langsam, aber methodisch zunehmende Panik, die Kurzatmigkeit, das Herz, das sich nach oben verschoben zu haben scheint, weil es dicht am Ohr so schonungslos hart schlägt. Heute nacht: drei Stunden Schlaf.

Im Institut lacht man, wenn man mich sieht.

»Spät geworden, Savanna?« fragen sie und lächeln vielsagend.

Ich reiße mich zusammen, das wird von einem modernen Menschen verlangt.

»Ja klar!«

Sie glauben, ich arbeite hart, feiere vielleicht oder schlafe mit jemandem »ganze Nächte hindurch«.

»Spät geworden«, nicke ich, als steckte Stolz dahinter und auch ein bißchen Lässigkeit: Ha, wen kümmert schon der Schlaf!

Ansonsten sagt im Institut niemand sehr viel. Wir Doktoranden müssen allein zurechtkommen. Aber manchmal findet Professor Ljunggren, daß ich aussehe, als sei ich erkältet, fahl im Gesicht, als hätte ich mich selbst zu Hause vergessen.

»Ich wünschte, ich wäre zu Hause und könnte schlafen«, sage ich wahrheitsgemäß, worauf er lacht.

»Ich weiß, es ist wahnsinnig schwer, morgens aufzustehen.«

Überhaupt nicht, ich war schon auf, möchte ich sagen. Oder: Ich hätte nichts dagegen, wenn es mir schwerfiele, wach zu werden, denn das würde bedeuten, ich hätte wirklich geschlafen. Aber ich fülle nur meine Tasse am Fünfkronenautomaten, den sich das Institut gegönnt hat und der uns mit seiner Plörre langsam vergiftet. Gehe in mein mit Ordnern vollgestopftes Kabuff. Ich bin dicht davor, zu einer Person zu werden, die sich in ihrer eigenen Verzweiflung wälzt. So dicht davor, daß ich mein übernächtigtes Gesicht an den Tweed des Professors presse, und das erschreckt mich und bringt mich zum Schweigen. Noch immer. Selbstmitleid serviert man nicht zum Kaffee, ich jedenfalls nicht, nicht einmal zu einem solchen, den der Automat zustande bringt. Ich spreche nicht von meinen nächtlichen Eskapaden, weil ich mich einerseits ihrer schäme (Mein Gott, man braucht sich doch nur hinzulegen!) und sie mich andrerseits erschrecken (Was will die Schlaflosigkeit von mir?). Wenn ich nicht zulasse, daß die Nächte auch über meine Tage Macht bekommen, habe ich vielleicht endlich Ruhe. Eine vergebliche Hoffnung, aber ich hege und pflege sie.

Von Martins Tod kann ich nicht erzählen. An wen ich mich in diesen Nächten hingegen mit erstaunlicher Klarheit erinnere, das ist die Frau, die ich eigentlich nie kennengelernt habe. Es ist jetzt bald vierundzwanzig Jahre her, seit sie gestorben ist. Ich erinnere mich, wie ich als Elfjährige auf der Treppe der Pension in Roslagen saß, wo meine Eltern und ich übernachtet haben, auf dem Weg zu einem Segellager, von dem wir meinen Bruder Sam abholen wollten. Schon früh am Morgen war es drückend heiß, und ich saß barfuß dort draußen und warf kleine Steine auf den Weg. Man trug die Frau auf einer Bahre heraus. Diese war mit einem Laken überdeckt, um die Tote vor den neugierigen Blicken der Lebenden zu schützen. Nur ihre Konturen waren durch das Baumwollgewebe sichtbar: Knie, Brust, Nase und Stirn. Ein paar Haarsträhnen hingen heraus, sie waren rotbraun; und das war alles, was ich von der Frau zu sehen bekam. Eigentlich gab es nicht viele Neugierige: die Pensionsinhaber, eine Familie mit Kindern, meine Eltern und mich. Und dann natürlich einige Polizisten, sie liefen schwitzend in der Hitze umher, mit müden Blicken, die nicht mehr neugierig waren auf Blut wie die von uns anderen. Ich weiß noch, wie einer von ihnen, ein dicker, sommersprossiger, mürrischer Mann, über die Frau auf der Bahre sagte: »Diese ewigen Familienstreitigkeiten …«

Ich warf einen Stein und fiel zusammen mit ihm hinunter. Mutter trug mich in die Kühle hinein – »Was macht sie hier draußen, sie muß das doch nicht sehen!« –, legte ihre Hand auf meine Stirn und strich mir das Haar aus dem Gesicht, so wie es nur Mütter tun, so wie ich wünschte, daß sie es auch jetzt in den Nächten für mich tun könnte.

»Savanna«, sagte sie sanft. »Liebling, du bist nur bewußtlos geworden. Es ist nichts Schlimmes.«

»Die Hitze!« rief jemand und kam mit eiskaltem Saft über die knarrenden Dielen geeilt.

Ich erinnere mich an die Kopfschmerzen, die einsetzten, als das Glas halb geleert war.

»Der Schock«, sagte ein anderer, und dann murmelnde Zustimmung – schlechtes Gewissen gepaart mit Erleichterung, weil ich aufgewacht war.

Birnensaft gegen den Schock? In der Verwirrung bekam ich zwei Gläser voll.

Ein Mann betrat den Raum, füllte ihn aus und übernahm ihn, ohne daß jemand wußte, wie es zugegangen war. Doch schon damals begriff ich, was es war: der Blick des Mannes, seine Ausstrahlung. Er war jemand, dem man alles erzählen, dem man vertrauen wollte. Seine weiche Stimme ertönte über mir, meine Mutter stimmte ein, und es klang wie Melodien, die mich erfaßten.

»Der Polizist will dich etwas fragen, nach dem, was heute nacht passiert ist«, sagte Mutter vorsichtig und schüttelte mich ein wenig.

Ich bewegte abwehrend den Kopf, bekam Schüttelfrost, mir klapperten die Zähne, ich bettelte darum, in ihren Armen bleiben zu dürfen, wollte mich nicht hinstellen, nie mehr, ach bitte.

Meine Mutter antwortete für mich: »Du hast also nichts gesehen?«

Ich nickte krampfhaft. Der Mann, der Polizist in einem oben aufgeknöpften Sommerhemd, beugte sich über mich.

»Kannst du uns mit irgend etwas helfen? Bei dem, was heute nacht passiert ist?«

Ich schüttelte den Kopf.

»Bist du sicher? Hast du überhaupt nichts gesehen? Nichts gehört?«

Wieder nein.

»Der Schock«, sagte jemand und holte noch mehr Saft.

»Die Hitze«, sagte ein anderer.

»Ich schlafe wie betäubt«, hörte ich mich selbst flüstern, und der Mann zuckte zusammen, sah mich an, als wollte er sagen: Sieh an, gratuliere.

Dann wiederholte er: »Wie betäubt.«

»Sie melden sich wohl, wenn Ihnen etwas einfallen sollte«, sagte er schließlich, richtete sich auf und ließ mich in den Armen meiner Mutter zurück.

Meine Mutter erhielt eine Visitenkarte: David Fawlkner, Kriminalkommissar.

Ich besitze sie noch immer, manchmal liegt sie unter meinem Kopfkissen, wenn ich endlich einschlafe. Das ist der letzte Trick, das abschließende Ritual, mit dem ich meinen Körper bitte, das Selbstverständliche zu tun: zur Ruhe zu kommen. Schlafe ich auch dann nicht ein, kann ich ebensogut aufstehen und einen neuen Tag beginnen, ohne daß der vorige eigentlich abgeschlossen ist. Medikamente? Davon habe ich genug bekommen wegen Martin.

Dafür habe ich mir eine Gewohnheit zugelegt, oder besser, eine schlechte Angewohnheit. Ich warte auf Jonas, der die Zeitung austrägt. Manchmal setze ich mich ins Treppenhaus, manchmal in die Diele. Ich habe einen kleinen Klapphocker, den ich aufstelle, genau wie im Museum.

»Du bist immer vor mir da«, sagt er, wenn er schließlich erscheint. »Wie machst du das?«

»Eisernes Training.«

»Welche Nacht?«

»Nummer fünfundsechzig«, sage ich. »Fünfundsechzig«, wiederhole ich, wie um zu betonen, daß dieses Zählen bei dem Ganzen ein System erkennen läßt, daß es zu kontrollieren, einzuordnen, zu meistern ist und nichts mit der Panik zu tun hat, die sich vor dem Eintreffen des Zeitungsboten bemerkbar macht.

Aber er weiß es genausogut wie ich.

»Manchmal ist das Leben angenehmer als üblich, oder?« sagt er sanft.

»Sicher«, erwidere ich, falte die Zeitung mit der linken Hand sauber zusammen und lasse sie eine halbe Drehung rotieren, ein Trick, den ich in der siebenundzwanzigsten Nacht von ihm gelernt habe.

Er küßt mich auf die Wange. Es ist die Schutzlosigkeit der Nächte, die uns das erlaubt. Diese zögernde Nähe zu anderen hätte vor nur fünfundsechzig Nächten niemals existiert. Zu der Zeit glaubte ich noch immer, das Leben ließe sich kontrollieren, wenn auch mit einiger Mühe und nur mit festen Gewohnheiten. Die Schlaflosigkeit hat mich transparent werden lassen, als liefe ich im Nachthemd durch die Stadt, barfuß und dünnhäutig, was jeder, der es nur wollte, leicht feststellen konnte.

»Danke«, flüstere ich mit belegter Stimme.

»War doch nichts weiter, Savanna. Was tu ich nicht alles für eine Kundin, die mir nachts einen Blick und manchmal was Frischgebackenes gönnt.«

»Das ist nur, weil die anderen so *tief* schlafen.«

»Was du auch tun solltest.«

»Ich ziehe vor, es zu lassen«, versuche ich.

Er schüttelt den Kopf, wie um zu sagen: So nicht.

»Zeit für den Kaffee«, sage ich und schließe die Tür hinter mir – genug an Intimität, zurück ins Anonyme.

2. Kapitel

Ich hatte einen Sohn, der breitete sich auf dem Boden aus wie ein Seestern und schrie, wenn ein Stiefel auf den falschen Fuß geriet. In den Nächten tue ich es ihm manchmal nach, um zu sehen, ob auch ich dazu fähig bin. Aber nie wird es wie bei ihm. Kein Gebrüll, keine grenzenlose Wut, bei der sich der Körper zum Bogen spannt, die Beine gegen Wände und Boden treten, und dann plötzlich – Frieden und ein Seufzen, das anzeigt: Jetzt ist es vorbei, *o Mama*. Wie herrlich das war. Er wurde sechs Jahre alt. Weiter als bis hierher werde ich nicht gehen. Auch ich möchte schreien, treten und weinen, wie er es getan hat. Warum weine ich nur stoßweise, voller Panik, tief in die aufgeschüttelten, kühlen Kissen? Wann ist mein Leben so geworden?

Von meinem Leben werde ich erzählen in diesen Nächten der fehlenden Ruhe und mit einem Überfluß an Zeit. Ich denke, ich werde die Mappe betiteln: »Sporadische Notizen, weit entfernt von jeder Dissertation«. Ich mache mir Sorgen wegen der Ordnung, es gibt hier keine. Statt mich meiner Dissertation zu widmen, die das Leben der Londoner Schriftstellerin und Journalistin Elizabeth Brown Anfang der siebziger Jahre untersuchen soll, ist es diese Angelegenheit, mit der ich mich beschäftige. Die Schlaflosigkeit ist die äußere Seite, sie wird anhalten. Doch jetzt versuche ich diese Nächte zu nutzen – anders ertrage ich sie nicht. Die schlimmste Konsequenz der Schlaflosigkeit? Die Unfähigkeit, sich auf das Wesentliche zu konzentrieren.

Vielleicht sollte ich mit den Liebesbriefen beginnen. Ich weiß eigentlich nicht, ob ich es wage, sie Liebesbriefe zu nennen. Was mich am meisten verwundert, ist ihre bloße Existenz, daß jemand eine Frau wie mich tatsächlich gesehen hat. Ich bin jemand, der existiert, um nicht gesehen zu werden, die Frau auf dem dreizehnten Stuhl an der Tafel, dort an der hinteren Ecke, wo es immer still ist. Pferch die Unsichtbaren zusammen, und sie stören nicht. Ich bin eine Frau, die von den meisten nur mit wohlwollend verborgener Verachtung betrachtet wird: »Ach sie, nein, das ist die Sache nicht wert.« Sie meinen es nicht böse, es ist nur eine Feststellung – ich verstehe sie genau. Auf dem Markt da draußen herrscht eine so harte Konkurrenz um Aufmerksamkeit (kostspielige Operationen, Wirbel in den Massenmedien und die harterkämpfte Bikinilinie), wenn da jemand schon von Anfang an klarstellt, hier gibt es nichts zu holen, gehen die meisten dankbar weiter.

Die erfahrensten Gastgeberinnen haben mir verzweifelte Blicke zugeworfen, auf der Jagd nach einer Möglichkeit zum Gespräch. Doch die kläglichen Angebote, die ich zu machen versuche – ich bin nicht unzugänglich, das ist es nicht –, sind lange vor dem Hauptgericht schon abgehakt. Hinterher, vor dem Toilettenspiegel, verdrehe ich die Augen und sage: »Ich tue mein Bestes.« Aber es ist wohl nicht so. In sehr kleinen Gesellschaften kann ich möglicherweise einen Platz und auch Herzen einnehmen, in größeren bin ich ausgezählt, bevor überhaupt irgend etwas begonnen hat. So will ich es haben. Und für den, der mir trotzdem zu nahe kommt, habe ich tief drinnen einen giftigen Stachel aufbewahrt. Ich kenne meine eigenen diskreten, aber bösartigen Kommentare sehr wohl, die Schwächen anderer ebenso. Zu nahe heran, und ich beiße zu. Es ist nicht immer so gewesen – seit meinem elften Lebensjahr kann ich mich an nichts anderes erinnern.

Die Liebesbriefe, ja. Jemand hat mich unter diesem Schleier der Unsichtbarkeit gesehen. Oh, bittet mich nicht, mich selbst zu beschreiben, viel zu viele Jahre sind vergangen, seit eine Bewertung oder Einschätzung wichtig war. Irgendwann einmal, in einem anderen Leben, wird sich vielleicht jemand die Zeit für eine Beschreibung von mir nehmen. Aber die Liebesbriefe, so genannt in Ermangelung eines anderen Wortes, treffen immer wieder ein. Sie kommen per E-Mail mit merkwürdigen Absendern, solchen Gratisadressen, von denen man mehrere auf einmal haben kann. Der Stil aber ist immer derselbe. Manchmal heißt der Briefschreiber john.johnson@hotmail.com, ein andermal bengt.westersten und schließlich jill.stenberg. Ich weiß nicht, ob ich darin ein Zeichen von Humor sehen soll oder eher das einer Geschlechts- und Identitätskrise. Offensichtlich weiß der Schreiber mehr über mich als ich über ihn, was genau gesagt überhaupt nichts ist. Merkwürdigerweise scheint der Absender etwas über meine allzu langen Nächte zu wissen. Gestern ertönte wieder das leise Piepen vom Computer.

»Natürlich habe ich Dich gesehen. Das ist es doch wohl, was Du wolltest? Wollen Frauen das nicht immer? Die Art, wie Du Dich bewegst, Du hast genau gewußt, wie Du mich beeindrucken konntest. Das Haar schulterlang, die Grube unter dem Hals, wo ich meine Hand hinlegen möchte, Dein leicht gebogener Schwanenhals. So viele Jahre später, und jetzt: Nonchalance. Du schläfst nachts vielleicht unruhig, wenn überhaupt. So muß es sein. Aber spiel bitte nicht mit mir. Ich bin immer noch hier, direkt hinter Dir, damals und jetzt. Nein, Du brauchst Dich nicht umzudrehen. Es reicht, daß ich weiß, wo ich Dich habe.«

Ich glaube, es muß ein Mann sein. Seine Versuche, sinnliche Liebe auszudrücken, haben etwas Banales und Tastendes, und dann die Aufforderung, nicht mit ihm zu spielen (Mit seinen

Gefühlen, seinen E-Mail-Adressen?). Dennoch verspüre ich eine gewisse Zärtlichkeit, dieses Gleiten über die Tastatur in der Hoffnung, daß es mich berührt. Was es ja auch tut. Mitteilungen mitten in der Nacht zu erhalten, wenn anscheinend nur die Zeitungsboten und ich in Bewegung sind, gibt Zuversicht. Doch verblüfft es mich, wie meine Inaktivität einen anderen Menschen in Gang gesetzt haben kann.

Ich sagte, ich wohne in einer viel zu großen Wohnung, uneinnehmbar wie eine Festung. Das stimmt nicht ganz. Sie ist zwar groß, aber besteht, wie gesagt, aus zwei Behausungen, mit einer gewaltigen Doppeltür dazwischen, die verbarrikadiert und verschlossen ist, meist von meiner Seite her, sehr selten auch von Sams Seite. Nach dem Tod unserer Eltern haben wir das L – oder den Winkelhaken, wie Martin sagte – geteilt, jeder bekam einen Schenkel, so daß in beiden Wohnungen Fenster auf den Innenhof führen, ohne daß wir einander sehen können, und ebenfalls zur anderen Seite, auf den Friedhof. Sam und Martin haben sich ausgemalt, eine Hängebrücke zu konstruieren, die die Wohnung zu einem Dreieck verbinden würde und auf der man im Sommer durch die Luft zueinander spazieren könnte. Sie wurde nie Wirklichkeit, zu meiner Erleichterung und der der Nachbarn. Doch einmal hörte ich, wie Martin Sam durch das Fenster zurief: »Fang auf!«

Und dann zweifaches Geschrei: ein fröhliches von Martin und ein entsetztes von Sam.

»Du willst es nicht wissen«, sagte Sam, er war bleich, als er mit Martin in den Armen zu mir hereinkam.

»Nein, ich glaube nicht.«

Das gelbe Haus, sagte Martin immer; es war das einzige Zuhause, das er kannte. Im Bus pflegte er Fremden zu berichten: »Ich wohne in dem gelben Haus!«

Er sagte es geradezu böse, so als hätte jemand seine Autorität bezweifelt.

»Dort?« versuchte einer und zeigte auf das nächstliegende gelbe Haus.

»Nein!« schrie Martin empört. *»Zu Hause.«*

Wir haben eine Schuld geerbt und eine Wohnung, behaupte ich immer. Die Wohnung ist wohl doch leichter zu verwalten. Die Schuld rührte daher, daß mein Vater Deutscher war. Er ist Kommunist gewesen und floh Mitte der dreißiger Jahre nach Schweden. Dort heiratete er meine schwedische Mutter und änderte schließlich seinen Namen in Elmbrandt – nach den Schrecken des Krieges und der Konzentrationslager war die Schande zu groß. Mein Vater lernte perfekt Schwedisch, wir wurden eine typische kleine schwedische Familie. Aber als mein Vater gestorben war, nahmen mein Bruder und ich wieder seinen Namen an: Brandt. Wir entschlossen uns, die Sache abzuschließen, die Wohnung zu tauschen, uns die Schuld vom Halse zu schaffen, einfach alles hinter uns zu lassen. Gut zehn Jahre sind vergangen; wir wohnen noch immer hier.

Hier in unserer gelben Festung können wir das Leben des anderen bis in alle Einzelheiten verfolgen. Wir sehen, wenn jemand übernachtet (bei mir nie, bei Sam immer) und wenn das Licht gelöscht wird.

Ich habe gesagt, nur die Zeitungsboten und ich seien nachts auf den Beinen. Auch das stimmt nicht ganz. Mein Bruder und die jeweilige Frau, die er bei sich wohnen läßt – Tage, Wochen und seltener Monate –, sind ebenfalls wach. Der Unterschied ist nur, daß sie all das tun, was mir die Doktoranden mit ihrem »Spät geworden, Savanna?« unterstellen. Sams Mangel an Schlaf hat nichts mit Schlaflosigkeit zu tun, allerdings weiß ich auch nicht, ob es sich um Liebe handelt. Während meines Lebens mit ihm, davon zehn Jahre in diesem gelben Haus, habe ich Block um Block vollgeschrieben: Maja hat angerufen, außerdem Sussie, Susanne (dieselbe Person?), Martina, und vergiß bitte nicht Anne-Charlotte. Wo kommen die Frauen her? Ich weiß es nicht. Aber alle finden sie meinen Bruder, oder vielleicht findet er sie, und dann beginnt das Liebeskarussell, von dem ich seit langem abgesprungen bin.

Nach aufreibenden Szenen und Tränen im Korridor stößt er die Doppeltür krachend auf, und damit wohnen wir wieder zusammen in der riesigen Wohnung. Er sieht unsäglich erleichtert aus.

»Alles ist also wieder wie vorher?« frage ich und blicke von der vierten Tasse Morgenkaffee auf.

Genau das sage ich immer, wenn die eben noch aktuelle Freundin gegangen ist.

»Genau wie vorher«, sagt er und stöbert in meinem Kühlschrank herum, um sich von dem zu bedienen, was ihm behagt.

Ich weiß nicht, wie man das Gefühl nennen soll, das zwischen Sam und mir besteht. Wir haben drei Personen zusammen beerdigt. Zuerst starb unsere Mutter 1981, viel zu früh, an Demenz, danach, 1986, unser Vater, an Kummer in tödlicher Kombination mit Schlaftabletten, und vor vier Jahren Martin. Wir wissen alles über Bestattungsinstitute, Kondolenzkarten, Todesanzeigen, Testamente, Kaffee mit Gebäck, Krankenhauscafeterias, die kleine gestreifte Figur vor dem Eisstand, die so naßgeregnet aussieht in dem obligatorischen, äußerst schlecht gepflegten Krankenhauspark, wo Angehörige »Ruhe« finden sollen. Nach Martin will ich nichts mehr davon wissen. Wir haben mehr geteilt als das, was zwei erwachsene Menschen, nicht zuletzt erwachsene Geschwister, teilen sollten, und es gibt Stunden, in denen wir finden, daß unsere Quote, falls es eine solche gibt, erfüllt ist. In solchen Fällen schließe ich die Doppeltür, in solchen öffnet sie Sam. Da ist er, der Unterschied zwischen uns.

Vielleicht ist unsere Liebe bedingungslos, vielleicht selbstverständlich oder einfach nur ungesund. Ich weiß es nicht; es gibt sonst niemanden, von dem ich mir vorstellen könnte, *neben* ihm zu leben.

»Wie stehts, Savanna?« fragt er und sieht so unendlich munter aus dort vor dem Kühlschrank, daß ich über ihn hinwegsehe.

»Ich schlafe nicht«, sage ich und ärgere mich über mein schamloses Klagen.

»Wer tut das schon.«

Ein schwaches Lächeln.

»Herzchen«, sagt er. »Herzchen.«

»Du auch.«

»Martin?«

Ich zeige auf die Brusttasche. Hole tief Luft. Er setzt sich mir gegenüber an den Küchentisch.

»Es geht nie vorbei.«

»Was soll ich tun?« frage ich mit gebrochener Stimme.

»Nichts. Deshalb bin ich ja hier.«

Er streckt die Hand über die Tischplatte und greift nach meiner. Es ist ungewöhnlich: Intimität zwischen uns. Ich glaube, ihm gefällt es; es ist lange her, daß mich jemand berühren durfte.

»Unterwegs zur Arbeit, oder?«

»Genau«, antwortet mein Bruder.

Sam kennt meine Grenzen besser als ich. Er blickt auf Martins Tür, deren Klebestreifen seit einigen Nächten ein bißchen zu häufig abgelöst wurde und nun nicht mehr richtig fest sitzt, dann schaut er mich an und zuletzt die geöffnete Doppeltür.

»Wir lassen sie eine Weile offenstehen, oder?«

»Wird wohl so sein.«

Er sieht mich flüchtig an und sagt nicht zum ersten Mal: »Warum können Frauen mich nicht so lieben, wie du es tust?«

»Weil dein Platz in meinem Leben selbstverständlich ist, umgekehrt genauso. Bei den Frauen, die du kennenlernst, ist es nicht dasselbe. Und du gibst ihnen auch keine Chance«, antworte ich und gähne.

Er schüttelt sich, wie eine Katze, die aus einem Unwetter ins Haus gekommen ist und Nässe und Unbehagen hinter sich lassen will.

»Ich fühle mich von ihnen überwacht«, sagt er fröstelnd. »Es ist, als würden sie an mir herumwienern, als versuchten sie mich umzumodeln, als verurteilten sie mich ...«

Das habe ich schon früher gehört. Entzücken, Erregung, Enthusiasmus, Verwirrung, Irritation, Frustration, Bruch und schließlich: Analyse.

»Sam, bitte …«

»Entschuldige. Ich vergesse so schnell.«

»Ist nicht schlimm.«

»Und wenn Susanne anruft?«

»Dann bist du lange unterwegs.«

Er nickt.

»Du verurteilst mich also nicht?«

»Warum sollte ich das tun?«

»Nein, warum solltest du?« sagt er zufrieden.

Mein Bruder ist erstaunlich. Er ist einer von den wenigen, die von der Liebe nicht zerschmettert werden wie wir anderen. Er ist nur leicht von ihr berührt, hat um so mehr Spaß, genießt wirklich – doch zerschmettert? Niemals. Falsch, einmal. Martin. Sonst: »Jetzt machen wir wieder die Doppeltür auf, Savanna.« Gemeint ist: »Endlich wieder allein.« Daß ich da bin, betrachtet er als Bonus. Die Schwester, die ihn in Frieden läßt, ihn vorbehaltlos liebt. Seltene Eigenschaften in unserer Welt.

Ich weiß, was man glauben könnte. Daß es der Verlust von Martin ist, der mich wach hält. Ich denke nicht, daß es so ist. Jetzt ist das bald vier Jahre her. Herbst 1993. Als wir auch dieses Begräbnis hinter uns hatten, fiel ich in abgrundtiefen Schlaf, zehn Stunden jede Nacht, was vor genau siebenundsechzig Nächten sein Ende fand. Ich erinnere mich, daß mich jemand fragte: »Schläfst du, Savanna?«

»Wie betäubt.«

So war es, ich schlief noch fester als in meinem elften Jahr. Wie betäubt.

»Was für ein Glück«, sagte die Person mit Wärme. »Was für ein unfaßbares Glück du hast.«

Ich glaube, ich habe genickt, verstand damals nicht, daß abgrundtiefer Schlaf etwas Beneidenswertes ist. Nicht mitten in der Nacht hochzuschrecken und ständig den Reihen kleiner Schuhe neben meinen ausweichen zu müssen. Glück? Jetzt verstehe ich, was die Person damals meinte, ich hatte keine Ahnung, wie lang Nächte werden können. Aber vielleicht wußte mein Körper es. Vielleicht weiß ein Körper genau, wieviel die Seele in ihm ertragen kann.

Martin ist also nicht der Grund dafür, daß ich nicht schlafe. Es ist auch nicht die Sorge um meinen Bruder und seine – wie nennt man das? – Frauengeschichten. Er landet stets wie eine Katze auf allen vieren, und genau so will er sein Leben haben. Direkt neben meinem.

»Wollen wir wieder eine Anzeige wegen dem Wohnungstausch aufgeben?« rufe ich Sam hinterher, als er zurück in seinen Flügel geht.

Wir betreiben es nur halbherzig, seit Jahren beschäftigen wir uns damit. Einen Moment Schweigen, dann taucht er hinter der Tür wieder auf.

»Wer soll dann die Verplombung überwachen?«

Wir haben drei Dinge gemeinsam. Sie binden uns fester aneinander, als irgendeine andere vorstellbare Beziehung das könnte: unsere Begräbnisse, dann, daß keiner den anderen je verurteilen wird, und schließlich eine Geschwisterliebe, die bedingungslose Nähe und grenzenlose Ruhe verspricht.

3. Kapitel

Mit der Visitenkarte unterm Kopfkissen bin ich heute nacht schließlich eingeschlafen. David Fawlkner, Kriminalkommissar. Das ist erstaunlich beruhigend. Vor allem jetzt, wo das gelbe Haus mir nicht mehr wie eine Festung erscheint, da die Liebesbriefe den Weg hereingefunden haben: »Du bist bezaubernd wie immer. Verführst mich mit Deinen Blicken, die zu sagen scheinen: ›Ich habe nichts gesehen, ich sehe Dich nicht.‹ Und doch haben wir einander gesehen, das haben wir.«

Soll ich mich geschmeichelt fühlen? Amüsiert sein? Anfangen zu schmachten? Ich weiß nicht. Meine Abenteuer in der Liebesbranche sind so geringfügig, daß ich dasselbe tue wie immer, nämlich gar nichts.

David Fawlkner, was hatte er gesagt? Ich könnte mich melden? Einmal habe ich es getan. Das war vor zehn Jahren. Martin lag wie eine Schnecke in mir, meinen gewölbten Bauch als Schutz und Haus über sich. Die Frau unter dem dünnen Baumwollgewebe war in meinen Träumen aufgetaucht, das rotbraune Haar sah wieder und wieder unter dem Tuch hervor, aber ihr Gesicht blieb ein weißer Fleck. Ihr Bild war niemals in den Zeitungen veröffentlicht worden. Der Mord war zu Beginn der siebziger Jahre geschehen, und damals gab es in der Presse noch nicht diesen rigorosen Hunger nach zerfetztem Frauenfleisch.

Ich weiß nicht, ob mich die Schwangerschaft empfindlich gemacht hatte oder ob es an dem »Zwischenfall« lag, der gerade passiert war. Ein unbekannter Mann hatte mich und meinen Bauch, genau in dieser Reihenfolge, gegen die Wand in einem Fahrstuhl gedrückt und mit einer Hand meinen Hals umklammert, während die andere Dinge tat, die ich verdrängt habe. Ich konnte nur denken: Alles andere, aber schade nicht meinem Kind. Schon damals war ich mir über die Prioritäten im klaren. Ich wurde von einem Wachmann gerettet, dem es merkwürdig erschien, daß der Fahrstuhl so lange zwischen zwei Stockwerken festhing. Er öffnete die Türen, worauf der Kerl wegrannte, der Wachmann sah mich an, und ich hörte mich sagen, wie es so viele Frauen vor mir getan hatten: »Schon okay. Mir ist ja nichts passiert.«

Ich weiß noch, daß mir schien, als wäre da eine Röte in seinem Gesicht gewesen, eine Art Scham über das eigene Geschlecht, während er mir, einer schwangeren Frau unter Schock, zum Telefon half: »Ja, Sam, war nur ein kleiner *Zwischenfall*, kein Problem.«

»Totschlagen«, brummelte der Wachmann. »Jeden einzelnen von ihnen totschlagen würde ich, wenn …«

Es kommt vor, daß ich an diesen Zwischenfall denke und mich frage, ob er mich etwas über Männer gelehrt hat, was ich schon früher hätte begreifen sollen. Der Gedanke, wie entsetzlich der Mangel an Einfühlungsvermögen bei dem einen war und wie rasch der andere zu Gewalt und Rache neigte, hat mich verfolgt. Und über all dem: das lähmende Gefühl von Schuld, Scham und Haß.

Damals hatte ich beschlossen, mich mit David Fawlkner zu treffen. Ein paar Tage nach diesem Vorfall, mit darauffolgenden Träumen von der endgültigen Kränkung, die der Frau auf der Bahre zugefügt worden war, nahm ich meinen Mut zusammen und rief die Nummer an, die ich auswendig gelernt hatte, den Mann, nach dem ich mich so vage gesehnt hatte. Vielleicht kann man sagen, daß jeder Mensch einen unauslöschlichen Eindruck auf ein Kind gemacht hätte, das zum ersten Mal im Leben bewußtlos geworden war und das, als es wieder aufwacht, in ein fremdes faltiges Gesicht sieht. Vielleicht war es das Gefühl, daß ich wirklich etwas vergessen hatte, daß ich etwas anderes hätte sagen können, und nicht nur, daß ich einfach geschlafen habe, was mich nun dazu drängte, nach vierzehnjährigem Schweigen mit ihm zu sprechen.

Im nachhinein glaube ich, daß ich etwas von der Gewalt verstehen wollte. Ich kann leider keine andere Bezeichnung finden: Gewalt. Das klingt banal. Doch nach dem Zwischenfall dachte ich auf langen Spaziergängen darüber nach, wie sich gewisse Menschen das Recht nehmen können, sich an anderen zu vergehen, ihnen Gewalt anzutun und schließlich, wie bei der Frau mit dem rotbraunen Haar, sie so zu mißhandeln, daß sie sterben. Ich wollte etwas über die Barrieren verstehen, oder richtiger über deren Defekte.

Merkwürdigerweise stimmte er meinem Besuch sofort zu, und was ebenso merkwürdig war, ich wurde unglaublich froh. Es sollte meine letzte kleine Reise vor Martins Geburt werden. Ich setzte mich an einem warmen Sommermorgen ins Auto – den Bauch hinter das Lenkrad, die Füße breit auseinander, unter dem BH unaufhörliches Schwitzen. Fuhr dann durch die blumenübersäte Landschaft Roslagens bis zu jener Adresse, die ich auswendig kannte. Ich betrat die Polizeiwache, in einer Ecke ein Ventilator, ein verglaster Schalter mit einem Diensthabenden.

»David Fawlkner, bitte.«

»Aber das bin doch ich«, sagte ein gerade am Vorraum vorbeigehender Mann, so als würde ihn der bloße Gedanke an seine eigene Existenz amüsieren.

»Ich weiß nicht, ob Sie mich wiedererkennen. Ich meine, natürlich können Sie das nicht«, stammelte ich. »Damals hieß ich Savanna Elmbrandt, jetzt Brandt. Mein Bruder und ich haben den deutschen Namen meines Vaters wieder angenommen, es erschien uns so lächerlich, daß einer« – hier griff ich mir an den Bauch – »dann würde ...«

»Aber daran haben Sie recht getan«, fuhr er enthusiastisch fort. »Natürlich erinnere ich mich an Sie, das habe ich schon getan, als Sie angerufen haben. Birnensaft. Ohnmacht. Die Pension hier draußen im Sommer 1973. Es ist einige Jahre her.«

Er führte mich in sein unansehnliches Büro, das einzige Zeichen von Privatleben war das Bild eines Mannes in meinem Alter, der mit schmutzigen Knien auf einem Segelboot in die Sonne blinzelte.

»Mein Sohn, Jack.«

Ich betrachtete das Foto ein Weilchen und setzte mich dann nervös auf einen Stuhl ihm gegenüber. Er reichte mir ein Glas Wasser.

»Was wollen Sie wissen?« fragte er sofort, und das gefiel mir. Ich räusperte mich. Was zu Hause leicht zu formulieren gewesen war, machte jetzt Schwierigkeiten.

»Ich würde gern drei Dinge fragen. Wie hat sie geheißen, und haben Sie ihn irgendwann gefaßt?«

»Sie haben gesagt, drei Dinge.«

»Das Dritte ist, warum. Entschuldigung, aber ich müßte wissen, warum.«

Der Gesang eines Vogels drang in den stillen Raum und erfüllte ihn, wie es Geräusche immer tun, wenn die eigene Konzentration sich auf sie verschiebt.

»Es war dumm von mir, herzukommen«, murmelte ich und erhob mich mühsam.

»Ganz und gar nicht«, sagte er rasch und nahm mich beim Arm.

Da fiel mir wieder ein, warum ich mich so gut an ihn erinnerte. Er war ein Mann, der einen Menschen dazu bringen konnte, sich seufzend im Stuhl zurückzulehnen und ihm all seine Ängste mitzuteilen, einer, mit dem man viel zuviel Whisky trinken wollte. Er war ein Mann, bei dem sogar *ich* unbändige Lust bekam, vertraulich zu werden.

»Im Gegenteil«, fuhr er fort, »ich bin froh, daß Sie gekommen sind. Zur ersten Frage. Nein, wir haben ihn nicht gefaßt. Ich kann Ihnen all das erzählen, was ohnehin in der Presse gestanden hat, das dazu. Wenn man aber bedenkt, wieviel Zeit vergangen ist, kann ich noch ein bißchen mehr erzählen.«

»Ja sicher«, hörte ich mich sagen, als sei das etwas, das ich bereits wußte.

»Die Frau hieß Paulina Weller. Sie stammte aus einem kleinen österreichischen Dorf und hat in Wien als Sekretärin gearbeitet. Nach den Angaben ihrer Eltern, die man erst nach einigem Suchen fand, hatte sie dort einen schwedischen Mann kennengelernt. Paulina entschloß sich offenbar, diesem Mann nach ein paar Wochen Bekanntschaft in den Urlaub nach Schweden zu folgen. Ihre Eltern sind ihm nie begegnet, sie sagten, er sei daran nicht interessiert gewesen. Er war offenbar ein Mann, der Paulina von ihren früheren Beziehungen abgeschnitten hat, wie ihre Kolleginnen erzählten. Er wollte, daß sie sich nur auf ihn konzentrierte. Es gibt Männer, die das Liebe nennen.«

»Wie bitte?«

»Das war ein Scherz.«

»Natürlich«, sagte ich, eine Frau, die so wenig von Männern wußte.

»Wir glauben, daß dieser unbekannte Mann sie erschlagen hat. Es gibt nämlich Zeugen, die an Paulina während der Fahrt durch Deutschland, Dänemark und dann auch in Schweden Spuren von Mißhandlungen bemerkt haben.«

»Wie haben sie sich in den Hotels eingetragen?«

»Als Herr und Frau Weller. Das hat immer *sie* getan, versehen mit einer dunklen Sonnenbrille, während er, wie berichtet wurde, mit Kopfschmerzen draußen im Auto wartete. Aber in Ihrer Pension, ich meine dort, wo auch Sie und Ihre Familie wohnten, hatte sich, wie die Eigentümer sagten, nur Paulina eingetragen. Sie kam allein dorthin, in dem Auto, das die beiden zuvor abwechselnd gefahren hatten. Offenbar waren sie auf dem Weg nach Norden, aber Paulina muß kehrtgemacht haben, war vermutlich geflohen und in derselben Pension abgestiegen wie Sie.«

»Mein Bruder Sam war im Segellager«, sagte ich plötzlich. »Sonst wäre er bei mir gewesen, im Zimmer.«

»Ach ja. Jedenfalls muß der Mann sie in Ihrer Pension gefunden haben. Also, das nehmen wir an.«

»Sie gefunden haben?«

»Immer dann, wenn Frauen versuchen, Männer, die sie mißhandeln, zu verlassen, können sie in höchster Gefahr schweben.«

»Ich verstehe«, sagte ich, die nichts verstand.

»Sie haben gesagt, Sie wollten wissen, warum.«

Ich errötete.

»Nein, kein Grund zum Schämen, Ihnen ist ja wohl schon warm genug. Außerdem wollen nicht nur Sie es wissen. Aber das einzige, was ich in diesen Jahren besser verstanden habe, ist das *Wie*.«

»Das Wie?«

»Wie es abzulaufen pflegt. Ich habe so einiges begriffen. Grob skizziert kann es etwa so aussehen. Der Mann ist zuerst sehr charmant, tritt wohlerzogen in Ihr Leben, macht Ihnen den Hof, häufig ist es wie ein Traum. Dann allmählich fängt er an, die Frau von den ihr Nahestehenden zu isolieren, schränkt ihre Freiheit immer mehr ein. Nach und nach beginnt er, ihre Treffen mit Freunden zu überwachen, läßt sich darüber aus, wieviel sie arbeitet und was sie anzieht. Später äußert er sich dazu, was sie mit ihrem Geld macht, welche Leute sie trifft, und erklärt, sie sollte mehr mit ihm zusammen sein. Anfangs kann es vielleicht wie Eifersucht erscheinen, hat womöglich etwas fast Romantisches. Sie stehen ja gerade erst am Anfang ihrer Liebe, und diese genaue Kontrolle kann vielleicht als Fürsorge mißverstanden werden.«

Er machte eine Pause.

»Oh, fragen Sie, was Liebe angeht, nicht mich«, protestierte ich spontan.

»Ach so«, sagte er diplomatisch mit einem Blick auf meinen Bauch und redete dann ungerührt weiter. »Nach einiger Zeit findet der Mann, daß die Frau *die Grenzen überschreitet*. Zunächst ein paar leichtere Schläge, wie aus Versehen. Dann folgen härtere. Danach stets Reue, Tränen, das Versprechen, es nie wieder zu tun, die große Versöhnung, nur du in meinem Leben, vielleicht droht er mit Selbstmord, wenn sie ihn verlasse. Die Frau bleibt, er ist, war, schließlich der Mann, den sie geliebt hat. Das Ganze gleicht einem Geiseldrama, doch ist der Gefängniswärter Geliebter *und* Verabscheuter zugleich.«

»Wie ist das möglich?«

»Fragen Sie nicht mich. Sie und ich sind nur fassungslose Zuschauer. Doch soll uns das meiner Ansicht nach nicht hindern, uns in die Sache hineinzuversetzen. Ich habe inzwischen begriffen, daß nichts so überraschend und verwirrend ist wie Wärme und Zärtlichkeit nach einer Mißhandlung. Eine Umarmung von dem Menschen, der einen gerade grün und blau geschlagen hat, kann überraschend befreiend wirken. Das liegt an den Gegensätzen – endlich ist es vorbei! Ich habe dergleichen gesehen.«

Als Antwort auf meinen fragenden Blick fügte er finster hinzu: »Einigen Frauen in meinem Revier ist im Laufe der Jahre schlimm zugesetzt worden. Ich habe ein bißchen geholfen.«

Ein Klopfen an der Tür und die für Schweden typische Rettung wurde hereingebracht: Ein Tablett mit Kaffee. Unsere Gesichter hellten sich auf, was für eine Befreiung, sich bei etwas Handfestem verständigen zu können, wenn die Themen einem den Boden unter den Füßen weggezogen haben.

»Paulina?« fragte ich.

»Paulina, ja«, sagte er und räumte einige Papiere beiseite, um Platz für den Kaffee zu haben. »Wir glauben also, daß Paulina vor diesem Mann geflohen ist, aber er ist ihr gefolgt. Er fand sie in der Pension, und es gab Streit. Danach erschlug er sie schließlich, mit einem Leuchter. Ob es geplant war? Unmöglich zu sagen, wahrscheinlich nicht. Aber das Merkwürdige ist, daß er die Mordwaffe mit Fingerabdrücken zurückließ und außerdem eine Anzahl anderer Beweise dafür, daß er sich im Zimmer aufgehalten hatte: Haare, Haut, Fasern seiner Kleidung und anderes. Jemand muß ihn gestört haben, oder er war äußerst unerfahren.«

»Und das bedeutet?«

»Wenn wir ihn nur finden würden, könnten wir ihn des Mordes überführen.«

Wir sannen beide darüber nach, während er Milch in den Kaffee goß.

»Aber kann es wirklich sein, daß keiner von denen, die den beiden auf der Reise begegnet sind, imstande war, eine brauchbare Beschreibung des Mannes abzugeben?«

»Das Gedächtnis der Menschen ist nicht immer so, wie es sein sollte. Außerdem, woher soll man wissen, welches Gesicht man sich einprägen muß? Offenbar trug er oft eine Sportmütze, tief in die Stirn gezogen. Sie auch, aber aus anderem Grund«, sagte er trocken.

Ich konnte nicht noch einmal »ich verstehe« sagen, also biß ich mir auf die Lippe und schwieg. Was verstand ich denn auch von dunklen Sonnenbrillen, langärmligen Blusen und Sportmützen über blaugeschlagenen Gesichtern als Schutz vor den neugierigen oder verurteilenden Blicken anderer?

»Noch elf Jahre«, sagte er.

»Was?«

»Elf Jahre bis der Mord verjährt. Wollen mal sehen, das wäre also der 26. August 1998. Diese Zeit haben wir noch, um ihn zu fassen. Sicher werden wir das«, sagte er vor allem zu sich selbst, wie jemand, der eine hoffnungslos zurückliegende

Fußballmannschaft anfeuern will. »Möchten Sie Paulina sehen?«

Ich zuckte zusammen.

»Ich habe hier ein Bild, das ich von ihren Eltern bekommen habe.«

Er nahm eine Kopie aus seinem Schreibtisch und legte sie mir hin, ohne eine Antwort abzuwarten.

Augen, Nase, Mund. An mehr erinnere ich mich nicht. Augen, Nase, Mund. Etwas in mir verkrampfte sich, und plötzlich wurde mir übel. Ich stand auf und rannte auf die Toilette.

»Das Kind«, sagte ich entschuldigend, als ich ins Zimmer zurückkam.

Daß es Monate her war, seit ich mich das letzte Mal übergeben hatte, sagte ich nicht.

»Zu dem Warum sind wir noch nicht gekommen, oder?« stellte er fest und gab mir diskret ein Tempotaschentuch.

»Ich wollte nur gern ihren Namen wissen.«

»Doch wohl etwas mehr?«

»Ja«, murmelte ich verlegen. »Aber ich weiß nicht, wie ich mich ausdrücken soll.«

»Wer weiß das schon. Versuchen Sie einfach zu sagen, wie es ist.«

»Ich wollte nach der Gewalt fragen«, fuhr ich fort und zerpflückte das Papier, Schweiß lief mir über den Bauch. »Vor kurzem … ein Mann hat versucht, sich an mir zu vergehen. Wie kann das passieren? Warum gibt es keine Barrieren? Wie können manche einfach so weitermachen, obwohl man um Gnade bettelt, wie können die *trotzdem* weitermachen?«

Derjenige, der Martin werden sollte, bewegte sich wie ein Fisch in meinem Bauch. Und das Kind wuchs, so als wüßte es, daß ich jemanden in meinen Armen brauchte.

»Es tut mir leid, aber die Sache geht mir nicht aus dem Kopf. Besonders jetzt nicht.«

»Das braucht es nicht. Ich wünschte wirklich, ich könnte etwas Kluges dazu sagen. Ich weiß vielleicht nicht sehr viel über Gewalt, um so mehr über die Konsequenzen«, erwiderte er nur. »Darüber weiß ich ein ganze Menge.«

Eine deutliche Pause, aber trotzdem merkwürdig angenehm.

»Macht und Machtlosigkeit, doch in welcher Kombination und wie das zustande kommt, das weiß ich nicht. Das beunruhigt mich«, fügte er wie zu sich selbst hinzu.

»Mich auch«, sagte ich nickend.

Wir rührten in unseren Tassen, lächelten uns vorsichtig zu, holten beide tief Luft. Aber dann kam es plötzlich, von dem Mann, der anscheinend damit beschäftigt war, das Bild des Sohnes gerade zu rücken, doch wußte er genau, was er tat: »Sie erinnern sich nicht an irgend etwas, das Sie jetzt erzählen wollen?«

Ein paar Sekunden lang nur Schwärze im Kopf, völlige Leere, als würde ich auch bei größter Anstrengung nicht einmal mehr den eigenen Namen wissen. Wie vor der Prüfung in einem Fach, in dem man zuviel weiß oder nicht das Geringste. Aber ich schloß die Augen, mühte mich und suchte: Gerüche, Gedanken, Stimmen, irgendwas? Doch nur Dunkelheit.

»Ich habe wie betäubt geschlafen«, wiederholte ich.

»Wie betäubt ... Ja, wenn Sie wieder reden wollen, rufen Sie einfach an.«

»Ich habe Ihre Zeit unnötigerweise in Anspruch genommen.«

»Das weiß man nie im voraus«, sagte er lächelnd. »Darf ich etwas Merkwürdiges sagen?«

»Das wäre tatsächlich eine Erleichterung«, erwidere ich.

»Ich glaube, Sie haben es völlig richtig gemacht«, sagte er mit einer Handbewegung auf meinen Bauch, die alles zu umfassen schien: das vaterlose Kind und meine Sehnsucht nach dem, der Martin werden würde. »Glauben Sie mir, Sie werden das Kind grenzenlos lieben. Und Ihre Alpträume werden abnehmen.«

Komischer Mann, dachte ich auf dem Weg zum Auto. Wie konnte er etwas über die Alpträume von Fremden wissen?

Was hatte er vom Leben gesehen, das ich verpaßt hatte? Damals verstand ich nicht, was ich jetzt weiß: Man braucht Einfühlungsvermögen und Interesse an anderen Menschen, um sie *sehen* zu können.

Er begleitete mich bis zum Auto.

»Wir machen es so«, sagte er durch das Seitenfenster, nachdem er mir geholfen hatte, den Sicherheitsgurt über dem Bauch anzulegen, »Sie kümmern sich um das *Warum*, glauben Sie mir, es wird Ihnen in den kommenden Jahren beinahe zur Gewohnheit werden, und ich werde ihn fassen.«

Ich lächelte zu ihm hoch, begegnete demselben Blick, wie damals, als ich klein war, derselben Wärme.

»In der besten der Welten?« fragte ich.

»Es gibt sie.«

»Man sagt es.«

Er schüttelte den Kopf, hob die Hand zum Gruß, und ich sah ihn im Rückspiegel, als ich losfuhr. Obwohl es heiß war, fröstelte es mich. Ich hatte das Gefühl, die Kiefer zusammenpressen zu müssen, damit die Zähne nicht aufeinanderschlugen.

Aber sie hatte einen Namen bekommen, Paulina Weller. Ich fand, das war das mindeste, was ich meinen gesichtslosen Träumen geben mußte.

4. Kapitel

Ich hatte einmal ein Kind. Das ist ein Satz, dessen Inhalt ich nicht ertrage. Aber ich kann es nicht einfach ungesagt lassen. Keine Mutter und kein Vater sollten ihr Kind jemals überleben. Ich lebe also von geliehener Zeit, Zeit, auf die ich lieber verzichtet hätte. Ich bin durch diesen Verlust nicht lebendiger geworden. Das Leben hat keinen tieferen Inhalt bekommen, keinen kräftigeren Geschmack durch das Leiden, wie manche behaupten – die Sorglosen. Im Gegenteil. Das Leben ist ohne Geschmack, und ich lebe nachlässig, ohne Kampf und Sinn, wie nebenher und mechanisch. Weil ich es viel lieber Martin gegeben hätte. Das Leben völlig auszukosten, das für ihn gedacht war, ist für mich unmöglich. Mit dem Tod tue ich mich nicht schwer, wenn es meinen eigenen betrifft. Dem Tod anderer beiwohnen zu müssen, hat mich ausgehöhlt. Leuten, die behaupten, man könne all dem etwas »Konstruktives« entnehmen, kann ich nur eine Antwort geben: Der Preis ist zu hoch.

Es ist die Nacht Nummer Ich-weiß-nicht-was, denn wir haben einen neuen Zeitungsboten bekommen. Jonas ist im Urlaub; und wir beide waren es, die diese Nächte im Blick hatten. Die den Überblick behielten, der ihnen fast einen Sinn gab. Nun muß ich das allein schaffen. Ich sagte, ich hätte von meinem elften Lebensjahr an tief geschlafen, daß der Platz, den ich früher eingenommen habe, einem anderen geschenkt worden sein muß, nachdem der große Schlaf angebrochen war. Auf Kindheitsbildern von mir bin ich ständig in Bewegung, ich mache Faxen für den Fotografen, laufe ins Bild, es ist, als hätte Vater es nie geschafft, die richtige Schärfe einzustellen, bevor ich schon wieder am Rande verschwinde.

Dann begann ich zu schlafen, und nach und nach veränderte ich mich. Ich schlief mich durch das Leben, nahm nicht teil, hatte in der Jugend wenig Freunde und kaum Interessen. Auf die beunruhigten Blicke meiner Eltern entgegnete ich: »Kein Problem. Ich bin gern allein.«

Doch lange Erläuterungen von meiner Seite über den Unterschied zwischen *alone* und *lonely* täuschten niemanden. Wenn Sam fragte, sagte ich, wie es war: »Es stört mich, daß man so viel *Platz* einnehmen soll. Muß denn jeder gut zu sehen und zu hören sein und obendrein noch laut schreien? Muß man das?«

Er schaute mich lange an.

»Nein. Aber, Savanna, sorge dafür, daß du den Platz einnimmst, den du brauchst.«

»Das habe ich schon getan.«

»Na dann.«

Sex habe ich bei zwei Gelegenheiten in meinem Leben gehabt. Mit zwei Männern. Nun ja, es waren wohl mehrere Male mit jedem. Das ist alles. Darin liegt die bewußteste Entscheidung meines fünfunddreißigjährigen Lebens. Nicht darin, so selten Sex zu haben, das war nur das Resultat der Tatsache, daß ich so wenig Platz im Leben einnahm. Nein, meine Entscheidung betraf das *Ergebnis* der zweiten Begegnung: Martin. Oft denke ich, wie wohl alle überlebenden Eltern, es sei eine Strafe. Immer ist da irgendein Fehler, den wir gemacht haben können. Habe vergessen, danke zu sagen, habe den Markt schräg statt gerade überquert, habe laut in der Kirche gelacht, bin der schwarzen Katze auf der Straße ausgewichen oder habe es nicht getan, war allzu offen glücklich und habe niemanden um Entschuldigung gebeten. All das, und schließlich die Strafe.

Wofür ich gestraft werden sollte? Daß ich Martin bekommen hatte, ohne ihm einen Vater zu geben. O ja, es gab einen Vater. Einen verwirrten Franzosen, der schon an der Gare du Nord von einer entschlossenen Mittzwanzigerin aufgegabelt worden war, die im voraus ein Zimmer in der Nähe bestellt hatte – mochte er es mit ihr teilen?

Wie hatte ich mich doch auf Martins Fragen nach seinem Vater vorbereitet! Den Zettel habe ich verloren, war meine Erklärung. Ich hätte einen mit Adresse und Telefonnummer in der Jackentasche gehabt, er wäre auf der Rückreise nach Stockholm aus dem Zugfenster geweht worden; was hätte ich denn tun sollen, rausspringen und neben dem Gleis zurückrennen? Da hatte Martin immer gelacht, er sah seine Mutter an französischen Bahngleisen entlangrennen, auf der Jagd nach seinem Vater, der klein wie ein zusammengefalteter Zettel war. Ich mußte ihm versprechen, daß wir beide eines Tages den Zug nach Paris nehmen würden, zu einem »richtig großen Ausflug«, und den Mann suchen, der Paul hieß.

Die Wahrheit ist, daß ich seinen Namen nicht weiß. Ich erinnere mich kaum, wie er aussah. Es ist merkwürdig, sich vorzustellen, daß ich nicht genauer hingesehen habe, damals in diesem Hotelzimmer, dessen rote Tapete sich unterhalb der

Decke gelöst hatte und wie ein Segel leicht hin und her flatterte. Von den drei Tagen, in denen der Fremde und ich Martin gezeugt haben, erinnere ich mich am besten an dieses rote Segel. Als die Zeit vorüber und Martin ein kleines Partikel in meinem ihn willkommen heißenden Körper war, bemerkte ich, daß die Tapete sich so weit gelöst hatte, daß es vermutlich nur noch Wochen dauern würde, bis die ganze Wand kahl wäre, wie ein Baum ohne Blätter und Frucht.

Von den Liebesakten ist mir wenig in Erinnerung geblieben, eine gewisse Wollust, jedesmal, wenn es bei dem Mann zum Orgasmus kam, und daß er einen Wirbel im Nacken hatte, in den ich, genau in jenem Augenblick, meinen kleinen Finger gleiten ließ. Damals schlief ich tief und lange, also erinnere ich mich auch nicht, daß ich Zeit gehabt hätte, um ihn nachts im Schein der Straßenlaternen zu studieren. Manchmal wurde ich morgens wach, doch da war er in die Stadt gegangen, um Essen und Getränke zu kaufen. Ich selbst habe das Hotelzimmer nicht verlassen, aber als die drei Tage vorüber waren, stand ich wieder auf der Gare du Nord, jetzt mit einem Mann, der mich verabschieden wollte.

»Du bist eine sonderbare Frau«, erinnere ich mich, daß er sagte, vielleicht ein Versuch, unsere Aktivitäten einzukreisen.

Einen Zettel mit Telefonnummer habe ich nie bekommen, auch ich habe ihm keinen gegeben.

»Sehr sonderbar. Aber auf eine angenehme Weise«, fügte er hinzu.

Das rührte mich. Ich lachte ihn das erste Mal an. Hätte er mir da einen Zettel gegeben, dann hätte ich ihn vielleicht behalten und ihn nicht in die Toilette geworfen, wie es meine Absicht gewesen war. Wir gaben uns die Hand, er lächelte über das plötzliche Fehlen von Intimität. Aber heute bin ich froh über diese Minuten, denn da habe ich ihn das erste Mal wirklich *gesehen*, seinen langen schlaksigen Körper, seine lockigen Haare und die schiefe Nase. Er hatte große Hände, fühlte ich, als er meine Hand in der seinen hielt. Das ist alles, woran ich mich jetzt, wenn ich mich anstrenge, erinnere: sporadische

Details, die sich nicht zu einem Ganzen zusammenfügen lassen, zu einem wirklichen Menschen. Ich bin dennoch froh, damals genau hingesehen zu haben, das hat mir ein Bild davon gegeben, wenn auch nur punktuell und unvollständig, wie Martin als erwachsener Mann hätte aussehen können. Und diese Locken, die ich sechs Jahre lang jeden Morgen, wenn Martin noch ganz schlaftrunken war, entwirren durfte – die bekamen wir als Geschenk.

Paris habe ich nie gesehen. Noch immer habe ich die Stadt nicht kennengelernt, und aus dem richtig großen Ausflug für Martin und mich ist nie etwas geworden. Doch sechs Jahre lang durfte ich in die Augen eines kleinen Menschen sehen und einer Liebe begegnen, die ich weder vorher noch hinterher gefühlt habe. Ich glaube zu wissen, daß es nichts gibt, was dem gleichkommt. Diese Herzrasen verursachende, das Gehirn zermarternde, die Augen überschwemmende, Magendrücken auslösende Liebe, die eine Mutter für ihr Kind empfinden kann, die war mir gewährt worden.

Die hinter mir liegenden Jahre der Trauer dürfen nie dazu führen, daß ich vergesse: der Verlust ist proportional zur Liebe, die einem gegeben wurde. Und die Strafe dafür, daß ich etwas getan habe, was man nicht tun darf – ein Kind zu bekommen ohne rechtmäßigen Vater –, die ist viel zu hoch. Doch bestimmen nicht wir Menschen den Einsatz.

Eigentlich weiß ich nicht, ob ich an Strafe glaube. Aber in den Nächten, in dem gelben Haus, wo nur eine Lampe über der verplombten Tür brennt, tauchen solche Wörter auf und nehmen unangemessen viel Platz ein.

Ich meine, es gab für mich drei Möglichkeiten, als Martin starb: an das Schicksal zu glauben, religiös zu werden oder leblos bei lebendigem Leibe zu sein. Es nahm viele Jahre in Anspruch, darüber nachzudenken. Das Schwierige an Determinismen war für mich folgendes: Wenn im Prinzip alles vom Schicksal gelenkt wird, brauchen wir auch nichts zu tun, um die Wirklichkeit zu verändern. Alle unsere Entscheidungen sind bedeutungslos. Es fällt mir schwer zu glauben, daß die bewußteste aller meiner Entscheidungen, nämlich die für Martin, bedeutungslos gewesen sein soll. Wäre ich religiös geworden, hätte ich es so empfunden, als wäre mein Leben nur noch darauf ausgerichtet, daß Martin auf mich wartet, und das hieße, den Rest meiner Zeit der Sehnsucht nach dem Himmelreich zu widmen. Bis dahin wäre ich gezwungen gewesen, Zuversicht bei einem allmächtigen Gott zu finden, dem ich nur schwer hätte vergeben können. Leblos bei lebendigem Leibe zu sein, bedeutet hingegen, dem Leben zu entsagen, noch während man lebt. Das ist eine Entscheidung, die am wenigsten Nachdenken und nur geringe Zugeständnisse erfordert. Im Laufe der Jahre ertappte ich mich jedoch dabei, wie ich Gespräche mit Martins Gott führte, zu dem er ein solches Vertrauen gehabt hatte. Erneut war Martin das Bindeglied, das ich selbst nicht sein konnte.

Ich sagte, niemand sollte sein Kind überleben müssen. Aber eigentlich tat ich nur das: überleben. Das Leben überließ ich anderen; ich selbst wurde eine von den Unsichtbaren. Die einzige Möglichkeit, in Frieden gelassen zu werden, das einzige, was ich nach Martin ertragen zu können glaubte. Kein unablässiges Bereden, kein Wiedererkennen, keine neue Liebe. Nur Schweigen und, zu jener Zeit, abgrundtiefer Schlaf.

Wie ich Sam dafür liebe, daß er niemals sagt: »Hör auf zu trauern, Savanna. Fang an zu leben.« Denn er weiß, daß diese Trauer ewig ist. Ewig ist ein schwieriges Wort. Sein Inhalt ist: »Du entkommst nie.« Aber kann man nicht beides, trauern und leben? Sam würde niemals fragen, er kennt mich viel zu gut, und er würde auch keine Antwort bekommen.

Vielleicht sollte ich meine erste sexuelle Beziehung erwähnen, die Anlaß für die zweite war. Meine Erinnerung ist trügerisch, ob es an innerer Leere oder am Schlafmangel liegt, das zu sagen, ist noch zu früh. Ich war jedenfalls neunzehn Jahre alt und der Mann um so vieles älter, daß Mutter es mit Recht als schlechtes Zeichen ansah. Zwei Monate waren wir zusammen. Was beinhalteten sie? Merkwürdige Positionen bei sporadischen sexuellen Aktivitäten, die mich, bestenfalls, leicht amüsierten. Im schlimmsten Fall, trotz meiner Zustimmung, das Gefühl von Kränkung hinterließen, als hätte sich jemand an mir vergangen. Der wirkliche Inhalt aber war ein Wesen von vier Jahren, braune Haare in perfektem Topfschnitt (sie mußten unter einem solchen geschnitten werden). Die Tochter des Mannes. Ein Blick in ihre Augen, und dort sah ich, was ich einmal gehabt hatte und wonach ich mich zurücksehnte: eine Art Unschuld. Eine Anwesenheit, eine Direktheit, ein selbstverständlicher Platz. Was ich einmal besessen hatte. Ich verließ den Mann und verstand danach niemals, warum erwachsene Frauen so viel Energie für zwei mir unbegreifliche Aktivitäten aufbringen: die Liebe zu finden und dann darum zu kämpfen, daß sie bleibt. Ist man nicht interessiert an diesen beiden Dingen, ist die Einsamkeit zu ertragen.

Den Mann verließ ich, aber niemals vergaß ich das, was ich in den Augen des Mädchens gesehen hatte. Damals wußte ich, daß ich Martin haben wollte, doch niemanden, mit dem ich ihn teilen müßte. Sechs Jahre lang war ich genau das: anwesend, sichtbar, sehend. Unser selbstverständlicher Platz. Daß ich wirklich schwanger wurde nach drei Tagen mit »Paul« – selbst wenn sie geschickt genutzt waren –, sagt mehr über die Biologie einer Mittzwanzigerin als über meine Naivität. Ich hatte nämlich drei weitere Reisen eingeplant, eine bei jedem folgenden Eisprung: Prag, Rom und London. Als ich meinen kleinen blauweißen Teststreifen betrachtete, war ich gerührt, aber auch fassungslos. Der Gedanke, die anderen Reisen dennoch zu unternehmen, wurde rasch verworfen.

Durch Martin gewann und verlor ich meine Unschuld. Ich verlor sie bei der Geburt und gewann sie durch seine absolute Gegenwart – so etwas hatte ich bisher nicht erlebt. Sechs Jahre später, in einem weißen kahlen Zimmer voller Schläuche, habe ich sie dann endgültig verloren.

Das Morgenlicht fällt auf meinen Schreibtisch. Jetzt wacht Sam drüben bei sich auf, bald wird er durch die geöffnete Doppeltür hereinkommen, unsere gelbweißgestreiften Tassen, die wir in seinen beziehungslosen Zeiten benutzen, aus dem Schrank nehmen und den Kaffee kochen (den abgestandenen der Nacht gießt er wortlos weg).

»Morgen, Savanna.«

»So sagt man.«

»Und einen guten auch?«

Lassen wir das, hätte ich beinahe gesagt, doch denke ich an Martin und die Frau, die ich damals gewesen bin.

»Einen wunderschönen, Sam.«

5. Kapitel

Dreieinhalb Stunden heute nacht. Das Leben fällt langsam in sich zusammen. Das wenige, was ich einmal kontrollieren konnte – meine Erinnerungen, beschnitten; Martin, verplombt; meine Arbeit, eingestellt –, ist zu kleinen Stücken Unbegreiflichkeit geworden aufgrund einer Schlaflosigkeit, deren Ursache ich nicht kenne. Es erstaunt mich, wie wenig dazu gehört, das Leben unerträglich zu machen. Wie dicht am Abgrund wir leben. Daß es gefährlich ist zu leben, hatte ich frühzeitig begriffen und eine Fähigkeit zum einfachen Überleben entwickelt. Aber daß man dennoch nicht entkommt, das habe ich nicht gewußt.

Weil es schon halb sechs ist und ich vermutlich nicht wieder einschlafen werde, ziehe ich mich an und gehe ins Institut. Es ist lange her, daß ich dort gewesen bin. Ich komme meinen Verpflichtungen nach, nicht gut, eigentlich mehr recht als schlecht, aber ich bin wenigstens anwesend, wenn man mich darum bittet. Das reicht keineswegs. Ich weiß, daß auf den Korridoren geredet wird, die Art Gerede, bei dem die Sprechenden sich vor Wollust und einsetzender Reue winden. In den Jahren im Institut habe ich etwas über Konkurrenz gelernt. Ein Spiel, das ich wahrhaftig mißbillige, hat sich mir dennoch offenbart. Ich habe entdeckt, daß Politik, Position und Manipulation für manche wichtiger sind als Sachfragen. Sie haben den glühenden Wunsch, im System weiterzukommen, das Spiel so gut zu spielen, daß nicht erkennbar ist, wie sehr bei ihnen die Position immer vor dem Inhalt rangiert, unabhängig von den Folgen. Einige Jahre voll von Entsetzen, aber auch von Faszination waren nötig, bevor ich das Spiel deutlicher durchschauen und mich abseits stellen konnte.

Für die übrigen Doktoranden bin ich ein Hund, der schon am Boden liegt, keiner, mit dem man noch rechnen muß. Das hat die meisten beruhigt, ich bin unschädlich gemacht. Ich glaube sogar, daß einige begonnen hatten, Sympathie für mein Schweigen zu entwickeln, in Kombination mit charmanten kleinen Boshaftigkeiten. Doch da ich keinen Schritt unternommen habe, um ihren Interessen wenigstens auf halbem Weg entgegenzukommen, ist es meist dabei geblieben. Es gibt ein paar Leute, die mich noch nicht ganz abgeschrieben haben, sie betrachten mein Nichtagieren als Taktik, mit der ich hochgesteckte Ziele kaschieren will. Halten eben das für den Grund, weshalb Professor Sten Ljunggren ein unerträglich großes Interesse an einer Person zeigt, die so langsam und undiszipliniert arbeitet. Ich verstehe ihre Irritation, ich habe nichts getan, was Ljunggrens Aufmerksamkeit verdient. Im Gegenteil, ich erbringe gerade so viel an Leistung, wie notwendig ist, um klarzukommen. Manchmal frage ich mich, warum ich das überhaupt noch tue; ich weiß, daß andere es genauso machen.

Kurz nach sieben betrete ich das Institut. Der Kaffeeautomat scheint warm, noch jemand ist zeitig hier. Der lange Korridor liegt vor mir, mein Kabuff befindet sich fünf Türen weiter auf der rechten Seite – ich meine es nach meinen sechs Jahren hier im Dunkeln finden zu können. Es war zwei Jahre vor Martins Tod, als ich hier angefangen habe, ein gutes Stück ehrgeiziger als die schlaflose Frau, die sich heute planlos zwischen Ordnern, Telefon und Computer bewegt. Damals verfaßte ich die wissenschaftlichen Artikel, die mir die Aufmerksamkeit des Professors und anderer einbrachten; heute bin ich diese

Aufmerksamkeit nicht mehr wert. Ich verstehe die Verachtung, manchmal ist es auch Abscheu, der anderen Doktoranden. Vielleicht würde ich mich selbst genauso verhalten. Die *Trauer*, ich glaube, sie nennen sie so, hat offenbar zwei Jahre anwesende Abwesenheit entschuldigt. Die letzten beiden Jahre durfte ich bleiben aufgrund von ... Ja, was? Nicht einmal ich weiß es, ich könnte es auch nicht begründen. Ich frage mich manchmal, ob ich nur hierbleibe, weil ich darauf warte, daß ein anderer sagt, jetzt ist es genug. Auf eine Möglichkeit, den beschämenden Job jemand anderem zu überlassen.

Natürlich begreift mein durch Schlaflosigkeit wie in Watte gehüllter Kopf das Verwerfliche meines Verhaltens. Ich habe mich an diesen Zustand bloß nicht gewöhnen können, vielleicht sollte kein Mensch das tun müssen. Dieser neue Kopf läßt die Welt noch fremder, irgendwie verschwommen erscheinen. Die Füße bewegen sich ein Stück über dem Boden, ich segle durch den Korridor wie durch eine Welt, die aus Nebelschwaden und Rauchwolken besteht, hauchdünne Gardinen hängen vor den Gesichtern der Menschen, die das Sehen unmöglich machen.

Aber mitten in diesem Unwirklichkeitsgefühl existiert eine Dünnhäutigkeit. Zynismus unter dicker Watte läßt sich schwer meistern. Das Schwierige ist: Würde mir heute jemand die Hand hinstrecken, würde ich sie fast zwanghaft ergreifen. Es reicht nicht länger, einfach zu überleben und in Ruhe gelassen zu werden, wie es in der Zeit nach Martin war. Die Schlaflosigkeit hat es unmöglich gemacht, ich muß um Hilfe bitten. Meine allzu langen Nächte haben mir die Fähigkeit zur Unberührtheit genommen, die mein größtes Plus war und mir half, Fragen zu entgehen, die sich nicht beantworten ließen. Der winzige Platz, den ich viele Jahre lang eingenommen habe, fordert Vergrößerung. Was ich zuvor allein mit Sam zu teilen brauchte, muß plötzlich mit mehreren geteilt werden. Ich ahne, daß ich bereit bin, mein Herz jedem beliebigen zu öffnen, der mehr als ein paar Minuten in meinem Kabuff bleiben würde und sich von unsortierten Ordnern und zerfallendem

Leben nicht abschrecken ließe. Das macht mir angst. Bei den Zeitungsboten kann ich Verletzlichkeit zeigen – sie kennen mich nur nachts. Am Tage wäre dasselbe undenkbar.

Jetzt höre ich schwere Schritte auf dem Korridor. Ich warte darauf, daß die Person vorbeigeht, doch bleibt sie vor der Tür stehen. Erspar mir das! Ich will nicht den Blick heben müssen, die Augen sind die eines Hundes geworden, der um Trost, einen Keks und einen Nachtplatz zu Füßen eines Menschen bettelt. Kein Blick, den ich auf jemanden richten möchte. Die Hand als Schirm über den Augen und gesenkten Blickes murmle ich: »Keine Zeit. Komm später wieder.«

»Unsinn, Savanna«, höre ich Ljunggren in der Tür sagen. »Um zehn in meinem Zimmer.«

»Hab dann noch immer keine Zeit.«

»Aber ich. Egal, wir nehmen uns die Sache gleich vor.«

»Vor der Arbeitszeit?« versuche ich.

»Nicht so, Savanna. Bring mit, was du von deiner Dissertation hier hast und komm rüber.«

»Du meinst, sporadische Notizen und unbeschriftete Mappen?«

»Ich meine, etwas weniger Märtyrertum und etwas mehr Präsenz.«

Roter Kopf hinter provisorischem Mützenschild, ich weiß, er sieht es.

»Wie lange?«

»Bald drei Monate.«

»Heute nacht?«

»Dreieinhalb Stunden.«

»Ursache?«

»Wenn ich das wüßte.«

»Komm jetzt.«

Er ist ein hochgewachsener Mann, der nach Pfeifentabak riecht und immer in Tweed gekleidet ist, meist Braun und Beige. Weiße struppige Haare, als wäre er nur kurz von seinem Segelboot gestiegen, mit dem Wunsch, so bald wie möglich zurückzukehren, um die Fock zu hissen. Er hält mir den Arm hin, zu unser beider Verwunderung fasse ich ihn unter. Wie ein zielstrebiges Paar gehen wir den Korridor entlang bis zu dem Zimmer, das alles andere ist als ein Kabuff, mit schönen behördlichen Besucherstühlen und der obligatorischen Einrichtung aus hellem Holz. Eine private Vase am Fenster, hingestellt von seiner Frau, ein gerahmtes Plakat von einer Kunstausstellung, eine Obstschale auf dem Tisch. Und Bücher, so viele, wie man in ein zu knapp bemessenes Institutsregal nur hineinstopfen kann.

Er greift nach seiner Großpackung Erfrischungstücher und bietet sie feierlich an. Für jeden, der das Ritual nicht kennt, muß diese Geste beinahe anstößig wirken. Rieche ich denn schlecht? Bin ich schmutzig? Aber so ist es nicht. Mein Professor behauptet, er mag das Gefühl von *Abenteuer*, das einem jeden Treffen anhaftet – man macht sich auf gebührende Weise dafür zurecht. Wir wischen sorgfältig unsere Hände ab. Dann fange ich an, Ohren und Hals abzureiben.

»Danke, Savanna, es reicht.«

Trotzig wie ein Teenager, voll aggressiver Hormone. Nur daß ich weder fünfzehn bin noch daß die Hormone verrückt spielen.

»Martin hätte gesagt: Geht jetzt der richtig große Ausflug los?«

»Und was hättest du geantwortet?«

»Klar. Jetzt, wo wir sauber sind, geht er los.«

Das Gefühl des Professors für Abenteuer schließt auch ein, daß er eine Schale mit Wüstensand aus Botswana auf dem Tisch stehen hat.

»Habe ich nicht mal gesagt, daß du grandios bist, Savanna?«

»Ja, Herr Professor.«

Es irritiert ihn immer, wenn ich ihn so nenne, aber er zeigt es nicht. Ist auch jetzt genauso rücksichtsvoll zu mir wie vor sechs Jahren. Ich bin seine Anwesenheit nicht wert. Das macht mich beklommen.

»Grandios. Ich hatte es ernst gemeint. Das ist jetzt einige Jahre her. Glaubst du, so etwas verschwindet?«

»Absolut.«

»Ich nicht. Als du gekommen bist, hattest du eine ungewöhnliche Begabung für die Wissenschaft. Du schriebst in einer Sprache, die nicht nur verständlich war, sie war glasklar und bereichernd. Ich war froh, dich hier zu haben.«

»Und jetzt?«

»Jetzt weiß ich nicht, ob du überhaupt dein minimales Kabuff behalten kannst.«

»Also deshalb wolltest du mit mir reden.«

Ich höre den Anflug von Erleichterung in meiner Stimme, das ist fast das Schlimmste. Er hört es auch und wechselt das Thema.

»Wie geht es mit Elizabeth Brown?«

»Englische Schriftstellerin und Journalistin. Geboren 1940, gestorben 1972«, rassele ich bereitwillig herunter. »Ist in London aufgewachsen und wohnte den größten Teil ihres Lebens mit ihrem Vater Patrick in Hammersmith. Sie gab erfolgreich eine Anzahl von Frauenzeitschriften heraus, war außerdem zeitweise angestellt bei einer größeren Tageszeitung und verfaßte eine ganze Reihe aufsehenerregender Beiträge und Artikelserien. War in ihrer Zeit eine der berühmtesten Kulturpersönlichkeiten unter den Frauen. Sie schrieb auf ganz neue Weise über ungewöhnliche Themen: über Gewalt gegen Frauen, Abort, psychische Krankheiten, Hypnose, das Königshaus und Homosexualität. Sie hat auch zwei Romane veröffentlicht, wo mehrere dieser Themen in literarischer Form behandelt werden, zunächst *Persecuted* und dann *Beaten*. In der Übersetzung heißen sie, vielleicht ein wenig unerwartet, *Umzingelt* und *Geschlagen*.

Sie kümmerte sich nicht um das Geschrei der Massenmedien, was damals wohl nicht so laut war wie heute, erreichte einen relativ großen Leserkreis und machte sich eine eindrucksvolle Zahl von Feinden. Ihre Ansichten, Artikel und Romane widersprachen den geltenden Wertvorstellungen der damaligen britischen Gesellschaft.«

»Aber deine Dissertation ...«

»Greift natürlich all das auf eine brillante und grandiose Weise auf, wenn ich deinen Ausdruck benutzen darf. Ich untersuche Übereinstimmungen und Unterschiede bei den Themen, die sowohl in journalistischer als auch in literarischer Form behandelt werden, zeige ihre Spannbreite auf. Welches Forum ist für die entsprechende Botschaft am besten geeignet? Ich diskutiere außerdem – man ist schließlich nicht kleinlich! – die Medien als Wohnzimmer der Gesellschaft. Eine Art Zeitbarometer, was die Literatur nicht ganz auf dieselbe Weise bieten kann. Worüber schreibt man in den Zeitungen und worüber nicht? Wer ist der Agierende und wer das Opfer? Wer ist drinnen und wer draußen? Was wird als humoristisch angesehen und was nicht? Was ist selbstverständlich, widerspricht der Ethik oder ist akzeptabel?«

»Als dein Mentor weiß ich das doch wohl alles, Savanna! Aber wie *weit* bist du mit diesem Prachtwerk gekommen?«

»Ich habe an ihren Vater Patrick geschrieben und ein paar Fragen gestellt.«

Es folgt ein bedeutungsvolles Schweigen. Erst eine Explosion von Wörtern meinerseits und schließlich nur ein kurzes Puffen. Ich gebe Ljunggren ein paar Minuten, damit er sich erholt. An Patrick Brown habe ich nicht geschrieben, doch gibt es Pläne dazu in Mappe drei der Elizabeth-Brown-Reihe, unter dem Buchstaben S.

»Ach ja?« sagt er schließlich ein wenig verblüfft.

»Ich will wissen, warum eine zweiunddreißigjährige extrem verbal veranlagte Frau auf dem Höhepunkt ihrer Karriere Selbstmord begeht, ohne einen Abschiedsbrief zu hinterlassen.«

»Das ist doch wohl nicht unmöglich.«

»Eine Schriftstellerin?«

»Gerade deshalb. Ist der Worte überdrüssig. Und weiter?«

»Ich habe das letzte Interview mit ihr entdeckt, in dem sie angeregt erzählt, daß sie dabei ist, ihren dritten Roman *Insomnia* abzuschließen. Er wurde nie gefunden.«

»Und diese Amerikanerin, Ruth Bell?«

»Rede nicht von ihr!«

Ruth Bell. Eine entsetzliche sogenannte Wissenschaftlerin, die vor einigen Jahren eine Biografie über Elizabeth herausgebracht hat, voll von Verleumdung, Verachtung und Verhöhnung. Ich will nicht glauben, daß Menschen sich im Grab umdrehen können, bitte, erspart mir das, aber Elizabeth könnte es nach dieser Biografie glatt tun. Die Bell hingegen lacht sich ins Fäustchen auf dem Weg zu Privatjets und überfüllten Hörsälen, wo sie von »der mißhandelten Elizabeth und ihrem tragischen Leben, betrachtet von innen und außen, und dem entsetzlichen Abgrund zwischen diesen beiden Seiten« berichtet. Was Elizabeth mit ihren Büchern verdiente, ist somit »verzinst« und hat in Bells Händen eine ungeahnte Rendite.

»Ich meine nur, du kannst gewisse Probleme mit der Bell bekommen, wenn du all ihren Resultaten widersprichst.«

»Resultate?« schnaube ich.

»Savanna, werde erwachsen«, sagt Ljunggren irritiert, was mich zusammenfahren läßt. »Nun, wie willst du dieses Projekt nennen?«

»›Sporadische Notizen, weit entfernt von jeder Dissertation‹? Aber man weiß nie«, füge ich als Versuch hinzu, die Sache positiv erscheinen zu lassen.

»Man weiß nie!«

»Nein. Man kann es auch nennen: ›Fahndung in einer entschwundenen Wirklichkeit‹. Oder ganz einfach eine Art Privatforschung, das ist mein eigener Terminus. Das heißt, ich weiß, daß es mich einer fertigen Dissertation nicht direkt näherbringt, aber ich kann einfach nicht anders.«

»Privatforschung? Du klingst enthusiastisch.«

»In meinen langen Nächten habe ich viel Zeit zum Planen, verstehen Sie, Herr Professor?«

Er steht auf, wirft ein benutztes Erfrischungstuch in Richtung Papierkorb und trifft mitten hinein. Sagt dann mit harter Stimme, das zielstrebige Paar ist plötzlich nur noch Erinnerung: »Ein Jahr, Savanna.«

»Wie bitte?«

»Du hast höchstens ein Jahr zur Verfügung, um das vorzulegen, was dieses Institut von dir erwartet. Gern noch etwas mehr. Ich will nicht grandios sagen, ohne einen Beleg dafür zu haben. Was du tust, mit wem du sprichst und mit welchen unwissenschaftlichen Fragen du dich zur gleichen Zeit beschäftigst, ist nicht meine Angelegenheit. Wenn du nur rechtzeitig fertig wirst.«

Ungekämmtes Haar, Geruch nach Pfeifentabak, Erfrischungstücher vor jedem Gespräch, all das verdeckt das Selbstverständliche – daß alles, was er sagt, eindeutig ist. Dafür sollte ich dankbar sein, statt dessen möchte ich nur weinen. Ich räuspere mich.

»Nur ein Jahr?«

»Es hätte überhaupt keins sein sollen.«

»Ich verstehe. Müßte ich sonst noch etwas wissen?«

»Nein. Doch, daß ich verdammt allein stehe mit dem Glauben, daß du dich auch nur in der Nähe des Grandiosen befindest.«

»Und die Bedingungen für dieses Jahr?«

»Eine Anzahl solcher Artikel, wie du sie anfangs publiziert hast, nein, noch bessere. Und daß du deinen Verpflichtungen im Institut nachkommst.«

»Ich bin hier.«

»Mehr als nur körperliche Anwesenheit. Außerdem will ich, daß du weit mehr Platz einnimmst, als du es in den letzten Jahren getan hast. Und du ...«

»Ja, Professor ... Sten?« versuche ich bereitwillig.

»Ich habe es schon mal gesagt. Ich will, daß eine Frau meinen Stuhl übernimmt.«

»Aha, aber schau dabei nicht mich an. Viel zuviel Licht, verstehst du? Man wird viel zu sehr *gesehen*, als daß es zu mir passen könnte.«

»Ich begreife dich nicht.«

»Dann sind wir schon zwei.«

»Da ist noch etwas, was ich ansprechen muß. Mach dich nicht kleiner, als du bist, das ertrage ich nicht.«

»Ich überlebe nur.«

»Du tust nicht einmal das.«

Er hat recht. Es verwundert mich, daß ich so zu durchschauen bin. Er steht auf und begleitet mich zur Tür. Gleich wird er heimlich rauchen, wir anderen spüren das sofort durch das Ventilationssystem – ich erspare ihm die Erkenntnis.

»Du brauchst Hilfe.«

»Wer nicht?«

»Ich meine mehr als das.«

»Keine Therapeuten, Ljunggren«, sage ich warnend.

»Nein, ich kenne deine Einstellung dazu. Aber ich weiß jemand anderen. Die Studentenpfarrerin der Universität, Maria Soros. Ruf sie an«, sagt er und zieht einen Zettel aus der Innentasche.

Ich halte meine Hand abwehrend vor mich, wie um zu sagen, jetzt reicht es, glaube ja nicht, daß … Aber die Hand hängt so trostlos in der Luft, schwebt, bis Ljunggren sie zwischen seine Hände nimmt und sie vorsichtig zurück an meine Seite legt. Mitfühlende Blicke will ich nicht haben, er schaut taktvoll aus dem Fenster. Ich verlasse entschlossen sein Zimmer.

Im Korridor draußen steht ein aufmerksamer Doktorand, ich sehe, wie er die E-Mails der Kollegen am Drucker durchgeht. Er setzt eine verblüffte Miene auf: »Hm, wo habe ich nur meine kleine Mitteilung gelassen?« Er sieht mich an, hebt die Augenbrauen, heute braucht er weder zu fragen noch zu spekulieren. Ich nicke ihm zu, ausreichend beklommen.

»Schlecht«, sage ich. »Es sieht schlecht aus, Johannes.«

Ich kann nicht anders. Er versucht mich mitleidig anzusehen. Er tut sein Bestes, das muß ich ihm lassen. Dann legt er den Kopf schräg, die Zungenspitze lugt zwischen den Zähnen hervor. »Ja? Erzähle!«

Aber so weit hat mich die Schlaflosigkeit noch nicht getrieben. Daß ich ein Mensch geworden wäre, der sich anderen anvertraut, damit diese ihr Wissen bei völlig unerwarteten Gelegenheiten zur Erpressung nutzen können. Oh, erspart mir das.

»Kümmere dich um deinen Kram«, murmele ich, drehe mich um und schlage die Tür zu meinem Kabuff zu.

Ich bin zu klein und unbedeutend, um großmütig zu sein, bin niemand, der sich darüber hinwegsetzen kann, daß jemand die Post anderer Leute liest. Wie sehr ich es mir doch manchmal wünschte, mehr Einfühlungsvermögen zu haben und meine Gefängniswärter wie ein zweiter Nelson Mandela mit Würde begrüßen zu können. Ich bin kein außergewöhnlicher Mensch, besitze kein tiefes Mit- oder Ehrgefühl. Den Schmerz anderer aufnehmen: so etwas kann ich nicht. Aber sechs Jahre lang habe ich ein Kind so innig geliebt, daß ich mich zuweilen dem Gefühl der Zusammengehörigkeit – zu dem Kinder den Schlüssel zu besitzen scheinen – nahe glaubte. Diesem Gefühl, daß es zwischen Menschen eigentlich keinen Abstand gibt, und sollte es doch der Fall sein, dann nur für äußerst kurze Zeit. Doch ich bin niemals bis dahin vorgedrungen. Ohne Martin wurde ich wieder unsichtbar.

Irgendwie liegt Ljunggrens Enttäuschung schwerer in der Luft als sein Tabakrauch, ich habe sie seit langem gespürt. Und es ist noch schlimmer: Ich meine, Martins Enttäuschung zu spüren.

6. Kapitel

Mein Bruder läßt einen ständigen Strom heftiger Sehnsucht zurück. Die rührt von den Frauen her, die ihn einmal geliebt haben. Ich habe gesagt, ich weiß nicht, wo sie herkommen. Doch weiß ich, daß ihr Vorrat unendlich zu sein scheint. Bei den zuweilen turbulenten Anlässen, wenn sie ihre wenigen Habseligkeiten (Zahnbürste, Buch, drei Garnituren Unterwäsche) aus seinen Zimmern räumen, habe ich geahnt, daß sie von einer Sehnsucht getrieben werden, die ausdauernder zu sein scheint als irgend etwas anderes hier auf der Welt. Sie suchen nach dem »großen Glück«, ich bin gezwungen, die Sache so zynisch auszudrücken, weil ich nicht glaube, ein solches gefunden zu haben. Das habe ich ihren Blicken entnommen, wenn ich sie zuweilen auf dem Friedhof traf, wo sie irgendeinen Hund spazierenführten. »Um vielleicht zufällig auf Sam zu stoßen«, sagen sie hoffnungsvoll zu mir, wenn ich vorbeikomme.

Weil ich unsichtbar bin, eigne ich mich gut als Gesprächspartner. Weil sie am Boden zerstört sind, bemerken sie meine versteckten Bosheiten nicht, merken nicht, daß ich zubeiße. Weil ich seine Schwester bin, glauben sie, ihm durch diese »vertraulichen Gespräche« ein Stück näherzukommen. Mein Bruder ist bemerkenswert, in der Welt der Liebe scheint er mehr als anwesend zu sein. Er besitzt die Fähigkeit, in einer Frau Liebe zu sich zu erwecken, und das scheint mir keine geringe Leistung zu sein, da er doch nicht eine von ihnen jemals zu lieben vermochte. Ich glaube nicht, daß er jemals aus Liebe gelitten hat.

Jedesmal dieselbe Prozedur. Klar und deutlich erklärt er der jeweiligen Frau, daß er ein Mann ist, der sich nie verliebt, der nichts anderes sucht als sein Vergnügen. Ja, ich höre sie durch die offenen Fenster, beherrsche das alles in- und auswendig. Die Frau ist einverstanden, geht sogar wohlwollend auf das ungewöhnliche Arrangement ein. Danach dieselbe Verzweiflung wie bei den vorhergehenden Beziehungen, Hunde auf dem Friedhof, der Anrufbeantworter voller Seufzer, Selbstmorddrohungen im Briefkasten, die ich diskret im Kamin verbrenne.

Und jedesmal aufs neue: »Jetzt machen wir die Doppeltür wieder auf, Schwesterchen.«

Endlich allein. Wie unbeschreiblich schön. Aber Sams Trauer nach jedem Abschluß (seine Wortwahl) ist ebenfalls wirklich. Nicht weil er sie vermißt oder anders handeln wollte. Nein, seine Trauer rührt daher, daß er die Frau nicht finden kann, die seine Sicht teilt: auf die Liebe, das Leben und all das, was geschehen ist. Die Trauer rührt daher, daß er die Bestürzung der Frauen sieht und sich wegen seiner eigenen offenbaren Erleichterung schämt.

»Ich schäme mich«, sagt er zuweilen.

»*Tu* du das ein Weilchen«, erwidere ich.

»Die Erleichterung, wenn sie gehen. Ich sollte mich schämen.«

Doch ich kann nicht hinterm Berg halten: »Das hilft den Frauen nicht, also spielt es keine Rolle.«

Er seufzt hörbar, ist aber ziemlich rasch wieder frei von Sorgen. Es stimmt, was ich sage, daß seine Seufzer keine Rolle spielen. Die Liebe zerschmettert uns dennoch. Aber nicht so bei Sam und einigen wenigen anderen. Bittet mich nicht, ihn zu entschuldigen; ich bin nur seine Schwester. Ich bin die Schwester, die nie verurteilt, die ihn immer ausreichend in Frieden läßt, eine reine Selbstverständlichkeit, die man nicht zu erklären braucht. Eine Erkenntnis gibt es: Wir verlassen einander nie. Ein unausgesprochener Pakt. Genau wie mit Martin: bis das kleine, kahle Zimmer, wo wir unsere letzten Stunden verbrachten, uns trennte. Krankenhausbett, Klingelknöpfe, ein kleiner Körper und viel zu großer Schmerz. Eine Mutter, die nicht atmen konnte, als der Sohn damit aufhörte. Nicht genug.

Mein Bruder. Vorbehaltlos. So ist es. Boshaft? Nein, doch kann ich auch nicht sagen, was er sonst ist. Mein Bruder und ich *analysieren* einander nicht, dafür haben wir keine Begabung. Ich beobachte nur, stelle fest, daß ihn die »Affären« (ich hatte keine solchen, daher die Distanz) in gewissem Maße interessieren, doch daß sie stets ein kratzendes Gefühl hinterlassen, wie Pullover aus der erbarmungslosen Mischung von Wolle und Acryl. Er will weg, nach Hause, die ganze Nacht fernsehen, mit Schokoladentafeln im Bett. Ruhe haben.

»Am Anfang ...«, sagt er und schüttelt nachsichtig den Kopf, »sind wir uns einig, immer ist es so. Danach dieser Kampf um Raum: meiner, deiner und unserer. Nur das Letzte will ich abwenden. Ist das so schwer zu verstehen?«

Ja, ich verstehe. Aber ich bin nicht seine Geliebte, nur seine Schwester und außerdem eine Frau, die im Leben genauso viele Male geliebt hat wie ein normaler Mensch in einem halben Jahr. Wie komme ich dazu, sein Liebesleben zu verurteilen?

Aber wenn ich die Frauen sehe, verspüre ich doch einen Anflug von Verzweiflung, weil sie ihn nicht verstehen. Äußerst selten nehme ich mir die Zeit, von meinem Bruder zu berichten.

»In Ruhe ...«, kann ich zu der am Boden zerstörten Frau sagen, die ich im Augenblick vor mir habe. »Wenn du ihn in Ruhe läßt, wird er bei dir bleiben.«

»Und mich lieben?«

»Ich bin nicht sicher, daß er die Fähigkeit dazu besitzt. Manche, ja manche haben kein Talent dafür«, versuche ich.

»Ihr seid eine merkwürdige Familie. Der eine süchtig, der andere Abstinenzler.«

Ich, ein Abstinenzler? So kann man es auch sehen. Nein, ich habe die Liebe nicht unnötig und übermäßig gebraucht. Unnötig und übermäßig? Vielleicht überhaupt nicht. Ich habe einen kleinen Mann geliebt, einen werdenden großartigen Mann, den man aus meinem Schoß gehoben und an mein Herz gelegt hatte, das er von dieser Stunde an kontrollierte. Ich liebe einen großen Bruder, der morgens zu mir hereinkommt und mit uneingeschränktem Lebenshunger sagt: »Wie herrlich, jetzt ist wieder Morgen. Laß mich hier lüften, Liebes. Hier riecht es nach muffiger Schlaflosigkeit und nicht zu lösenden Problemen. Kaffee?«

Die Doppeltür weit auf, das gelbe Haus ruht noch immer in dem freundlichen Vertrauen, das ein neuer Tag jenen Menschen verspricht, die den Schlaf einer ganzen Nacht hinter sich haben: der Kopf klar, der Körper weich und entspannt, eine keimende Lust, ein träges Gähnen, die Arme hochgereckt – sanft ist das Leben für die Seligen. Laßt mich meine Tagesanfänge beschreiben (es fällt mir so schwer, nicht davon zu reden): verstopfte Nase, verspannte Muskeln, Kopfschmerzen, trockener Mund, Schwindelgefühle, Magenkrämpfe, Halluzinationen, brennende Augen. Ein Gefühl, als hätte man einen Kater, doch nicht von Alkohol verursacht, sondern von einer Krankheit, die nicht zu heilen ist, ein ungewünschter Wahnsinn, der langsam die Fassade zerbröckeln läßt, die fünfunddreißig Jahre lang mein Ich ausmachte. Ich weiß, es ist entsetzlich; ich zähle meine Wunden wie ein Kind nach einem ungewöhnlich erlebnisreichen Sommer, doch ohne den Stolz des Kindes.

Sam hebt die Hand.

»Nein, laß uns darauf nicht eingehen. Halt dich an die Fakten«, sagt er, um mich vor dem ewigen Wiederkäuen zu bewahren.

»Zwei Stunden.«

»Sieh an! Wir brauchen eine Stärkung«, sagt er, nimmt Brötchen aus dem Gefrierschrank und singt so anrührend und falsch, daß es mir durch Mark und Bein geht.

»Raus!« will ich schreien. »Raus du mit deinem Lebensmut, deinem gräßlichen Appetit aufs Leben, dem unstillbaren Hunger auf Trägheit und Genuß. Verschwinde, du mit deinen faulen Tagen auf dem Sofa, mit den Videos, den kleinen Leckereien und keiner Spur von Reue oder schlechtem Gewissen. Raus! Ich ertrage dich nicht mehr.«

In Wirklichkeit ist er der einzige, ohne den ich nicht sein kann. Sam ist mein Bindeglied zum Leben. Er weiß es, macht kein Gewese daraus. Daß wir uns gegenseitig nie verurteilen, das ist das Großartige. Wie kann eine Sache, die eigentlich einfach ist, so schwer sein?

Ich gehe zum Bett zurück, heute ist kein Tag, an dem man nach draußen geht. Mein Bett verwandelt sich in ein Zelt, und ich weine darunter, nicht aus Trauer, sondern aus reiner Müdigkeit, um den Körper sozusagen etwas weicher werden zu lassen. Sam kennt das schon. Hin und wieder reicht er mir eine Tasse Kaffee oder einen Keks unter die Decke. Nach einer Weile kommt die Zeitung.

»Der erste Teil?«

»Im Badezimmer, zerfleddert.«

»Hast du gebadet?«

»Hm. Vielleicht ist sie eher zerfressen, aufgelöst und mit Badeöl imprägniert.«

»Aha.«

Jetzt pfeift er wieder. Die Fenster stehen weit offen, ein

tiefer zufriedener Seufzer. Er hat meine volle Bewunderung. An seiner Seite werde ich diesen Tag wohl überleben.

Seit kurzem bekomme ich auch Mitteilungen über Handy. Es ist nicht mehr so einfach, sie als Liebesbriefe zu deklarieren. Kurze Ausrufe von Bewunderung? Beharrlichkeit? Dieselben sonderbaren Absender. Der Wunsch meines anonymen Briefschreibers wird immer undurchsichtiger. Ich weiß nicht, ob ich diese Nachrichten noch immer nett oder unbeholfen finden soll. Statt dessen macht sich das unangenehme Gefühl breit, überwacht zu werden. »Ich sehe dich«, schreibt er manchmal. »Selbst wenn du dich noch so unsichtbar machst, ich sehe dich dennoch.« Ist das Liebe? möchte ich jemanden fragen. Soll ich mich geschmeichelt fühlen, auf den Blumenboten warten, die Beine rasieren, Frauenmagazine lesen, um Tips zu bekommen, wieviel Abstand man halten sollte bei der ersten Begegnung? Soll ich mich wieder in einen lebendigen Menschen verwandeln?

Mein Handy gibt einen Piepton von sich, eine neue Nachricht. Sam reicht es mir ins Zelt hinein, meine Tränen werden mit einem unbekannten geblümten Taschentuch getrocknet.

»Wem gehört es?«

»Susanne.«

Wir werden also bald einen weiteren Hund auf dem Friedhof haben. Ich lese die Nachricht, zucke schon beim ersten Satz zusammen: »Vielleicht soll ich es ganz deutlich sagen: Ich überwache Dich. Du weißt sehr wohl, was Du gesehen hast, auch ich weiß es.« Dann erneut: »Sei vorsichtig bei Deinem Handeln, überlege, was Du tust. Euren Platz zu kennen und sich an ihn zu halten, ist eine Sache, die Euch Frauen immer schwerzufallen scheint.«

Wie soll ich das hier begreifen? grüble ich und schneuze mich. Vorsichtig? Ist die Liebe so? Ich denke an Sams Frauen, an ihre glänzenden Augen und verfitzten Haare von zuviel Intimität in viel zu kurzer Zeit. Ihren fast wie zerschlagen wirkenden Gang durch unsere Wohnung, vor der Stunde, wo Sam die Doppeltür aufstößt. Ertränkt von Liebe, so sehen sie aus. Geschwollene Lippen, zitternde Schenkel, die Brüste gleichsam spitz. Vorsichtig? Liebe geht unvorsichtig zuwege und läßt uns gestrandet und atemlos zurück, entsetzt über die Welle, die uns beim Nacken packte und hier aussetzte. Banal? Ja, sicher. Wir, die Schiffbrüchigen, sind nicht wählerisch.

»Sam?« sage ich und tauche aus dem Zelt auf, der Schlafanzug hat unzählige Knitterfalten und Heulspuren.

»Schwester?«

»Ich möchte gern wissen, ob das Liebe ist«, sage ich und stehe auf, um ihm all die Nachrichten zu zeigen, die ich in den letzten Wochen erhalten habe.

»Aber Savanna, überlege genau, wen du fragst! Was weiß ich denn von Liebe?«

Er hat recht. Was wissen wir beide davon? Wir sehen uns an, er lacht. Ich kann es nicht.

»Sollte ich mir langsam Sorgen machen? *Angst haben oder entzückt sein, Sam?*«

Er liest die Nachrichten, sieht verblüfft aus, es passiert nicht oft, daß er keine Antwort weiß. Er schielt zu dem Berg Schokoladentafeln, die keinerlei Spuren zu hinterlassen scheinen, weder auf seinem mageren Körper noch auf seinem schönen Gesicht.

»Du fragst mich nach Liebe«, stellt er fest.

Er liest noch einmal. Wir nicken beide. Keiner weiß, weshalb.

»Jemand ist offenbar beeindruckt«, bringt er heraus.

Ich sehe, daß mein Bruder, der die Fähigkeit einer Katze hat, zwischen einer Menge Leben zu wählen, sich wirklich anstrengt. Vor uns liegt das Taschentuch, das an Susanne erinnert, an die Resignation, mit der sie Sam ein letztes Mal geküßt hat, und daran, wie sie mitten in all der Trauer zu einer faszinierenden Erkenntnis fand: »Hieran habe ich eine Erinnerung, wenn auch eine schmerzliche: Ich habe gelebt.«

Sam hebt das Taschentuch auf, riecht kurz daran, schaut mich an und sagt: »Nein, Savanna, das hier ist etwas anderes. Aber frage mich nicht, was.«

Ich schnappe heftiger nach Luft als beabsichtigt, es klingt wie ein Schluchzer. Das verwundert uns beide. Dann folgen weitere, ich kann nicht aufhören.

»Sam, ich friere so.«

Sam schließt alle Fenster, holt einen Pullover. Der ist weich, es hilft nichts – er kratzt trotzdem.

7. Kapitel

Ich warte auf meinen Zeitungsboten. Ich muß ihn etwas fragen, wegen der Zustellzeiten. Ob sie möglicherweise in Schichten arbeiten, ob es daran liegt, daß ich nachts so merkwürdige Schritte auf der Treppe höre, meist gegen Mitternacht. Wie sie zuerst vor meiner Tür innehalten, um sich dann nach unten zu entfernen, während ich mit weit offenen Augen und ohne Zeitung zurückbleibe. Manchmal höre ich auch, wie gleich, nachdem ich heimgekommen bin, die Haustür geöffnet wird und wieder zuschlägt. Aber wenn ich auf die Treppe hinausgehe, um zu sehen, wer es war, ist niemand dort.

Ich weiß nicht, was ich davon halten soll. Ob ich vielleicht Listen anlegen, neue Mappen einrichten sollte? Wie kann ich sie in dem Fall nennen: »Schritte ohne sichtbaren Körper sowie Liebesbriefe über das moderne Tele-Netz«? Vielleicht kann ich sie neben Paulinas dünnen Ordner stellen. Darin ist ein Zeitungsausschnitt enthalten, eine Quittung der Pension in Roslagen mit einem jetzt bald vierundzwanzig Jahre zurückliegenden Datum sowie die Wiedergabe meines Gesprächs mit David Fawlkner. Oder soll ich meine neue Mappe neben die drei dicken Ordner stellen, die vollgepfropft sind mit Kopien von Elizabeth Browns gesammelter journalistischer Produktion, mit Rezensionen zu ihren beiden Romanen, haßerfüllten Artikeln über ihre Person (besonders nach der Kritik am Königshaus), ihren eigenen wohlformulierten Antworten, den vielen Interviews mit ihr (dem Artikel über das beinahe fertige *Insomnia*) sowie allen Nachrichtenbeiträgen voller Spekulationen über ihr Ableben.

Elizabeths Tod wurde schließlich als Selbstmord abgetan. Ich glaube es besser zu wissen. Genau dafür gedenke ich meine Privatforschung zu nutzen. Sofort erzeugt das wieder ein schlechtes Gewissen. Ein Jahr habe ich von Ljunggren bekommen, und schon jetzt bin ich erneut treulos, unzuverlässig und unsichtbar. Trotz seiner Erfrischungstücher und seiner noblen Würdigung all dessen, was ich nicht tue. Mir scheint, ich habe die Fähigkeit, älteren Männern sanfte Zärtlichkeit für mich zu entlocken. Ich weiß nicht, ob ich es beunruhigend oder amüsant finden soll, eher frage ich mich, was ich getan habe, um das zu verdienen. Aber ich bin dankbar für diese Zärtlichkeit, mein Defizit daran ist groß.

Ja, vielleicht sollte ich einen neuen Ordner für das Unbegreifliche anlegen. Ihn mein eigenes *Insomnia* nennen, die bedrohlichen Briefe darin abheften und ignorieren, während das Licht der Morgendämmerung meine Augen blendet und unerbittlich sagt: »Du hast es auch heute nacht nicht geschafft, ich war schneller als der Schlaf.«

Als die Zeitung kommt, nehme ich sie auf der Innenseite der Tür entgegen, und an der Art des Boten, sie festzuhalten, um mich zu necken, erkenne ich, daß mein regulärer Zeitungsmann zurück ist. Ich schließe die Tür auf und erhalte das Blatt direkt aus seiner Hand.

»Willkommen zu Hause, Jonas.«

Seine Augen glänzen.

»Danke.«

»Möchtest du ein Milchbrötchen? Ich habe eben ein paar aufgebacken.«

»Ganz schnell, aber sehr gern.«

Wir setzen uns in die Küche, und er zündet die Kerzen an, wie er es immer tut. Wir erholen uns in der Stille, während das Teewasser kocht, in dieser Nicht-Zeit, die vergeht, während wir darauf warten, daß der nächste Augenblick beginnt.

»Du bist also noch immer wach?«

»Das liegt am Licht. Die Dämmmerung kommt immer zeitiger«, versuche ich mich herauszureden. »Und bei dem Sommerlicht braucht man ja nur wenig Schlaf.«

»Sicher.«

Dieselbe Eigenschaft, die mein Bruder besitzt. Ich wußte nicht, wie sehr mir das gefehlt hatte. Wieder Ruhe. Ich kann eine weitere Nacht durchstehen. Mit Sam nebenan und meinem Zeitungsmann, in Shorts und mit einem Milchbrötchen in der Hand vor mir – sicher stehe ich noch eine Nacht durch.

»Jonas? Wer hat den Code für unser Haus?«

»Ich weiß nicht genau. Wir, die Post, verschiedene Lieferanten, die Polizei und die Feuerwehr … Außerdem gibt es ja Standardcodes, die man benutzen kann. Warum fragst du?«

Ich umgehe die Antwort. Es verlangt äußerste Konzentration, den Tee für die Kanne abzumessen, blinzelnd lege ich den Kopf schräg. Um Tee aufzugießen, ist jede Menge Präsenz erforderlich.

»Savanna!«

»Ihr Zeitungsboten arbeitet nicht vielleicht in zwei Schichten? Zuerst einer gegen zwölf und dann du etwa um drei?«

»Mit zwei verschiedenen Zeitungen, meinst du? In der ersten Schicht wird das Feuilleton und die Sportbeilage verteilt, und dann komme ich ein paar Stunden später mit dem Hauptteil.«

»Okay.«

»Das ist auch eine Idee, ich meine …«

»Ich habe *verstanden*.«

Es wird still. Wir trinken unseren Tee, überfliegen zusammen die Schlagzeilen, kommentieren den Nachrichtenfluß aus jener Welt, die draußen vor meiner gelben Festung rotiert und wo es viele sichtbare Menschen gibt, die ihren Platz einnehmen. Menschen, die im Licht stehen wollen, auch wenn der Preis so hoch ist, daß ihr Leben mit Beschlag belegt wird. Wir leben in einer Zeit hellsten Scheinwerferlichts, es herrscht ein Gedränge auf der Bühne, das manchmal selbst die Robustesten verwundert.

Ich erzähle Jonas von den fruchtlosen Gedanken, die meinen Kopf nachts bestürmen und die so wenig dazu dienen, daß meine Tage besser werden. Er hört nicht zu, sein Blick ist über meinen Kopf gerichtet, und plötzlich ist er wieder auf den Beinen, weit schneller als sonst.

»Willst du schon gehen?«

»Muß nach Hause, verstehst du?«

Da bemerke ich es. So viele Male hatte ich es bei Sams Frauen gesehen, und dennoch brauchte ich so viel Zeit.

»Du bist verliebt.«

Er windet sich, lacht unmotiviert, fährt grundlos mit der Hand durchs Haar. Ja, was soll man sagen?

»Ich sehne mich nach ihr.«

»Ich verstehe«, sage ich, die von gerade dieser Art Sehnsucht nicht das geringste weiß.

»Du auch, Savanna. Du auch.«

»Wie bitte?«

Er streckt seine Hand nach meiner Schulter aus, läßt sie dort liegen. Nicht noch mehr, denke ich, nicht, wenn ich so bin wie jetzt. Nicht, wenn die Schlaflosigkeit durch alle Poren gedrungen ist und die Haut hat implodieren lassen, wie nach einem allzu heißen Bad.

»Du solltest es versuchen. Keine weiteren Nächte mehr wie diese. Laß jemanden deine Schultern berühren, deinen Hals, deinen Nacken. Einen Kuß dahin«, sagt er und weist vorsichtig auf irgendeinen Punkt unter dem rechten Ohr.

Ich schaue weg.

»Die merkwürdigsten Dinge geschehen«, flüstert er. »Wenn viel Zeit vergangen ist, seit man berührt worden ist, ich meine, extrem viel Zeit?«

Ich nicke.

»Wenn es dann geschieht …«

Er braucht nicht weiterzureden. Das Reiben unter dem rechten Ohr erklärt die Sache besser als alle Worte zwischen einer Schlaflosen und einem Zeitungsboten. Dennoch versucht er es.

»Die noch nicht geweinten Tränen sind irgendwo im Körper gelagert. Sie werden von der Berührung freigesetzt. Ich will, daß du es weißt, manchmal ist es schwer, aufzuhören. Es ist, als ob sich der Körper an alles erinnert: im Kiefer der Schmerz eines alten Schlages, die Backenknochen noch verkrampft vor Schmach, in den Schultern verhaltene Wut, im Haaransatz noch nicht freigesetzte Begierde, wenn du ...«

Er verstummt. Ich halte die Hand hinter die Kerzen und blase sie aus.

»Alles kommt heraus«, sagt er.

»Ich brauche so was nicht.«

»Savanna?«

»Wie ich gesagt habe.«

Ich begleite ihn zur Tür. Er zieht seine Windjacke an, schon sehnen sich seine Finger danach, sie vor einer anderen auszuziehen.

»Willst du, daß ich in einer Nacht früher komme, gegen zwölf, nur um nachzusehen? Das ist kein Problem.«

Ich bin nahe daran, ja zu sagen. So viele Nächte, so viele Mitteilungen, und darin eine Verachtung, die der Absender immer schwerer verbergen kann.

»Ich komme schon klar.«

Das weiß er wohl. Doch war es nicht das, was er gesagt haben, und auch nicht das, was er hören wollte. Ich schließe die Tür lautlos hinter ihm, drücke die Stirn an die kühle Fläche. Hier kann man sich ein Weilchen ausruhen – kann man doch?

Am Morgen stehe ich auf. Selbstverständlich. Die Nacht ist vorüber, nicht mal die Stunden zählen will ich. Schluß mit dem Märtyrertum. Über dem Frühstückstisch nicke ich Sam zu: »Keine Fragen, bitte.«

Mein Fahrrad steht am falschen Ende des Fahrradkellers, jemand hat es umgestellt, hat es ganz hinten zur Wand gedreht. Ich fahre durch eine noch immer vom Schlaf träge Stadt, atme den Duft von Flieder und Traubenkirsche, den Geruch der frischgemähten Friedhofswiese und der Rosenbüsche, die auf dem Weg in den Hochsommer kurz vor der vollen Blüte stehen. Eine Natur, ein Blühen, das sich in der jährlichen Verzückung darüber, mit Duft, Farbe und Sichtbarkeit im Mittelpunkt stehen zu dürfen, in alle Richtungen streckt. Ich stoppe mein Fahrrad und ziehe einen Ast Flieder herunter, um mir einen Zweig in den Fahrradkorb zu legen. Die Nase versinkt in all dem Weichen. Berührung. Wie war das mit dem Haaransatz? Zu spät für so etwas.

Ich komme lange vor meinen Kollegen zur Ministerialbibliothek. Schließe auf, schalte die Lampen im großen Saal ein, in dem die Bibliothek untergebracht ist. Er erinnert an die Schalterhalle einer Bank zur Zeit der Jahrhundertwende, die Schritte hallen, wenn man über den Marmorboden geht. Hier existiert eine Ruhe, die nicht definierbar ist. Im Unterschied zum Institut wird hier nichts Größeres von mir verlangt, ein angenehmes Fehlen von Konkurrenz. Auf meiner Halbtagsstelle habe ich mich um Buchausleihe und Rückgabe zu kümmern, getätigt von Beamten der Verwaltung, der Ämter und Ministerien, habe das Magazin zu betreuen sowie die *Schwedischen Gesetzblätter* und die *Öffentlichen Staatlichen Untersuchungsberichte* in tadelloser Ordnung zu halten. Das gelingt niemals. In dieser Umgebung fällt es schwer, etwas anderes als unsichtbar zu sein. Meine Kollegen sind aus demselben Grund dort wie ich: der unendlichen Liebe zu Büchern; und wir hoffen, daß die Benutzer still und würdig auftreten, damit alle ihre Ruhe haben.

Unten im Magazin kann ich stundenlang an ein Regal gelehnt sitzen, völlig versunken in ein Buch, das zufällig aus der Reihe hervorstand, als ich vorbeiging. Mit einem Seufzer ziehe ich es heraus, nehme seine aufgeschlagenen Seiten mit demselben Genuß entgegen, den Sam bei Schokoladentafeln und dem Gedanken an Einsamkeit empfindet. Die Freude besteht darin, den Gedankenbahnen eines anderen Menschen zu folgen, sein Universum zu einem Teil des meinen zu machen, wenn auch nur für einen kurzen Moment, bis ich erneut untreu werde und meine Hand nach einem anderen Buch ausstrecke.

In der Bibliothek haben wir einen Chef, Herrn Mårtensson, der unsere Tätigkeit durch eine Anzahl *Strategien* lenkt. Diese Direktiven und Rundbriefe, die regelmäßig in unseren Fächern landen, sind großartig: Seminare, Umstrukturierungen, Prämissen, Fünfjahrespläne sowie »Kompetenzerhöhungsinitiativen von höherem Ort«. Mårtensson hat eigentlich nur eine gute Eigenschaft: Ihm ist bewußt, daß er keine Ahnung hat, wovon er spricht. Das ist ein versöhnlicher Zug, für den wir Angestellten ihn aufrichtig bewundern. Diese Rundbriefe werden auch zu jenem »höheren Ort« gesandt, sie werden eigentlich nur für diesen verfaßt, denn unsere eigenen landen umgehend im Papierkorb, worauf wir unsere Arbeit genauso erledigen, wie wir es immer getan haben: nach eigenem Gutdünken. Das funktioniert ausgezeichnet. Deshalb kann ich auch ganze Stunden im Magazin verbringen, wo ich alles Wissen einholen kann, das für meine aus sporadischen Notizen bestehende Dissertation vonnöten ist. Ljunggren hat gesagt, eine meiner wirklichen Begabungen sei es, in relativ kurzen Texten die Quintessenz schwerverständlicher Wissenschaft darzulegen, daß es mir gelänge, diese greifbar und anwendbar zu machen. Meine Artikel aus der grandiosen Zeit waren offenbar von dieser Art. Ljunggren behauptet, ich hätte das, was gebraucht wird. *Aber bring es auch zu Ende!* Tritt in die Welt der Sichtbaren ein, Savanna, und nimm, was geboten wird! Eine Frau auf meinem Stuhl. All das.

Ich frage Ljunggren, frage mich selbst: »Muß man denn so viel Platz einnehmen? Reicht es wirklich nicht, zu wissen, daß ich die Sache hier kann?« Muß denn alles verwertet werden? frage ich mich, plötzlich wütend. Ich weiß, was Ljunggren antworten würde: »Immer gibt es jemanden, der diesen Posten einnimmt und ihn im eigenen Interesse nutzt. Ich ziehe denjenigen vor, der es auch für andere tut. Den ich überreden muß, seinen Platz einzunehmen, statt ihn dem zu geben, der danach schreit.«

Ich aber halte mich lieber an das Magazin. Ein Schemel, ein Buch im Schoß, es öffnen und dann: das Nichts. Das ist die

Zeit, die vergeht, während man liest. Normales Zeitgefühl zählt nicht mehr, so wie bei großer Trauer oder ungeduldigem Warten. Manchmal werde ich von den Benutzern gestört. Das macht nichts, das ist mein Job. Ein kurzes Klingelzeichen von meinen freundlichen Kollegen, und ich bin wieder auf meinem Posten. Ich bin bereit für Blitzeinsätze, die erforderlich sind, wenn ein Beamter aufgelöst anruft und eine Sofortbestellung aufgibt: »Die Agrarentwicklung Litauens in den letzten 150 Jahren, ökonomische und politische Aspekte!« Zehn Minuten darf es dauern, denn sie haben nur eine Stunde zur Verfügung, um das Material zu liefern. »Ist es günstiger, es zu holen, oder können Sie es mit der Rohrpost schicken, verstehen Sie, die Zeit hier oben vergeht so rasend schnell.« Ich verstehe natürlich und fühle mit ihnen. Ich habe ihre Blicke gesehen, habe ihren Herzschlag durch die gebügelte Hemdbrust vernommen. Die Aufgelöstheit ist spürbar: viel zuwenig Zeit ... ist es möglich, daß sich die Buchstaben so rasch über den Bildschirm bewegen?

»Fünfunddreißig E-Mails in einer halben Stunde«, sagen sie mit heiserem Lachen, wenn sie ihren Packen an meinem Tisch abholen. »Davon fünfzehn akute.«

Früher habe ich meist genickt, war der unsichtbare Shredder. Heute möchte ich ihnen fast über die Wange streicheln, mich vorbeugen und flüstern: »Kommt her, erleichtert euer Herz, das schwer ist von Streß und dem Gefühl der Unzulänglichkeit, von mangelnder Unterstützung und minimaler Freizeit.«

Dieser Tage überraschte ich mich selbst dabei, daß ich meine Hand über die einer Beamtin legte, die nahezu erstarrt die Erkenntnis verdaute, daß sie gerade ihre Deadline verpaßt hatte, das Leben aber trotzdem weiterging. Sie ließ mich gewähren, legte ihre andere Hand auf die meine. Da standen wir wie ein altes verfrorenes Paar, uns des anderen eigentlich nicht bewußt.

»Nicht so schlimm, oder wie?« sagte sie schließlich.

Mit Erleichterung ließen wir beide die Intimität hinter uns.

Kaffee? Champagner? Oder nur einen Plastikbecher Mineralwasser? Jede von uns beiden nahm einen Becher Wasser. Eine kurze Zeit der Nähe, sie mit der Erkenntnis, sterblich zu sein und dennoch weiterleben zu können, und ich mit der Gewißheit, daß nur wenig dazu fehlt, die Wirklichkeit unkontrollierbar werden zu lassen, Ordner eingeschlossen. Dann verschwand die Beamtin, ging zurück zu dem Strom von Mitteilungen, Bestellungen, grandiosen Redematerialien und dicken Untersuchungsberichten, die ihre Welt waren. Ich selbst kehrte zurück zur Einsamkeit meines Magazins, mit einem nicht eben geringen Gefühl der Erleichterung und Empathie. Ich entschloß mich, sie von jetzt an in meine Nachtgebete zu Martins Gott einzuschließen. Genug davon.

Heute hat sich vor meinem Tisch eine Schlange gebildet. Morgen gehen viele in Urlaub, und »höheren Orts« ist man bereits in eine Vielzahl phantastisch gelegener Sommerhäuser entschwunden. Das gibt den Beamten die Chance, sich mit einem Thema zu beschäftigen, das ihnen am Herzen liegt, das ihnen früher am Herzen gelegen hat oder auch niemals. Ganz nach Neigung, Erfahrung und Persönlichkeit. Weit hinten in der Reihe steht ein gutaussehender, knapp fünfzigjähriger Mann und sieht mich an. Wie soll ich gutaussehend definieren? Wir erkennen es, wenn es uns begegnet. Man spürt, daß er die Qualitäten eines Gentlemans besitzt, ich lache bei dem Gedanken. Vielleicht ist es die Art, wie er andere, gestreßtere Kollegen vorgehen läßt, wie er die Jacke einer Frau hält, während sie in ihrer Handtasche wühlt. Er steht nicht mehr dort, als die anderen Beamten gegangen sind, doch taucht er mit dem Jahrgang einer Sonderzeitschrift im Arm hinter einer Bücherwand wieder auf.

»Haben wir uns nicht schon mal gesehen?« fragt er.

Ich erwarte beinahe, daß es ihm wie ein Lied von den Lippen kommt, mit der Melodie eines Schlagers vergangener Zeiten. *Oh, haben wir uns nicht schon einmal gesehen, bist du nicht das Mädchen für miiich?* Ein leises Kichern, es muß die Müdigkeit sein, die mich so albern reagieren läßt.

»Gerade eben, am Tisch«, antworte ich und reiße mich zusammen.

»Ich weiß. Ich meine früher.«

Jetzt lachen wir beide, ich lache, bis mir die Knie weich werden, der Bauch ganz heiß. Ohne darüber nachzudenken, lege ich obendrein die Hand unter das rechte Ohr, bewege sie auf und ab bis zum Haaransatz. Ich erschauere, werde rot und schaue schließlich zu Boden. Unglaublich linkisch. Da ist etwas in seinem Blick, in seiner Art, mich zu sehen.

»Wir haben uns also noch nicht gesehen?« wiederholt er, während er die Zeitschriften geschickt der Reihe nach sortiert.

»Nein.«

»Nicht einmal im Profil?«

»Nein!«

»Und von hinten?«

»Keinesfalls.«

»Auch nicht ihr Nacken den meinen?«

»Also bitte, nochmals nein.«

Unser Lachen hallt unter der hohen Decke, prallt zurück. Meine Kollegen blicken hinter ihren Bildschirmen auf. Ich fühle mich merkwürdig flau. Gibt es nicht irgendwo einen Stuhl?

»Ich führe kein solches Leben«, murmle ich. »Wir können uns nicht gesehen haben. Zu alt dafür, schon sechsunddreißig, bald. Sehen Sie, schon graue Haare.«

»Kein Vertrauter?«

»Überhaupt keiner.«

Wir gehen zum Ausleihtisch.

»Wie klappt es mit dem Wohnungstausch?« fragt er, weist auf den Zettel am Anschlagbrett und dann auf mein Namensschild am Tisch.

»Überhaupt nicht. Mein Bruder lehnt alle Vorschläge ab. Gute wie miserable. Vor allem die guten.«

»Und Sie?«

»Ich bin …«

Was bin ich eigentlich?

»Zu passiv. Mag es vielleicht nicht, Beschlüsse zu fassen.«

»Daran ist nichts Schlechtes. Wichtig ist, daß man gegebene Versprechen hält, finden Sie nicht? Und wenn alle dauernd Beschlüsse fassen würden, dann ...«

Er beendet den Satz nicht. Seine Art bewirkt, daß ich mich merkwürdig nackt fühle. Ich registriere seine Bücher, auf meinem Bildschirm hinterläßt seine Benutzerkarte die Angaben: Ulf Stierner, Ministerialdirigent, Landwirtschaftsministerium.

»Sind Sie oft unterwegs?«

»Meistens im Osten.«

Ich habe gehört, was sie sich im Personalspeisesaal über die Menschenmenge zurufen. Bonn? schreit einer. – Nein, wieder Brüssel! – Vorige Woche New York. – Ich auch. Im April.

Es liegt etwas Rührendes in diesem Herunterbeten von Großstädten, als werde der Flug der Zeit von einem Dreitagebesuch in Tallinn, das Programm vollgepackt, gebremst.

»Nicht einmal unser Haaransatz?« ruft der Ministerialdirigent vom Ausgang her.

Ein weiterer Blick meiner Kollegen und noch ein Erröten meinerseits. Wie rasch man heutzutage regrediert.

Sich in die Arme eines Menschen zurücklehnen und einfach nur schlafen. Die langsamen Atemzüge eines anderen spüren und dadurch den eigenen, gejagten entkommen. Jemanden seine Schulter berühren lassen, bis die Tränen strömen, die Trauer dich freigibt, das Schweigen gebrochen wird. »Auch du, Savanna.« Ja, mein Gott. Ein leises Piepen von meinem Computer, eine E-Mail. Ich öffne sie, erwarte eine ausgewogene, doch völlig unbegreifliche Direktive nach perfektem Muster von Mårtensson – sein letzter Anlauf vor den Ferien, das kann umfangreich werden. Statt dessen kommt die Mail von einer miriam.miriamson@hotmail.com.

»Jetzt ist nicht mehr viel Zeit übrig. Ich will, daß Du Dich still verhältst. Ja, unbeweglich. Bis es vorbei ist. Du weißt, was ich von Dir verlange. Ich habe es schon früher getan. Wie damals, Savanna: Unsichtbarkeit und Dein Schweigen.«

In diesem Teil der Bibliothek ist es so kalt, die Klimaanlage muß doch irgendwie abzustellen sein. Ich suche zwischen den Knöpfen, drücke auf den falschen, schalte alles ab, lege die Stirn an den Apparat, mir wird schwarz vor Augen. Meine Kollegin kommt zu mir. Viel zu klug, um ihre Schulter anzubieten. Hingegen sagt sie etwas, das sie zuvor noch nie gesagt hat: »Du brauchst Hilfe, Savanna. Begreifst du das nicht?«

So kalt ist es hier im Raum, unendlich kalt, und mein Wollpullover liegt zu Hause. Der Pullover flattert auf meinem Balkon im Wind.

»Du hast recht«, antworte ich.

Wir zucken beide zusammen. Ich sage es noch einmal, als Bestätigung, kein Zurück ist mehr möglich. Alles, nur nicht noch eine Nacht voll Verzweiflung, nicht noch einen weiteren Tag voller Grübeleien, woher einer all meine Adressen kennt. Die Angst hat mich diese Worte sagen lassen; erst jetzt weiß ich es.

Angst habe ich nicht gehabt seit jenem Tag vor fünf Jahren, als eine Frau mit einem undichten Faserstift herumfuchtelte und dann sagte, wie es um Martin stand, daß er krank sei. Was für Worte hat sie danach benutzt? Oh, es ist so lange her, Martin. Wir sind mit Sam dort gewesen, ihr beide habt draußen gewartet. Das Sonnenlicht sickerte zwischen den staubigen Krankenhausjalousien herein, und die Ärztin tat ihr Bestes, sicher tat sie das. Wie sollte sie darauf vorbereitet sein, daß ich bei ihren nächsten Worten die Ordner vom wackligen Regal fegen würde. Die waren mal rot, mal blau und numeriert. »Im Sterben.« Das waren ihre Worte, die Finger blau von Tinte. Sehr gezielt und viel zu unvermittelt. Wie sollte sie es anders sagen? Aber ein Kind liegt nicht im Sterben, es ist lebendig. An etwas so Elementares erinnern zu müssen, das hatte mich wütend gemacht.

Nicht ich habe die Ordner hinuntergefegt, es war die Angst. Doch als das Unvorstellbare geschah, verlor sie ihre

Macht über mich – ich war niemand mehr. Nichts kann an einem dann noch haftenbleiben. Nach Martin fand nichts mehr Halt in mir.

Bis jetzt. Die Schlaflosigkeit. Bis jetzt. Die Angst. Auch über meine Worte: »Ja, ich brauche Hilfe.«

8. Kapitel

Meine Schritte haben ein Echo. Nicht das normale: diesen Schritt, der den Bruchteil einer Sekunde nach dem eigenen erfolgt, wenn man durch regennasse Gassen geht. Nein, nicht das, sondern ein anderes. Wenn ich den Fuß aufsetze, ertönt mein Echo ein wenig zu spät. Bleibe ich stehen, verstummt auch das Echo, doch geschieht es mit merkwürdiger Verzögerung. Ich weiß nicht, ob ich lachen, um Hilfe schreien, Sam anrufen oder ein Taxi nach Hause nehmen soll. Ich tue nichts von alledem. Meine Schritte haben ein Echo, jemand folgt mir. Es ist wohl schon Schlimmeres geschehen.

Manchmal, wenn ich nach Hause komme, klingelt das Telefon, ich hebe den Hörer ab – niemand antwortet. Nur Atemzüge, gleichsam als Erinnerung: »Ich weiß, wo du bist.« Die Mitteilungen lassen sich beim besten Willen nicht mehr liebevoll nennen. Nicht einmal von einer Schlaflosen mit fehlender Verankerung in der Wirklichkeit. Also baue ich mir eine stärkere Festung. So gehe ich mit der Sache um. Nicht einmal Sam will ich in der Nähe haben. Das erstaunt ihn, er hatte sich auf Ausflüge in seinem offenen Sportwagen durch das sommerschöne Schweden gefreut. Mit seinem Schwesterchen, das sarkastische Kommentare von sich gibt, die ihn zum Lachen bringen. Eine Schwester, die weder den übermäßigen persönlichen Genuß noch die mangelnde Aufmerksamkeit kommentiert. Darauf hatte er sich für den Sommer 1997 gefreut. Darauf und auf die wundervolle Einsamkeit.

»Mach die Doppeltür zu, Sam!« rufe ich.

Er schaut vom Küchentisch auf.
»Zumachen?«
»Und schließ auch ab, von deiner Seite, bitte.«
Ich will nicht der Versuchung erliegen, bei jeder Gefühlsattacke zu ihm hinüberzurennen und von der Anzahl Stunden zu berichten, bei denen ich pro Nacht gelandet bin. Auch nichts von paranoiden Schritten mit darauffolgendem Echo. Würde ja nur bei den Details, den Symptomen hängenbleiben und immer weiter von den Ursachen abkommen. Statt dessen will ich mich meinen Mappen und Ordnern widmen. Bald werde ich auch mein Zeitungsabonnement abbestellen, ich ertrage keine weiteren nächtlichen Besucher. Werde Sam der Berührung und den Tränen überlassen.
»Schließ die Tür ab und laß mich in Frieden«, verdeutliche ich völlig unnötigerweise, weil es eigentlich keiner Erklärung bedurft hätte.
»Willst du, daß sie abgeschlossen ist, mußt du es von deiner Seite aus tun«, sagt er und geht zu sich hinüber.
Das ist ein deutlicher Hinweis, völlig ungewöhnlich. An der Art, wie er die Tür zumacht, höre ich, daß er wütend ist. Auch das ist nicht typisch für ihn. Nichts ist typisch. Ich fingere ein Weilchen an dem Klebeband über der Klinke von Martins Zimmer, ziehe es dann ganz ab. Öffne die Tür und gehe hinein. Alles ist genauso wie zuvor. Nein, die Bettwäsche ist frischgewaschen, und der Staub stammt höchstens von den letzten drei Wochen. Sam muß aufgeräumt haben. Er kümmert sich um die Verplombung und hält das Zimmer sauber. Ich soll mich fernhalten, so weit weg, wie es nur irgend geht – wir wissen es beide. Jetzt verstoße ich gegen die wenigen Regeln, die bei uns existieren. Martin ist ziemlich groß gewesen, sein Bett sieht fast wie das eines Erwachsenen aus. Vier Jahre, viertausend Jahre voller Leere. Ein tiefes Loch in meinem Körper, das sich nie füllen lassen wird, und an diesem Hohlraum prallt alles andere ab. Kein Tag, kein Ereignis, kein Gedanke, die nicht damit kollidieren.
Ich lege mich in sein Bett, direkt auf das Inlett des Kissens,

Sam muß den Bezug vergessen haben. Das Bett hat keinen Geruch. Das Zimmer riecht schwach nach Ammoniak, vielleicht hat Sam die Fenster geputzt. Ich habe hier drinnen nichts zu suchen, Sam hat recht. Nichts und doch alles. Es gibt einen Satz, den ich nicht vergessen kann und der sich jetzt in Erinnerung bringt, er ist fest in meinem Körper verankert. Es war ganz am Anfang, nach den Ordnern und den unbegreiflichen Worten der Ärztin. Ich war tapfer, sogar mutig – oh, wie beherrscht. Außer an den Abenden, wenn ich glaubte, daß Martin schlief. An einem solchen Abend kam er herein, fand mich nackt und aufgelöst in feuchten Kissen. Bevor er sich in mein Bett legte und meine Nacht mit mir teilte, sagte er: »Es regnet in deinem Gesicht, Mama.«

Nur das. Die Mutter zu sein, zu der der Sohn so etwas sagt. Es regnet so sehr. Danach weinte ich auf ganz andere Weise. Ich behielt den Regen, so lange ich konnte, in meinen Händen, formte eine Schale für die Tränen. Sammelte sie.

An Martins Wänden hängen Bilder, die wir zusammen gemalt haben, ein paar sind nur von ihm. »Für Mama.« »Für Onkel Sam.« Wir zwei. Wir drei. Ein Feuerwehrauto im Regal. Eine Puppe in seinem Bett, ordentlich zugedeckt mit der frischgewaschenen Decke. Sam hat recht. Wer sollte darauf achten, daß das Klebeband an Ort und Stelle bleibt? Wer kann es besser tun als er? Wir stecken hier fest, er und ich. Wir stecken fest.

Ich gehe aus dem Zimmer. Kein Regen. Ich habe Arbeit und eine lange Nacht vor mir. Jetzt muß man seine Kräfte einteilen, ich weiß, wie die Müdigkeit einen von innen heraus auffrißt – habe gelernt zu haushalten. Ich sehe auf die Uhr. Erst neun Uhr abends. Vielleicht hat er Spätdienst dort oben in Roslagen, falls er überhaupt einen solchen hat. Ich meine sein zerfurchtes Gesicht sehen zu können, bemerke, wie er die Hand nach der fünften Tasse Kaffee dieses Tages ausstreckt und dann die Schreibtischlampe so einstellt, daß ihr Licht auf das Bild seines Sohnes fällt. Doch vielleicht ist sie ausgeschaltet, die Abende in Roslagen sind genauso hell wie unsere hier.

Ich entschließe mich, hole die Visitenkarte unter meinem Kissen im Schlafzimmer hervor. Auch dort frische Wäsche. Sam verwöhnt mich, er macht sich Sorgen. Auf der Karte steht noch eine handgeschriebene private Nummer. Zunächst rufe ich in seinem Büro auf der Wache an. Einfach zu hören, wie die Signale dort ankommen, verschafft mir ein Gefühl von Erleichterung, läßt mich denken, wie sehr das Gespräch meine Nacht verkürzen wird. Es ist wohl so, wie meine Kolleginnen und Ljunggren behaupten, ich brauche wirklich Hilfe. Und vielleicht ist es auch so, wie Sam gesagt hätte, wenn er mich nicht so gut kennen würde: »Aber so *tu* doch etwas, Savanna. Komm raus aus dem Dunkeln, mach etwas und nimm einen Platz ein! Alles andere, nur nicht diese Isolierung.«

Niemand hebt ab, ich drücke den Finger auf die Gabel und zögere vor dem nächsten Anruf. Spätabends bei ihm zu Hause anrufen? Ich lüfte mein Schlafzimmer, drehe das Kissen zum fünften Mal um. Keines meiner Rituale pflegt zu funktionieren; ich vollziehe sie dennoch. Vielleicht sollte ich Martins und Pippi Langstrumpfs Trick ausprobieren, die Füße auf das Kopfkissen legen? Natürlich habe ich es versucht, ich habe doch gesagt, ich habe alles versucht, und dennoch: trockener Mund, steife Glieder, tränende Augen – nein, genug davon.

Ich mache drei lange Schritte zum Telefon zurück, die Visitenkarte in meiner Hand ist fast völlig zerfleddert, bald sind die Zahlen verschwunden. Eine letzte Chance. Ein Mann meldet sich, mit dem richtigen Familiennamen, aber einer fremden Stimme.

»Ich heiße Savanna Brandt, würde gern mit David Fawlkner sprechen.«

Es wird still.

»Ich bin sein Sohn, Jack. Was möchten Sie von ihm? Sie verstehen, ich meine, er ist tot.«

Ich weiß nicht, wie ich weiterreden soll. Schwarze Leere im Gehirn, ich starre vor mich hin. Lassen Sie mich hier nicht hängen, möchte ich sagen, überlassen Sie mich nicht einer weiteren Nacht in meiner Festung. Das Klebeband an Martins Tür hält so schlecht, und das ist meine Schuld. Nicht einmal Sam kann ich um Hilfe bitten, ich habe verlangt, daß er die Tür abschließt, und er ist genauso stolz wie ich. Keiner von uns wird sie öffnen. Sie verstehen, hier herrscht Durchzug, möchte ich sagen, und deshalb hält das Klebeband nicht. Jeden Augenblick kann jemand dort hineingehen. Das läßt mir keine Ruhe, ich muß denken können, daß er dort geborgen schläft. Wie haben wir noch diesen Choral gesungen, als wir klein waren? Krebs Gott, geborgen will sein. Ich sang von dem geborgenen Krebs und sah ihn vor mir: rot und schön schwamm er durch die Meere, und ich wußte, wenn ich nur an ihn glaubte, an ihn und Gott, wenn ich mich an diese beiden hielt, konnte nichts Böses geschehen. Das war es, was ich Martin gelehrt habe, worin ich lebte. Das ist es, worin wir alle leben. Darüber wollte ich mit Ihrem Vater reden. Über den geborgenen Krebs und das Echo meiner Schritte, über bedrohliche Worte, die ich nicht verstehe, und meine plötzliche Sehnsucht nach Berührung. Also wollen Sie ihn bitte an den Apparat holen? – Doch nichts kann ich sagen.

»Er ist vor einem Jahr gestorben. Ich bin hier, weil ich das Haus verkaufen will. Jack Fawlkner«, fährt er unsicher fort, »das sagte ich vielleicht schon. Ja, fast ein Jahr ist es jetzt her.«

Er unterbricht sich, weiß nicht, warum er so lange zu niemandem spricht. Warum es ihm nicht gelingt, die Sache abzuschließen, den Hörer aufzulegen. Vielleicht weil es am anderen Ende der Leitung so still ist.

»Was machen Sie?« fragt er schließlich.

Nicht: »Was wollen Sie?« oder »War noch etwas?«.

»Wollen Sie, daß ich rede, damit Sie es nicht tun müssen?« sagt er dann.

Ein tiefer Seufzer von mir, und er fährt fort.

»Sind Sie in schlechter Verfassung? Sind Sie geflohen?«

Ich bin noch immer still, jetzt vor Verwirrung.

»Hat Ihnen jemand weh getan? Ihr Mann oder Ihr Freund? Wie mein Vater – auch ich bin Polizist.«

Die Wortfolge erscheint mir ungewöhnlich. Wieder Schweigen.

»Wenn Sie auflegen wollen, dann verstehe ich das. Aber ich tue es nicht vor Ihnen.«

Nichts geschieht.

»Wir sind noch da. Ich souffliere«, sagt er und lacht kurz.

Das rührt mich.

»Haben Sie vor etwas Angst?« Wenn das der Fall ist, atmen Sie tief durch.

Es ist so lange her, daß ich tief Luft geholt habe, bis in den Bauch hinunter, ich hatte vergessen, welche Erleichterung das bringt.

»Wollen Sie, daß wir uns treffen? Bald?«

Wieder ein tiefer Seufzer.

»Jetzt müssen Sie mir helfen«, sagt er schließlich.

Ich räuspere mich, nehme einen Schluck Wasser aus Sams zurückgelassenem Glas, begreife zu spät, daß es Wodka ist. Eine plötzliche Hitze im Magen.

»Entschuldigung«, flüstere ich. »Es ist nicht so, wie Sie glauben. Niemand schlägt mich. Ich war nur so verwundert.«

»Doch Sie wollten meinem Vater etwas erzählen?«

»Ja.«

»Aber?«

»Ich kann es nicht sagen.«

Jetzt wartet er ab. Was soll ich sagen: Husten Sie, wenn Sie noch da sind? Ich kann nicht erzählen, welch merkwürdiges Gefühl von Geborgenheit es war, die Visitenkarte unter dem Kopfkissen zu wissen, neben der Erinnerung an seinen Vater, als dieser den Sicherheitsgurt über meinen Bauch spannte. Mehr Geborgenheit als bei irgendeinem Krebs. Wie oft ich mir die Begegnung in diesen Nächten doch ausgemalt hatte, und jetzt war keine mehr möglich. Nein, Martin, kein Regen, nur stille Wehmut. Was mir zusetzt, ist das verlorene Bindeglied.

»Ich warte auf die Morgenzeitung«, sage ich statt dessen. »Bei mir kommt sie gewöhnlich zwischen zwei und vier Uhr früh, ich ziehe sie zu mir herein. Ich habe alle Zeit der Welt, verstehen Sie. Ich pflege auf dem Dielenteppich zu sitzen und zu warten.«

Er kommentiert meine seltsame Äußerung nicht. Das macht mich froh. Doch kommt er direkt zur Sache.

»Ich vermute, daß Sie Hilfe brauchen?«

Er kann mich nicht dazu bringen, ja zu sagen, so weit gehe ich nicht. Aber ich bestreite es auch nicht.

»Die meisten, die Vater angerufen haben, brauchten Hilfe. Ich habe es gemacht wie er, habe geredet, wenn sie es selbst nicht schafften. Nehmen Sie es mir nicht übel.«

»Das tue ich nicht«, sage ich, noch immer wie benommen. »Sie haben recht. Ich habe gewisse … Schwierigkeiten.«

» Wollen Sie, daß wir uns treffen? Irgendwo etwas trinken, vielleicht?«

Noch ein Räuspern, daß es so schwer sein kann, eine funktionierende Tonlage zu finden.

»Ja, sicher.«

Wir legen Zeit und Ort fest. Ehe wir auflegen, sagt er: »Schlafen Sie gut. Sie klingen, als könnten Sie es brauchen.«

»Ach ja?«

»Mein Vater hat auch schlecht geschlafen, redete immer mürrisch davon, wann die Zeitung zu kommen pflegte. Ich erkenne den Tonfall wieder. Diese beginnende Irritation.«

Ich setze eine Miene auf, die er nicht sehen kann. Wer ist er eigentlich, daß …

»Ich schlafe, wie ich will und wo ich will«, fertige ich ihn ab.

»Und das kann zweifellos erfrischend sein«, antwortet er freundlich und legt auf.

Mit einem sonderbaren Lächeln unternehme ich einen Spaziergang durch die Wohnung, sie ist groß genug dafür. An der Doppeltür angelangt, sehe ich nach: Sam hat nicht abgeschlossen, genau wie er gesagt hat. Ich gehe in seinen Flügel hinein und bewege mich im Zickzack zwischen Hängematten, Kuschelecken und einem Überfluß an Genuß. Zu Sam möchte ich sagen: »Ich werde morgen rausgehen. Gehe morgen raus. Morgen werde ich rausgehen.«

Welche Variante er auch bevorzugt, die Botschaft ist immer dieselbe: »Ich bewege mich, Sam. Schau, ich bin nicht unsichtbar.«

9. Kapitel

Am Morgen wache ich in einer von Sams Hängematten auf. Quer über das Zimmer ausgestreckt hängt Sam, seine Beine ragen unter der Bettdecke vor, die Füße sind aus diesem Winkel ungewöhnlich groß. Ich weiß, was Martin gesagt hätte: »Es riecht hier nach altem Fuß, Mama.«

Er hat recht. Sam wurde dann immer ins Badezimmer geführt, wo Martin beharrlich die großen Füße schrubbte und schiefgewachsene Nägel inspizierte, die nach langer Zeit in zu engen Schnürstiefeln resigniert aufgegeben hatten. Die Frauen sehen diese Füße nie, sie sind viel zu beschäftigt mit den Aktivitäten von Sams restlichem Körper. Zu mir sagte Martin manchmal: »Mama, aus deinem Mund riecht es eklig.«

Das war nach Abenden mit allzu viel Rotwein. Er hatte auch darin recht, erklärte aber stets mit Nachdruck: »Das *macht* doch nichts.« Er übersäte mich danach mit einer Menge Küßchen. »Ohne Zunge«, sagte er bestimmt – er hatte Sams Frauen gesehen, und das hatte ihn abgeschreckt. »Zunge nur, wenn ich eine Katze bin.« Wir schmatzten uns ab, ohne Katzen zu sein.

Eine Weinflasche unter meiner Hängematte, eine weitere unter Sams. Ich recke mich behaglich, der Körper ungewöhnlich geschmeidig, eine Sehnsucht, die aus dem Bauch hochsteigt. Ich schaue rasch auf die Uhr. Zwölf Uhr mittags. Zwölf Stunden Schlaf. Eine Gnade, von der ich geträumt hatte – heute gehört sie mir.

»Du hast ein Rendezvous!« jubelt Sam durch das Zimmer.

»Kein Rendezvous«, sage ich entschieden, »nur ein Treffen, auf dem ich um ein bißchen Hilfe bitten werde.«

»Egal, was dich angeht, sind beide Ereignisse gleich unwahrscheinlich.«

Wie immer hat er recht, heute ärgert mich das nicht einmal.

»Schwesterchen«, sagt er und seufzt tief. »So hier sollte man leben.«

Ich betrachte das Schlachtfeld, das wir hinterlassen haben: Süßkram, Speisereste, in der Ecke ein stummer, aber eingeschalteter Fernseher, das Fenster weit auf, Kleidungsstücke auf dem Boden, Weinflaschen, die in der Morgenbrise leicht hin und her rollen. Vielleicht hat er recht, meine Mappen und Listen machen das Leben unerträglich, nicht Sams ungehemmter Wunsch nach Genuß. Aber die Mappen sind meine Art, in einer zusammengebrochenen Welt, meiner eigenen, Ordnung zu halten. Bis die Schlaflosigkeit kam, funktionierte das auch ausgezeichnet, danach – überhaupt nicht mehr.

»Mit dir könnte ich das ultimative Leben leben«, philosophiert Sam weiter.

»Aha?« sage ich gähnend.

»Warum sind nicht *alle Frauen* wie du?«

»Ohne alle Forderungen, meinst du? Vorbehaltlose Liebe und all das? Bitte, nicht schon wieder!«

»Aber ich finde«, versucht er zu erklären, »mit dir habe ich die perfekte Beziehung.«

»So, findest du?«

»Ja, sicher! Außer dem Sexuellen, natürlich.«

»Das wollen wir meinen«, sage ich, lasse mich aus der Hängematte plumpsen und berühre wieder festen Boden.

»Das beste wäre natürlich, wir würden zusammenleben und das andere mit beliebigen Partnern innerhalb begrenzter Perioden zufriedenstellen.«

Er klingt wunschlos glücklich, setzt Kaffee auf und bemerkt mit einem Lächeln, daß die Tür weit offensteht, verzieht dann aber das Gesicht, als er sieht, daß die Verplombung gelöst ist.

»Sam, genauso leben wir doch.«

Er sieht erstaunt aus, doch liegt das nur am Kater.

»Da hast du recht. Ich tue es. Aber du?«

»Oh, zu spät für so was.«

Das Beste an Sam? Mir bleiben sorgenvolle Blicke erspart.

Ich fahre mit dem Rad durch einen Sommerabend, der seine Gäste wohl ins Jenseits befördern will, indem er Tausende von Düften gleichzeitig ausströmt. *Overkill* würden die Amerikaner sagen. Warme Stockholmer Abende haben zweifellos genau diesen Effekt – alles auf einmal. Der Asphalt ist weich vor Hitze, die Häuser scheinen zusammengesunken, als seien sie nach einem langen Sonnentag gerade im Begriff auszuatmen – jetzt braucht man sanfte Cremes und Ruhe. Die Autos bewegen sich nur kriechend vorwärts, als hätten ihre Fahrer weder Kraft noch Lust zum Gasgeben. Die Schiffe vor Slussen liegen völlig still, als wäre Aktivität an einem solchen Abend überflüssig. Die ganze Stadt, eingebettet in Grün, ruht im warmen gelben Abendlicht, eine schwache Brise weht zwischen dem Mälaren und der Ostsee, zieht in die Gassen hinein, der perfekte Zeitpunkt, um die Kinder schlafen zu legen. Die Regenrohre hängen wie Zungen durstiger Hunde von den Häusern auf die Straße, die Fensterläden verschließen ihnen die Augen, die Glocken haben aufgehört zu schlagen, und auf den Milchkästen vor dem Kücheneingang sitzen Kellnerinnen und rauchen. Ruhe und Muße, ein stilles Gebet: Möge diese Stadt im Sommerrausch verbleiben, da ist sie am schönsten. Aber wir alle beben bei dem Gedanken an den unbarmherzigen Winter und den nicht existierenden Frühling in dieser Stadt, auch vor dem klaren Herbst. Wir kennen all das viel zu gut, deshalb erholen wir uns jetzt so ausgiebig. Das ist der Grund, warum wir die Schiffsmotoren abstellen, unsere Autos langsam über den ungewöhnlich klebrigen Asphalt rollen lassen und mit solcher Wehmut genießen.

Die Barriere zur Wirklichkeit, die ich in den vergangenen Monaten gespürt hatte, ist beinahe verschwunden, weil ich endlich ausgeschlafen bin. Zwölf Stunden Schlaf, und der Schleier ist weg. Es ist, als hätte jemand eine Plastikfolie, ein Mückennetz vor meinem Gesicht weggerissen, und ich wage es, einen tiefen Seufzer zu tun – ohne die Angst, ersticken zu müssen. Die Schlaflosigkeit hatte meine Nerven bloßliegen lassen, jeder konnte daran ziehen. Bei jeder Kleinigkeit war ich zusammengefahren. Jedes Geräusch hatte mich mit doppelter Stärke erreicht, jede Farbe mit greller Intensität. Meine Kraftreserve war zu gering gewesen: eine falsche Bemerkung, ein Puff zuviel, und ich bin gefallen. Alles erzeugte größtmögliche Irritation. Nachsicht, ein Luxus für die Ausgeschlafenen.

Der einzig akzeptable Nebeneffekt ist die Dünnhäutigkeit. Nunmehr bin ich diejenige, die – wenn auch ein wenig verkrampft – um Hilfe bittet. Daß ich mir gestatte, in Ljunggrens Besuchersessel zu versinken, daß eine Beamtin meine Hand nehmen darf, daß ich die Doppeltür nicht verschlossen halten und die Verplombung nicht an ihrem Platz lassen kann, daß in meinen Mappen totales Durcheinander herrscht und ich mir erlaubt habe, in ein Dunkel zu versinken, das ich nicht einmal benennen kann. Was ist das, Depression? Sagt mir nichts. Brainstorm? Der Sache schon näher. Seelischer Orkan?

Ich bin klug genug, diesen Abend im Zeichen des Ausgeschlafenseins zu genießen. Ich weiß, daß der morgige Tag ganz und gar nicht so werden muß. Man hat mir eine Frist eingeräumt, das ist alles. Zuversicht, genau wie Nachsicht, ist ein Privileg für die ausgeruhten Bewohner dieser Stadt.

Wie beschreibt man einen Menschen? Die Ausstrahlung, die von den Augen, der Haltung, dem Körper ausgeht? Wie sieht man einen anderen? Ich wünschte so sehr, Sam wäre hier, denke ich, als ich mein Fahrrad abschließe und zu dem Mann hinüberschiele, mit dem ich verabredet bin. Wie lernt man, ohne irgendwelche Absichten zu reden, ohne schlecht verborgenen Nebensinn und widerspruchsvolle Botschaften? Dennoch weiß ich, daß Sam auf diese Fragen nicht antworten könnte. Er hat die Fähigkeit, die Herzen anderer überquellen zu lassen, aber bei seinem eigenen fehlt ihm das. Die perfekte Beziehung? Hu! Nein, Martin hätte ich fragen müssen. Oder ihn besser beobachten sollen, denn er wußte, wie man Leuten begegnet. »Direkt zu ihnen hin, Mama«, hatte er gesagt. »Einfach geradeaus.«

Ich überquere den Platz, den wir für unser Treffen gewählt haben. Ein merkwürdiger Gedanke: Das hier ist schon Erinnerung. Absurd. Ein Mann, den ich nur einmal auf einem Foto gesehen habe, ein Vater, den ich gemocht hatte – das ist alles. Er ist bestimmt verheiratet, geschieden, wiederverheiratet, hat drei Kinder adoptiert und erwartet jetzt ein eigenes mit seiner dritten Frau. Aber das ist gleich wieder vergessen. Jack Fawlkner hat dunkles, kurzgeschnittenes Haar. Ich vermute, er benutzt einen solchen Apparat, wie Sam ihn besitzt: eine Einstellung für den ganzen Kopf, x Millimeter, ein paar Minuten Surren, auf dem Fußboden ein Häufchen, eine Runde mit dem Staubsauger (Martin: »Bitte, Sam, darf ich was zum Ausstopfen behalten?«), worauf das Ritual beendet ist.

Jacks Körper scheint in sich selbst zu ruhen, obgleich er aussieht, als wollte er sich ständig bewegen. Als sei der Zwang, still stehen zu müssen, etwas äußerst Zufälliges. Bald ist sein Körper wieder bereit, sich zu straffen, um die Welt in Besitz zu nehmen. Das hier ist kein Mann, dessen Nerven bloßliegen. Das ist ein Mann, der jede Nacht seine acht Stunden schläft, selbst nach fünf Stunden ist er nett und angenehm, und am Abend würde er es nicht einmal *schaffen*, das Vaterunser zu beten. »Ausgeglichen«, hätte Sam gesagt, vielleicht eine Spur von Neid in der Stimme. Er erscheint mir so frisch und gesund, daß ich meinen Schritt verlangsame. Was kann ein solcher Mann anderes tun, als mich an meine Mängel zu erinnern, an die Jahre der Isolation und der fehlenden Liebe? Sowie an sechsundachtzig schlaflose Nächte.

Doch da sieht er mich. Er macht eine Bewegung mit den Händen in meine Richtung, beinahe wie Martin es immer tat, wenn er mich kommen sah, kurz bevor er die Arme in die Luft streckte, damit ich ihn hochnahm. Es ist eine winzige Bewegung des Willkommenheißens, aber sie genügt, um meine Hand instinktiv zum rechten Ohr zu führen. Nein, nicht so etwas. Hilfe brauche ich. Ein albernes Lächeln wie in der Bibliothek, weiter werde ich nicht gehen.

Dennoch weiß ich Bescheid. Wie lange dauert es, bis man

weiß, daß man einen anderen küssen will? Den Bruchteil einer Sekunde. Hitze im Bauch, es ist, als zöge sich die Gebärmutter zusammen.

»Savanna Brandt«, sagt er leise lächelnd.

Mehr ist nicht nötig, da sein ganzes Gesicht geradezu von innen leuchtet, eine schlecht verborgene Freude in seinen Augen. Irritiert denke ich: Was hat er für einen Grund, so froh auszusehen? Woher diese Ausstrahlung, so etwas vererbt sich doch nicht. *Mach dich nicht lächerlich.*

»Sie sind Jack«, stelle ich nur fest.

Wir gehen in eine Bar in der Nähe. Ich nehme mir vor, mich an die Fakten zu halten. Person und Sache zu trennen. Außerdem ist er Polizist, wenn auch in Zivil. Er will wissen, was passiert ist, als Geste gegenüber seinem toten Vater.

Doch das will er ganz und gar nicht, er will über andere Dinge reden. Ich glaube, er will sich einmal richtig aussprechen. Warum er mich dafür ausgewählt hat, ist mir unbegreiflich.

»Meinen Vater haben oft Frauen angerufen«, beginnt er unbekümmert. »Oh, nicht *so*. Er hatte den Ruf, bei Frauen gut anzukommen. Aber nicht deshalb riefen sie an«, sagt er und sucht meinen Blick zur Bestätigung. »Sie riefen an, weil sie sich Schutz erhofften, eine Möglichkeit der Hilfe und eine Freistatt. Wenn sie anriefen, waren sie schon jenseits der heftigen Verzweiflung, sie steckten in einer Sackgasse. Mein Vater wußte etwas darüber, wie man da wieder rauskam. Offenbar sprach sich das herum, denn sie riefen immer öfter an. Mißhandelte Frauen aus dem ganzen Bezirk. Man sagte, er höre sich ihre Geschichten an und könne helfen. Und daß man mit ihm reden könne, obwohl er ein Mann sei. Ich meine, daran ist nichts Falsches, aber in diesem Fall hier ...«

Ich versuche aufmunternd zu lächeln.

»Nun ja, oft konnte er ja nichts anderes tun, als ihnen die Nummer der Frauennothilfe zu geben und sie aufzufordern, ihre Verletzungen im Krankenhaus dokumentieren zu lassen, vielleicht daß sie es auch wagten, den Mann anzuzeigen. Wie viele von diesen Männern wirklich verurteilt wurden, hat er nicht erzählt. Ich glaube, es ist ihm viel zu nahegegangen, als daß er darüber hätte reden können.«

Unsere Getränke werden gebracht, er hatte auf Cocktails mit bunten Papierschirmen bestanden, weil er »sich in diesem Sommer keinen Urlaub gönnen kann«. Wir fingern verlegen an der Verzierung herum und bestellen etwas zu essen, denn ich bemerke voller Überraschung, daß ich hungrig bin.

»Als Sie angerufen haben, glaubte ich, Sie seien eine dieser mißhandelten Frauen. Eine, die nicht wußte, daß Vater gestorben ist. Ich konnte die Frau, konnte Sie doch nicht einfach am Telefon hängenlassen. Es kostet so viel Kraft, um Hilfe zu bitten, da kann ich Sie nicht einfach weiterverweisen. Ohne zu überlegen, habe ich es wie Vater gemacht, fragte genauso, wie er es tat. Ich habe nicht einmal darüber nachgedacht. Der Einfluß über Jahre ...«, sagt er und sieht plötzlich gerührt aus.

Dieser Mann hier hat offenbar keinerlei Kontaktschwierigkeiten und ist ohne jede Scheu. Man steckt sofort mitten im Gespräch. Wir nehmen beide einen großen Schluck zwischen den Schirmen.

»Ich habe ihn so oft gehört. Das erste Mal, als ich vielleicht vierzehn war, kurze Zeit nachdem diese Frau mit Namen Weller in seinem Bezirk ermordet worden war. Vielleicht 1973? Aber ich habe nicht gedacht, daß ich selbst anfangen würde, so zu reden wie er.«

»Vielleicht war Ihr Vater wirklich ein Mann, der bei Frauen gut ankam?«

»Wie bitte?«

»Im buchstäblichen Sinn des Wortes.«

»Möglich«, erwidert er. »Aber manchmal frage ich mich, was ihn trieb. Er mußte eine ganze Menge Spitzen einstecken.«

»Weichling?«

»Und anderes.«

»Damit konnte er vielleicht leben?«

»Sicher konnte er das.«

»Aber was hat ihn nur getrieben?«

Es scheint nicht oft vorzukommen, daß er sich unterbricht, doch wenn er es tut, dann voller Nachdenklichkeit. Er sagt, leicht überrascht, so als käme er erst jetzt zu dieser Einsicht: »Ich glaube, er hat es nicht ertragen, sie leiden zu sehen.«

»Nein«, sage ich und denke an Paulina Weller, die Fotografie auf David Fawlkners Schreibtisch und an mein eigenes inneres Bild, das rotbraune Haar unter dem Laken.

»All diese Spektakel in den Wohnungen und das Gerede von Gewalt in der Familie. Was Vater sich fragte, war: Kann man von Gewalt in der Familie sprechen, wenn nur einer prügelt?«

Wir bestellen zwei neue Drinks, deren Schirme wir zwischen den Fingern drehen: »Ist genauso gut wie Nachtisch, bestimmt.«

»Was wollten Sie von meinem Vater?« fragt Jack.

Wir haben gerade das Essen beendet, bei dem ich sein Alter (achtunddreißig), seinen Beruf (Kriminalinspektor, zehn Jahre im Dienst), seine Interessen (Sport treiben! tja) und seinen Familienstand (geschieden, keine Kinder) erfahren habe.

»Wieso wollte?«

»Die meisten haben einen Grund für ihren Anruf.« Er lächelt herzlich.

»Ja, ja«, fauche ich.

Ich begreife, es ist, weil er Sam ähnelt: dieselbe Fähigkeit, Ablenkungsmanöver zu durchschauen, und das Ausbleiben ironischer Kommentare.

Ich kaue an einem Nagel herum und wende mich irritiert zum Fenster.

»Es war nichts. Ganz unwichtig.«

»Nur ein nettes Essen«, sagt er. »Nach einem sonderbaren Telefongespräch.«

»O nein. Nicht wegen dem netten Essen. Ich meine, es war nur so, daß ich Hilfe brauchte.«

»Brauchte?«

»Jetzt hat sich die Sache gelöst.«

Schweigen. Er streckt seine langen Beine unter dem Tisch aus, lehnt sich zurück, seine Füße berühren die meinen. Ich ziehe meine Beine zurück.

Er hat jetzt die Hände im Nacken verschränkt, sein Blick in meinem. Er wartet. Dieser Arm, dunkelbraun an der Oberseite, hellere Haut unten. Der Mund wird mir trocken, ich fühle mich den Tränen nahe. Bin ich an der Reihe, das Gespräch zu übernehmen? Oh, Sam, ich kann nicht. Aber Jack ist schnell. Er beugt sich plötzlich vor, faßt meine Hände, zieht sie in einer einzigen langen Bewegung über den Tisch zu sich. Und sagt: »Erzähl jetzt.«

Ich erzähle alles. Die Schritte, die Schlaflosigkeit, die E-Mails, die Gedanken an Paulina Weller, die Begegnung mit seinem Vater David, die Visitenkarte unter dem Kopfkissen, meine Angst, weil jemand nachts draußen vor der Tür ist. Die ganze Zeit hört er mit größter Aufmerksamkeit zu.

Als letztes sage ich: »Ich glaube, jemand will mich töten, aber ich weiß nicht, warum«, doch erst ein Weilchen später verstehe ich das Gesagte wirklich.

Vielleicht ist der Alkohol schuld, daß ich so dramatisch werde, der Papierschirm, der aus irgendeinem Grund hinter meinem rechten Ohr gelandet ist. Ich wußte nicht einmal, daß ich in diesen Nächten zu einem solchen Ergebnis gekommen bin.

Er schweigt. Ich sehe, wie er eine Serviette nimmt und sie sich vor den Mund hält. Einen Moment glaube ich, er weint, dann, daß er etwas in den Hals bekommen hat, doch schließlich begreife ich: Er versucht sein Lachen zu verbergen. Als er meinen Blick sieht und den Papierschirm, lacht er schließlich laut.

»Du muß mich entschuldigen!«

»Keine Ursache«, sage ich gekränkt.

»Es war nur der Wortlaut, nicht der Inhalt!«

Jetzt lacht er noch mehr. Nach einer Weile geschieht das Merkwürdige: Es steckt an, was für eine Erleichterung.

»Entschuldige, Savanna. Es ist unprofessionell und rücksichtslos. Vater würde mir nie verzeihen.«

»Nein.«

»Glaub mir! Die Sache ist nur so, daß es der größte Wunsch meines Vaters war, genau *diesen* Satz einmal präsentiert zu bekommen. Vor dem Spiegel übte er die Miene ein, die er im entsprechenden Fall aufsetzen wollte. »Ich glaube, jemand will mich töten, aber ich weiß nicht, warum.«

Jetzt lehnt er sich zurück, alles, was ich sehe, ist ein hüpfender Adamsapfel.

»Und was danach?«

»Wollte er ihr das Leben retten. Natürlich«, sagt er lächelnd.

»Das ist klar«, erwidere ich und versuche ärgerlich zu klingen.

»Äußerst pathetisch, sicher. Warum wollen wir Männer den Frauen das Leben retten, Savanna?«

»Manche Männer. Keine Ahnung. Erzähl es mir, Jack.«

»Weil wir uns so für die Männer schämen, die euch drangsalieren?«

Ich kann nicht antworten, aber er bemerkt es nicht, sondern ist wieder konzentriert, zieht einen Block heraus und schreibt ein paar Worte auf.

»Das Formelle nehmen wir uns später vor, ich werde nur ein paar Stichpunkte notieren.« Pause und ein schlecht verborgenes Lächeln. »Unverzeihlich. Haßt du mich schon?«

»Ja.«

Er sieht zufrieden aus; er weiß, daß ich lüge. Denn gerade als er über das Absurde in dem Ganzen – nicht über meine Angst, lachte, da begriff ich, daß er ein Mann ist, von dem ich etwas *halten* konnte. Ich weiß nur noch nicht, was.

Der Rest des Abends vergeht mit kurzen Fragen und kurzen Antworten. Ich habe Ausdrucke der Briefe mitgebracht, sie scheinen ihn ein wenig nervös zu machen. Ich selbst versuche ruhig zu bleiben. Sache und Person. Das hier ist etwas, das jemandem zustößt. Daß dieser Jemand ich bin, ist im Moment nicht von Interesse. »Wann fing das mit den E-Mails an?« fragt Jack. »Und das Gefühl, verfolgt zu werden?« Ob meine Adressen leicht zu finden sind? Was könnte ich gesehen haben? Und wen? Worauf beruht meine Angst?

Meine Antworten bringen uns nicht weiter. Wir schauen beide auf seinen Block, wo nur wenige Sätze stehen, die meisten versehen mit Fragezeichen. Ich fühle, daß sich auf meiner Stirn eine kleine Sorgenfalte gebildet hat, auch Martin hatte so eine. Morgens saßen wir, einer das Ebenbild des anderen, am Tisch, die Falte wie ein Vorwurf auf der Stirn: Was für eine Zeit, um aufzuwachen?

»Und die Schlaflosigkeit?«

»Erspar mir, darauf einzugehen«, protestiere ich.

»Sicher. Aber wann hat sie angefangen?«

»Vor drei Monaten.«

»Und die E-Mails?«

»Die erste kam vielleicht drei Wochen später.«

»Also war die Schlaflosigkeit zuerst da. Woran kann das liegen?«

»Glaub mir, ich habe versucht es zu verstehen. Ja, ich habe alles probiert.«

»Ich glaube dir«, sagt er nur.

»Und komm jetzt nicht mit solch stereotypen Sätzen wie: ›Krisen bringen einen voran.‹ Die habe ich schon früher gehört, in völlig falschem Zusammenhang.«

»Ich tue alles, was du willst, wenn du dadurch nur mein Benehmen vergißt. Allerdings möchte ich noch eins sagen. Was will die Schlaflosigkeit von dir? Hast du darüber nachgedacht, ob sie dir vielleicht etwas sagen will?«

Sein aufmerksamer Blick ruht auf mir, ein kleiner Span Grün in all dem Blauen, gleich links von der Iris. Seine Unterlippe ist ungewöhnlich dick, als wäre ihm irgendwann die Kofferraumklappe dagegengeschlagen und die Schwellung nie richtig zurückgegangen – trotz Unmengen von Eis. Eine schwindelerregende Lust, mich an dieser Unterlippe festzusaugen, zwingt mich, daß ich mir auf die eigene beiße. Savanna, bitte!

»Weiß nicht, sage ich nur«, erneut wie paralysiert.

»Ich meine folgendes: Vielleicht hast du wirklich etwas gesehen, hast jemanden erschreckt, bist bei irgend etwas dabeigewesen, das für jemanden viel bedeutet, ohne daß du es registriert hast.«

»Aber?«

»Aber dein, nennen wir es, Unterbewußtsein hat es erfaßt, hat die Gefahr begriffen und läßt dich nicht schlafen ... Bis du das Problem gelöst hast.«

»Da ist noch etwas«, sage ich nachdenklich. »Der die Briefe schreibt, hat nicht begriffen, daß ich tatsächlich nichts gesehen oder auch nur eine Ahnung davon habe, was ihn zu bedrohen scheint. Falls oder als wir aufeinandergetroffen sind, muß es ihm obendrein so erschienen sein, als würde ich ihn zum besten halten, weil ich, in seinen Augen, in jenem Moment so tat, als wäre nichts.«

So einfach: Zusammenhang, Analyse, Schlußfolgerung. Sache und Person.

»Soll ich mir Sorgen machen, Herr Kriminalinspektor?« frage ich, in einem Versuch zu scherzen.

»Das ist schwer zu beantworten. Ein wenig vorsichtig sein, vielleicht, und etwas aufmerksamer.«

»Das fällt schwer ...«

»Wenn man nicht schlafen kann, ich weiß«, ergänzt er. »Aber ruf mich an, wenn sich was Neues ergibt. So was kann sich von selbst erledigen, wenn nicht aus anderem Grund, dann weil er begreift, daß du wirklich nichts weißt.«

Er gibt mir seine Karte. Darauf das kleine Wappen der Polizei. Ich kenne es seit der Kissenzeit.

Wir stehen wieder draußen auf dem Platz. Der Abend ist kühler geworden. Niemand hat einen warmen Pullover dabei – schließlich ist Sommer! Wir legen die Arme um den Körper, um die Wärme zu halten.

»Wie gesagt«, erklärt er, und keiner von uns weiß, was er meint.

Er nimmt meine Hand, drückt sie einen Moment, dreht

sich um und geht. Trotz der Sportlichkeit hat er im Augenblick nicht das Bedürfnis, seine physische Energie zu zeigen. Also das war David Fawlkners Sohn. Eine neue Visitenkarte unter dem Kopfkissen? Mit einem Gefühl kindlichen Protestes werfe ich sie in den Papierkorb neben meinem Rad. Ich kann selbst.

Da höre ich ihn über den Platz kommen, er ist kaum außer Atem, obwohl er gerannt sein muß.

»Entschuldige, ich weiß es nicht mehr, habe ich dir meine Karte gegeben?«

Diese Haare. Ich würde ihre Länge so gern mit meinen Fingerspitzen messen. Ist sein Rasierapparat genauso eingestellt wie der von Sam? Nur um die Fakten zu klären. Einen Moment meine Finger in seinem Haar, und ich wüßte Bescheid. Ein Augenblick voller Weichheit.

»Nein. Nein, das hast du nicht.«

10. Kapitel

Als ich nach Hause komme, ist Sam mit etwas Technischem beschäftigt.

»Kein Wort über zwei linke Hände«, schreit er, als ich hereinkomme.

»Würde mir nie einfallen«, erwidere ich.

Irgend etwas hat ihn aufgewühlt. Verschwunden sind Genuß und Leichtsinn. Er kämpft mit dem Schlagbohrer wie der Ritter gegen den Drachen. Schweiß läuft ihm übers Gesicht, ich wische ihn mit dem Ärmel meiner Bluse weg. Er registriert es nicht. Jetzt muß die Wohnungstür harte Schläge erdulden. Zwischen dem Gehämmer versuche ich zu erkennen, was er da anbringt. Ich bin gezwungen, Bohrer, Hammer und Sam wegzuschieben, um es sehen zu können.

»Eine Sicherheitskette«, stelle ich fest. »Wenigstens ein Versuch.«

»Eine Gittertür ist auch bestellt«, sagt er atemlos. »Kannst du so was begreifen? Drei Wochen Lieferzeit! Das ist ja eine Ewigkeit.«

»Eine Ewigkeit für wen, Sam?«

Er verläßt die Diele, sinkt in einen seiner Kuschelsessel, ohne zu bemerken, daß er sich auf eine Tafel Schokolade setzt. Irritiert steht er wieder auf und fegt sie auf den Boden.

»Für wen?«

Er zeigt auf meinen Computer. Der war ausgeschaltet, als ich gegangen bin, jetzt läuft er, und leises Surren stört den Vogelgesang vom Friedhof. Sam entschuldigt sich: »Ich konnte nicht anders.«

Ich nicke nur.

»Sollte ich da etwas lesen?«

»Nein«, sagt er leise.

»Dann tue ich es trotzdem.«

»Tu, was du nicht lassen kannst.«

Ich nähere mich dem Bildschirm. Die Angst macht sich durch ein Krampfen im Magen bemerkbar, ein leichtes Schwindelgefühl, mein Gang ist unsicher, als würde der Boden schwanken. Ich hänge meine Jacke umständlich über den Küchenstuhl, stelle die Tasche auf den Tisch, die Sandalen neben den Kühlschrank. Habe alle Zeit der Welt.

Die Nachricht ist lang. Länger als die wenigen Zeilen der Erinnerung auf meinem Handy, sehr viel länger als die E-Mails auf meiner Arbeitsstelle und die längste und komplizierteste, die ich hierher bekommen habe. Ich setze mich hin. Keine Anrede:

Ihr Frauen besitzt Macht über die Männer. Ihr sorgt dafür, sie gründlich auszukosten. Diese gespielte Schwäche, die Verletzlichkeit, der Kümmere-dich-um-mich-Blick. Ich kann ihn nicht ertragen. Alles nur Spiel. Ihr Frauen seid es, die alles lenken, uns Männer mit versteckten Beschuldigungen, mit all der Doppeldeutigkeit in den Wahnsinn treiben. Alles wollt ihr von uns haben: Geld, Würde, Stolz und Männlichkeit. Ihr wollt uns verstümmeln, uns den Wölfen zum Fraß vorwerfen. Wenn ihr es wenigstens klar sagen würdet, wäre es nicht so verabscheuenswert. Wie jetzt. Wie jetzt, wo ihr euch verstellt. Wo ihr so tut, als würdet ihr leiden, hättet Mitgefühl, wärt betroffen. Ihr glaubt, uns gleichwertig zu sein, während ihr euch gleichzeitig so darstellt, als müsse man euch besonders schützen, Ich-Kleine-mit-schräg-gehaltenem-Kopf. Tu mir nichts, sagt ihr, die eine Hand auf unserem Scheckbuch, die andere in unserer Hose.

Ich betrachte es als meine Aufgabe, euer Spiel zu entlarven. Ihr Frauen gebt dem verschiedene Bezeichnungen: Menschenrechte, Pflicht des Mannes, alles zu gleichen Teilen, Feminismus, Vaterschaftsurlaub, Gleichstellungsuntersuchungen, Frauenkampf, Geschlechterfrage. Nennt es, wie ihr wollt, das alles hat nur das Ziel, uns zu entmännlichen, uns zu einem Nichts zu machen. Oh, ihr habt so schöne Worte für all das gefunden: Vergewaltigung in der Ehe, Gewalt gegen Frauen – ein Verbrechen, Verordnungen hier und Gesetze da. Wo doch alles nur darum geht, daß ihr euren Platz nicht kennt. Würdet ihr ihn kennen, könntet ihr euch all das andere ersparen. Was für eine Erleichterung das wäre.

Ihr wißt, daß wir die körperlich Stärkeren sind, jetzt versucht ihr uns mit euren Worten zahnlos zu machen. Versucht es lieber nicht, ich habe solche Männer gesehen. Nur noch halbe Menschen, die durch unsere Stadt wandern und euch Frauen zu Willen sind: sich mal hierhin, mal dahin biegen. Das ekelt mich an. Ich sage, die physische Stärke ist unser Recht, vielleicht das einzige, das wir noch besitzen. Ich betrachte es als unsere Pflicht, sie zu benutzen, ich selbst habe es bereits getan. Darüber weißt Du alles, von anderen Dingen weißt Du nichts. Ich jedenfalls weiß, daß Du mich einzufangen versuchst, es wie die anderen machen willst: mir meine Zähne ziehen, die Hände binden, mich der Macht berauben willst, euch zu versorgen, worauf ihr allein klarkommen und, wie immer, einen viel zu großen Platz beanspruchen wollt. Du hast lange Zeit Deinen Platz gekannt. Ich glaubte, Du hättest gewußt, worum ich Dich gebeten habe, dachte, daß das Ganze vorbei wäre. Und was tust Du jetzt? Du knüpfst Kontakte, rufst Leute an, bist Nacht für Nacht wach. Ich habe gedacht, wir wären uns einig.

Das Recht der physischen Überlegenheit habe ich noch immer. Denk daran. Solange ich es noch besitze, hast Du nichts. Bewachung rund um die Uhr? Wofür? Wollen wir beide nachrechnen? Kaum noch ein Jahr übrig. Bring mich nicht dazu, den Einsatz zu erhöhen. Und vor allem, tue Du es auch nicht.

Ich stelle den Computer ab. Will ich die Nachricht speichern? Ich denke an Jack, daran, daß ich Kontakte knüpfe. Nein. Die Frage kommt erneut: Die Nachricht speichern? Lange wußte ich, wo mein Platz ist, war das so? Doch, ich speichere sie.

Sam steht direkt hinter mir, die Hände um die Rückenlehne gekrampft.

»Seine Sprache ist besser geworden«, ist das einzige, was ich sagen kann.

»Mein Gott, Savanna, was soll ...«

Plötzlich werde ich wütend. Wut und Demütigung liegen nicht weit voneinander.

»Was soll ich sagen? Sieh mal an! Wie ärgerlich! Wollen wir die Polizei anrufen? Aber genau das habe ich getan. Ich weiß, wir schirmen uns ab, schließen uns ein, kaufen Gittertüren. Ja sicher doch, drei Wochen Lieferzeit! Stell dir mal vor! Wir kaufen einen Hund. Und eine Katze. Eine kleine Farm hier drinnen! Wir verplomben auch die Wohnungstür, legen Tretminen. Rufen den Küstenschutz an, wir wohnen ja an der Ostsee, stimmts? Was meinst du, Sam, was würdest du mir raten?«

Er ist verzweifelt, mein Bruder, völlig verzweifelt. Ihm gefällt mein Blick nicht.

»Ich wollte dich doch nur beschützen, Savanna«, sagt er unbeholfen.

»Aber das geht nicht, Sam«, erwidere ich, meine Stimme ist tonlos, und ich spüre, daß ich vollkommen unbeweglich dasitze, wie vor einem Anfall, der Körper ist bereit.

Ich glaube, nicht aufstehen zu können, doch nicht einmal vor Sam will ich das zeigen. »Bitte, gib mir meine Ordner und Mappen«, möchte ich sagen, »laß mich das hier unter dem Datum abheften. Gib mir den roten Ordner mit der Beschriftung *Insomnia*, und laß mich in Frieden! Laß mich das einfach sortieren, dann komme ich allein klar.« Was kann ein Mann wie Sam gegen einen anderen Mann tun, der vom Recht auf physische Überlegenheit spricht? Was soll ein armer großer Bruder gegen ein solches Monster tun?

Ich möchte zu dem Mann, der das schreibt, sagen: »Tritt aus dem Schatten heraus, damit ich dich sehen kann. Laß mich dein Gesicht sehen, bevor du die Hand zum Schlag erhebst.« Laß mich wissen, wer es ist, der sich mir aufdrängt. Laß mich, damit ich weiß, in welche Richtung ich fliehen muß. Nicht so wie jetzt, da ich auf einer verdunkelten Bühne stehe, wo außer mir alle die Notausgänge kennen, wo sie wissen, daß das Spiel längst zu Ende ist.

Aber ich weiß, daß der Unsichtbare immer überlegen ist. Daß der im Sonnenlicht Stehende ungeschützt ist und daß ich seit langem hätte Deckung suchen müssen.

»Geh ins Bett, Sam. Ich weiß, du mußt die Doppeltür offenlassen. Ruf dann ein paar deiner Frauen an, wenn dich das beruhigt. Mich stört es nicht. Iß eine Tafel Schokolade oder zwei. Bring eine neue Hängematte an.«

Er ist so klug, nicht zu reagieren.

»Hast du nicht gehört, was ich gesagt habe?«

Große Brüder bleiben trotzdem stehen. Das ist ihr Privileg. Wenn alle anderen fliehen, bleiben sie. Brüder sind nicht unnötigerweise unangenehm berührt, sie rühren sich nicht unnötigerweise. Liegt das am Blut? Weiß nicht – es ist immer so gewesen. Mein kleiner, großer Sam, er sagt nur: »Es regnet in deinem Gesicht. Es regnet so sehr, liebste Schwester.«

Es wird eine lange Nacht. Frauenlachen aus Sams Flügel. Manchmal geht mir durch den Kopf: So klingt Glück. Das Lachen einer Frau, genießerisch den Hals nach hinten gebogen:

So kann Glück klingen. Sinnlicher Genuß ohne jede Forderung. Sam bietet Glück in kleinen, intensiven Dosen – nicht im Abonnement. Den Preis erfahren die Frauen, wenn sie hereinkommen, selten kehrt eine um. Wenige begreifen, daß dieser Preis hoch ist, noch weniger, daß sie weder bezahlen können noch wollen. Aber sie kommen wieder, ob aus freiem Willen oder unbeherrschtem Zwang kann ich schlecht beurteilen. Ihr Lachen verschafft mir dennoch Ruhe, eine Erinnerung an das wirkliche Leben, das findet in Sams Flügel statt, nur eine Doppeltür weiter. Nicht für mich, habe ich all die Jahre gesagt, kein Platz für mich.

Mein Briefschreiber, das Monster, hat recht. Ich habe keinen Platz beansprucht, voller Angst, man könnte mich sehen. Ich habe für Martin gelebt, vielleicht *von* Martin, und seitdem er verschwunden ist, habe ich für rein gar nichts gelebt. Mit der Dunkelheit kam die Unruhe, mit der Schlaflosigkeit die Einsicht: Das hier ist so nicht lebbar! Das ist es, was die Depression – was für ein armseliges Wort für dieses tiefe Ausloten – mit dem Menschen macht. Sie läßt diese Lebensform unerträglich werden und macht das Leben selbst unakzeptabel. Sie streckt auch nicht die Waffen, nicht bevor die notwendigen Veränderungen geschehen sind. Welche? O helft mir!

Die Gedanken führen mich zur nächsten Erkenntnis: Das hier wird mich umbringen. Wenn er es nicht tut, dann bin ich es. Dahin haben mich diese Nächte gebracht: Wenn nicht er, dann ich. Es liegt eine sonderbare Erleichterung darin, etwas Schicksalhaftes. Nur einfach warten, ausharren. So soll es sein. Übersicht und Ordnung. Mappen in Reih und Glied, und dann ein säuberlich geschriebener Brief auf dem Tisch zum Abschied, an Sam, an Gott, an Martin: »Ich komme jetzt.«

Es ist zwei Uhr nachts. Meine Augen sind weit offen. Drinnen bei Sam sind alle eingeschlafen. Ich habe Lust, dort hinüberzugehen und sie anzuschauen, vielleicht nur, um einen Schimmer »Liebe« zu sehen. Ich schleiche durch die Wohnung, das Telefon ignoriere ich – ja, sicher ist die Nachricht angekommen! – und schiebe mich durch die Doppeltür. An einem Fenster vorbei, ein rascher Blick, ein Schatten auf dem Friedhof. Eine von Sams Frauen? Ein Hundebesitzer, ein zweiter, ein dritter? Ein Monster. Ich stoppe am Fenster, bleibe stehen. Es ist, als weigerte ich mich weiterzugehen, mich erschrecken zu lassen und wieder im Schatten zu verschwinden. Jemand jagt mir wahnsinnige Angst ein, aber ich weiche nicht zurück. Ein unglaublicher Trost. Ich schalte sogar die Lampen ein, damit dieser Jemand mich besser sehen kann.

Nachdem ich etwas Tatkraft gesammelt habe, gehe ich zurück in meinen Flügel, hole meine Ordner und lasse mich wieder am Fenster nieder. Zunächst öffne ich Paulinas Mappe. »Erschlagen am 26. 8. 1973. Jedes technische Beweismaterial zugänglich. Nur ein kleines Problem: Wer?« Das letzte Wort ist rot umrandet. Ich betrachte ein Weilchen die Fotokopie ihres lächelnden Gesichts: es gab eine Zeit der Träume. Ich überlege, ob ich etwas über die Begegnung mit Jack aufnehmen soll, entschließe mich aber, noch abzuwarten. Nur eine Notiz: »Bekam eine neue Visitenkarte.« Öffne Martins Ordner. Zeichnungen, die krakeligen Buchstaben, wenn er seinen Namen schrieb, und schließlich Unmengen von Krankenblättern. Ganz hinten die Sterbeurkunde und die Rechnung vom Bestattungsinstitut. So viele Details zu erledigen, so viele Beschlüsse. Todesannoncen und Beerdigungskaffee. In welcher Reihenfolge sollte man das erledigen? »Vielleicht noch ein Stück Gebäck?« Und dann noch eins. »Danke, das genügt, ich glaube, ich muß mich übergeben.« Wie furchtbar schwer es gewesen ist, aufzuhören. Sam kam in die Toilette und hielt meinen Kopf. Immer sind wir beide übrig. Wir zwei, mit der Schmach, der Schuld, der Trauer. Nur unser Verhalten unterscheidet uns. Bei mir: Isolierung. Bei Sam: verantwortungslose Nähe.

Elizabeth Browns Ordner. Einer ist beschriftet mit »Alle notwendigen Theorien, Methoden und Aspekte«. Ljunggren weiß nicht, daß ich den Hauptteil der Doktorarbeit schon fertig habe. Ich glaube zu wissen, daß er sie für grandios halten würde. Ebensowenig weiß er, daß ich genau begreife, was man von mir erwartet, nach all den Jahren im Magazin, wo ich die Dissertationen Buchstabe für Buchstabe durchgegangen bin. Denkt er wirklich, ich könnte das nicht? Es ist nur so, daß mich meine Privatforschung viel mehr interessiert. Und außerdem will ich Ljunggrens Stuhl nicht übernehmen, weder heute noch in Zukunft. Ich will keine Verteidigung meiner Doktorarbeit, will keine Titel, keine offenen Arme und neuen Mittel, kein Schulterklopfen, will kein größeres Zimmer, keine Debatten und keine spitzen Bemerkungen. Mein Gott, so viel Licht! Ich will diesen Platz nicht einnehmen.

Aber was ich will, ist, mehr über Elizabeth Brown zu erfahren. Ich will ihren Ton erfassen, die Stimme, die in all ihren Artikeln zum Tragen kommt. Und danach den Ton, der verändert in ihren Romanen anklingt. Ich will sie erfassen, sie verstehen, alles über ihr Leben erkunden, um das Mysterium ihres Todes zu lösen. Ich will einen Ordner einrichten, in dem alle Reiter beschriftet sind. Ich strebe danach, sie als Mensch und Autorin faßbar zu machen. Will die einzige Stimme verstehen, der nahezukommen ich mir in diesen Jahren gestattet habe. Jeder Satz, den sie schrieb, hat sich mir im Prinzip eingeprägt. In den Nächten drehe und wende ich deren Wortlaut, erschauere bei ungewöhnlich gelungenen Passagen. Sie ist die einzige, die in meine Festung eingeladen ist … Pervers? Ja, gewiß. Meine einzige Freundin? Klingt pathetisch. Aber ich denke, wenn es mir gelingt, in ihrem und Paulinas Tod eine Ordnung zu erkennen, dann gelingt es mir vielleicht auch bei dem am wenigsten akzeptablen Tod. Martins Mappe ist so dünn und unvollständig, ich will sie ganz einfach zum Abschluß bringen, genau wie meinen eigenen Ordner mit den E-Mails.

Um Elizabeth Browns Ordner schließen zu können und um meinen privatwissenschaftlichen Eifer zu befriedigen, muß ich eine Antwort auf folgende Fragen erhalten:

Warum litt Elizabeth in dem Jahr vor ihrem Tod unter Schlaflosigkeit? Wie konnte sie im Berufsleben einen so unfaßbar wichtigen Platz einnehmen, wo sie privat doch so in Bedrängnis geraten schien (wie verabscheuenswürdig die Autorin ihrer Biografie, Ruth Bell, auch sein mag, in manchen Punkten hat sie nicht *ganz* unrecht)?

Warum hatte Elizabeth nur Beziehungen zu verheirateten Männern, und warum wohnte sie bis zu ihrem Tod eigentlich noch immer zu Hause bei ihrem Vater Patrick?

Warum sind die Männer in ihren Büchern so gewalttätig?

Hat sie in dem Roman *Geschlagen* wirklich sich selbst als mißhandelte Frau beschrieben, während sie gleichzeitig im damals größten Blatt Großbritanniens lange Artikel über die Gewalt gegen Frauen publizierte (nein, Frau Bell, viel zu unwahrscheinlich).

Warum beging sie Selbstmord in der Garage des Vaters, wo sie sich mit Autoabgasen umbrachte?

Und wenn es kein Freitod war, wer hat sie dann ermordet?

Wie konnte sie sich so erniedrigen lassen von diesem berüchtigten Frauenheld, dem Arzt Walter Frost, der wegen Mordes an ihr zwar verdächtigt, dann aber von jedem Verdacht freigesprochen worden war?

Nichts paßt zusammen.

Sicher begreife ich, daß viele dieser Fragen in meiner Dissertation keinen Platz finden können, daß sie, ebenso wie ich, übrigbleiben. Aber ich kann mich nicht von ihnen lösen. Ljunggren gibt mir ein Jahr. Bis dahin muß ich also diese Fragen beantwortet haben, denn sonst kann es keine Doktorarbeit geben. Der Grund dafür? Stille im Kopf, der Strom ist unterbrochen. *Gzzt!* Dunkelheit. Was ist es, was ich hinausschiebe, wovor habe ich eigentlich Angst? Vor der Aufmerksamkeit. Mein Briefschreiber weiß mehr über mich als ich selbst. Aber so muß die Sache werden. Zuerst die Privatforschung, danach der Entschluß bezüglich der Wissenschaft und dem Kampf um Ljunggrens Stuhl. Eine gewisse Resignation. Es gibt dort schon viele, die eine Menge wollen: neue Bekanntgaben, viel Licht und ein großes Budget. Viel zu viele, die fremde E-Mails lesen und sich gegenseitig über die Schulter schielen. Was habe ich dort zu schaffen? Ich weiß, was ich Martin versprochen habe. Ein Doktorhut zu deinem siebenten Geburtstag. Danach ein großes Fest. Nein, Schätzchen, dort keine *richtigen* Doktoren, nur solche von Mamas Arbeit. Martin hätte dabei sein sollen.

Nur kamen so viele richtige Doktoren dazwischen. Sie nahmen mir gleichsam die Sicht. Weder Hüte noch Fest oder Glanz spielten länger eine Rolle. Martin wäre in einer Woche zehn Jahre alt geworden. Noch immer kein Hut. Aber viele Doktoren bis hierher.

Es wird jetzt hell. Der Schatten im Park ist verschwunden. Vielleicht ist dort überhaupt niemand gewesen. Nichts ist mehr so dramatisch, wenn die Morgendämmerung anbricht. Die Nacht war doch wohl gar nicht so lang? Und diese panische Angst, dieses Damit-kann-man-einfach-nicht-leben war nur halb so haarsträubend, oder? Ich höre, wie Sam und eine zweite Person aufstehen. Zuweilen habe ich Spaß an der Vorstellung, es könnte ein Mann sein, ein Mann, dessen Lachen ein wenig tiefer klingt, wenn er den Hals genießerisch nach hinten biegt. Das würde mich aus mehreren Gründen begeistern. Vielleicht vor allem deshalb, weil ich glaube, alles über Sam zu wissen.

Der Brief ist geschrieben. Ich klebe ihn im Schein des Morgenlichtes zu. Ich erinnere mich fast wörtlich an die geschriebenen Zeilen. Der Text ist nicht lang, aber er hat mich die halbe Nacht gekostet. Der Empfänger wohnt in Hammersmith, London.

Lieber Mister Patrick Brown,
Sie wissen nicht, wer ich bin, aber ich schreibe eine (zunächst stand da *bedeutende*) Doktorarbeit über Ihre Tochter. Die Abhandlung ist nun beinahe beendet und beschreibt das Leben von Elizabeth, einer der zu ihrer Zeit wichtigsten Journalistinnen und streitbarsten Publizistinnen Großbritanniens. Darüber hinaus untersucht die Arbeit, wie ihr Denken sich in

den Romanen niederschlägt und dort die Form verändert. Nun stehen noch einige Fragen privater (ein gewisses Zögern bei diesem Wort) Natur aus. Sie haben keinerlei Verpflichtung, diese zu beantworten. Aber ich denke, Sie hegen vielleicht doch den Wunsch, ein nuancierteres Bild Ihrer Tochter zu zeichnen als jenes, das in der vielbeachteten Biografie von Ruth Bell entworfen wurde. Lassen Sie mich zuallererst sagen, daß ich dieses Buch ganz entsetzlich finde (Gott gebe, daß er derselben Meinung ist!). Insbesondere, da es Elizabeth als wehrloses Opfer darstellt und ihr vorwirft, im Beruf geschauspielert zu haben, obendrein erklärt, daß sie für alles, was sie geschrieben hat, keinerlei Untermauerung besessen habe. Daß all das nur dazu diente, ihr »dunkles Geheimnis« zu verbergen, um mit Bell zu sprechen.

Ich kann verstehen, daß all diese Aufmerksamkeit schmerzlich für Sie ist, aber da inzwischen fünfundzwanzig Jahre vergangen sind, finden Sie sich vielleicht dennoch bereit, einige Ihrer Gedanken zu dem Geschehenen mitzuteilen (Was für Heuchelei! Als ob die Tatsache, daß es fünfundzwanzig Jahre her ist, den Schmerz auslöschen könnte). Außerdem halte ich es für wichtig, ein »Gegenbild« zu dem von Frau Bell entworfenen zu präsentieren, wenn schon nicht aus anderen Gründen, dann doch der Ehrlichkeit halber (das habe ich gut hingekriegt!). Ich rufe Sie gern an oder komme nach London. Ganz wie es Ihnen am besten paßt. Ich hoffe, daß mein Brief Ihnen keinen Kummer bereitet, das ist ganz und gar nicht meine Absicht (bisher das Netteste).

Mit freundlichen Grüßen
Savanna Brandt

Außerdem füge ich beim zweiten Durchlesen einen Abschnitt über mich selbst hinzu, berichte über mein Leben, meine Arbeit in der Bibliothek und im Institut. Wenn ich privat auftrete, kann er es vielleicht auch tun. Häßlich. Gefolgt von Ljunggrens Namen als Referenz. Noch häßlicher. Ich kann vor mir sehen, wie er mit seinen Erfrischungstüchern dasitzt und einen

Anruf von Elizabeths Vater entgegennimmt, entschieden zu viel Wirklichkeit, würde er finden. Forschungsobjekte sollen Phänomene oder andernfalls am liebsten tot sein. Das beste ist, wenn auch die Verwandten des Objekts eins von beidem sind. Bösartig von mir. Ljunggren hat meine Verachtung nicht verdient. Ich ahne, daß sie eigentlich in eine andere, unbekannte Richtung zielt. Die Schlaflosigkeit fordert ebenso ihr Unrecht. Mir geht durch den Kopf: Wie hätte mein Leben ausgesehen ohne sie? Die Dissertation wäre vielleicht schon eingereicht, ich stände im Rampenlicht, Sam und ich in getrennten Wohnungen, ich selbst eifrig engagiert bei sozialen Aktivitäten, würde vielleicht Sport treiben und hätte obendrein regelmäßige Verabredungen mit erfolgreichen Männern, die nach Brüssel und *After shave* rochen.

Wen will ich täuschen? Die Dunkelheit hat das Ganze nur noch akuter gemacht; der Mangel an Inhalt war schon lange da. Nur die E-Mails sind neu in meiner Welt. Was die Schlaflosigkeit von mir will, Jack Fawlkner?

Sam kommt in die Küche, reckt sich und wirkt dadurch einen halben Meter größer.

»Geht es jetzt besser?« fragt er schlaftrunken.

»Absolut«, erwidere ich mit bleichem Gesicht und aufgesprungenen Lippen.

Er streicht mir übers Haar, nur eine flüchtige Berührung, die ich gerade noch ertrage. Was hatte der Zeitungsbote gesagt? »In den Schultern sitzt ...«

»Werden wir drei zum Frühstück?« frage ich statt dessen.

»Vier«, antwortet Sam ungerührt.

»Sieh an.«

11. Kapitel

Ich gehe ohne Angst zur Bibliothek und begegne jedem Blick mit einem gezwungenen Lächeln. Begehre einfach auf. Obwohl ich weiß, wie pubertär das ist, mache ich weiter. Ich habe meine Festung, meine Ordner, ein ziemlich nichtssagendes Leben, aber eben doch ein Leben. Ich bin jemand, mißachtet mich nicht. Neue Nachrichten im Computer, ich kann mich nicht einmal aufraffen, sie zu lesen. Drucke sie nur aus, beschrifte sie und lege sie auf den entsprechenden Stapel.

Übersicht und Ordnung, Geld am fünfundzwanzigsten – zumindest in Schweden, und vielleicht nicht einmal mehr das. Es ist die Zeit der Projekt-Anstellungen. Flexibilität und emotionale Intelligenz, Kooperationsbereitschaft und Beweglichkeit. Tue, was du willst mit deiner Freizeit, aber diese und deine Phobien hast du zu Hause in deiner kleinen Wohnung zu lassen. Man erwartet ein Gesicht, das beim Vorstellungsgespräch die Hoffnung auf Überstunden ausstrahlt (Die Sache mit den Freizeitbeschäftigungen ist ja nichts wirklich Richtiges!), aber absolut nicht auf eine feste Anstellung. »Halte deine Arbeit ordentlich fest, Savanna«, pflegte mein Vater zu sagen. Eine anständige Arbeit und feste Anstellungen sind bald nur noch Erinnerung, und dann sind wir wieder im Deutschland der zwanziger und dreißiger Jahre angelangt: Massenarbeitslosigkeit und die Sehnsucht nach rigiden Führern, Geschwätz und Getön, das für den Augenblick und auf dem Weg bis zu den Wahlurnen Sicherheit gibt. »Woher wissen wir, wann wir dort angekommen sind, Papa?« hätte ich ihn fragen wollen. »Könntest du uns Lebenden nicht einen Wink geben?«

Kühl und angenehm ist es in der Bibliothek, meine Absätze klappern auf dem Marmorboden, das Geräusch wird von der Decke zurückgeworfen und legt sein Echo auf alles, was wir tun. Die Kolleginnen lächeln vorsichtig, heute wieder rote Augen? Meine gezwungen fröhliche Miene läßt sie von Fragen absehen. Nur wenige Beamte sind dort, es herrscht keine Hektik, sie blättern in Zeitschriften, bestellen ein Buch, machen einen Scherz, jetzt, wo es nicht wie sonst Bestellungen hagelt, können sie es sich leisten, ihren Computer allein zu lassen. Der August ist nicht so aufreibend – sie haben vergessen, was kommen wird. Bald meldet sich der Hunger wieder:

Dort sein zu dürfen, wo die Dinge passieren, wirklich mittendrin, scheint ein seltsamer Genuß zu sein, ich registriere es aus der Ferne. Von meinem Ausleihtisch kann ich all diejenigen sehen, die leben, die Auserwählten, die auf dem Weg nach ganz oben sind. Bisweilen haben sie ihre Frauen, Männer und Kinder zu Besuch. Die Kinder reden viel zu laut für dieses Bankgewölbe, die Eltern wissen es, aber im August kann man sich einen solchen Luxus noch immer gestatten. Bei diesen Gelegenheiten sollten auch wir Bibliothekarinnen unsere heitere Seite zeigen, sollten den Tisch umrunden und mit den Kindern brabbeln: Ach so groß, so klein, so süß und so fein. Ich weigere mich, verstecke mich im Magazin, habe ein paar neue wissenschaftliche Werke, die ich im Rekordtempo durchgehen will.

Bücher sprechen zu mir auf eine Weise, wie es Menschen nicht tun. In Büchern kann ich sofort die bedeutungsvollen Zeilen ausmachen, wo der Autor zum Zuge kommt. Das Wesentliche hebt sich, geradezu in Leuchtschrift, von den Seiten ab, und den Rest lasse ich weg. Sicher überfliegt mein Blick den gesamten Text, aber er bleibt nur an Wichtigem haften. Im Umgang mit Menschen scheint mir diese Begabung zu fehlen, ich sehe ein, daß sie wünschenswert wäre. Nie begreife ich, wann diese bei dem Punkt angelangt sind, den sie mit dem Gesagten verfolgten.

Ich habe mich durch unzählige Mittagessen mit Sams verlassenen Frauen gequält und genau auf diese Sache gewartet. Oft kommt mir der Gedanke, daß ich auf eine Pointe hoffe. Es hat mich viel Zeit gekostet, bevor ich begriffen habe, daß es keine gibt. Der Zweck des Gesprächs war das Gespräch an sich. Oder, besser gesagt, daß man sich mitteilen konnte, sich aus sich selbst heraus, von sich weg reden konnte. Die ganze Zeit über, während ich dasaß und auf das Wesentliche wartete, genossen sie es, daß jemand anscheinend sehr aufmerksam ihren unstrukturierten und ordnerlosen Sorgen lauschte. Wenn die Essen beendet waren, hatten die Frauen immer etwas Schuldbewußtes im Blick, die Art, wie sie sich auf die

Rechnung stürzten, machte es deutlich. Sie wollten, daß wir uns wieder treffen, was für eine wunderbare Zuhörerin Sams Schwester doch sei, ja, mehr als das ... Sie riefen nie wieder an. Die Intuition des Menschen ist immer klüger als er selbst. Sie ahnten rasch, was ich erst nach längerer Zeit begriff: Diese Frau kann man nicht zur Freundin haben, *sie weiß nicht, was dazu nötig ist.*

Ich besitze nicht die Gabe des Plauderns, weiß nicht, wozu sie da ist. Gib mir ein Rätsel zu lösen, ein Mysterium zu ergründen, eine Problemstellung zu erörtern. Aber Gespräche ohne Zusammenhang? Kann ich nicht. Ob es mir leid tut? Es scheint zeitraubend zu sein. Andrerseits ist Zeit wohl das, wovon ich jetzt am meisten habe.

Aus dem Magazin nach oben, hin zum Ausleihtisch, eine kleine Schlange hat sich gebildet. Ich mache ein äußerst gestreßtes Gesicht: Habe Bücher einsortiert, was glaubt ihr wohl? Als Letzter in der Reihe steht der Beamte aus dem Landwirtschaftsministerium, heute wird er mich nicht zum Erröten bringen. So müde bin ich nicht.

»Kann ich helfen?«

Er bestellt ein paar Dokumente, ist effektiv so kurz vor dem Herbst, neuer Anzug, den Kopf stolz erhoben, schöne Nase im Profil, frischrasiert. Es surrt ein wenig in meinem Schädel. Ein Glas Wasser neben dem Computer, ich leere es in einem Zug. Gemeinsam suchen wir in den Verzeichnissen, er lugt über den Bildschirm, weist vorsichtig auf einen Punkt. Starke Hände, steht es nicht so in den Mädchenbüchern? Männliche Hände, so war es. Ärgerlich reiße ich mich zusammen.

»Ich habe Freunde, die eine größere Wohnung suchen«, sagt er. »Sie wissen schon, Ihr Wohnungstausch. Der Aushang auf dem Anschlagbrett dort drüben. Meine Freunde haben ihn gelesen, und sie haben zwei gute Wohnungen zu bieten.«

Er gibt mir einen Zettel mit deren Namen und Nummer.

»Danke«, sage ich verwundert. »So viel Mühe, oder wie man nun sagt.«

»So kann man es nennen. Aber es war keine.«

Jetzt kichere ich wie ein junges Mädchen. Dieses fürchterlich alberne, kokette Lachen, als wäre ich ein ausgehungerter Hund, der um ein Zuhause und um Streicheln bettelt. Vermutlich bin ich genau das. Hinter ihm hat sich eine Schlange gebildet, er geht zur Seite und zwinkert mir zu. Ein Zwinkern! Was soll das?

»Nochmals danke«, flüstere ich.

Klingt meine Stimme nicht unnötig tief, geradezu bestrickend?

»Es gibt Güte dort, wo man sie am wenigsten erwartet.«

»Bitte?«

»Nur ein Zitat. Fragen Sie mich nicht, woraus.«

»Aus den *Öffentlichen Staatlichen Untersuchungsberichten*«, brummelt ein älterer Mann in der Schlange irritiert. Es reicht jetzt mit der Intimität, ob August oder nicht, er hat heute drei Direktiven zu schreiben und obendrein eine Beschlußvorlage.

Wir nicken uns zum Abschied zu, ein gewisser Ulf Stierner und ich.

Eine Kollegin kommt an meinen Tisch und reicht mir schweigend einen Zettel: »Ein Jack Fawlkner hat angerufen. Will dich nach der Arbeit zum Essen einladen!« Sieh an. Viel zuviel Licht auf ein so schlecht vorbereitetes Stand-in des Stars. Ich rufe keinen Jack Fawlkner an, will auch kein Blinzeln mehr von irgendeinem Ministerialbeamten. Für so was gibt es keinen Ordner in meinem Leben. Außerdem ahnen sie nicht, wie wenig Genuß ich zu bieten habe, wie wenig Lust und Begierde, keine offenen Haare und verschleierten Blicke. Es ist wohl nur eine Zeitfrage, bis sie bemerken, daß sie vor einem versiegten Brunnen stehen – hier sind keine Erinnerungen für später zu holen. Hier gibt es nichts anderes als die roten Augen, die ihr jetzt überseht. Sam solltet ihr wählen, wegen des Genießens und der Erfahrungen. Aber offenbar strahle ich im Moment etwas aus, das die Männer anzieht, vielleicht ist es die Überempfindlichkeit und Verletzlichkeit, mit denen mich diese absurde Zeit versehen hat.

Wenn nicht er, dann ich.

Ich schiebe mein Fahrrad heimwärts an Stockholms Kais entlang. Es ist irgendwie zu schön, um rasch an dem welkenden Grün vorüberzufahren. Die Wärme hält noch an, nur noch ein paar Wochen, die Leute kosten sie aus, lassen sie auf die Haut einwirken und bewahren sie in Sommersprossen auf, über die sie im Winter streichen können. Bei dem gelben Haus angekommen, überlege ich, ob ich das Fahrrad auf der Straße stehenlasse oder es in den dunklen, kühlen Keller bringen soll. Werde ich heute abend noch einmal weggehen? Ich denke an Jacks Zettel. Wohl kaum. Über den Hof, die steile Treppe zum Fahrradkeller hinunter mit dem Rad auf der Hüfte, und dann ist es dunkel. Ich taste nach dem Schalter, drücke darauf – nichts passiert. Drücke wieder und wieder. Stelle das Rad ab, um es mit beiden Händen zu probieren. Muß dem Hausmeister Bescheid sagen. Gerade als ich das Rad durch die Dunkelheit wieder hochtragen will, geschieht es. Nie zuvor bin ich geschlagen worden. Vielleicht ein Tritt von Martin, ein Niederringen durch Sam, ein hinterhältiges Kneifen. Aber nie richtig schmerzhafte Schläge.

Jemand zielt mit der Faust direkt in mein Gesicht, als wüßte dieser Mensch genau, wo sich in der Dunkelheit mein rechtes Auge befindet, einfach indem er meinem Atem folgt. Als hätte jener es so viele Male getan, daß kein weiteres Training nötig ist. Noch ein Schlag, jemand bekommt einfach nicht genug. Ich liege bereits, möchte ich flüstern, bitte, ich bin völlig gelähmt. Nicht mehr schlagen! Mein Körper erträgt so viel Schmerz nicht, er ist es nicht gewöhnt, kein Körper ist so etwas gewöhnt. Sehen Sie doch, ich rühre mich nicht, gehen Sie jetzt.

Es wird still. Der Schmerz erzeugt Übelkeit, ich erbreche mich über irgend etwas, es scheint mein Fahrradkorb zu sein. In meinem Kopf hämmert es: Es tut weh, weh, mein Gott, es tut so weh. Ein schwacher Lichtstrahl erreicht meine Augen. Jemand hat die Tür zum Keller geöffnet, rasche, leichte Schritte über den Hof, wieder dunkel. Ist er weg? Ich tue, was Sie wollen, hören Sie? Entschuldigung, daß ich im Weg war, daß ich nicht für das Reparieren der Lampe hier unten gesorgt habe! Ich nehme alle Schuld auf mich, wenn Sie mich nur in Ruhe lassen.

Jemand hat seiner Wut nachgegeben, seinem Haß freien Lauf gelassen und ist ihn an mir losgeworden, für eine Weile. Aber ich bin es, die die Spuren tragen wird, wie ein Kainsmal im Gesicht. Mir werden die Menschen hinterhersehen, werden mir mitleidige, vielleicht auch leicht verächtliche Blicke zuwerfen, wenn ich mit dunkler Sonnenbrille und Sportmütze durch die Straßen gehe, wie Paulina auf ihrer langen Reise durch Schweden. Denn so verwunderlich es ist: Oft muß das Opfer die Schande tragen. Das hatte David Fawlkner so wütend gemacht. Glaubt mir, ich selbst habe gesagt: Man muß sich doch wohl nur zusammennehmen und gehen oder zurückschlagen; wenn es nicht anders möglich ist, dann fliehen! Es wie Paulina machen, rennen, so schnell du vermagst, bis dich jemand einholt. Immer dieser Jemand. Fliehe, so weit weg, wie du nur kannst. Was ist weit genug? Nun werde ich es sein, die Schande und Sonnenbrille öffentlich trägt. Warum ist das so? Es ist wie damals im Fahrstuhl, *ich* fühle mich schmutzig, beschämt. Ich habe dasselbe getan wie damals: mich geduckt, die Augen geschlossen, mich gedemütigt. Wie sehr ich doch zuweilen wünsche, ich hätte die Wut unseres Hausmeisters: »Ich werde ihn totschlagen, ich werde …«

Vielleicht kann ich eines Tages Wut verspüren, aber dieses andere, daß Gewalt mit Gewalt vertrieben werden soll? Das kann ich nicht. Mein Briefschreiber, mein Monster, weiß das bereits. Er hat dieses Entsetzen schon erlebt, wie wir Frauen aus Angst vor Schlägen, die wir kommen sehen, den Kopf einziehen. Wenn wir uns nur klein machen, winzig klein, vielleicht bekommt er uns dann nicht zu fassen? Wenn ich nur die Augen schließe, geht es schneller vorüber.

Was kann man in drei Stunden in einem dunklen Keller nicht alles denken, während das Blut im Gesicht trocknet. Alles und nichts, das ganze Leben vorwärts und rückwärts. Es gibt bestimmte Dinge, die man von seinen Mitmenschen nicht wissen will. Das hier war so etwas. Ich hätte es mir so gern erspart.

Sam findet mich. Wer sonst? Denn wer stellt sein Fahrrad in dieser Jahreszeit in den Keller, wenn nicht Savanna? Er zieht die Kellertür halb auf, schaut herunter und schreit auf, tief aus dem Bauch kommt er – dieser Schreckenslaut. Ich erkenne ihn wieder, denn genauso klang es bei mir, eine Tausendstelsekunde vor den Schlägen, gerade als ich den schwachen, aber deutlichen Geruch eines exklusiven Parfüms wahrnahm. Jemand roch nach Luxus, Eitelkeit und süßem Leben. Vor den Schlägen.

Sam bringt mich ins Krankenhaus. Man behandelt mich, dokumentiert meine Verletzungen. Ich darf über Nacht dort bleiben, erhalte etwas Schmerzstillendes und Schlafmittel. Schließlich soll ich auch eine Anzeige machen. »Wie heißt der Mann?« fragt eine Krankenschwester vorsichtig. »Ich weiß es nicht«, antworte ich. Enttäuschtes Nicken, sie hat diese Antwort schon öfter gehört. Noch eine, die nach Hause geschickt wird, um später wiederzukommen, dann mit schlimmeren, aber nicht ebenso sichtbaren Verletzungen. Ich bin nicht imstande, auf meiner Behauptung zu bestehen, sie wirft Sam im Korridor einen giftigen Blick zu. Ich bin froh, daß er so arglos ist und ihn nicht begreift.

Ich bin es, die zwischen kühlen, gemangelten Laken liegt, mit einem Gesicht, das ich nicht im Spiegel sehen will. Genau darüber hat Elizabeth geschrieben, vielleicht hat sie es erlebt, vielleicht auch nicht. So hat sich Paulina gefühlt. Und nun bin ich es.

Sam läuft voller Zorn durch den Korridor, die Fäuste geballt. Stünden ihm die Haare nicht schon so zu Berge, würden sie es jetzt tun.

»Ich werde«, murmelt er.

Nur das, immer wieder, mit verbissener Wut: »Ich werde …!«

Etwas wird er tun: rächen, beschützen, töten, zurückschlagen, mir wieder ein Leben geben. Er wird einfach. Dafür liebe ich ihn, dafür habe ich ihn immer geliebt. Es tut viel zu weh zu weinen, Blut und Salz, ich versuche sofort aufzuhören. Die Schlaftablette beginnt zu wirken, ich kann auf zwölf Stunden Dunkelheit hoffen.

12. Kapitel

Es heilt, sicher heilt es. Anfangs gehe ich nur zum Einkaufen auf die Straße, kurze Wege, begleitet von Sam, doch dann allein, mit einer enormen Sonnenbrille. Zusammen mit Sam bin ich allzu oft vielsagenden Blicken begegnet. Erst wurde Sam gemustert, dann ich, wie ich seinen Arm umkralle, und dann mein zerschlagenes Gesicht. Versuche einer Erklärung: Autounfall. Und nur das Gesicht zerschunden? Das ist mehr, als ich ertrage. Verachtung oder Angst? Vielleicht nur der Wunsch, daß die Welt anders aussähe. Ich weiß bloß, daß ich eine Brille will, die mein ganzes Gesicht bedeckt, und dazu eine Sportmütze. Ich will den Menschen nicht ungeschützt begegnen, nicht mein blaumeliertes, rot- und gelbgestreiftes Gesicht jedermann zur Beurteilung darbieten. Ich senke den Blick, laufe schneller.

Am Ende bin ich gezwungen, ins Institut zu gehen. Mein grandioser Artikel hat Deadline, und ich gehe hin, um ihn so schnell wie möglich zusammenzuschreiben. Kurzes, rasches Blinzeln von verblüfften Doktoranden auf dem Korridor. Ein Unfall? Davon hätten wir doch wohl gehört? *Sie*, höre ich sie dann denken, oder denke ich es nur? Sie, die so gebildet und intelligent ist, prügelt sich mit einem Mann? Ich atme tief durch und nehme die Sportmütze ab; es gibt nichts zu verbergen.

Wie wenig nötig ist, um Mitleid zu erregen, ich weiß es. Ich müßte nur zu Kaffee und Kuchen einladen und ausgewählte Teile der Geschichte erzählen. Es ist so wenig erforderlich, um Mitgefühl zu wecken und bestimmten Leuten die Möglichkeit zu geben, daß sie Anteilnahme zeigen können. Wieder ist es ein seltsames Gefühl von Trotz, das mich zurückhält. Als wäre das der einzige Stolz, den ich noch besitze: »Glaubt, was ihr wollt, ich beuge mich nicht!«

Die Korridorwände sind dünn, und das Gerücht verbreitet sich schnell. Nach wenigen Minuten eine Mitteilung auf meinem Bildschirm, Ljunggren will mich sofort sprechen. Ich verlasse mein winziges Kabuff, noch immer gehört es mir, und höre, wie die Türen im Umkreis sich schließen. Eine Kollegin ergreift meinen Arm, als ich vorbeigehe.

»Savanna, du Ärmste.«

»Ja«, gebe ich zur Antwort, »ich Ärmste.«

»Was ist denn passiert?«

»Ich will möglichst nicht darüber reden.«

Sie sucht nach Worten, ich mag sie dafür, mag mich selbst nicht, weil ich ihr nicht entgegenkomme. Zu spät für all das?

»Ich bin im Zimmer, wenn du reden willst«, sagt sie schließlich.

Ich könnte sagen: »Als wenn das was Neues wäre.« Ich tue es nicht, Gott sei Dank. Statt dessen lächele ich vage und blase die Luft mit einem Schnaufen durch die Nasenlöcher, als wäre ich gerannt. Der Korridor ist lang, Ljunggrens Zimmer liegt ganz hinten, ich muß zuerst an allen anderen vorbei. Ich nehme die Sonnenbrille ab, muß schrecklich aussehen.

»Komm rein, Savanna.«

»Sie wollen mich sprechen, Professor?« sage ich mit nichtssagender Stimme.

»Nicht so«, sagt er nur, die Nase vor dem Bildschirm.

»Sten, du willst mich sprechen«, kontere ich zuckersüß.

Nun dreht er sich zu mir um, sein Gesicht erzittert vor Schreck und Zorn.

»Mein Gott«, sagt er nur, streckt die Hand instinktiv nach den Erfrischungstüchern aus und reicht sie mir über den gewaltigen Schreibtisch.

Als ob die helfen würden. Aber ich kann nicht anders, als eins zu nehmen, betupfe vorsichtig mein fast zugeschwollenes rechtes Auge und verziehe das Gesicht.

»Ich habe auch unparfümierte.«

»Danke, gern«, flüstere ich.

Erstaunt bemerke ich, daß er mir vorsichtig eine Haarsträhne aus dem Gesicht streicht, während ich mich abtupfe. Er fährt sanft über die langgezogene Strähne, als ahne er, daß sie als einziges nicht weh tut.

»Die Welt sieht ein bißchen anders aus, wenn man sie nur mit dem linken Auge betrachtet.«

»Ist das die Sache wert?«

»Nein«, erwidere ich kurz.

Er geht im Zimmer auf und ab, als könnte die Bewegung die richtigen Worte hervorbringen. Er öffnet das Fenster, schließt es wieder.

»Ich habe etwas Ungesetzliches getan«, bekennt er schließlich.

»Das kommt überraschend.«

Er lacht kurz.

»Ja, nicht wahr?«

Jetzt klingt er beinahe begeistert.

»Ich habe den Code in deinem Computer geknackt und die unangenehmen Drohbriefe gelesen, die du bekommen hast. Warum hast du mir nichts davon erzählt?«

Jetzt bin ich es, die Lust hat, etwas Ungesetzliches zu tun. Ich knülle das Erfrischungstuch zusammen und ziele nach dem Papierkorb. Nur Ljunggren trifft ihn.

»Du hast was?«

»Du hättest es sagen sollen. Mein Vorgehen war falsch, das gebe ich zu. Aber es war für einen guten Zweck. Ich nehme an, daß dich derselbe Mann geschlagen hat.«

Zögerndes Nicken.

»Weißt du, wer er ist?« fährt er fort.

Ich schüttle den Kopf.

»Der Schlaf?«

Ich rühre mich nicht.

»Ich verstehe.«

Ach ja, tust du das? möchte ich sagen, aber ich bin viel zu fertig, um bösartig zu sein.

»Was sollen wir tun?« murmelt er. »Was sollen wir jetzt machen?«

Mitten in all der Ohnmacht erfaßt mich unendliche Zärtlichkeit. Für Sten, Sam und David, für die Ich-werde!-Männer. Anstrengend, Mann zu sein, denke ich. Zeuge männlicher Gewalt zu sein und genauso wie ich ohne Antwort dazustehen.

»Niemand ist daran schuld«, sage ich unbeholfen, als würde damit all das Ungesagte erfaßt.

»Doch, jemand ist absolut schuld. Ihn müssen wir packen.«

Mein Retter in Tweed. Mein Privataufklärer in Cordhose und mit ausgelaugten Erfrischungstüchern. Mein Kleiner, möchte ich sagen, doch er ist ja alles andere als das, dieser gut sechzigjährige Mann, genauso alt war David, damals, als ich ihn traf.

»Warum hast du deinen Kollegen nicht erzählt, daß es ein Überfall war?«

»Warum hätte ich es tun sollen?«

»Aber das ist doch ein Unterschied ...«, beginnt er.

»In welcher Weise?« frage ich boshaft. »Ein Unterschied ist es wohl, die Frage ist nur, ob ich mehr zu bedauern bin, weil ein Fremder mich geschlagen hat. Müßte es nicht umgekehrt sein? Ich halte das für sehr wesentlich.«

»Hilf mir, Savanna.«

»Was tut mehr weh?« provoziere ich weiter. »Von jemandem geschlagen zu werden, den man liebt und von dem man vielleicht ein Kind hat, oder von einem Fremden?«

»Das erstere, selbstverständlich, aber ...«

»Aha. Das wollte ich nur hören.«

»Darf ich den Satz beenden? Aber in einer Partnerschaft ist alles sehr viel komplizierter. Gegenseitige Abhängigkeit, die Schwierigkeit, sich loszureißen, die früher vorhandene gemeinsame Liebe. All das«, sagt er unbeholfen.

Was wissen wir über die Liebe anderer, verwandelt in unbegreifliche Gewalttätigkeit und in Haß. Was wissen er oder ich, allen Ordnern zum Trotz?

»Ja. Aber ist es nicht seltsam«, beharre ich, »daß ich die Schande zu tragen habe, bis ich sage, daß es ein Überfall war?«

Für wen mache ich mich stark? Für mich selbst, für Paulina oder Elizabeth?

Er schweigt, wischt sich mit einem seiner Tücher vorsichtig über den Nacken. Dann zündet er sich eine Zigarette an, ist heute nicht aufgelegt für die Pfeife und vergißt sein Prinzip, vor Doktoranden nicht zu rauchen. Er verwundert mich noch mehr, als er sagt: »Ich würde denken, das Frauenverachtende sitzt sehr tief, Savanna. Sehr weit sind wir da noch nicht gekommen.«

An diesem Abend bin ich allein zu Hause. Nach unzähligen Abenden an meiner Seite habe ich Sam gezwungen, auf der Suche nach neuen Schokoladensorten und unerwarteten Begegnungen auf die Straße zu gehen. Man könnte glauben, daß er wegen all seines Genießens zu keiner Arbeit käme. Doch er ist Erfinder mit eigenem Betrieb, ausgefallenen Arbeitszeiten und variierendem Einkommen aus verschiedenen Patenten. Ich gehe meine Post durch, keine Antwort von Patrick Brown. War nicht zu erwarten. Weshalb sollte er einer unbedeutenden Forscherin mit privatwissenschaftlichen Ambitionen antworten, die im Privatleben seiner toten Tochter wühlen will? Als gäbe es nicht schon genügend Biografien und Magisterarbeiten, in denen jeder einzelne Satz der zwei Bücher, die sie hatte schreiben können, analysiert worden ist. Viele haben bereits das Offensichtliche behandelt, den Unterschied im Ton zwischen dem ersten Roman *Umzingelt* und dem zweiten *Geschlagen*. Im ersten existiert eine Leichtigkeit, ein Wille zum Kampf, und die weibliche Hauptperson besitzt Stärke. Sie ist schlagfertig, brillant, hat Humor – ohne daß der Leser den geringsten Überdruß empfindet. Eine Frau, für die man ungewollt Bewunderung verspürt, obwohl einem bewußt ist, daß es solche Frauen kaum geben kann. Mir fällt auf, daß die Frau in *Umzingelt* an Sam erinnert, sie ist ähnlich unfähig, sich durch die Liebe zerstören zu lassen. Sie sind beide nicht gefühlskalt, auch nicht rücksichtslos. Aber sie nehmen das alles nicht ernst, das Leben ist ein berauschendes, genußvolles Spiel. Ich kann mich nicht entschließen, ob ich sie beneiden soll.

Doch in Elizabeths zweitem Roman ist der Tonfall verändert. Hier begegnet dem Leser eine körperlich und psychisch geschlagene Frau. Sie ist genau das, was der Titel besagt, geschlagen. Das Buch hinterläßt beim Leser ein ungutes Gefühl: Kann man wirklich so tief sinken? Auch Verachtung für die Hauptfigur stellt sich ein. Wie kann sie bei einem solchen Mann bleiben? Elizabeth weigerte sich, Erklärungen abzugeben, zeigte nur eine Sache deutlich auf. Das einzige, was der Frau im Roman am Ende bleibt, ist Selbstverachtung, die sogar größer ist als jene Verachtung, die der Mann ihr bezeugt. Die Hauptperson des Romans meint, die Frau sei der schlechtere Mensch, und deshalb sei es also ihre Pflicht, die Fassade zu wahren. Und Gnade dem, der sich da einmischt!

Irgend etwas ist mit Elizabeth zwischen diesen beiden Büchern geschehen, zwischen 1969 und 1972, und viele wollten ergründen, was es gewesen ist. Die meisten Wissenschaftler sind davon ausgegangen, daß sie die Übergriffe selbst erlebte, mißhandelt wurde von einem der verheirateten Männer, mit denen Elizabeth eine Beziehung hatte. Oh, die Magie des Selbsterlebten! Ich glaube, es war genau umgekehrt: Elizabeth ist nie geschlagen worden. Sie hat sich in das Leben einer anderen Person hineinversetzt und es beschrieben, hat Fiktion daraus werden lassen. Wäre es selbst erlebt, glaube ich nicht, daß sie es so deutlich hätte darstellen können, so klar und analysierend. Womit ich das begründe? Genug davon.

Der Ton ihrer Bücher spricht mich an. Manchmal denke ich, wenn sie heute lebte, wäre ich ihre Freundin. Ich hätte ihr zur Seite gestanden, wenn sie sich auf die Debatten und verbalen Raufereien einließe, die sie so gut beherrschte. Ich hätte ihr die Stirn befeuchten können, wenn sie aus dem Licht zurück in den Schatten der Ringecke gekommen wäre. Ich bewundere ihren Mut, wie sie auf der öffentlichen Bühne einen solchen Platz einnehmen konnte und dennoch ihre Integrität behielt. Geräuschvolles Wirbeln bis zu ihrem Tod, und danach wurde es still. Wie kann eine strahlende Sonne zum Nichts werden? Und sich dann das Leben nehmen? Nein, ich verstehe, daß Patrick Brown nicht reagiert. Es kann nicht leicht gewesen sein, ein »provozierendes Genie« zur Tochter zu haben. Ganz besonders nicht, seit die Autorin tot ist und die Bahn für Verleumdung und Spekulation frei ist – kein Anwalt der Welt kann Elizabeth schützen.

Jemand bewegt sich draußen im Park. Ich sehe es mit meinem linken Auge, blinzele, habe jetzt Schwierigkeiten mit der Tiefenschärfe. Versuche mein rechtes Auge aufzuzwingen. Jetzt sehe ich es deutlich. Jemand bewegt sich durch den Park des Friedhofs, stellt sich hinter einen Baum. Ohne Hund. Die Bewegungen sind die eines Mannes. Und da ist sie, die Wut. Endlich. Auch ich bin nur noch ein einziges »Ich werde …!«. Rasch ziehe ich Turnschuhe an, als wollte ich zum Joggen nach draußen, dazu ordentliche Kleidung, alles in Schwarz. Aus dem Regal in der Diele nehme ich Sams Hammer und Schlagbohrer. Nach einigem Zögern lege ich den Bohrer zurück. Mit dem Hammer in der einen Hand und einer Pfefferdose in der anderen – hier gibt es noch andere Augen, die tränen sollen – nehme ich die Sicherheitskette ab und schließe die Gittertür auf, die zu Sams Entzücken in Rekordzeit geliefert worden war. Ich schleiche die Treppe hinunter, schließe die Haustür lautlos hinter mir und nehme den Schleichweg in den Park. »Keine Angst haben, nur wütend sein«, murmle ich, und da gelingt es.

Er steht an eine Parkbank gelehnt, blickt zu meinem Fenster hoch. Steht einfach da und schaut. Dann dreht er sich um, sieht mich angerannt kommen, in Turnschuhen, mit Hammer und Pfeffer. Er wirkt verblüfft.

»Jack«, sage ich keuchend und drücke den Deckel der Pfefferdose mit einem Klicken zu. »Du bist es nur.«

»Ich bin es nur«, bringt er heraus, als wäre er jemand, den ich jede Nacht halb zwei im Park treffe.

Wir setzen uns auf die Bank, der Hammer liegt zwischen

uns. Wir schauen zu Sams und meiner Festung hoch, die Wohnung, die sich im Winkel ausbreitet, das schwarze Dach, das im Schein der Straßenlaternen glitzert. Da sitzen wir wie ein treues Paar, ich weiß nicht wie lange. Das flößt mir Ruhe ein, erzeugt den Impuls, mich hinzulegen und wie ein Kind einzuschlafen: weiches Kissen, das Äffchen unter dem Arm, drei Nuckel in jeder Hand und ein paar Sekunden später der Schlaf.

»Das Schlimmste ist, wenn man sie nicht kommen sieht«, sagt Jack leise.

Ich blinzle.

»Das haben die Frauen zu Vater gesagt. Viele sind geblieben, denn dann wußten sie wenigstens, daß sie bereit waren, wenn die Schläge kamen. Der Glaube, sicher zu sein, wenn sich bald das Gegenteil herausstellen sollte, war schlimmer, als ständig darauf vorbereitet zu sein.«

Ich friere in der kühlen Nacht.

»Das war wohl er, stimmts?«

Ich nicke, wie bei Ljunggren. Es ist irgendwie ermüdend, als würden wir alle auf der Stelle treten, ich mit meinem Hammer, Ljunggren mit seinen Erfrischungstüchern und Jack mit seinem Polizistenjargon.

»Wie hast du es erfahren?«

»Einige Kollegen haben zufällig von deiner Anzeige gehört, sie kannten mein Interesse an dir und haben es mir berichtet.«

»Dein Interesse?«

»Die Drohungen. Die Briefe.«

»Ja sicher.«

»Und jetzt ist es Wirklichkeit«, stellt er fest.

Ich seufze tief.

»Er wollte vielleicht nur zeigen, daß Worte nicht seine stärkste Seite sind«, sage ich.

»Soll ich lachen?«

»Du darfst es gern versuchen. Ich kann es nicht.«

Er betrachtet eingehend mein Gesicht. Ich bin froh, daß er die Verletzungen nicht näher kommentiert oder die Stellen berührt.

»Die Gitter dort oben vor den Fenstern«, sagt er statt dessen und zeigt zu unserer Wohnung hoch, »habt ihr die jetzt eingesetzt?«

»Nein, mein Bruder Sam hat sie angebracht, als mein Sohn glaubte, er sei Superman. In der kurzen, lebensgefährlichen Phase, als Martin fünf war.«

Ich strecke meine Hände vor, um zu zeigen, wie er geflogen ist. Jacks Zähne leuchten im Dunkeln.

»Und dann?«

»Dann?«

»Ja. Haben die Gitter geholfen?«

Ob sie bei Martin geholfen haben, will er wissen. Waren sie eine Hilfe? Ja, ich verstehe, ich kann nur nicht antworten. Wenn ich den Hammer nehmen würde und diesen Nagel dort richtig fest einschlüge und den nächsten, übrigens müßte die ganze Bank umgebaut werden, ich …

»Savanna?«

»Martin ist im Alter von sechs Jahren an Krebs gestorben. Es ist jetzt vier Jahre her. Nein, das geht nie vorbei.«

Was passiert, wenn man fällt? Ich weiß nicht, wie es geschieht, nur daß es schnell geht. Es ist, als würden die Muskeln, die vorher funktioniert haben mußten, ohne daß man darum gebeten hätte, zu einer weichen, unelastischen Masse, die den Körper zu Boden fallen läßt. Jack zieht mich zu sich hoch und legt meinen Kopf an seine Schulter, wie man es bei einem Kind tut, das aus Alpträumen erwacht und schützende Arme braucht, in denen es wieder einschlafen kann. Seine rechte Hand um meinen Nacken, seine Finger bewegen sich, der Daumen streichelt mich direkt hinter dem rechten Ohr. Die Finger der anderen Hand in meinem Haar. Was gab es da, direkt am Scheitel?

Ich fange an zu schwitzen, eine vorübergehende Übelkeit, das Gefühl, kein Gewicht zu haben, danach Schwere. All das, während er seine Hände weiter bewegt. Drei Tage Nähe – Sams linkisches Tätscheln nicht gerechnet – vor wie vielen Jahren? Was hat sich in meinem Körper seit damals nicht alles angestaut? »Der Körper erinnert sich an alles«, war es nicht das, was mein Zeitungsbote gesagt hatte? Ein Archiv der unbefreiten Trauer, des unbarmherzigen Schmerzes und der nicht gezeigten Demütigung. Jack scheint es zu wissen, denn er berührt mich äußerst behutsam. Ich höre mich murmeln unter seinen Fingern, die jetzt zu meinen Lippen finden.

»Nur schlafen«, flüstere ich. »Nur bei mir schlafen. Neben mir. Ich bin so wahnsinnig müde.«

Er bewegt sich an meinem Gesicht, seine Lippen auf meinen. Schmeckte das so? So unwirklich viel Mensch auf einmal. Meine Lippen sind feucht, die Wangen ebenso.

»Nur schlafen«, sagt Jack und nickt. »Bei dir schlafen dürfen, Savanna.«

13. Kapitel

Fünf Stunden Schlaf und zwei, die damit vergingen, das Gesicht eines schlafenden Mannes zu betrachten. Auch seinen Körper habe ich angesehen, aber nur, als er schlief. Merkwürdig war es, als ich aufwachte. Sein Gesicht über meinem, mich betrachtend. Geradezu gerührt, als wollte er lange so liegen bleiben. Wenn ich die Augen nur wieder schlösse, würde er den ganzen Morgen damit fortfahren. Aber da er meinen Unwillen (ist es das wirklich?) zu spüren scheint, dreht er sich auf den Rücken, verschränkt die Arme hinterm Kopf und seufzt wohlig. Sams Seufzer. Ich teile das Bett mit einem Mann, der zufrieden seufzt. Ich bin gezwungen, mir mit beiden Händen fest über die Wangen zu streichen und ungewöhnlich durchtrieben zu gähnen. Mein Gott, wie entflieht man aus solch intimen Situationen?

»Es ist schön«, fange ich an, »allen Forderungen nach unnötiger Intimität zu entgehen. Nur schlafen dürfen reicht …«

Reicht bis wohin? Und *nur* schlafen dürfen – was für eine Gnade!

»Reicht mehr als genug für eine einmalige Sache«, bringe ich heraus.

Er blickt an die Decke. »So geh doch«, flüstere ich, »hörst du nicht?«

»Alle Gefühle braucht man nicht zu teilen«, erwidert er kurz.

Er berührt mein rechtes Auge, das sich langsam wieder für die Welt auftut.

»Wer ist ohne Angst? In diesen Zeiten«, fährt er ruhig fort, und ich weiß nicht, ob er die Forderungen meint oder Krankheiten, vermutlich beides.

Starke Hitze bis über beide Ohren, ich lege den Arm über mein gerötetes Gesicht. Was für ein Anblick! Eine blaugeschlagene, errötende, fast sechsunddreißigjährige Frau, vollkommen unerfahren, bemüht um lässige Kommentare, im Bett mit einem Polizisten, den sie mitten in der Nacht auf einem Friedhof aufgegabelt hat.

»Danke, daß du bereit warst, hier zu schlafen«, sage ich, ihm zugewandt.

»Ich danke dir auch«, sagt er und zieht mich langsam an sich.

Ich bekomme keine Luft; er gibt sie mir.

Ich höre Sam durch die Doppeltür kommen, verfolge, wie er Kaffee aufsetzt, zwei Tassen herausstellt, heute nacht war er offenbar allein.

»Mein Bruder«, flüstere ich einfältig.

»Soll ich mich im Schrank verstecken?« flüstert Jack zurück.

Wir stehen auf, er darf den alten, braunkarierten Morgenrock meines Vaters benutzen, und wir gehen in die Küche. Sam empfängt uns mit zwei Kaffeetassen – die zweite war nicht für Jack bestimmt. Er sieht so verwundert aus, daß ich wünschte, ich hätte ihm den Schock ersparen können: daß ich einen Zettel angepinnt, eine Homepage eingerichtet, Herrenschuhe auf den Flur gestellt, zwei halb ausgetrunkene Weingläser auf dem Tisch zurückgelassen hätte. Sam hat niemals etwas Ähnliches erlebt. Vielleicht wäre der Schrank doch die bessere Variante gewesen.

»Sam, das ist Jack. Der mit der Visitenkarte«, sage ich, als wäre eine solche ein einzigartiges Erkennungszeichen.

»Natürlich. Kaffee für euch beide«, antwortet Sam und hält uns die Tassen hin.

Ich lächle ihm zu, wenn Sam könnte, würde er dasselbe tun. Statt dessen dreht er sich um und macht sich an das Frühstück für uns drei. Lange Zeit bleibt es still. Ich zupfe an einer Haarsträhne herum. Jack trommelt diskret mit den Fingern auf seinen Schenkel. Was tut man nicht alles in solchen Minuten der Verlegenheit? Nach einer Weile sehe ich, daß Sams Schultern am Spültisch drüben zu zucken beginnen, dann lacht er laut.

»Mein Gott, Savanna.«

»Ja«, sage ich.

Jack geht die Zeitung holen, erstaunlich schnell fühlt er sich hier zu Hause. Er setzt sich wieder und liest die Sportseiten. Es gibt also Menschen, denen Zahlenangaben und Ausrufezeichen etwas sagen. Wäre ich nicht so verwirrt, fände ich die Sache interessant. Sam hat sich jetzt erholt, und sie diskutieren gemeinsam die Ergebnisse. Woher dieses plötzliche Interesse? Nach einer Weile sagt Jack: »Ich bin spät dran. Danke für den Kaffee, Savanna und Sam.«

»Sicher«, antworten wir gleichzeitig, nach Jahren des Trainings.

Jack geht in die Diele. Es wird still. Er kommt zurück, und wir sehen uns an.

»Der Morgenrock«, sagt er beherrscht und zeigt auf sich. »In dem sollte ich vielleicht nicht auf die Straße gehen.«

»Das könnte mißverstanden werden«, erwidert Sam.

Ich zeige ihm die Dusche, sitze davor auf dem Boden und warte, bis er fertig ist. Reiche ihm seine Sachen durch den Türspalt. Wärme im Körper. Wärme, kein Bauchgrimmen. Ein schwaches Ziehen von etwas Unbekanntem. Er kommt aus der Tür. Dieses Haar. Jetzt ist es feucht, kurze nasse Spitzen. Meine Hand fährt darüber. Er schüttelt den Kopf über mich, ich weiß nicht, warum.

»Du bist«, sagt er nur, aber ich lege ihm die Hand auf den Mund – nicht so was.

»Du bist«, wiederholt er.

Ich begleite ihn zur Tür. Seine Hand an meiner Wange, es tut nicht weh, als sie da liegt. Nicht einmal weh.

Das Ziehen. Ich weiß, was es ist. So lange her. Es ist Glück.

Im Institut ist es auffällig still. Ich drucke zwei Artikel aus, lege beide in Ljunggrens Fach. Ein Scherz zwischen uns. Erst schreibe ich einen Artikel mit unvollständigen Sätzen und in verworrener Sprache, unwissenschaftliches Geschwätz, voller amüsanter Floskeln, gewürzt mit Modewörtern. All das, um das Offensichtliche zu verbergen – der Schreiber hat nicht die geringste Ahnung, wovon er oder sie spricht. Danach mein zweiter, echter Artikel, der beinahe immer von der Zeitschrift angenommen wird, wenn auch versehen mit einem Kommentar des Redakteurs: »Interessant und gut formuliert, aber gefährlich nahe an einer allzu vereinfachenden Sprache.« Damit muß ich leben.

Nach ein paar Stunden steht Johannes, der neugierige Doktorand, in meiner Tür, gerade als Ljunggren hereinkommen will. Es wird unzumutbar eng in meinem Kabuff. Ich rolle meinen Drehstuhl instinktiv in die einzige nicht vollgestopfte Ecke. Die Männer quetschen sich zwischen Minischrank und Bücherregal und fangen sicherheitshalber gleichzeitig zu reden an, worauf sie eine Ewigkeit diskutieren, wer zuerst sprechen soll.

»Johannes«, unterbreche ich sie. »Was wolltest du?«

»Ich«, sagt er, als würde gerade dieses Wort eine Kunstpause verlangen. »Ich wollte nur die Gelegenheit nutzen und dir sagen, wie tief beeindruckt ich von deinem Artikel bin. Ich habe mir die Freiheit genommen, ihn zu kopieren, gleich nachdem du ihn dem Professor ins Fach gelegt hattest. Ihr müßt meine kollegiale Aufmerksamkeit verzeihen.«

Ich sage nichts. Jetzt, ich sollte ihn jetzt stoppen.

»Deine Abstraktionen besitzen eine Selbstverständlichkeit, eine thematisch interessante Perspektive«, redet er weiter in der Hoffnung, Ljunggren würde ihm zustimmen, der jedoch sagt nichts, sieht nur allzu genau, daß Johannes den ersten Artikel in der Hand hält.

Ich sollte etwas sagen.

»So etwas bekommt man selten zu sehen«, schließt er, als könnte er keine Worte mehr finden, und ich bin seinetwegen froh, daß sie ihm plötzlich ausgehen.

Ljunggren aber findet sie.

»Das ist ein Scherz zwischen Savanna und mir. Der Artikel war ein Scherz.«

Zu spät jetzt. Ich gebe ihm den zweiten Artikel.

»Du hättest den hier kopieren sollen«, sage ich und bemühe mich, hilfreich zu klingen.

Er sieht auf die Seiten. Dann zu uns. Dann wieder auf die Artikel, wie um zu sagen: Wer würde sich solche Mühe machen? Für einen Scherz? Er verläßt das Zimmer ohne ein Wort. Er wird mich dafür verabscheuen.

»Ich mag das nicht.«

»Es war seine eigene Schuld«, sagt Ljunggren ruhig. »Du kannst dem nicht entgehen.«

Aber das ist es genau, was ich all die Jahre getan habe, will ich rufen. Ich bin dem entgangen. Und jetzt? Allzu viele Blicke in meine Richtung, zu viel Leben in meinen Händen. ich möchte die Jalousien herunterlassen und wie zuvor in Winterschlaf fallen.

»Ich werde ohne Umschweife zur Sache kommen«, fährt er fort.

»Das hast du schon früher getan. Wieder etwas Ungesetzliches?«

Er sieht fröhlich aus, als brächte ihn die Erinnerung dazu, sich jünger zu fühlen.

»Nein, aber ich will dir einen Rat geben.«

»Oh, aber das ist dasselbe. Strafbar.«

Er läßt sich nicht ablenken.

»Ich habe meine gute Freundin Maria Soros, die Pfarrerin, angerufen. Erinnerst du dich, daß ich von ihr in bezug auf Hilfe gesprochen habe?«

»Nein«, sage ich und winde mich betreten auf meinem Stuhl.

»Die Briefe, die du erhältst. Dein Schlaf. Ich habe ein bißchen nachgedacht.«

»Rede weiter.«

»Die Briefe deuten an, daß du etwas gesehen hast, von dem der Briefschreiber wünscht, daß du es vergessen oder jedenfalls niemandem erzählen sollst.«

»Das ist möglich, aber es gibt nichts zu erzählen.«

»Das weiß er vielleicht nicht? Die Schlaflosigkeit kann daher rühren, daß du dieses Etwas gesehen, es aber verdrängt hast und dadurch in eine Krise geraten bist, die zu dem Symptom Schlaflosigkeit geführt hat«, sagt er triumphierend.

»Was hast du heute nacht gemacht?« frage ich warnend.

»In Lexika nachgeschlagen«, erwidert er verlegen. »Und einige psychologische Bücher durchgeblättert. Weißt du, daß Maria und ich zusammen Psychologie belegt haben, eine Zeitlang wollte ich tatsächlich …«

Er bringt mich zum Verstummen. Die Erfrischungstücher waren nur ein kleinerer Defekt.

»Wiederhole das noch mal.«

»Ich habe gedacht, Maria kann dir vielleicht helfen, dich an das zu erinnern, was du gesehen hast, kann dir helfen zu begreifen, wer es ist, der dich jetzt bedroht.«

Er sieht meine irritierte Miene und redet nicht weiter.

»Pfarrerin«, sage ich nachdenklich.

»Wie ist deine Einstellung zu Hypnose?« fährt er mit frischer Energie fort.

Der heutige Tag steht zweifellos im Zeichen der Überraschungen: ein Mann im Bett, Sportergebnisse zum Frühstück, ein Feind und dann Ljunggrens Amateurpsychologie.

»Du meinst ganz allgemein?«

»Nicht so wütend, Savanna. Maria war jedenfalls Therapeutin, ehe sie Pfarrerin wurde, und beschäftigte sich unter anderem eine Zeitlang mit einer Form der Hypnosetherapie.«

Jetzt starre ich ihn an.

»Elizabeth Brown war in ihren letzten Jahren ungeheuer an Hypnose interessiert«, sagt er aufmunternd lächelnd.

»So, war sie das?«

»Du hast mir doch selbst ihre Artikelserie zu dem Thema gezeigt! Die hat Aufsehen erregt, Elizabeth war von ihrer Sache felsenfest überzeugt, wie gewöhnlich.«

Natürlich erinnere ich mich, das steht zu Hause in meiner so gut wie abgeschlossenen Dissertation, Teil 4.6. Aber weshalb dieses Interesse? denke ich schon zum zweiten Mal am heutigen Tag. Gibt es keine Grenzen mehr zu meinem Privatleben? Ein paar Nächte mit schlechtem Schlaf, nun ja, ziemlich viele Nächte, und danach feuchte Küsse, Abscheu der Kollegen, übertriebener Enthusiasmus von Professoren, hinzugerufene Pfarrer. An dem Tag, wo alles vorbei ist, werde ich in einen ohnmachtsähnlichen Schlaf fallen und auf diese Zeit zurückschauen, als sei sie ein Alptraum gewesen, ein solcher, den man in den Morgenstunden hat, wo Leute auf unvorhersehbare Weise durch die Luft schweben. Doch in diesem Zustand jetzt? Kapitulieren.

»Wann kommt sie?«

»Um vier«, antwortet Ljunggren, es sieht fast so aus, als wollte er sich die Hände reiben.

Maria Soros betritt mein Kabuff und *nimmt* es sofort *in Beschlag*, während sie merkwürdigerweise den Raum zugleich größer erscheinen läßt. Sie wirkt auf irgendeine Weise wie die Hauptperson in Elizabeths *Umzingelt*. Sie macht den Eindruck einer forschen, charmanten, schlagfertigen und gesprächigen Person. Noch bevor sich die Tür hinter ihr geschlossen hat, beginnt sie, wie ein Wasserfall zu reden. Ich weiche mit dem Drehstuhl wieder in die Ecke aus. Ich glaube, sie ist eine Person, die bei manchen Frauen ein schlechtes Gewissen erzeugt, verbunden mit Mißtrauen. Kann man so viel auf einmal sein und dennoch nicht auseinanderbrechen? Kohlschwarzes Haar, das bis zum Kinn reicht, zivil gekleidet – Was hatte ich erwartet? –, in den Fünfzigern, helle graue Strähnen über den Ohren, ein dunkles olivfarbenes Gesicht, als wäre sie ständig sonnengebräunt. Es ist, als würde ihre ganze Erscheinung signalisieren, wenn kein anderer den Raum einzunehmen gedenkt, dann wird sie das tun. Doch wenn ein anderer es tun will, vermute ich, daß sie sich zurückzieht. Großartig, ja, aber ich ahne: das geschieht nicht auf Kosten anderer. Nicht, wenn sie mit Ljunggren befreundet ist.

Ich lasse sie reden, es scheint wie von selbst zu gehen. Faszinierend. Sie fragt auch. Nach meiner Arbeit, nicht nach meinem Privatleben – ein Sternchen am Himmel –, und dann verstummt sie tatsächlich. Es ist, als würde sie zurücktreten und überhaupt keinen Platz mehr einnehmen. Läßt ihren Blick nur auf mir ruhen. Das plötzliche Schweigen ist nicht unangenehm. Sie weiß, was sie tut, die Stille macht mir Lust, wieder mit ihr zu reden. Ist das eine Frau, mit der man befreundet sein kann, fährt es mir durch den Kopf, eine Frau, bei der sogar der Tonfall dem Elizabeths gleicht? Ich werde verlegen bei dem Gedanken, hefte den Blick an die Decke. Sie schweigt weiter, läßt mich das Tempo bestimmen. Eine solche Einleitung, etwas so Grandioses, und dann macht sie plötzlich kehrt. Ich wußte nicht, daß ich mich nach einer Freundin sehnte, denke ich verblüfft. Vielleicht sind es diese Nächte, weshalb ich eine brauche.

»Hat Ljunggren erzählt?« frage ich schließlich.

Sie schüttelt den Kopf. Nicht ein Wort. Sie macht es mir nicht leicht. All das Reden, wie um mich in eine unverfängliche Teestundenstimmung zu bringen, hier droht keine Gefahr, nur Geplauder, liebe Freundin – danach Abwarten und Ruhe.

Ich erzähle ihr alles, und es erfordert keine große Anstrengung. Ein Anfang ist gemacht, dann geht alles von selbst weiter, wie bei einem Teig, der angesetzt wird und aufgeht, bis jemand die Luft aus ihm schlägt. Sie bietet Vertrauen an, und ich nehme es entgegen, ausnahmsweise ohne Hintergedanken. Sogar von Jack erzähle ich, seiner Hand auf meiner Wange heute morgen. Ich muß lange geredet haben, denn als ich fertig bin, entdecke ich zwei Fünfkronenkaffeebecher auf dem Tisch, ohne mich erinnern zu können, daß wir sie geholt haben oder daß das üblicherweise folgende Sodbrennen mich geplagt hätte. Völlig verschwitzt bin ich, habe einen leichten Eukalyptusgeschmack im Mund, offenbar habe ich auch ihrer Pastillenschachtel reichlich zugesprochen. Zum ersten Mal sehne ich mich nach Ljunggrens Erfrischungstüchern. Was für eine Energie es kostet, einem anderen Menschen zu begegnen! Und so etwas tun Leute jeden Tag? Mir wird schwindlig.

»Offenbar habe ich nur eine Sache vergessen.«

»Deine Aversion gegen Therapeuten?« fragt Maria.

»Es gab so eine, als Martin starb.«

Ich glaube, ich habe auch von der Beerdigung berichtet. Sie nickt, als könnte sie meine Gedanken lesen.

Als erstes nahm sie meine Hände und sagte: »In allem liegt ein Sinn.«

Maria verzieht das Gesicht.

»Nachtragend?«

»Offensichtlich.«

»Und Religion? Glauben?«

»Die beirren mich nicht.«

»Soll das ein Interesse ausdrücken?«

»Offensichtlich.«

»Aber da muß noch mehr gewesen sein«, fährt sie fort.

»Ja, da war noch einer. Bei einem Essen, aber dennoch. Er sagte: ›Ich verstehe, was du fühlst.‹ So redet man nicht. Keiner kann es ermessen«, murmle ich und stopfe Marias letzte Halspastillen in mich hinein.

»Und wenn er auch ein Kind verloren hat?«

Ich öffne den Mund, bringe aber keinen Ton heraus.

»Warum hätte er es dann nicht sagen sollen?« fährt sie fort. »Du hast ihm vielleicht keine Chance gegeben.«

»Das spielt keine Rolle!«

»Du meinst, nur du hast ein Recht zu trauern?«

Ich verflechte meine Finger ineinander.

»Hör auf, an mir herumzukritteln!« höre ich mich schreien.

»Dann sag, daß ich gehen soll. Oder sag nichts, dann werde ich das Zimmer auch verlassen.«

Sie steht nach einer Weile auf. Blickt in ihre Pastillenschachtel, bemerkt, daß sie leer ist, und zielt auf den Papierkorb. Ich höre an dem dumpfen Laut, daß sie getroffen hat. Ich vermag nichts zu sagen, starre auf den Schreibtisch. Aber dann höre ich ein leises Geräusch vom Computer. Eine neue Nachricht. Weitere Nächte.

»Bitte«, höre ich mich kaum vernehmbar flüstern.

Sie steht immer noch da.

»Bitte. Es ist so lange her, daß ich jemanden auf diese Weise gebeten habe.«

»Soll ich das als Kompliment auffassen? Ich werde es einfach tun. Aber erwarte nicht, daß ich dich jedesmal zusammenflicke, wenn du auf Widerstand stößt. Ich bin Seelsorgerin. Wir können reden, vielleicht kann ich dir eine Hilfe sein. Das ist alles. Es kann sich obendrein auch ein bißchen um Gott drehen.«

»Das geht in Ordnung.«

Sie zieht die Augenbrauen etwas hoch, zwei dunkle Striche in dem braunen Gesicht.

»Ist nur näher bei Martin«, sage ich leise. »Ihm näher.«

Sie legt einen Zettel mit ihrer Telefonnummer auf den Tisch.

»Du bestimmst das Tempo, Savanna. Ich bin da.«

14. Kapitel

Ich schlafe besser. Nicht gerade viel, aber besser. Manchmal schlafe ich nachts um zwei ein, oder sogar schon um eins, und es passiert jetzt sogar, daß der Wecker mich weckt. Es fallen rote Blätter vor einem anderen Fenster, es riecht nach Herbst und knackigen Äpfeln, wenn Jack es weit aufmacht. Seine Wohnung ist ein Sammelsurium aus verschiedenen Haushalten, die offenbar zusammengelegt und dann wieder getrennt worden waren. Da gibt es drei verschiedene Sorten Besteck, eine Unmenge Gabeln, aber kaum einen Teelöffel. Häßliche Tassen mit Sportsymbolen neben schönen altmodischen Service und Platten. Die Wohnung gleicht einem Schlachtfeld, wo Diebesgut und Trophäen aufgereiht sind und sich keiner mehr daran erinnert, wem was gehört hat.

»Nach der Scheidung«, sagt er nur und weist mit der Hand auf die mangelhafte Einrichtung, vier Sessel, aber kein Sofa, eine Anzahl Zeitungsständer, aber kein Couchtisch.

»Nach der Scheidung?« versuche ich.

»Wir hören da auf.«

»Tun wir«, sage ich verlegen, wie immer, wenn ich das Gefühl habe, hier geht es um zu viel Mensch.

Manchmal verberge ich meine Befangenheit mit Reden, dann wieder mit einem plötzlichen Kochanfall (woher diese Häuslichkeit?), einmal habe ich mich an den Abwasch gemacht, aber er hat meine Finger entschieden aus dem Schaum gezogen und sie langsam an seinem Hosenboden abgewischt. So viel Nähe. Ich gewöhne mich nie daran. Gedanken, die geteilt, Verabredungen, die getroffen, Erinnerungen, die wiedererzählt und von einem anderen gedeutet werden sollen. Dann darüber weinen, lieben, sich versöhnen. Wie schaffen die Leute das? Ich will mich nur in sein Bett legen und schlafen. Wenn das nicht gelingt, reicht es auch zu ruhen. Nirgendwo anders ruhe ich so gut.

Ich habe ein sonderbares Vergnügen entdeckt. Den Moment, wenn Jack in den Schlaf sinkt. Seine Hände liegen still auf meinem Körper, dann ein Zucken. Als sei er im Begriff zu fallen und klammere sich am Bewußtsein fest, indem er meinen Arm packt. Seine Hand fährt unfreiwillig über meine rechte Brust, die Beine bewegen sich wenige Sekunden schnell über den meinen – dann ist sein Atem tief, die Augenlider erzittern, die Kiefer erschlaffen. Es ist, als hätte man einen Schiffbrüchigen über sich, wäre seine rettende Planke. Erinnerungen an die Morgen mit Martin kehren zurück. Als er ganz klein war, traten seine Beinchen gegen meinen Schoß, als wollten sie zurück an den Anfang. Hin und wieder versuche ich mit Jack zusammen einzuschlafen. Ich folge seiner Atmung, lege meine Hände über die seinen, zucke mit ihm zusammen. Einige wenige Male ist es gelungen, und wenn ich dann am Morgen aufwache, verspüre ich ein starkes Glücksgefühl.

Das ist alles, was wir zusammen tun, wir schlafen. Das mag seltsam erscheinen, zwei erwachsene Menschen, aber genauso will ich es. Manchmal küssen wir uns, manchmal berühren wir einander äußerst vorsichtig, gewissermaßen ein erstes Sondieren. Aber dann ein Brennen, meine Finger sind wie aufgeladen, ich zittere und bin gezwungen, mich in der Beuge zwischen seinem Ober- und Unterarm zu verstecken, bis ich mich wieder beruhigt habe. Er streicht mir übers Haar, erzählt Geschichten, bringt mich immer zum Lachen – das ist alles. Das ist *alles*.

Manchmal findet er mich nachts, wie ich durch die Wohnung laufe, in den Stunden schlimmsten Grübelns.

»Savanna? Ist wieder Weltmeisterschaft in Unruhe?«

Ich lache, bin dem Weinen nah.

»Du würdest eine Goldmedaille gewinnen. Könntest an den Olympischen Spielen teilnehmen. Was für eine Karriere, kaum zu glauben!«

Er bläst mir leicht ins Ohr und sagt, als sei es das Einfachste der Welt, in seiner Welt: »Das geht vorüber.«

Einfach so. Als wüßte er das, als könnte man es ausrechnen, nur eine Frage der Zeit. Ich schüttle erbost den Kopf, er kann so etwas nicht sagen.

»Ich weiß, daß es bald vorübergeht.«

Ich will ihm so gern glauben. Er weiß es.

»Glaube mir.«

Ich soll das Tempo bestimmen, war es so? Zu viele Forderungen und Beziehungen, die man in den Griff bekommen muß. Ich fühle mich schlaff. In meinem Kalender stehen jetzt Anhaltspunkte, über mein Arbeitsschema hinaus gibt es dort kurze Notizen über Leben in meinem Leben: »Maria, drei

Uhr. Jack zum Abendbrot (neuer Pyjama), Freitag Mittagessen mit Ljunggren.« Ich schreibe nichts über die E-Mails, ich schweige sie tot. Ein schwacher Trost. Aber der Briefschreiber irrt sich, ich nehme immer mehr Platz ein. Vielleicht weiß er das, die Briefe sind schlimmer geworden. Was für ein Haß. Ich vermag dessen Ausmaß nicht zu erfassen, auch nicht, wodurch er ausgelöst wurde, was ich getan habe, um zur Personifizierung allen Abscheus zu werden. Er schreibt sogar über die Schläge, was er mit mir getan hätte, wenn nur mehr Zeit gewesen wäre. Er *hatte* alle Zeit der Welt, hätte alles Mögliche tun können. Das ist es, was mich verwundert und erschreckt. Darüber versuche ich auch mit Jack zu reden, während er mit schlecht verborgener Verzweiflung zusieht, wie ich die ausgedruckten E-Mails loche und abhefte.

Ich sage ganz einfach das, was gesagt werden muß. Was Sam die wenigen Male, wenn ihm die Sache zuviel wird, beschäftigen muß, was Jack wohl dazu bringt, sich in seinem Büro in Gedanken zu verlieren, was Ljunggren veranlaßt, sich als Amateurpsychologe zu betätigen, und Maria, mich öfter zu empfangen, als es üblich ist.

»Warum tötet er mich nicht einfach?« sage ich kurz und sachlich, als sei das ein philosophisches Problem, was man bei einem Dinner zur Diskussion stellt.

Wir sind bei mir zu Hause, die Doppeltür ist geschlossen, dennoch höre ich, wie Sam bei sich drüben ein Glas fallen läßt. Nachdem Jack damit angefangen hat, hier zu übernachten, scheint Sams Genußfreude erloschen zu sein. Nur noch selten muß ich Gespräche entgegennehmen, und die Listen am Telefon werden immer kürzer: »Jackie hat angerufen, ein zweites Mal (bitte, ruf sie zurück, ertrage die Stimme nicht mehr), Susanne (hat sich einen Hund angeschafft), das Büro.« Selten ist Lachen aus seinem Flügel zu hören, die Zeit der Sinnenfreude scheint zu Ende zu gehen. Das Muster ist gestört, das Spiel hat jetzt mehrere Mitspieler, und Sam findet keine Ruhe in seinen Hängematten, die Schokolade: schmeckt die eigentlich noch wie früher? Ein wenig zu oft ist er hier und kontrolliert Martins Tür, ein wenig zu häufig ist sein eigener Kaffee aufgebraucht. *Gelegentliche* Besuche waren die Regel bei ihm, die von Jack sind regelmäßig. Nach der Pfefferdose und dem Hammer, dem Geschmack nach Mensch, ist seine Anwesenheit hier nahezu permanent.

Sam fühlt sich gestört. Hier herrscht nicht mehr die für ihn und mich übliche Kontinuität, die rhythmische Geschwisterliebe. »Es ist auch für mich viel, Sam«, möchte ich sagen, aber über solche Dinge reden wir nicht. Ich kann das Gefühl nicht mehr entbehren, mit Jack zu fallen, durch viele Schichten berückender Bewußtlosigkeit hindurch. Mich das erleben lassen? Natürlich will Sam das! Er tut sich nur so schwer, die Doppeltür nicht anzurühren. »Ungewohnt«, würde er vermutlich sagen, falls ich fragen sollte. Einfach nur das, ungewohnt. Auch mir fällt es schwer, mich daran zu gewöhnen, aber ohne das kann ich nicht mehr leben.

Das Glas auf dem Boden dort drüben, die ersten Worte eines Fluches, der abbricht, als er begreift, daß wir lauschen. Danach sage ich es wieder, denn ich bin der Tatsache leid, daß ich keine vernünftige Antwort erhalte auf das, was mich in den Nächten durch dunkle Zimmer treibt.

»Ich verstehe es nicht. Warum tötet er mich nicht einfach?«

Jetzt ist Sam in meiner Küche, er und Jack schauen einander an. Beide halten sie Wache, wie die Hunde im Park laufen sie um die Büsche, während der Gegenstand ihrer – ja, was denn, Bewunderung? Liebe? Unruhe? sich fragt, warum er noch immer lebt. Dasselbe haben auch sie sich gefragt. Gerade deshalb empört es sie.

»Nicht so, Savanna«, fängt Sam an.

»Sache und Person«, sage ich schroff, unendlich müde des unaufhörlichen Hasses von irgendeinem Menschen. »Laß uns das trennen. Wir lassen die Person beiseite, in diesem Falle mich, und beschäftigen uns mit der Sache. Himmel, Jack, du müßtest doch eine gewisse Übung darin haben.«

»Bei der Arbeit, ja, doch habe ich die Angelegenheit weitergegeben ...«

»Dann sind wir jetzt bei der Arbeit. Beantworte meine Frage. Was ist falsch daran, ein wenig sachlich zu argumentieren? Das wird es uns allen leichter machen.«

Jack sieht aus dem Fenster, die Hand in seinem kurzen Haar, die Arme straffen sich, meine Stirn dort ausruhen können, ich will …

»Vielleicht hält er es nicht für nötig?« beginnt er unwirsch. »Zu riskant? Vielleicht hat er, trotz seinem Geprahle, so etwas nie getan. Es reicht ihm vielleicht, dich in Schrecken zu versetzen, dich passiv zu halten.«

»Was ihm auch gelungen ist«, sage ich. »Nur ist es ihm nicht gelungen, mich begreifen zu lassen, worum es eigentlich geht.«

»Du hast etwas gesehen, was du nicht sehen solltest«, fährt Sam fort, und allein schon ihm zuzuhören, deprimiert mich.

Weiter, möchte ich sagen.

»Kann es etwas in der Bibliothek sein? Ein Rundschreiben, eine eventuelle Unterschlagung, über die du gestolpert bist?«

Ich denke an Mårtensson, seine undurchschaubare Amtssprache, die sich an niemanden richtet, in der Hoffnung, daß ihm keiner auf die Schliche kommt. Kann so etwas Haß erzeugen?

Ich schüttele den Kopf.

»Weiter«, fordert Jack, und ich zucke zusammen bei diesem Wort. »Jemand ist hinter dir her, du hast vielleicht die Position eines anderen eingenommen, hast jemanden etwas Ungesetzliches tun sehen oder ihn öffentlich blamiert.«

Ich denke an Johannes, das war gerade erst geschehen. Davor? Erfrischungstücher und Tweed. Die Dissertation weit verspätet, ein zu kleines Kabuff. Nein.

»Laß uns weiter zurückgehen«, sagt Sam jetzt. »Ganz weit zurück. Diese Frau, die in der Pension ermordet worden ist?«

»Wir haben darüber geredet«, sagt Jack, etwas überstürzt, »immer mal wieder.«

»Weiter«, sage ich. »Paulina Weller.«

Das rotbraune Haar, Jacks Vater über mich gebeugt, Mamas

Hand auf meiner Stirn, war es nicht ein besonders heißer Sommertag? Schweiß bricht mir aus den Poren.

»Erinnerst du dich an nichts?«

»Ich habe wie ein Stein geschlafen.«

Ich habe es schon einmal gesagt, jetzt ist da ein Gefühl des Verlustes.

»Früher einmal habe ich genauso geschlafen, viele Jahre lang«, murmle ich sehnsuchtsvoll, wie jemand, der sich an eine geheime erotische Begegnung erinnert.

Ich höre nicht, was sie sagen. Sie reden über mich. Sam voller Eifer. Jack widerspricht ihm. Jetzt holt Sam die Whiskyflasche. Ein langer Abend. »Hypnose«, höre ich Sam sagen, und dann: »Warum nicht?« Ljunggren muß ihn angerufen haben.

»Ja sicher«, sage ich. »Natürlich. Hypnose. Ich werde Maria Soros fragen, ob sie mir helfen kann, jene Nacht, als ich elf war, wiederzuerleben.«

Sie verstummen.

»Hypnose bedeutet Schlaf, wußtet ihr das?« fahre ich sachlich und belehrend fort. »Nach dem griechischen Hypnos. Hypnos war in der griechischen Mythologie der Gott des Schlafes. Ein junger Mann mit Flügeln.«

»Die Götter Hypnos und Thanatos waren Brüder«, fügt Jack hinzu.

»Nicht schlecht für einen Kriminaler«, sagt Sam.

»Für niemanden schlecht«, kontert Jack.

Wie Hunde. Sie hören auch meine Frage nicht, ich stelle sie noch einmal: »Und was war Thanatos für ein Gott?«

»Der des Traums?« rät Sam.

»Gott des Handels?« fährt Jack fort. »Oder vielleicht der des guten Essens ...«

Ich stehe verärgert vom Tisch auf – für wen halten die mich denn? – und gehe zum Bücherregal, hole mein Lexikon. Sie ziehen mich auf, denke ich noch, bevor ich den Eintrag finde.

»Thanatos war der Tod«, sage ich kurz und denke erneut: Sache und Person.

»Ich hatte es vergessen«, versucht Jack sanft.

Ich lasse meinen Blick auf einem kleinen Punkt rechts von seinem Kopf ruhen. An der Wand klebt eine erschlagene Mücke, eine Tat des Sommers.

»Verzeih mir, Savanna.«

»Oh, erspar mir das«, sage ich.

Vor einem Mann, der gesehen hat, wie ich einschlafe, brauche ich nicht viel Gewese zu machen. Ich fange an vorzulesen: »Sowohl im Volksglauben als auch in der Religion hat man mit Schlaf Tod assoziiert.«

Sam explodiert plötzlich: »›Er ist in seinem Zuhause eingeschlafen‹. So stand es im Nekrolog unseres Vaters. Das kann man eine erstklassige Untertreibung nennen. Nach sechzig Schlaftabletten war das ja wohl das mindeste, was man erwarten konnte!«

Wo ist Sams Frohsinn? denke ich, als er aus dem Zimmer rennt. Wir hören ihn die Wohnungstür zuknallen, frischgebackener Halbstarker, der er mit seinen fast vierzig Jahren ist. Ich lese ungerührt weiter: »Ebenso war die Auffassung weitverbreitet, daß man sich im Schlaf mit Göttern und Toten in Verbindung setzen kann.« Ich nehme mein Whiskyglas und trinke es aus. »Laß uns genau das tun.«

»Savanna?«

»Ich weiß, Jack. Du hast es nicht böse gemeint. Willst mich nur schützen. Aber jetzt nichts mehr davon.«

»Nichts mehr«, sagt er nickend, als seien wir ein zielstrebiges Paar, das soeben einen Beschluß über den Fortbestand der Ehe gefaßt hat.

Wir scheinen beide das Absurde der Situation zu erfassen und gehen im selben Moment zur Tür. So wenig Zeit für Verliebtheit, und schon ist sie hier: Enttäuschung. Ich bin zuerst an der Tür, öffne sie für ihn. Aber er geht nicht. Er nimmt meine Hand und legt sie sich aufs Herz.

»Du bist«, sagt er wieder, als würde ich zum Leben erwachen, allein, indem er mich ansieht.

Wo hat er all das über die Liebe gelernt? Begreift er den

Inhalt seiner Gesten? denke ich, als die Tür zuschlägt. Ich erinnere mich an seinen Vater. Die Berichte über die Telefongespräche. Kann so etwas vererbt werden? Blödsinn. Er begreift es bestimmt.

»Hilf mir, David Fawlkner«, sage ich leise. »Hilf jetzt *mir*.« Aber ich stehe allein dort.

15. Kapitel

Noch immer keine Antwort von Patrick Brown. Die Privatforschung liegt darnieder. Statt dessen habe ich einen Termin einzuhalten. »Maria Soros, 19.00 Uhr, Tee und Brote« steht in meinem Kalender. Ich habe sie um einen ganzen Abend für mich gebeten. Sie hat zuerst erstaunt ausgesehen, dann erfreut. Wozu verleite ich sie da, außerhalb der Arbeitszeit? Ich verleite und betrüge, das ist es, was mein Leben jetzt erfordert. Bisher haben wir uns in ihrem Universitätszimmer getroffen, als Studentenpfarrerin hat sie ein solches, doch jetzt werden wir uns bei ihr zu Hause sehen. Ich hätte sie am liebsten zu mir eingeladen, aber auf Sams Türseite ist es so still, daß ich annehme, er preßt sein Ohr gegen die Wand. Wenn er sich doch wieder den Frauen zuwenden würde.

»Ich habe die Lust verloren. Irgendwie die Lust verloren, Mann zu sein«, sagt er verlegen.

Ich frage mich, ob es daran liegt, daß er jetzt zu den Ich-werde!-Männern gehört, aber ich weiß schließlich nichts über das Wesen der Männlichkeit. Nur über Geschwister weiß ich einiges. Ich habe hingegen keine Erfahrungen mit Männern. An dem Tag, an dem Jack es leid wird, nur zu schlafen (kann man das?), muß er sich einen anderen Platz suchen. Vielleicht ganz kurz ein Vermissen in seinen Augen, dann hat er mich vergessen. Tut mir das weh? Vielleicht werde ich einen Ordner anlegen. Eine kleine dünne Mappe, wie die von Martin. Wenn es mich trifft.

»Ich habe schon Brote gemacht, habe sie hier in der Tasche«, sage ich zu Maria, als sie die Wohnungstür öffnet.

Ich gehe in ihre Wohnung und packe mein Stullenpaket auf ihrem Küchentisch aus: zwei mit Salami und zwei mit Käse. Das ist ja wohl eine gewisse Auswahl. Maria sieht mich verblüfft an, hebt dann die Augenbrauen und verkneift sich ein Lachen.

»Du hast also buchstäblich Tee und Brote gemeint? Und der Tee?«

Ich ziehe verlegen zwei Teebeutel aus meiner Umhängetasche und füge hinzu: »Ich habe noch mehr!«

Jetzt läßt sie dem Lachen freien Lauf, es nimmt ihre ganze blaue Küche ein. Ich bin gezwungen, den Kopf auf den Küchentisch zu legen, die Arme über Kreuz vor mir: »Lach nicht auf mich.«

»Wie bitte?«

»Das hat mein deutscher Vater immer gesagt, wenn er, als Mutter ihm Schwedisch beibrachte, einen Fehler machte.«

»Ich lache mit dir. Wenn du mich läßt.«

»Zu beschämt«, murmle ich.

»Ich nicht«, sagt sie fröhlich. »Es ist das Beste daran, Pfarrerin zu sein, daß mir diese zuweilen penetrante Distanz erspart bleibt, zu der ich als Therapeutin gezwungen war. Ich darf mich zu dir einfach *verhalten*, beinahe genauso, wie ich will. Also tue ich es. Ich gedenke sogar, persönlich zu sein und mehr als eine Seelsorgerin für dich.«

Sie sieht richtig vergnügt aus. Habe ich daran einen Anteil?

»Persönlich«, sagt sie entschieden. »Du bist jetzt bei mir zu Gast. Das gefällt mir, du gefällst mir. Laß mich erzählen.«

Ich hebe verblüfft den Kopf vom Tisch. *Laß mich erzählen.* Fängt Freundschaft damit an? Nur eine hat mir bisher wirklich etwas erzählt, Elizabeth Brown. Ein Unterschied allerdings: Sie wußte nicht, daß ich ihr zuhörte.

»Tue es«, sage ich erleichtert. »Erzähle.«

»Ich habe eine Tochter, Lovisa. Sie ist fünfzehn, heute abend weggeschickt. Ich bin nie verheiratet gewesen, der Vater war eine flüchtige Verliebtheit, die sich als genau das erwies, nämlich als flüchtig. Lovisa scheint damit zurechtzukommen, nun ja, alles ist relativ.«

Ich streiche mir über die Wange.

»Die Hautfarbe? Griechin in der zweiten Generation. Erspar mir das Wort Einwanderer und vergiß die Statistik! Wir wollen uns uns lieber ums Essen kümmern.«

Ich wandere durch ihre Küche, während sie das Gericht zubereitet, sie hat mir ein Glas Wein in die Hand gedrückt.

»Du bist geselligen Umgang nicht gerade gewöhnt?« fragt sie, der erste Wortschwall in meinem Kabuff hatte nur das Ziel, mich zu verwirren, meist kommt sie ohne Umschweife zur Sache.

»Nicht gewöhnt?«

Maria zeigt auf die Brote.

»Ja. Es ist tatsächlich so. Ungewohnt.«

»Wegen Martin? Nach Martin?«

Normalerweise würde ich jetzt gehen, meine Teebeutel nehmen und gehen.

»Nein, lange vor Martin. Ein solcher Umgang hat mich nicht interessiert. Er erfordert Energie, die ich nicht besitze.«

Eine Pause, um mehr aufzubieten.

»Ich habe für die selbstverständlichen Beziehungen gelebt, die zu Bruder und Kind. Darin habe ich einen gewissen Platz eingenommen. Sonst nicht. Ich habe das nicht als Mangel empfunden.«

»Und die Männer?«

»Es gibt jetzt einen.«

»Wie wunderbar.«

Nur das, wie wunderbar. Ich denke verwirrt, jetzt führe ich dieses Gespräch hier, eine Frau hört mir zu, während ich von einem Mann rede.

»Wir schlafen zusammen. Er heißt Jack.«

»Ich weiß. Du hast es erzählt.«

»Wirklich, wir *schlafen* nur zusammen.«

»Ist gut«, erwidert sie nickend, wie um mich zu ermuntern.

»Das muß reichen«, sage ich kurz.

»Sicher. Warum alles voll auskosten?«

»Ich weiß nicht, wer er ist.«

»Und warum nicht?«

Ein schwacher Geruch nach erhitztem Olivenöl und frischen gehackten Kräutern. Ich zucke zusammen, ein Gefühl von Gemütlichkeit.

»Ich bin ihm nicht nahegekommen«, sage ich, und in derselben Sekunde weiß ich, daß es stimmt, ich bin ihm ganz und gar nicht nahegekommen.

Völlig falsches Thema, ich wechsle es.

»Wie wollen wir diese Gespräche nennen?«

Jetzt lächelt sie, rührt in ihrem Topf, irgend etwas riecht sehr gut, jemand macht sich für mich viel Mühe.

»Was hältst du von normalem Umgang?«

»Normal?«

»Wir sind jetzt außerhalb der Arbeitszeit.«

»Aber ich habe gedacht ... wollen wir ihm nicht ein bißchen Struktur geben?« versuche ich und wünschte instinktiv, eine Mappe vor mir zu haben, eine mit einem Zehnpunkteregister, ich könnte es rasend schnell beschriften. »Vielleicht Erwachsenenkonfirmation?«

»Möchtest du das?«

»Oh, sicher. Martin hat Kirchen geliebt, nicht eine Stadt haben wir uns angesehen, ohne daß nicht auch die Kirchen durchforstet wurden.«

»Man hat vielleicht auf mehr als die Architektur einzugehen«, höre ich Maria sagen.

»Kein Problem!« erwidere ich enthusiastisch.

Wir setzen uns an den Tisch, und sie serviert das Essen. Wir verzehren es schweigend, das ist angenehm.

»Ohne Umschweife zur Sache?« fragt sie unnötigerweise. »Du brauchst Hilfe, fürs erste keine Erwachsenenkonfirmation. Ich mag dich, und als deine und Stens Freundin tue ich das hier gern. Wir müssen der Angelegenheit keinen besonderen Namen geben.«

Ich räuspere mich, einen dicken Kloß im Hals. Erstaunen über diese Begegnung.

»Ich brauche wirklich Hilfe.«

Ob Struktur oder nicht. Mit oder ohne Ordner.

»Na dann.«

Sie räumt den Tisch ab, geht ins Wohnzimmer und schaltet Musik ein, öffnet die Balkontüren, und die immer kühler werdende Herbstluft dringt ins Zimmer, so daß sich die Härchen auf meinen Armen aufstellen. Im Hafen angekommen, geschützt, denke ich, obwohl ich weiß, daß es nur zum Teil stimmt. Alles ist noch da, wenn ich von hier weggehe. Doch ist es schön, sich ein Weilchen etwas vorzumachen.

»Du bist Therapeutin gewesen. Hast dich offenbar recht viel mit Hypnosetherapie beschäftigt«, füge ich unschuldig hinzu. »Warum hast du damit aufgehört?«

»Willst du die Standardantwort hören oder die richtige?«

»Die richtige natürlich.«

»Das ist überhaupt nicht so natürlich. Die Sache ist nicht leicht zu verdauen.«

»Ich glaube, darin habe ich eine gewisse Erfahrung.«

Sie setzt sich aufs Sofa, nimmt die Beine hoch und schlingt die Arme um die Knie wie ein kleines Mädchen. Wir werden offenbar nie älter, denke ich. Erfahrungen, Gebrechen und Sorgen, aber die Gesten behalten wir bei.

»Während einer Hypnosesitzung erzählte ein äußerst sympathischer Mann, einer meiner Lieblingspatienten, ja, ich weiß, man hat keine solchen, erzählte also detailliert und umständlich, wie er als Fünfundzwanzigjähriger zwei siebenjährige Mädchen vergewaltigt hat. Ich hörte zu, erfaßte es und ... Irgend etwas zerbrach. Ich konnte mich nicht erholen, nicht professionell sein, die Sache nicht weiterführen. Lovisa war damals sieben Jahre alt. Ich brach die Sitzung ab, ging nach draußen und übergab mich. Es war keine Distanz möglich. Nur Hoffen auf Gnade, Versöhnung und Erklärungen, die ich damals nicht selbst finden konnte.«

»Und danach?«

»Ich habe gekündigt. Das wäre eigentlich nicht nötig gewesen, denn sie hätten es früher oder später bestimmt selbst getan. Aber ich wollte die Initiative behalten, zeigen, daß es mein Entschluß ist. So viele Jahre Studium und eine geliebte Arbeit. Alles weg. Alleinstehende Mutter, keine Anstellung, vor allem Verzweiflung. Nicht gerade eine gelungene Kombination.«

»Das ist es selten.«

»Dann geschah das Unwahrscheinliche. Es war wirklich außergewöhnlich, sag, was du willst. Ich habe die Berufung verspürt. Wir wollen es so nennen. Denn genau das geschah. Die Berufung, Geistliche zu werden.«

»Hast du Versöhnung, Gnade und Erklärungen gefunden?«

»Jaa«, sagt sie mit einem tiefen Seufzer. »Und auch nein. Versöhnung und Gnade, ja. Erklärungen, nein.«

»Wie wunderbar.«

»Das kann man sagen!« Sie lacht.

»Willst du es für mich tun?«

»Dir eine Berufung verschaffen?«

»Du weißt, was ich meine.«

»Leider tue ich das nur zu genau, und die Antwort ist nein. Nie wieder.«

Ich gehe auf ihren Balkon. Die Stadt liegt glitzernd unter uns. Es ist die Zeit der eingeschalteten Lampen, Schafwollpullover über frierenden Schultern, Strumpfhosen über immer blasser werdenden Beinen, die nicht mehr rasiert werden und an denen Wunden ihre Zeit zum Heilen brauchen, das Fahrrad ganz nach hinten in den Keller – nie mehr dorthin –, während wir dem Winter entgegengehen. Stockholm ist im Begriff, sich zu verschließen, nur die treuen Bewohner wissen, wo man in dieser Jahreszeit Trost finden kann: Unmengen Kaffee, häufige Kinobesuche, späte Abendessen, ein neuer Schlitten, gute Bücher sowie die Hoffnung, daß die Sommerverliebtheit anhält; doch die Daunendecken reichen nicht aus gegen die Kälte. Danach Schlaf, Winterschlaf. Und für mich: wenn nicht er, dann ich.

Ich gehe ins Wohnzimmer zurück und schließe die Balkontüren hinter mir. Ich muß sie überreden. Habe überhaupt keine Übung in solchen Dingen.

»Als ich ungefähr elf war, bin ich in Winterschlaf gefallen. Wie ich es jetzt sehe, habe ich seitdem nie richtig gelebt. Neben dem Leben her, ja. Aber niemals mittendrin. Ich habe keinen Platz eingenommen, außer in den Jahren mit Martin. Ich habe wie betäubt geschlafen, bis vor fünf Monaten. Es war, als würde ich aufwachen«, ich zögere, »als sei ich aufgewacht, um nicht für immer einzuschlafen.«

Ihr Blick ist daran schuld, er verlangt richtige Antworten.

»Wenn ich damals nicht aufgewacht wäre, hätte ich mein Leben weiter verschlafen.«

»Die Schlaflosigkeit?«

»Sie ist mit das Schlimmste, was ich erlebt habe. Aber sie hat mich wieder präsent werden lassen.«

Jetzt kein Regen mehr, Martin, möchte ich flüstern. Nur Versöhnung und vor allem Erklärungen. All das will ich haben, muß ich von Maria bekommen. Ich muß es sein, die das sagt, meine Stimme ist hart: »Du tust das doch für mich? Ich muß erfahren, was passiert ist.«

»Ja«, sagt sie ebenso hart. »Ich mache es.«

Sie ist verändert, jetzt professionell, schaltet die Musik aus, zieht den Telefonstecker aus der Dose, schlägt diskret ein Kreuz über der Brust und sagt: »Leg dich hier aufs Sofa.«

Sie wartet, bis wir unsere Plätze eingenommen haben, bis wir etwas zur Ruhe gekommen sind und Zeit keine Rolle mehr spielt.

»Fixiere diesen Punkt dort an der Decke. Deine Augenlider werden schwer. Schließe sie.«

Wie dringend kann man austreten müssen? Ich überlege. Ganz schrecklich dringend auf diesem Fest, wo es bei Joanna zuviel Limonade gab und wir gewettet haben, wer es am längsten aushalten kann. Furchtbar dringend in jenem Sommer, als Sam und ich wetteten, wer es schafft, sein Buch zu Ende zu lesen (kein

Schummeln, Savanna!), bevor einer von uns zur Toilette mußte. Sam hat gewonnen, ich bin nicht gut in so was. Mama mag unsere Spiele nicht; Harnwegsirgendwas kann man kriegen, nur dieses Wort zu sagen, tut schon weh.

Ich schlafe allein in meinem Pensionszimmer, Mamas und Papas Zimmer liegt weit weg. Und ich muß dringend. Ich kann doch nicht mitten in der Nacht hinrennen und Mama bitten, mit raus zu kommen, nur weil ich muß. Warum hat dieses Zimmer bloß keine Toilette? Ich ziehe die Gummistiefel an. Wirklich Pech, daß Sam nicht hier ist. Ich war so sicher, als ich darum bettelte, ein eigenes Zimmer zu bekommen. »Also Mama, klar kann ich alleine schlafen!« Was denkt sie denn? Ich bin doch schon elf Jahre alt. Jetzt fühle ich mich nicht mehr so sicher: die viele Brause beim Abendbrot. Vermisse Sam noch mehr. Soll ich in einen Eimer pinkeln? Es gibt keinen. Muß raus in den Wald. Ich öffne die Tür und bin gleich mitten im Grünen, mein Zimmer liegt ganz am Ende des Flügels. Neben der Pension, draußen im Wald, stehen ein paar rote Häuschen, wo Leute wohnen können, wenn die Pension voll ist. »Was für ein Sommer«, sagen alle. »So eine Hitze!« Alle wollen baden. Ich will es absolut, morgen werde ich unten am Anlegesteg länger baden als an irgendeinem anderen Tag. Ich werde Sam sagen, daß ich einen Rekord aufgestellt habe – vielleicht sechs Stunden hintereinander –, nur hochgehen wegen einem Brot und dann wieder rein.

Es ist auch in der Nacht warm. Merkwürdig. Als ob die Hitze im Wald liegengeblieben ist, von der Erde aufsteigt und an meinen nackten Beinen unter dem Nachthemd brennt. Es ist so schön, daß ich noch ein Stück weitergehe, weg von der Pension, und zu den Sternen hochsehe.

Ich höre komische Geräusche. Ich weiß nicht, was es ist. Hören sich Eulen so an? Es klingt, als würde jemand schreien. Kein Kind. Es kommt aus diesem Häuschen, das am weitesten von der Pension weg liegt. Noch ein dumpfer Schrei. Vielleicht ist es Musik. Ich muß jedenfalls furchtbar dringend, und jetzt hocke ich mich hin. Typisch, daß ich auf die Gummistiefel pinkle. Komische Geräusche jetzt im Wald, Zweige brechen.

Ich habe plötzlich Angst. Erst als ich fertig bin, spüre ich sie. Ich mußte so sehr, daß ich alles um mich vergessen habe. Gerade will ich in mein Zimmer zurückrennen, als ich einen Mann direkt auf mich zulaufen sehe. Er kommt aus dem Häuschen mit den Geräuschen. Er trägt etwas über der Schulter, ich kann nicht anders, muß hinsehen. Jemand hängt über seiner Schulter, ein kurzes Nachthemd, nur bis zum Po. Wie komisch, daß er mitten in der Nacht eine junge Frau über der Schulter trägt. Vielleicht eine Schlafwandlerin, die er hier im Wald gefunden hat? Ich bin einmal im Schlaf gewandelt, hab sogar geredet und will gerade etwas darüber zu ihm sagen, als ich sehe, daß über ihren Kopf Blut läuft. Auch an ihren Beinen läuft Blut herunter, und der Mann, der sie trägt, ist blutbeschmiert.

Unmöglich zu schreien, ich kann auch nicht wegrennen. Der Mann sieht mich an. Er kommt näher, ist alt. Er sieht mich, ich sehe ihn. Die Frau hängt dort über seiner Schulter. »Wird sie jetzt aufwachen?« will ich flüstern, aber nur ein Schluchzer ist zu hören. Ich kann mich noch immer nicht rühren. Früher konnte ich rennen, schreien und laut lachen, das aber kann ich jetzt nicht. Sein Mund bewegt sich, aber ich kann nicht hören. Seine Arme bewegen sich, aber ich sehe nicht.

Ein Geräusch weiter drinnen im Wald, ein Moped kommt. Noch eins, ein paar Leute lachen laut. Der Mann zieht sich zurück, geht auf das Häuschen zu. Ich höre nicht, sehe nicht, nehme keinen Platz ein. Drehe mich um und renne in mein Zimmer, ich bin losgekommen. Ich glaube, ich werde sofort weiterschlafen. Das werde ich Mama morgen sagen, war es nicht so? Daß ich wie ein Stein geschlafen habe, das tue ich doch immer. Ich falle, ich falle – ich schlafe.

Ich bin völlig durchgeschwitzt, als ich die Augen aufschlage, in Marias schreckerfülltes Gesicht sehe. Wieviel Zeit ist vergangen? Sie zieht mich aus, holt einen Waschlappen, fährt mir damit übers Gesicht, wickelt mich in ein Handtuch ein, wie Mutter es immer getan hat, und legt mich wieder aufs Sofa. Dann geht sie aus dem Zimmer, spricht mit jemandem im

Korridor. Es wird still. Jack kommt herein. Wie merkwürdig, daß Jack hier ist! Wie wunderbar, möchte ich zu ihm sagen, und ich schäme mich, weil ich dir nicht nahegekommen bin. Ich habe nicht gehört, nicht gefragt, nicht Anteil nehmen lassen, nicht gewagt, bin niemandem entgegengekommen. Ich habe nicht gelebt, bin nicht sichtbar gewesen. Bin so ungeübt. Verzeih mir, diese Müdigkeit. Bin wie betäubt, aber jetzt wache ich auf. Ich bin hier, Jack.

Er drückt seinen Kopf an meine Schulter, sie wird feucht. Weinen Ich-werde!-Männer? Weinen sie bei mir? Fragt mich nicht, ich weiß nichts über Männer; ich habe mit dem Lernen gerade angefangen. Rede ich oder schweige ich? Bin ich elf Jahre alt oder fast sechsunddreißig? Bin ich wach oder schlafe ich? »Willst du ein Stück von meinem Handtuch haben?« flüstere ich, wie ich vor vielen Jahren nach einem besonders langen Bad zu Sam gesagt hätte.

Jack nickt, er weiß bereits alles. Maria hat die Tür hinter sich geschlossen. Wie rücksichtsvoll, so viel Wohlwollen, so viel Liebe.

»Jetzt weiß ich«, flüstere ich Jack zu. »Jetzt *weiß* ich jedenfalls Bescheid.«

Er nickt, das Gesicht an meinem feuchten Nacken. Jetzt wissen wir.

16. Kapitel

Die einzige, die guter Dinge ist, bin ich. Es ist vorbei, denke ich begeistert. Aber eigentlich ist es nur ein Anfang. Daran zu denken ist mehr, als ich verkrafte. »Jetzt weiß ich!« sage ich immer wieder zu dem erbleichenden Sam. »Jetzt weiß ich!« zu Ljunggren, der rasch nach seinen Erfrischungstüchern greift, sie riechen nach Zitrone, »neue Sorte, absolut unentbehrlich«. Aber nur Jack antwortet: »Jetzt wissen wir, Savanna.«

Wir sind bei mir zu Hause, Sam ist in der Stadt und kauft

noch weitere Gitterfenster – meine neuerworbene Erkenntnis scheint ihn nicht beruhigt zu haben. Warum nur bin ich von der Einsicht federleicht geworden? Jack und ich liegen in meinem Bett, das wir ganz dicht ans Fenster gerückt haben – Nein, dort keine Gitter, Sam! –, und betrachten den rotgelben Himmel, der bald in der schwarzen Nacht verschwinden wird.

»Wunderschön«, seufze ich und zünde mir noch eine Zigarette an.

Mit Wonne nehme ich ein Laster auf, das ich nie besessen habe. Ich biete auch Jack eine an.

»Willst du nicht fragen, ob ich rauche?« sagt er.

»Doch gern. Rauchst du?«

»Nein, aber ich habe nichts dagegen, heute damit anzufangen.«

Das amüsiert mich wahnsinnig. Es kann auch mit dem Gefühl der Schwerelosigkeit zusammenhängen, das zehn Zigaretten und eine Flasche Wein bei einer Frau auslösen, die neben einem schönen Mann im Bett liegt. Zigarettenrauch um meine Zehen.

»Du fragst nicht gerade viel, Savanna.«

»Nein«, sage ich. »Ich bin wohl nicht besonders interessiert.«

Auch ich weiß, daß es bessere Antworten gibt.

»Ich *war* nicht interessiert. Aber jetzt habe ich die Kraft«, sage ich entschieden, mit der neugewonnenen Erkenntnis, daß sich alles verändern läßt, daß nicht jedes Kennenlernen unvoreingenommen stattfindet, obwohl es so sein sollte.

Ich nehme ein Kissen und drücke es auf mein Gesicht. Dann werfe ich es wieder zurück.

»Ich meine es ernst.«

»Das tust du wohl.«

Ich sage die Worte, in denen jede Begegnung ihren Anfang nimmt.

»Erzähle, Jack.«

»Wovon? Den Bestecks? Der Scheidung?«

»Alles.«

Ich stütze mich auf den Ellbogen, mustere ihn. Es ist, als sei mein Blick der von Sam geworden. Ich bin wirklich interessiert an Genuß, am Leben. Ich begehre. Das macht mich ganz matt. Mein Lachen gleicht immer mehr dem Frauenlachen in Sams Zimmern.

»Savanna, wir müssen über den Mann im Wald reden. Den Mörder Paulina Wellers. Ich habe Vaters alten Ermittlungsbericht vorgesucht.«

»Dein Vater. Dort fangen wir an. Erzähl von deinem Vater, Jack.«

»Die Voruntersuchung. Ich habe etwas Wesentliches begriffen.«

»Was ist das für ein Gefühl, David Fawlkners Sohn zu sein, sag es mir.«

»Hör mir zu. Paulina ist am 26. August 1973 ermordet worden. Ein Mord verjährt in Schweden nach fünfundzwanzig Jahren. Heute haben wir den 26. Oktober. Wir haben noch genau zehn Monate Zeit. Also müssen wir ihn bis dahin finden.«

»Die Scheidung? Fang da an.«

»Noch zehn Monate. Er muß dich nur so lange in Angst versetzen und selbst weiter unsichtbar bleiben. Mit seinen Briefen, Drohungen und Schlägen versucht dieser Mann dich handlungsunfähig zu machen, bis die Zeit abgelaufen ist. Ich habe nachgedacht.«

»Gut.«

»Hör zu. Ich habe mit meinem Chef gesprochen, Kriminalkommissar Ernest Frenner. Er muß die Sache übernehmen. Er wird die Briefe zurückverfolgen. Irgendwo muß dieser Mann einen Fehler gemacht haben. Dem Bericht meines Vaters zufolge liegt gegen ihn das gesamte technische Beweismaterial vor. Das einzige, was wir nicht haben, ist sein Name. Außerdem ...«

»Außerdem?«

»Sollten wir ihn dingfest machen, bevor noch jemand zu Schaden kommt«, sagt er kurz.

Ich lege mich auf den Rücken und schließe resigniert die Augen.

»Nein, Jack. Ich weiß nicht, wer der Mann ist. Wie soll ich es wissen, bald ein Vierteljahrhundert später?«

»Fallen dir irgendwelche Erkennungsmerkmale ein?«

»Das hat Maria schon gefragt. Ich war elf Jahre alt, zu Tode erschrocken. Im dunklen Wald. Ein älterer Mann. Was sollte ich, um Gottes willen, noch wissen, was heute relevant sein könnte?«

»Aber warum schickt er dann diese Briefe? Warum bedroht er dich erst jetzt? Ihr müßt euch begegnet sein, etwas ist passiert. Im Zusammenhang mit der Schlaflosigkeit. Denk nach.«

»Ich bin betrunken.«

»Überlege!«

»Warum?«

»*Warum?* Du fragst, warum?«

Er verstummt. Hinaus über die Wolken, das Dach, das Zimmer.

»Dich verlieren, das geht nicht.«

Ich will ihm antworten, bin plötzlich nüchtern. Oh, rede mit mir nicht über Verlust, ich ... Aber ich sage nichts. Auch nicht: Liebling, du wirst mich nicht verlieren! Ich kann so etwas einfach nicht. Wieder eine Zigarette, leichte Übelkeit. Das Sonnenlicht ist völlig hinter meinen Zehen verschwunden.

»Ihr müßt es noch einmal probieren«, sagt Jack schließlich. »Du und Maria. Es gibt bestimmt etwas, das ihr übersehen habt. Und dann mußt du mit Frenner reden.«

»Aber jetzt wissen wir doch«, versuche ich erneut, eine gewisse Mattigkeit in der Stimme.

Der Wein, die Zigaretten und die Begierde reichten nur bis hierher.

»Nicht genug«, flüstert Jack und streichelt mich. »Überhaupt nicht genug«, sagt er und legt sich auf mich.

Was soll ich mit all dieser Schwere machen.

»Nicht so nahe, bitte, Jack.«

Aber er hört nicht. Bald höre auch ich nicht mehr.

»Du bist«, höre ich ihn flüstern, wieder und wieder, und ich bebe und sehne mich zugleich nach einem dritten Wort.

Ich komme zu mir, schiebe ihn weg und lege mich neben ihn auf den Bauch. Nahe, aber nicht zu nahe. Nie so nahe wie Martin. An so etwas sterben Menschen. Jetzt sage ich etwas gut Einstudiertes, das ist deutlich zu hören.

»Das Aufsehenerregendste, was ein moderner Mensch heute sagen kann ist: Sex wird viel zu hochgelobt.«

Jack antwortet nicht. Er geht zur Toilette hinaus. Bleibt lange dort. Kommt in Vaters Morgenrock zurück. Er sieht mich von oben bis unten an. Ist plötzlich so müde wie ein Mensch, der an Schlafmangel nicht gewöhnt ist, nur sein kann.

»Jetzt schlafen wir.«

»Jetzt schläfst du, Jack. Was ich gesagt habe, war ...«

»Ich habe es gehört.«

»Und?«

»Man könnte tausend Dinge dazu sagen, aber ich habe nur eine einzige Antwort. Wie kannst du das wissen?«

Das war nicht eins der tausend Dinge, die ich erwartet hatte. Ich öffne den Mund und schließe ihn wieder. Wie ein Goldfisch, zur Fütterung bereit.

»Sam hat es erzählt. Ich nehme an, er hat gedacht, es könnte abschreckend auf mich wirken.«

»Und, hat es das?« frage ich kalt.

»Im Gegenteil.«

Im Gegenteil, sagt er, einfach so *en passant*. Ich verspüre eine Wut, die alles andere aus dem Kopf verdrängt. Bin so wahnsinnig wütend auf diesen Mann.

»Versuch nicht, mich zu bekehren, Jack! Nicht so was. Spiel nicht den großen Verführer, der Savanna von der bitteren Zeit der Unschuld erlöst. Nichts mehr ...«

»Nein«, sagt er. »Laß das. Wofür hältst du mich?«

»Für einen Mann, vermute ich.«

»Hör auf damit, bitte. Hör auf!«

Eine Ewigkeit der Enttäuschung. Es kann jetzt nicht mehr

lange dauern. Wie viele Ordner? Ich befürchte, er könnte mehr als einen ausfüllen. Es schmerzt in meinem Hals. Es juckt, etwas will heraus.

»Entschuldige«, flüstere ich, das Gesicht in den Händen, denn das ist nichts, das man der Welt zeigen kann, überhaupt nichts.

»Nimm die Hände vom Gesicht. Ich höre nicht, was du sagst.«

»Entschuldige, Jack. Ich habe zu wenig Übung. Nur das.«

Genug jetzt. Ich stehe auf, ziehe ihm den Morgenrock aus, öffne das Fenster und werfe ihn auf den Friedhof. Gehe durch die Wohnung und hole den Schlüssel für die Doppeltür, schließe zweimal ab. Den Schlüssel in die Zuckerdose. Das Herz hämmert; es schmerzt in den Schläfen, als wäre der Herzschlag dorthin gewandert.

Ich finde Jack unter der Decke in meinem Bett. Er schläft doch nicht etwa?

»Keine Bekehrung, Savanna«, sagt er mit geschlossenen Augen. »Kein Leg-dein-Leben-in-meine-Hände. Kein offenes Haar und keine starken Arme. Nicht männliche Initiative und weibliche Unterwerfung. Ich bin nicht interessiert.«

Ich schüttele den Kopf als Antwort. Womit habe ich mich all die Jahre abgegeben? Wie viele Jacks habe ich verpaßt?

»Willst du mir bei einer Sache helfen?«

Er schlägt die Augen auf und sieht mich dastehen, in meine rote Küchentischdecke gewickelt.

»Die hier vor das Fenster zu hängen.«

Er nickt, wir helfen einander. Laß ihn glauben, daß man nicht hereinsehen soll, denke ich. So reicht es. Die roten Segel. Wie lange ist das her? Dunkles Nackenhaar, um die Finger zu wickeln. Tapeten, die sich von den Wänden lösten.

»Jetzt bin ich hier«, sagt er, plötzlich schüchtern, die Decke über sich.

Darauf lächelt er über das ganze Gesicht. Diese Lippen.

»Aber dann verführ mich doch, Savanna.«

Jack schläft, ich nicht. Wie kann er nur? Zum ersten Mal seit Monaten will ich nicht schlafen. Der Körper schmerzt vor Müdigkeit, aber ich will noch lange wach bleiben. Ich will dieses Gefühl der Schwere durch die Wohnung tragen, und insgeheim, tief drinnen im Badezimmer und bei verschlossener Tür, werde ich zu Ende beben, ohne verbergen zu müssen, daß meine Hände zittern und meine Lippen bluten. Elf Jahre ist es her, seit mich jemand angefaßt hat. Mein Blick, dem ich im Spiegel begegne, ist schwarz. Bodenlos. Keine Verzweiflung, keine Freude. Nur durch Erfahrung verändert. Es ist der gleiche Blick, den ich nach vierundzwanzig Stunden Geburt bei mir bemerkte. Sam hütete Martin, zweiunddreißig Minuten alt, während ich duschen sollte. Es gab einen Spiegel in der Entbindungsstation, direkt neben der Dusche. Ein Blick hinein, und ich wußte sofort: Ich bin eine andere. Nicht besser, nicht schlechter. Nur eine andere. Jetzt auch.

Verzeih mir, Martin, möchte ich flüstern. Verzeih, daß ich ein solches Gefühl empfinde und daß es nicht für dich ist. Nicht deinetwegen. Hab Erbarmen, weil ich lebe und einen Menschen berühre.

Leises Klopfen an der Wohnungstür. Drei Uhr nachts. Das kann nur einer sein. Ich versuche, einen Morgenrock überzuziehen, so lange dauert es, die Hände zittern. Vorsichtig schleiche ich durch die Wohnung. Jemand schläft hier, möchte ich der Welt erzählen. Es ist jemand, der mich berührt, der mir näher gewesen ist als irgendein Erwachsener je zuvor. Jacks Lippen an meiner Schulter und wie ich flüsterte nach der absolut zwingenden Nähe: »Du mußt entschuldigen, Jack. Ich kann nicht aufhören zu weinen.« Es ist unfaßbar; das ist es wahrhaftig.

Ich öffne die Tür. Eine Zeitung wird mir hingestreckt. Jonas ist zurück. Er sieht mich an: meinen flammend roten Hals, die Beine leicht gespreizt, mit einer Schulter muß ich mich an die Flurgarderobe lehnen, glänzende Augen vor Lust oder aus Angst vor dem notwendigen Verlust – ich weiß nicht. Offenbar ist nur ein Blick nötig. Er macht einen Schritt auf mich zu und küßt mich auf die Wangen. Nicht nur einmal, nicht zwei-, sondern gleich dreimal.

»Ich habe holländisches Blut in den Adern«, sagt er und sieht unglaublich froh aus. »Dort küßt man einander dreimal. Jedesmal, wenn man sich sieht. Begreifst du, welche Möglichkeiten sich bieten? Willst du es ausprobieren? An einem anderen, dort drinnen, meine ich.«

»Danke, es ist gut, Jonas. Meine Zeitung? Er schläft nur hier.«

Jetzt lacht er laut. Ich ebenfalls.

»Ja, mein Gott, Savanna«, sagt er mit unverhohlener Freude. »Und heute nacht, lade jemand anderen zum Tee ein. Nicht mich.«

Er schließt die Tür vorsichtig hinter sich. Danach wirft er eine Zeitung durch den Briefschlitz.

»Noch eine«, flüstert er durch die Öffnung, »für *ihn*.«

Früher war ich eine Person, die nicht wußte, was geschieht, wenn man am Hals berührt wird, am Nacken. Was es im Körper an unterdrückten Gefühlen gibt, die einen Menschen formen. Früher war ich eine Frau, die nicht wußte, warum Sams Freundinnen lachten, warum sie sich Hunde anschafften, nur wegen der Möglichkeit, bei einem fremden Grab auf einen Mann zu stoßen.

Mein Blick ist der einer anderen geworden. Jetzt weiß ich es.

17. Kapitel

Am Morgen schlägt Jack die Augen auf. Das Schönste, was ich je gesehen habe. Ich lege meine Hand darüber, nehme sie wieder weg.

»Mach es noch einmal«, bitte ich, »für mich.«

Er tut es. Und gleich wieder. Kann man das dokumentieren? Kann man es für die Nachwelt aufheben, ein solches Wunder: Seine Augen schließen und öffnen sich. Daß sie sich nicht für immer schließen. Daß es möglich ist, eine solche ... Wärme zu verspüren, und daß sie sich dennoch nicht für immer schließen. Meine rechte Hand an seiner Brust. Unter meinen Händen ein Schlagen. So viel Leben in meinen Händen.

»Man muß die Schäden dokumentieren«, sagt er, zögert ein wenig und scheint in der Erinnerung zu suchen, fährt dann mit rezitierender Stimme und vielen Pausen fort, »ein Tagebuch führen. Oder erzählen Sie es jemandem. Glauben Sie ihm nicht, wenn er sagt, er hört mit dem Prügeln auf. Zeigen Sie ihn an. Denken Sie über sein Frauenbild nach. Rufen Sie die Frauenhilfe an.«

»Wie bitte?«

»Ich wiederhole, man muß die Schäden dokumentieren, Tagebuch führen ...«

»Wovon redest du?«

»Ich erzähle dir von meinem Vater. Das war es, was ich David Fawlkner manchmal abends am Telefon sagen hörte. Ein kleiner Merkzettel lag gleich neben dem Apparat, falls er etwas vergessen sollte. Doch kam das nie vor. Die Ratschläge hatte er von der Frauenhilfe, kombiniert mit seiner jahrelangen Erfahrung. Manchmal lag ich unter dem Korridortisch und las Comics, während er mit weinenden Frauen sprach. Meine Worte, nicht seine.«

»Sie weinten?«

»Oft hörte ich nur das, wenn sie anriefen, und dann gab ich den Hörer sofort an ihn weiter. Manchmal soufflierte ich ihm auch von dort unten. ›Papa‹, flüsterte ich zum Beispiel, ›vergiß nicht: Glauben Sie ihm nicht, wenn er sagt, er hört mit dem Prügeln auf.‹«

»Das hast du gesagt?«

»Ich konnte es auswendig. Verstehst du, sie wollten es ja am liebsten glauben. Würdest du es nicht tun?«

»Doch«, murmle ich, »genau das.«

»Ich weiß noch, daß Vater eine Sache am meisten zu schaffen machte. Sie brachte ihn dazu, das Auto zu nehmen und nachts stundenlang durch Roslagen zu fahren, ich schlafend auf dem Rücksitz. Was ihn so wütend machte, war die Zärtlichkeit. Die Fähigkeit der Männer, zwischen Zärtlichkeit und Gewalt zu pendeln. Das war das Schwierigste für die Frauen, glaubte mein Vater.«

»Warum?« frage ich, obwohl ich es schon zu wissen meine.

»Es scheint, als konzentrierten sich die Frauen auf die Zärtlichkeit und Reue des Mannes, erinnerten sich vor allem daran. Sie wollen trotz allem glauben, daß diese Seite die wahre Seite des Mannes ist. Um überleben zu können, will man das Beste glauben, sind wir nicht so?«

»Wir?«

»Ich kann doch wohl auch ein bißchen Frau sein dürfen?« sagt er beleidigt.

Es war lange her, daß ich so gelacht habe: erst ein Brodeln im Hals, kein Laut ist zu hören, dann ein verzückter Schrei und darauf die Explosion.

»Ich kann doch wohl auch ein bißchen Frau sein dürfen! Wunderbar.«

»Jetzt sind wir quitt«, sagt er mit einer Grimasse, als ich endlich aufhöre.

Wir stehen auf und gehen in die Küche, um zu frühstücken. Kein Sam. Er ist das plötzliche wilde Leben seiner Schwester nicht gewohnt. Ich auch nicht, doch hoffe ich, mich daran zu gewöhnen.

»Ja, David. Du willst noch mehr über ihn hören?«

»Gern.«

»Das wollten alle, weißt du. Als er gestorben war. All diese Frauen, die mich beiseite nahmen und von seiner, ja Größe erzählten. Das hörte nie auf. Mehr als ein Jahr ist vergangen, und sie rufen noch immer an.«

Ich reiche ihm eine Tasse Kaffee, will nicht, daß er mit dem Reden aufhört, also spiele ich das Verheiratet-seit-dreißig-Jahren-und-alles-voneinander-wissen-Spiel.

»Es ist merkwürdig. Wie wenig Zeit wir eigentlich zusammen verbracht haben. Jahrelang konnte ich ihn einfach nicht ertragen. Ich fand, er war für alle da, nur nicht für mich. Dieses große Herz, von dem alle redeten, es schien nicht für mich zu schlagen.«

»Was hat er dazu gesagt?«

»Daß ich in einem egozentrischen Weltbild feststecke, nicht fähig sei zu sehen.«

»Hatte er recht?«

»Sicher hatte er das. Aber ich war erst zwanzig! Dann blieben wir jahrelang auf Distanz. Ich wußte ja nicht, daß uns so wenig Zeit blieb. Kurz vor meinem siebenunddreißigsten Geburtstag starb er. Viel zu früh. Aber zuvor hatten wir zueinander gefunden. Ich wurde Polizist, ertrug den Gedanken, in seine Fußstapfen zu treten. Ich wollte es sogar.«

Er scheint eine Weile mit der Erinnerung beschäftigt.

»Die Jahre, die wir schließlich füreinander hatten, und die Kindheit, die waren all das wert.«

Das verblüfft mich. Kann eine Sache all das wert sein, wenn sie dann ein Ende nimmt?

»Wie geht man mit der Größe eines anderen Menschen um? Das ist keine rhetorische Frage, ich gedenke sie zu beantworten.«

Es ist kein »Erzähle!« mehr nötig. Wir haben jede Menge Zeit. Ich verberge mein Glück durch einen Biß ins Frühstücksbrot.

»Wie könnte ich meinem Vater entsprechen? Der Frage habe ich viele Jahre gewidmet. Ich fing damit an, sein genaues Gegenteil zu werden. Das nahm mehrere Jahre in Anspruch. Nein, das war es nicht wert«, sagt er, ohne daß ich gefragt hätte. »Danach, eine gewaltige Unsicherheit. Sie schien mich zu lähmen. Wie sollte ich mich zu Frauen verhalten? Es mag lächerlich klingen, aber ich begriff nicht, wie ich sein sollte, da ich doch wußte, wozu Männer imstande sind. Ich hatte es in meiner Jugend gesehen. Frauen, die in seltenen Fällen in unserem Gästezimmer übernachteten, morgens, wenn sie wieder weg waren, blutige Handtücher in der Badewanne. Ich wußte es nur allzu gut. Einerseits die Erkenntnis vom katastrophalen

Verhalten der Männer, andrerseits mein Vater. Das Abartige und das Edle. Kann man ihn so beschreiben? Als einen edlen Menschen? Ich glaube ja. Ich selbst wurde ein unsicherer Mann.«

»Und wie ist der?«

»Er hört sich gewaltig an und vermag so wenig. Genauso bin ich gewesen.«

»Und dann?«

»Vielleicht bin ich noch zu keinem *Dann* gekommen«, sagt er und nimmt meine Hand.

Ich lege meine andere Hand über seine.

»Das macht nichts. Denn ich bin ein unglaublich ›sicherer‹ Mensch. Ich werde es für zwei sein.«

Wir sehen uns an, lachen laut.

»›Wie geht man mit der Größe eines anderen Menschen um?‹ Du hast gesagt, die Frage ist nicht rhetorisch«, fahre ich fort und gieße uns beiden Kaffee nach.

»Nein. Ich habe eine Menge nachgedacht. Ein Motto für mein Leben ausgewählt«, erwidert er und errötet.

»Gibt es wirklich Menschen, die so was haben?« rufe ich.

»Mein Vater hatte es. Vielleicht war es früher üblicher. Bitte, Savanna, was weiß ich, was andere Menschen haben!«

»Das Motto, Jack.«

»Vielleicht lachst du ja über mich.«

»Das erträgst du doch.«

»Sicher.«

Er steht vom Stuhl auf und stellt die Milch ins falsche Kühlschrankfach. Damit wurde das Spiel vom verheirateten Paar entlarvt. Egal.

»Ich will dir statt dessen etwas zeigen. Komm mit«, sagt er und geht ins Schlafzimmer voran, unterwegs zieht er den Telefonstecker aus der Dose.

»Ich sehe nichts. Was denn?«

Jack kontrolliert, daß das rote Segel an seinem Platz ist. Eine leichte kühle Brise vom Friedhof bringt es zum Flattern.

»Ich will dir zeigen, warum der Morgen am besten ist.«

»Wo?«

»Hier«, sagt er und zeigt auf sich selbst. »Liebste Savanna, hier.«

Es ist Nachmittag, als wir wieder aufwachen. Ich hätte arbeiten müssen, Jack ebenso. Liebe und Schlaf. So leicht wurde das Leben erträglich, verschwanden die Probleme.

»Ich habe nachgedacht, einmal mehr«, beginnt Jack.

»Sieh an«, erwidere ich gähnend und erwische mich dabei, daß ich mein Rückgrat wie eine Katze krümme, während Jack irgendwo in der Nähe meiner Hüften ist.

»Vielleicht hast du nicht nur mit dem Schlafen aufgehört, weil das Monster, wie du es nennst, wieder in deinem Leben aufgetaucht ist. Vielleicht hast du damit aufgehört, weil dein Körper verstanden hat, daß du jemanden brauchst.«

»Wie meinst du das?«

»Dein Körper hat deine Vermessenheit einfach nicht mehr ertragen.«

»Meine was?« sage ich und ziehe seinen Kopf zu mir hoch.

»Zu glauben, daß man leben kann, ohne jemanden zu brauchen, ist eine Art Vermessenheit.«

»Was du redest.«

Das habe ich immer zu Martin gesagt, wenn er das fünfundvierzigste Mal »Und warum?« gefragt hatte und ich völlig erschöpft war. Aber Jack gibt nicht klein bei, auch Martin hat es nicht getan.

»War es nicht so, daß du früher zwar existiert, aber eigentlich nicht gelebt hast?« beharrt er.

»Halte nicht zuviel von dir.«

»Oh, das tue ich. Und du tust es hoffentlich auch.«

»Sieh dich vor«, sage ich halb im Ernst.

»Ach nein.«

»Ich wiederhole, sieh dich vor. Ich habe die Kälte von sechsunddreißig Jahren in mir gespeichert«, sage ich und begreife, daß auch diese Worte gut einstudiert sind. »Probiere deinen Charme an jemand anderem aus.«

»Savanna, wozu brauchst du mich?«

Er klingt amüsiert.

»Um zu schlafen«, antworte ich kurz.

»Eine Schlaftablette in Menschengröße. Ich bin geschmeichelt.«

Ich lächle an seiner Schulter.

»Nein wirklich, ich bin geschmeichelt«, beharrt er. »Es ist ein Kompliment zu hören, daß man jemanden, der schlaflos ist, zum Schlafen bringen kann. Das bedeutet, du findest durch mich Ruhe.«

Ich sage nichts.

»Und Glück? Aber das heißt vielleicht, die Sache ein bißchen zu überspannen.«

»Nicht so.«

»Vielleicht sogar Liebe?«

Ich lege ihm die Hand auf den Mund.

»Du, bitte. Es ist genug.«

Als er schließlich gehen will, ist es acht Uhr abends, und ich höre, wie er seine Kollegen anruft.

»Gleitende Arbeitszeit, vielleicht etwas ausgedehnt«, sagt er, und ich höre, wie jemand belustigt protestiert. »Doch, darüber können wir verhandeln, ich komme jetzt.«

In das rote Tischtuch gewickelt, stehe ich in der Diele, um ihn zu verabschieden. Wieder bin ich gezwungen, mich an die Flurgarderobe zu lehnen. Diese Übungen sind mehr, als eine erwachsene Frau verkraften kann.

»›Sechsunddreißig Jahre gespeicherte Kälte!‹ Genau in *dem* Moment, als ich dachte, schon alles gehört zu haben. Wenn ich es nur Vater erzählen könnte. Diese Frau, erinnerst du dich an sie? Eine hochschwangere Fünfundzwanzigjährige, bei dir in der Dienststelle. Was ist passiert, wohin hat das Leben sie geführt? Ja ...«

»Danke, ich verstehe. Es reicht!«

Er lacht so heftig, daß er Schwierigkeiten hat, die Schuhe an die Füße zu bekommen. Er versucht mich auf den Boden zu ziehen.

»Ich dachte doch, wir wären quitt. Tschüß, Jack. Die etwas ausgedehnte gleitende Arbeitszeit beginnt.«

Er richtet sich auf, rot im Gesicht wie ein Junge nach geglücktem Apfeldiebstahl. Glänzende Augen, Lust und Humor.

»Und jetzt?«

»Küsse.«

Wir verwenden etwas zu viel Zeit darauf. Weder süß noch salzig – sie schmecken nach Mund, Liebe und Mensch. Sie schmecken nach Jack.

»Das Motto?«

»Ach, das. ›Liebenswürdig und mutig‹. Dafür habe ich mich entschieden.«

Er legt mir die Hand sanft auf den Bauch. Ein Gedanke kommt und geht. Nicht so was. Wir schließen die Tür, jeder von seiner Seite. Eine Visitenkarte gleitet durch den Briefschlitz und landet auf dem Teppich. Ich werfe sie wieder nach draußen und rufe ihm nach: »Ich habe schon eine!«

»Damit du nicht vergißt«, höre ich von unten, bevor die Tür ins Schloß fällt.

Das tue ich nicht, möchte ich sagen. Jetzt fern von allen Ordnern. Sechsunddreißig Jahre Kälte! Und er, er lacht.

Liebenswürdig und mutig. Das will er sein. Vielleicht entspricht er auf diese Weise dem Vater. Mein Motto? Viel zu lange: einfach überleben. Diesmal: das Monster überleben und leben.

18. Kapitel

Noch immer keine Antwort im Briefkasten. Ich muß einen Reserveplan aufstellen, jetzt wo Patrick Brown sich so wenig interessiert an mir zeigt. Jemand anders, der ihr nahestand? Allein der Gedanke, noch so einen einschmeichelnden Brief schreiben zu müssen, läßt mich davon Abstand nehmen. All diese Energie nur wegen Elizabeth? Wir lassen das Thema.

Zum Mittagessen treffe ich Jack in einem herbstlichen Park, nicht weit von seinem Büro.

»Übermorgen hast du einen Termin bei Ernest Frenner.«

»Bei wem?«

»Savanna!«

»Stimmt. Der Kriminalkommissar, dein Chef. Damit du mich los wirst.«

»Das ist das einzig Richtige.«

»Natürlich ist es das.«

Es fällt mir schwer zu sagen, wieviel Angst mir die Sache macht, wie wirklich all diese Dinge durch das Treffen werden. Bisher war das Monster eine Art Beschäftigung – weiß Gott keine angenehme – für die mir Nahestehenden (Ich besitze solche!). Und jetzt?

»Die E-Mails?«

»Die kommen weiter. Sind nach dem Datum sortiert. Bald auch thematisch. Je nachdem, wie erregt er ist, variiert das Thema. Manchmal betrifft es die Unterlegenheit der Frau, ein andermal den Platz, den Frauen einnehmen. Dann wieder handeln die Briefe vom Recht des Mannes auf Gewalt, bedingt durch seine absolute Kraft, und davon, wie leicht die Knochen einer Frau zu brechen sind. Was haben wir sonst noch, ja …«

»Das reicht.«

»Weißt du, Jack, mir reicht es auch!«

Er hält mein Gesicht umfaßt. Sieht mich an, beinahe genauso lange, wie Martin mich, ohne zu blinzeln, ansehen konnte. Er ist verdrossen. Das war Martin nie. Nicht einmal, als er schwerkrank war. Kinder sind nicht verdrossen – sie leben. So lange sie können. Sie leben einfach.

»Morgen um drei. Um unsretwillen.«

Es gibt jetzt in meiner Welt ein »Unser«. Unfaßbar. Was für ein sonderbares Wort. Ein Leben ist plötzlich voller »wir« und »unser« und verändert sich für immer. Selbst wenn dieses Wir verschwindet, wird es so bleiben. Die Zeit, in der wir gereist sind, zusammengelebt und geträumt haben. Nicht nur die Wirklichkeit verändert sich, auch die Sprache. Durch Jack erobere ich eine andere Sprache, einen anderen Humor, einen anderen Körper.

Sam sieht mich an jenen Tagen, wo wir in unausgesprochener Übereinkunft die Tür nicht abgeschlossen haben (meist, wenn Jack bei sich schläft), morgens an und sagt: »Worüber lachst du?«

»Was?«

»Du lachst ununterbrochen. Erklär mir, was so lustig ist.«

»Nichts«, sage ich. Das läßt ihn so wütend werden, daß er aufsteht und geht.

Aber es ist die Wahrheit. Es gibt nichts, was besonders lustig wäre. Lustig ist nur meine und Jacks Art, die Dinge und Wörter zu sehen. Sicher kennt Sam das, er will es sich nur nicht eingestehen.

»Ich habe heute meine Regel bekommen«, sage ich zu Jack im Park.

Es klingt, als sei ich ein Teenager. Ich höre es selbst.

»Für mich wäre es kein Problem gewesen.«

Was hatte ich erwartet? Nicht das. Einen Seufzer der Erleichterung, ein zerstreutes Nicken, ein »Aha«?

»Was hast du gesagt?«

»Du hast es gehört. Ich hätte auch sagen können: Wie schade. Wenn du mit mir leben willst, ist es das beste, wenn du Bescheid weißt.«

»Was?«

»Daß ich unbedingt Kinder haben will«, sagt er ruhig.

»Das da habe ich nicht gehört«, bringe ich heraus, bevor ich aufstehe und gehe.

Er kommt mir nach. Wie bei einer Fliege, die einem ums Gesicht surrt. Ich scheuche ihn weg, seinen Körper, seine Hände, die mich von hinten umfassen wollen. Eine Fliege, ich will sie totschlagen.

»Nicht so, Savanna.«

»Du kennst mich nicht.«

»Oh, wir sind zu alt für so was. Das weißt du sehr genau. Alles geht jetzt viel schneller. Ich wußte sofort, daß ich dich lieben könnte. Kurze Zeit später, daß ich Kinder mit dir haben wollte.«

Ich bin sprachlos. So viel Aufrichtigkeit. Er hält mich an der Kapuze fest, als ich das Weite suchen will.

»Laß mich los!«

»Ich weigere mich.«

Hin und her durch den Park. Ich, die ihn wegscheucht, er, der festhält. Am Ende gebe ich auf.

»Wir sind ja wohl keine Teenager«, murmle ich verlegen, als er auf eine Bank zeigt.

Ein Paar mit zwei fetten Hunden hat unser Getänzel durch den Park interessiert beobachtet. Zu alt für so was.

»Ich glaube, meine Kapuze ist zerrissen«, zetere ich.

»Ich kann sie dir nähen.«

»Kannst du das?«

»Nein, aber das klang gut.«

Wir sitzen schweigend da und betrachten die kahlen, grauen Bäume. Hier und da eine zurückgelassene Hundekottüte oder ein verlorener Handschuh. Eine Spur von Frost auf dem Boden. Ich muß meine Zehen bewegen, um sie in den Stiefeln noch zu fühlen.

»Du mußt erzählen.«

»Mir wird kalt.«

»Von Martin, Savanna.«

»Dein Gerede über Kinder, du mußt damit aufhören. Du kannst es nicht verstehen.«

»Laß es mich versuchen.«

»Was hat das für einen Sinn?«

»Deine Kraftlosigkeit. Manchmal erstaunt sie mich. Deine mangelnde Bereitschaft. Was hat das für einen Sinn? fragst du. Jeden Sinn. Es bedeutet einfach alles. Erzähle von Martin.«

»Martin«, sage ich, und meine Stimme wird seltsam kühl. Wie so oft, wenn ich von Martin spreche, ist da auch Aggressivität, als wartete ich auf etwas Unpassendes, das mir einen Grund gibt zuzuschlagen.

»Du ahnst nicht, Jack.«

»Nein, das werde ich nie können.«

Das beruhigt mich. Jetzt ist mir nicht mehr kalt. Wärme breitet sich in meinem Körper aus. Ich werde nicht schlagen. Nur reden. So viel Liebe. Da beginnt es doch. Die Liebe in Proportion zur Trauer.

»Wie liebt man ein Kind?« sage ich leise.

»Ich weiß nicht.«

»Vorbehaltlos. Doch nicht wie unter Geschwistern. Mehr noch. Ich liebe Martin nicht nur mit dem Herzen, dem Kopf und allen meinen Sinnen. Ich liebe ihn mit dem Körper. Sein Körper ist auch der meine. Bekam er etwas ins Auge, begannen die meinen zu tränen. Wachte ich nachts auf, weil ich Übelkeit verspürte, schaffte ich es gerade noch, Martin aus dem Bett zu heben, bevor er sich erbrach. Mein Körper und Martins, das war eins.«

Jack zieht sich die Handschuhe aus und streift sie mir über. Das ist nicht nötig. Ich bin jetzt warm. Doch ist es unheimlich schön.

»Wenn das Undenkbare geschieht ... Ich meine wirklich, was ich sage. Keiner, der Kinder hat, kann den Gedanken zu Ende denken. Wenn etwas geschieht ... Man kann nicht weiterdenken. Schon nach der Geburt: ›Rühr ihn nicht an, nimm mich, laß mich sterben, gib dem Kind Leben.‹ Es ist, wie es sein muß.«

Ich verstumme. Bin froh über die Handschuhe. Die Sonne hat sich in diesem sonnenarmen November kaum sehen lassen. Wie ertragen wir die Witterung? Ein Monat mit insgesamt acht Stunden Sonne. Wie halten wir das aus? Der Traum vom Sommer reicht weit. Ich gerate in Verwirrung. Alles andere, nur nicht dieses Gespräch. Ich stehe wieder auf. Genug jetzt. Keine Liebe mehr. Nur heftige Trauer.

»Wenn das Undenkbare geschieht«, sagt Jack still und legt seinen Arm auf meine Kapuze, nicht, um mich festzuhalten, wohl eher, um mir Halt zu geben.

»Es geschieht. Die Wirklichkeit verzerrt sich, nichts ist mehr, wie es gewesen ist, und es geschieht. Ärzte, die es gut meinen, Krankenschwestern, die im Personalraum weinen,

Angehörige voller Hoffnung und mit fiebrigen Augen, und dann du selbst, ich selbst, steif und beherrscht von mechanischen Zwängen: essen, schlafen, urinieren. Die ganze Zeit Martin. Dann ist es zu Ende. Aber davor. Bevor ...«

Ich werde mich nie daran gewöhnen. Langsames Ausatmen, eiskalte Fingerspitzen in verschwitzten Handschuhen.

»Bevor einer stirbt. Es ist schwer zu sterben, weißt du. Es kann sich unendlich hinziehen. Von diesem ›Es dauert nicht mehr lange‹ an vergeht viel zuviel Zeit, viel zuwenig. Überhaupt keine Zeit. Die Uhren bleiben stehen, vor den Krankenhausfenstern fahren Autos irgendwohin, in der Ferne ein eingeschaltetes Radio. Ich sah, daß es Leute gab, die lebten, Stimmen, Musik, Autos waren ja ein Zeichen dafür. Aber in meiner Welt gab es so etwas nicht. Während ich wartete, daß mein Kind sterben sollte.

Ich schließe jetzt die Augen. Bin wieder dort. Halte mich, bevor ich falle. Halte mich fest, es geht schnell abwärts, und es braucht wahnsinnig lange Zeit, um wieder nach oben zu kommen. Keine Gerechtigkeit, einfach keine Gerechtigkeit.

»Im Krankenhaus. Eine Schwester. Sie saß bei mir, Stunde um Stunde. Hatte sie Feierabend? Verschwand sie und kam wieder zurück? War sie vielleicht überhaupt nicht dort? Ich erinnere mich nicht. Doch, an eine Sache. Ihr Haar war zu einem Zopf gezwirbelt, der reichte den ganzen Rücken hinunter, war unglaublich lang, sie konnte auf ihm sitzen. Einmal legte sie ihn um Martins Kopf, als sie neben ihm saß. Er lachte. »Wie ein Kranz«, sagte ich. »Ein Heiligenschein«, berichtigte er mich. Diese Krankenschwester. Nach sechsundvierzig Stunden Kampf und Wachen hörte Martin auf zu atmen. Ich rührte mich nicht. Nach einiger Zeit, Metallgeschmack im Mund, über der Stirn ein Reifen aus Stahl, der mich nach hinten preßte. Danach ihre Hände auf meinen Schultern. Ich fühlte, wie sie mir den Mund öffnete und Luft hineinblies. Es war nicht nur das Gefühl, mit dem Atmen aufzuhören, ich hatte tatsächlich aufgehört.«

Er tut es für mich. Ich weiß, dafür muß ich ihn eines Tages

lieben. Er öffnet meinen Mund mit dem seinen und atmet. Aus und ein. Nur das. Seine Hände um meinen Kopf, er hält mich aufrecht. Haucht mir Leben ein. Warum, weiß ich nicht, er tut es nur. Ich kann die Augen nicht öffnen.

Ich rede weiter. Das letzte und einzige Mal, daß ich darüber rede. Er weiß es bereits.

»Danach. Die Zeit darauf. Das Schlimmste waren meine Arme, meine Hände. Ihr Gewicht. Sie schmerzten so. Sie schmerzten, weil sie nicht gebraucht wurden. Gebt mir etwas zu tragen, etwas, das ich anfassen, jemanden, den ich umarmen kann. Da sie es nicht bekamen, schmerzten sie statt dessen. Sam war … Was war er? Sam war zum ersten und einzigen Mal in seinem Leben aus Liebe am Boden zerstört. Er war apathisch. Keine Schokolade, keine Frauen, kein Genuß. Er war kein Mensch mehr, genau wie ich. An einen Abend erinnere ich mich genau. Vier Stunden Schweigen. Kein Regen in meinem Gesicht, dafür um so mehr auf dem Friedhof. Sam, der Martins Tür für immer verschloß. Ich wußte es. Tat nichts, um ihn aufzuhalten. ›Du weißt, daß wir jetzt nie mehr umziehen können‹, war alles, was er sagte. Ich nickte. Was gab es sonst zu sagen? Dann machte er einen Vorschlag, der es mir endlich erlaubte, zuzuschlagen. Ich frage mich, ob er es bewußt getan hat. Er sagte: ›Wollen wir uns einen Hund anschaffen, Savanna?‹ Das war das Dümmste, was ich jemals von ihm gehört habe. Es ähnelte ihm gar nicht. Jack, ich schlug ihm direkt ins Gesicht. Ich konnte nicht aufhören. Aus seinem Mundwinkel lief ein wenig Blut, ich wußte nicht, daß ich so stark war. Das einzige, was er sagte, war: ›Das habe ich verdient.‹ Das stimmte ganz und gar nicht, er wußte es. Aber er hätte es wieder gesagt, den Schmerz erneut ertragen, wenn auch nur, damit ich reagierte. Nie wieder habe ich jemanden geschlagen. Und wohin mit all dem Zorn? Ich katalogisiere. Ich habe meine Ordner. Ich wühle im Leben und Tod anderer, um dem Schlimmsten auszuweichen.«

Erschöpft, ausgepumpt, schweißnaß bin ich. Wir erheben uns, nein, Jack erhebt uns. Sein Arm unter meinem, langsam gehen wir durch die Kälte, über gefrorene Blätter und aschgraue Erde. Eine Gnade. Einfach hier gehen dürfen. Jetzt nicht noch mehr. Damit habe ich es beendet. Versteh, Jack, möchte ich flüstern, daß ich das hier nie wieder durchmachen kann.

Wir gehen, wie langsam doch, kommen seiner Dienststelle immer näher. Er schaut auf die Tür, durch die er gehen müßte, sieht mich an, macht mir dann ein Zeichen, zu bleiben, wo ich bin. Ein Weilchen später kehrt er mit zwei großen Decken, einer Thermoskanne und irgendwelchen Autoschlüsseln zurück. Er nimmt meinen Arm und fordert mich auf, in einen Kombi zu steigen. Wir fahren durch die Stadt, nach Roslagen hinaus. Ab und zu hält er an, um zu kontrollieren, daß die Decke dort auf dem Rücksitz, wo ich liege, noch auf ihrem Platz ist. Er fährt und fährt, alles, was ich sehe, sind schwache orangefarbene Lichtreflexe von den Lampen der Autobahn, die über die Decke des Wagens huschen. Ich bin leer an Worten und Gedanken.

Schließlich stoppt er das Auto an einem zugefrorenen See, klappt die Sitze um, so daß wir ein großes Bett haben, und legt sich neben mich. Eine Decke, die man teilt, ist wärmer als eine, die man für sich allein hat. Heiße Schokolade aus der Thermoskanne. Aus dem Lautsprecher des Autos die schönste Musik. Laß das Herz zerspringen. Man kann es vielleicht nicht flicken, aber man kann es teilen. »Man kann es teilen«, ist das, was Jack mit all dem sagen will. Ich nicke, mein Gesicht an seinem Hals: »Ja.« Teile all das mit mir. Es ist genauso unerträglich, aber die Einsamkeit ist nicht mehr so groß.

Doch Jack will noch etwas von mir. Etwas zuviel. Dazu kann ich nicht ja sagen. Ich kann es einfach nicht.

»Ich will immer noch Kinder mit dir haben. Jetzt erst recht.«

Ich kann nicht.

»Du brauchst es nicht zu sagen. Es ist unmöglich, ich weiß«, fährt er fort.

Unmöglich zu leben. Wofür sollen wir uns statt dessen entscheiden? Warte einfach. Laß es jetzt so.

Jack will nicht nur teilen, er will, daß ich von neuem beginne. Er will, daß auch ich wage, zu leben. Ich habe eben erzählt, wie gefährlich das ist. Er bittet mich dennoch. Nur eins kann ich flüstern: »Du bist nicht wie die anderen, nicht wie Männer sonst sind. Bist nicht so, wie Männer sein sollen.«

Und er flüstert zurück: »Ach, Savanna. Ich dachte, wir wären uns einig, daß deine Erfahrungen mit Männern begrenzt sind.«

19. Kapitel

Wir reden nicht darüber. Es ist ein Tabu-Thema, unser einziges. Jetzt haben wir auch das. Kommende Generationen – kein Thema für Jack und mich. Jack wird es nicht darauf beruhen lassen. Das macht mir Sorgen.

Ich schlafe besser, fast so gut, daß man glauben könnte, alles sei vorbei. Am Morgen gehe ich ins Institut. Ich denke, es ist lange her, daß ich Maria getroffen habe. Seit der Hypnose haben wir uns nur einmal gesehen. Wir wissen beide, daß wir die Sitzung wiederholen müssen. Deshalb halten wir uns voneinander fern. Es kostet allzu viel Kraft, sich zu erinnern und den anderen dazu zu bringen, daß er sich erinnert. Angst. Was haben wir für eine Wahl? Überhaupt keine. Aber das hindert uns offenbar nicht, Abstand zu halten. So darf es nicht weitergehen, wenn ich in meinem erwachsenen Leben jemals eine Freundin gehabt habe, dann ist sie es.

Maria ist auch die erste, die mir im Institut begegnet. Sie hält ihre Arme vorgestreckt, und ich brauche eine Weile, bis ich begreife, daß sie für mich geöffnet sind. Direkt hinein gehe ich in ihre geöffneten Arme, direkt hinein.

»Meine Liebe. Wie ist es dir ergangen?«

Ich bin gemeint.

»Laß mich dich zum Essen einladen«, sage ich, ich weiß, was man in einem solchen Fall tut.

Wir beschließen, eine Stunde später Mittag zu machen. Ich

schalte meinen Computer ein und drucke automatisch zwei neue E-Mails aus, lese sie jedoch nicht. Als ich neben dem Drucker warte, kommt Johannes.

»Dein letzter Artikel. Du weißt, was man sagt. Grandios. Nur ich scheine ihn nicht zu verstehen. Sag, wie machst du das, Savanna? Erst so unsichtbar, und dann nimmst du in der akademischen Welt so viel Platz ein.«

Ich zucke bei seiner Wortwahl zusammen. Habe ich angefangen, Platz einzunehmen?

»Ich lese so einiges.«

»Ich auch«, sagt er nickend. »Ich frage mich nur, wie du es machst. So viel Material in so kurzer Zeit. Hilft dir jemand?«

Er weiß nichts von meinen Stunden im Magazin der Ministerialbibliothek, wie einem Zeilen mit wirklichem Gehalt ins Auge springen. Kann man anderen so etwas beibringen? Ein Anflug von Wohlwollen, sicher kann ich ihm helfen. Aber gerade, als ich das vorschlagen will, sagt er: »Die Studentenpfarrerin?«

»Bitte?«

»Du und die Pfarrerin Maria Soros. Ist das ein Schritt nach oben in der Karriere?«

»Es hängt davon ab, wie du das meinst. Weltlich oder metaphysisch?«

Er lacht.

»Manchmal überraschst du mich, Savanna.«

Ich bin noch immer höflich. Genug mit dem Wohlwollen. Nichts für mich. Oder richtiger, es erstreckt sich nicht beliebig weit. Liebenswürdig und mutig, das mag für andere gelten.

»Weißt du, Johannes. Du überraschst mich überhaupt nicht. Das liegt dir irgendwie nicht.«

Ein schiefes Lächeln. Offenbar war das nicht unhöflich genug. Ich nehme Anlauf, schließe aber wieder den Mund. Hör auf. Es gibt zu viele wie ihn. Laß sie machen. Ich nehme die Papiere und gehe in mein Kabuff. Erst jetzt sehe ich das neue Regal an der Stirnseite, nicht meine Ordner stehen dort. Eine

Mitteilung von Ljunggren unter den E-Mails: »Konnte sie nicht daran hindern, dein Zimmer teilweise als Archiv zu benutzen. Tut mir leid. Ein Artikel reicht nicht. Nicht für mich, schon gar nicht für andere. Bitte, sei etwas mehr im Haus. Und vergiß nicht: zehn Monate bis zur Dissertation.«

Daher Johannes' Kommentare. Aber alles hat seine Verjährungsfrist. Zehn Monate Zeit, das Monster zu finden. Zehn Monate Zeit, den Fall Elizabeth Brown in appetitlicher akademischer Form zu präsentieren. Sicher kann ich letzteres, an das erste vermag ich nicht einmal zu denken. Warum ich meine Dissertation nicht so schnell wie möglich vorlege? Angst vor den Scheinwerfern, die eingeschaltet würden. Jede Menge Platz und keine Berechtigung dazu. Ist das die ganze Wahrheit? Wenn ich nur nicht immer an Elizabeths Tonfall denken müßte, daran, wie sie gelebt hat und wie sie gestorben ist, wäre die Sache leichter. Warum muß ich ihrem Leben eine Ordnung geben, wenn mein eigenes so chaotisch ist? Gerade deshalb.

»Fertig?«

Maria und ich gehen Mittag essen. Wie immer beeindruckt mich ihre Art, das Gespräch zunächst völlig zu beherrschen, ihre absolute Präsenz und ihr Scharfsinn. Dann macht sie einen Schritt zurück, steht voller Erwartung da. Und ich erfülle sie. Nunmehr bin ich wie eine von Sams Frauen: Geschichten von Liebe ohne Ende und ohne Sinn. Ich erzähle von einem wirklichen Leben, meinem eigenen. Erstaunlich.

»Und all das mit Jack«, sagt Maria, als sie sich meinen Bericht angehört hat, mit mehr Geduld, als ich Sams Frauen je zugehört habe.

Ich fasse mir an die Brust.

»Ganz schrecklich glücklich?«

»O nein, nicht so was! Aber ich glaube, mit ihm, da könnte ich es wirklich werden.«

»Ist das nicht dasselbe?«

Ich zucke die Schultern. Wie Jack gesagt hat, sind meine Erfahrungen mit Männern ohne Zweifel begrenzt. Und außerdem – darauf legt Jack großen Wert – ist er nicht einfach nur ein Mann, er ist *Jack*.

»Und du?«

Jetzt legt sie den Kopf zurück und läßt es heraus, das Lachen. Sie auch?

»Du auch, Maria.«

»Ich habe mir einen verheirateten Liebhaber angeschafft.«

Vor lauter Entzücken kippt sie ihr Glas um, ihre Augen sind wie winzige Sterne.

»Warte, warte. Laß es mich noch einmal sagen. Mein verheirateter Liebhaber. Unglaublich.«

Mit einer durchnäßten Serviette wischen wir den Tisch ab, unsere Assiettengerichte trocknen langsam ein. Wir haben nicht viel mehr als darin herumgestochert.

»Manche schaffen sich einen Hund an, andere noch ein paar Kinder. Und ich? Einen verheirateten Liebhaber.«

Etwas in mir schmilzt. Das ist Freundschaft.

»Was soll ich sagen, Maria?«

»Sag ›Gratuliere‹. Denn es ist zweifellos ein Geschenk.«

»Wer ist es?«

»Oh, ein sehr anonymer Mann. Um die Fünfzig, attraktiv, Ehering am Finger. Aber anonym. Es gibt sogar eine vorübergehend gemietete Wohnung, in der wir uns treffen. So will er es, vielleicht nicht gerade verwunderlich. Aber auch ich will es so haben. Ich wollte ein Stück eigenes Leben, ein Leben fern von meinem gewöhnlichen Dasein, ohne Berührungspunkte mit diesem. Wir sind zusammen verreist, noch anonymer. Falsche Namen in vornehmen Hotels. Und ich liebe das. Savanna, sind das die Wechseljahre?«

»Ich weiß nicht«, sage ich wahrheitsgemäß.

»Natürlich weißt du es nicht! Schlimmer ist, daß auch ich keine Ahnung habe, obwohl ich in dieser Phase sein müßte. Was für eine Erleichterung, es erzählen zu können! Ich weiß, es ist nicht deine Art zu verurteilen, etwas anderes ist es mit meinem eigenen Gewissen. Nicht einmal meine Tochter hat eine Ahnung. Niemand darf ihn kennenlernen. Er darf mich nicht zu Hause besuchen. Ich schiebe alles auf ein neuerwachtes Interesse an Kultur und auf einen Lottogewinn. Paris am Wochenende, Rom im nächsten Monat. Was soll ich machen?«

»Genieße es«, sage ich, was uns beide verwundert.

»Ich tue es.«

Wir sinnen darüber nach, unter Freundinnen. Marias Ton, ihre Fähigkeit, zu leben und Menschen zu begegnen, wie mich das doch an Elizabeths Ton erinnert! Hat Ljunggren das gewußt? Egal. Wesentlich ist, daß er recht hat, es gibt jetzt tatsächlich keine Zeit zur Privatforschung. Am besten wäre es, Elizabeths Leben und Tod auf sich beruhen zu lassen. Ich sollte mich statt dessen auf die Texte und Theorien konzentrieren. Ich habe doch Maria gefunden, die außerdem eine sehr lebendige Freundin ist. Wozu brauche ich Elizabeth, selbst wenn ihre Stimme mich noch so sehr berührt?

Genug jetzt von den toten Freunden, dem Tod in meinem Leben, denke ich. Genug von den Monstern.

»Maria. Wir müssen es noch einmal versuchen.«

Sie setzt sich gerade hin, sticht mit der Gabel Löcher in den Kartoffelbrei und schiebt das Tablett von sich.

»Natürlich weiß ich das. Wir müssen alles herausfinden, was wir können. Aber erwarte nicht zuviel von mir.«

»Ich muß versuchen dahinterzukommen, wie er heute aussieht. Wer er ist, und wann ich ihn wiedergesehen haben könnte, vor der Schlaflosigkeit.«

»Ich muß mich konzentrieren, du mußt deinen Griff lösen. Zusammen geht es.«

Ihre Hand auf dem Tisch dicht neben der meinen. Diese Farbe: ein schwaches Braungrün. Beinahe wie Pistazien.

»Im Winter werde ich manchmal fast grün. Das Fehlen der Sonne, du weißt. Meine Haut ist nicht darauf eingestellt. Auch wenn wir hier seit zwei Generationen leben, habe ich mich noch immer nicht daran gewöhnt.«

»Wer hat das schon.«

Jetzt nehme ich ihre Hand, ein ungeheuer großer Schritt:

kein Abstand mehr. Sicherheitshalber lege ich meine andere Hand obendrauf, kein Zufall das. Sie macht ein Gesicht, als hätte ich nie etwas anderes getan. Dafür mag ich sie noch mehr.

Daheim in ihrer Wohnung sehe ich, daß sie eine Mappe zur Hand nimmt und etwas auf den Papieren vermerkt.

»Was machst du da?«

»Ach, nur eine Gedächtnisstütze für das, was mir machen. Was du erzählst. Völlig ungenügend. Es ist ein Glück, daß ich mich schon selbst aus dieser Arbeit entlassen habe.«

»Warum, Maria?«

»Falls ich mich verantworten müßte.«

»Ich habe nicht vor, Jacks Chef, diesem Ernest Frenner, je deinen Namen zu nennen. Es ist nicht wesentlich. Bedeutung hat nur, wozu ich es verwenden kann.«

»Ach, ich weiß. Aber das ist nicht für dich, sondern für ... Genug davon. Wir fangen jetzt an. Bist du bereit, Savanna?«

Ich öffne die Tür zu Jacks Arbeitsstätte. Melde mich bei der Rezeption, bei einer uniformierten Diensthabenden. Ich bin im Polizeipräsidium. Absurd. Was will ich hier? Mit jemandem reden, etwas erforschen oder herausfinden? Ich weiß, daß Jack alles, was passiert ist, berichtet hat.

»Kriminalkommissar Ernest Frenner, bitte.«

Die Frau hinter dem Glas fordert mich auf, Platz zu nehmen. Ein paar Minuten später kommt ein Mann in den Sechzigern auf mich zu, graues Haar, das bißchen, was noch da ist, sehr kurz geschnitten. Ein fast weißer Bart um seinen Mund, wie Sahne auf heißer Schokolade. Durchtrainierter Körper. Riecht gut, fällt mir auf. Es gibt jemanden, für den er gut riecht und sich in Form hält. Wie schön, denke ich merkwürdigerweise.

»Savanna Brandt?«

»Das bin ich.«

Ich fühle mich wie zur ersten Stunde in einer neuen Klasse:

weiche Knie, Nervosität, die Stimme hätte wahrhaftig Halspastillen nötig.

»Kommen Sie mit mir«, sagt er, und wir gehen in sein Zimmer.

Er zieht das Jackett aus und gießt uns zwei Tassen Kaffee ein. Ich glaube, er will, daß wir uns entspannen. Ich tue mein Möglichstes, es gelingt nicht richtig.

»Komische Ermittlung, das hier.«

»Ist das eine Ermittlung?« frage ich verblüfft.

»Ja, eine Voruntersuchung existiert ja schon von früher her, und die Frage ist, ob wir sie wiederaufnehmen sollen. Es gibt ja nicht sehr viel, woran wir uns halten können, wir wissen nicht einmal, ob es einen Zusammenhang gibt.«

»Nein, und ich weiß nicht genau, was ich hier tue.«

Er dreht eine Runde durch das Zimmer. Ich sehe, daß er es schon oft getan hat. Er könnte hier im Dunkeln herumspazieren, geschickt weicht er vorspringenden Tischecken und schräg stehenden Stühlen aus, obwohl er sich rasch bewegt.

»David Fawlkner war einer meiner besten Freunde, privat wie beruflich. Vor vielen Jahren hatte er dem Mord an Paulina Weller nachzugehen. Es war das einzige Mal, daß er eine Frau sah, die von einem, der ihr nahestand, totgeschlagen worden war. So viele andere kamen blaugeprügelt zu ihm, aber nur sie wurde ermordet. Ihr Tod hat David frustriert, er ...«

Frenner weiß nicht, wie er den Satz beenden soll.

»Aber er hat Paulina doch nie getroffen?«

»Nein, und er konnte auch nichts gegen das tun, was geschehen war. Aber er wollte den Kerl dingfest machen! All diese Anhaltspunkte und Beweise, die der Mörder, beinahe leichtsinnig, zurückgelassen hatte, als sei er nicht imstande gewesen, hinter sich aufzuräumen. Und trotzdem haben wir nie auch nur die geringste Ahnung gehabt, wer es gewesen ist. Wer er ist«, fügt er hinzu.

»Vielleicht habe ich ihn gestört«, versuche ich.

»Gestört?«

»Vielleicht wollte er sie gerade wegschaffen, hätte Zeit zum

Aufräumen gehabt, wenn ich ihm dort nicht über den Weg gelaufen wäre. Und dann kamen ja diese Mopeds, ich meine ...«

»Möglich. Oder vielleicht ist er einfach ein Typ, der glaubt, nicht gefaßt werden zu können. Unanfechtbar auf irgendeine Weise, ein properer Mann aus den höheren Schichten. Auf jeden Fall hat Jack mir eine Kopie von Davids Voruntersuchung gegeben. Beweismaterial ist vorhanden, wie Sie wissen. Was uns fehlt, ist eine Person zu den Fingerabdrücken, zu dem Haar, den Hautpartikeln und der Mordwaffe, die er zurückgelassen hat.«

Erneut Übelkeit.

»Jacks und Ihre Theorie? Natürlich ist es nur eine Theorie. Daß der Mann, der Paulina ermordet hat und den Sie im Wald gesehen haben, falls es so gewesen ist, daß er glaubt, Sie hätten ihn wiedererkannt. Jetzt droht er Ihnen, in der Hoffnung, Sie würden schweigen.«

»Wie Sie schon sagen, es ist nur eine Theorie. Aber was könnte es sonst sein?«

Er verdreht die Augen. Es ist lange her, daß ich jemanden so etwas tun sah. Genau wie bei Jack möchte ich sagen: »Machen Sie es noch einmal.«

»Sie ahnen wahrscheinlich nicht, um wie viele bedrohte und drangsalierte Frauen wir uns hier zu kümmern haben?«

»Nein«, erwidere ich kurz, denn das zu erfahren, würde ich nicht verkraften.

»Ihr Fall liegt anders, das gebe ich zu. Normalerweise wissen wir schließlich genau, wer es ist, der die Frauen bedroht, wenn diese es nur wagen, die Männer anzuzeigen und als Zeugen aufzutreten. In Ihrem Fall kann es sich möglicherweise um einen verschmähten Liebhaber handeln, an den sie nicht gedacht haben.«

»Ich habe keine verschmähten Liebhaber«, sage ich.

Es ist ihm anzusehen, daß er mir nicht glaubt, sinnlos, es ihm zu erklären.

»Können Sie sich einen Mann vorstellen, der Ihnen übel mitspielen will?«

»Nein, nur einen. Den Mann im Wald.«

»Eine Theorie. Okay. Fangen wir damit an.«

Er greift nach einer Kopie meines Krankenblattes. Meine Hände legen sich instinktiv vor das Gesicht, ein schwacher Schmerz am rechten Auge. Das Erinnerungsregister des Körpers.

»Unangenehm«, sagt er nur, »aber nicht ungewöhnlich.«

Was will er, das ich sagen soll? Daß ich mich damit begnüge, eine winzige Ziffer in der Statistik zu sein, auch wenn mein Fall zugegebenermaßen »ein bißchen anders« liegt? Soll ich ihm für das nicht gezeigte Interesse danken?

»Ich habe Ihre Theorie dennoch weiterverfolgt«, sagt er ein wenig schuldbewußt, als ahne er, was ich denke. »Mir geht einfach nicht aus dem Kopf, daß wir ihn möglicherweise festnehmen könnten. Durch Sie. Also habe ich, wie Sie ja wissen, Ihre Computer von einem Techniker durchgehen lassen, um die Herkunft der E-Mails zu ermitteln.«

»Und?«

»Nichts. Ich meine, eine Unmenge geradezu wahnsinniger Drohungen, aber dennoch so gut wie ausgeschlossen, ihn aufzuspüren. Der Mann hat eine Reihe erfundener Namen angenommen und falsche Adressen angegeben über diese Angebote kostenloser E-Mails, die jeder x-beliebige im Internet offerieren kann.«

»Aber wo hat er sie abgeschickt?«

»Ja, so hätten wir ihn fassen können. Aber er hat die Briefe aus verschiedenen öffentlichen Bibliotheken und Internetcafés hier in Schweden und überall in Europa abgesandt. Von Orten, wo jedermann in wenigen Sekunden alles an wen auch immer schicken kann. Um danach einfach zu verschwinden.«

»Sieh an«, ist alles, was ich sagen kann.

»Die pflegen Fehler zu machen.«

»Sieh an«, wiederhole ich.

»Sind Sie verheiratet?« fragt er plötzlich.

»Nein.«

»Zu Beginn der Voruntersuchung, im Jahr 1973, stehen Sie

als Savanna Elmbrandt vermerkt. Nun heißen Sie offenbar Brandt.«

»Ja, mein Vater hieß so. Mein Bruder und ich haben den Namen wieder angenommen, als mein Vater gestorben war und …«

Ein vorsichtiges Klopfen an der Tür, Jack kommt herein. Uns beide hier zu sehen, bringt ihn sichtlich aus der Fassung, er hatte den Termin vergessen. Eine gequälte Stimmung, wir spüren es alle. So viel Scheinwerferlicht ist auf mich gerichtet, und ich bin es nicht gewöhnt. Mir fällt nicht einmal ein schlechter Scherz ein. Jack und ich werden gleichzeitig rot. Aber er kann die Tür hinter sich schließen und sein Erröten auf der Toilette verbergen.

»Sie und er sind mehr als Freunde, wie ich sehe«, sagt Ernest.

»Erklären Sie das«, sage ich schroff.

»Aber das wissen wir doch beide. Das sieht jeder. Die Liebe macht einen transparent.«

Aus irgendeinem Grund mag ich ihn, selbst wenn es nur wegen dieses Satzes ist. Er unternimmt einen weiteren Spaziergang durch das Zimmer, ich erhole mich.

»Ernest«, sage ich maliziös, jetzt bin ich an der Reihe.

»Ja, ich weiß. Wohl nach Hemingway.«

Er ist nicht einmal imstande, mit den Augen zu rollen.

»Man hat Ihnen die Frage zu oft gestellt?«

»Wenn es nur das wäre! Die Hoffnungen einer verrückten Mutter auf ein Leben mit Stierkampf und Hochseefischerei. Was *ich* damit zu tun haben sollte, weiß ich nicht.«

»Vielleicht wollte sie ihren Sohn nur inspirieren?«

»Wozu?«

»Damit er Schriftsteller wird, vielleicht.«

»Wer sollte denn so was wollen?« ruft er.

»Oh, so einige. Manche. Ich weiß nicht!« sage ich und begreife, daß es wahr ist, ich weiß nicht viel über die Träume der Leute.

»Nein, ich glaube nicht. Ihr gefielen die Mythen, Enttäuschungen aber nicht. Schriftsteller. Recht vage Zukunftsaussichten, oder?«

Wir lächeln uns zu. Auch wenn wir nicht verstehen, wie es passiert ist, wir haben Kontakt gefunden. Wir können nicht mehr so tun, als ob es den anderen nicht gibt. Merkwürdig, wie das Leben so spielt, all diese Begegnungen, wie wir uns gegenseitig berühren, wieder auseinandergleiten, du sagst etwas, das ihn zu mir führt, und ich wiederum ... Das Leben agiert mit großem Geschick und sorgt dafür, daß wir uns aneinander reiben. Ich glaube nicht mehr, daß es zufällig geschieht.

»Wer ist dann unser Mann?« fragt Ernest einfach. »Denn ich nehme an, Sie haben sich ...«, er verzieht das Gesicht, »noch mal hypnotisieren lassen.«

»Ja. Als Elfjährige habe ich einen älteren Mann gesehen, der mir angst gemacht hat, mitten in der Nacht im dunklen Wald. Nicht viel, wonach man gehen kann. Aber zu dem, was ich erlebt habe, fügten wir vierundzwanzig Jahre hinzu und sind zu dem Schluß gekommen, daß er heute um die Siebzig sein muß, vielleicht etwas jünger. Noch immer stark.«

»Woher wissen Sie das?«

»Der Fahrradkeller«, erwidere ich kurz.

»Fahren Sie fort.«

»Er verabscheut Frauen. Ist reaktionär und gebildet.«

»Aha?«

»Die Sprache«, sage ich und zeige auf die Mappe mit den Briefen. »Ziemlich gewöhnt an den Umgang mit Computern, wenn man bedenkt, wie er die E-Mails verschickt. Wir sind uns vor, sagen wir, einem halben Jahr wieder begegnet. Offenbar habe ich ihm zu verstehen gegeben, daß ich ihn wiedererkannt habe.«

»Ohne es selbst zu bemerken?«

»Offenbar und völlig unerklärlich.«

»Das bedeutet, Sie kennen ihn, zumindest ist er Ihnen bekannt«, fährt Ernest fort.

»Wieso?«

»Warum sollte er sonst Angst haben? Ich meine, wenn Sie ihm im Supermarkt begegnet sind, braucht er doch nur zu verschwinden. Er nimmt also an, daß Sie ihn identifizieren können, ungefähr wissen, wo er sich befindet.«

»Aber das kann ich doch gar nicht!«

»Er weiß das aber nicht.«

Ich seufze. Er öffnet das Fenster, wir erschauern beide.

»Ich brauche ihn an und für sich nicht selbst zu kennen. Es kann einer sein, der leicht wiederzuerkennen ist. Eine bekannte Persönlichkeit, meine ich.«

»Sicher.«

Er gießt uns Kaffee nach.

»Glauben Sie mir«, sage ich leise, »ich habe versucht, in meiner Erinnerung zu graben. Man hat mir geholfen, in der Zeit zurückzugehen. Die Erinnerung einer Elfjährigen, das ist nur ein schwaches Bild. Keine Züge, die ich bei einem siebzigjährigen Mann von heute wiederzuerkennen meine. Es *ist* keiner, den ich kenne.«

»Und erinnern Sie sich irgendwie an die Begegnung vor einem halben Jahr?«

»Für mich war die offenbar unwichtig. Oder ich habe die Sache völlig verdrängt.«

»Aus Angst? Wie beim ersten Mal?«

»Wie soll ich das wissen?«

»Ja«, sagt er kurz. »Was haben wir also? Eine nicht sehr brauchbare Personenbeschreibung und keinerlei Anhaltspunkte.«

»Großartig, nicht wahr?« versuche ich.

»Ich habe schon Schlimmeres erlebt«, antwortet er, und ich weiß nicht genau, ob er lügt.

Ich stehe auf. Bis hierher konnten wir kommen, und das heißt, wir sind kein Stück weiter. Seine Augen ruhen auf der Mappe mit den Briefausdrucken. Er murmelt: »Was soll man über diesen Menschen sagen?«

»Wie bitte?«

»Ich habe sie gelesen. Allesamt«, sagt er jetzt deutlicher.

»Manchmal weiß ich nicht. Was soll man sagen über diesen Menschen, diesen Mann?«

Ich versuche zu scherzen.

»Meine Erfahrung mit Männern ist begrenzt, sagt Jack immer zu mir.«

»Vielleicht sollten Sie froh darüber sein.«

»Das meinen Sie nicht wirklich?«

»Natürlich nicht. Aber manchmal doch, wenn ich wieder einmal gesehen habe, zu welchen Tätlichkeiten solche Briefe führen können. Zu welchem Elend. Es fällt schwer, nicht daran zu denken.«

»Wie David«, sage ich.

»Ich bin nicht er, nicht so jemand wie er. Aber was für Gerüchte über ihn im Umlauf waren! Nur wenige glaubten, daß es sich wirklich allein um Mitgefühl handelte. An einen Fall erinnere ich mich sehr gut. Eine Frau, die ausnahmsweise gezwungen war, in Davids Gästezimmer zu wohnen, so lange, bis ein Platz im Frauenhaus frei würde. Er verliebte sich in sie. Und sie sich in ihn.

»Aber?«

»Sie ging zurück zu ihrem Mann. Sie hatten drei kleine Kinder. Gott weiß, was mit ihr geschehen ist. Aber nicht einmal da war er wütend. ›Unglaublich komplex‹, war alles, was er gesagt hat. ›Schwer zu verstehen, noch schwerer zu verzeihen, aber, wenn man selbst nicht mittendrin steckt, ist es unmöglich, den Stab darüber zu brechen.‹ Das hat er zu den Angehörigen gesagt. Das hat er zu sich selbst gesagt.«

»Ist er so gewesen, oder wollen Sie ihn so in Erinnerung behalten?«

»Es gibt wirklich mitfühlende Menschen, Savanna. David war einer von ihnen. Nur weil wir vielleicht nicht so sind, brauchen wir sie nicht herabzusetzen.«

»Liebenswürdig und mutig«, ist alles, was ich zu antworten vermag.

»Vielleicht das.«

Er begleitet mich zur Rezeption. Dann stehen wir wieder in

der Kälte draußen. Was hatte ich erwartet? Noch eine Sache, ich habe Sam versprochen, danach zu fragen. Ich schäme mich, sage es nur murmelnd, um mein Versprechen zu halten. Lieber Sam, ich kenne die Antwort schon!

»Ich habe nichts verstanden.«

»Überwachung«, sage ich mit verkrampften Lippen. »Warten Sie, eine Antwort ist nicht nötig, ich kenne sie schon. Dann könnten Sie überhaupt nichts anderes mehr tun. Und die Mittel reichen hinten und vorne nicht.«

Er macht eine resignierte Geste.

»Schlafen Sie oft bei Jack«, antwortet er sachlich.

Ich verberge ein Lächeln in meinem mich eng umhüllenden Schal. Nein, das hat er nicht gemeint. Das Problem ist nur, ich kann nicht aufhören zu lächeln, als ich daran denke.

Zweiter Teil

20. Kapitel

Was die Schlaflosigkeit mit einem tut? Nimmt einem das Leben weg. Das ist alles. Das ist alles.

Aus »Geschlagen« von Elizabeth Brown

Ein Paket auf dem Dielenteppich, als ich nach Hause komme. Sam muß es für mich von der Post geholt haben. Lieb von ihm. Aber er ist nicht so lieb, daß er es in mein Zimmer gebracht hätte und dort säße, um mit mir zu reden. Nicht einmal zum Anbringen der zusätzlichen Fenstergitter, die inzwischen eingetroffen sind, konnte er sich aufraffen.

»Dein Bruder hat auffallende Ähnlichkeiten mit einem Maffiaboß. Und ich gehöre offenbar zur rivalisierenden Familie«, erklärt Jack.

Anscheinend hat Sams Art, mich zu beaufsichtigen, zu dieser Einschätzung geführt.

»Ungewohnt für ihn«, ist alles, was ich zu seiner Verteidigung vorbringen kann.

Jack hält sich dennoch ein wenig fern. Und in den Nächten, da er bei mir bleibt, schläft Sam woanders. Es existiert ein ungeschriebener Plan, dem sie zu folgen scheinen und dessen Auswirkungen ich beobachte. Sehen sich die beiden auf dem Friedhof, um die Sache zu diskutieren? Zugleich ist etwas anderes geschehen. Sams Frauen rufen nicht mehr an. Dennoch schläft er irgendwo. Bei einer Frau, die nie anruft? Auf der Arbeit? Bei einem Kollegen? Ich bin seine Schwester; ich sollte alles wissen. Es trifft mich, daß ich ihn so vermisse. Ich möchte in einer seiner Hängematten schlafen, alle viere von mir gestreckt. Ich möchte wieder Teil unserer Nicht-Konversationen sein.

Das Paket. Ich klemme es unter den Arm, es ist sehr schwer. Da taucht ein Gedanke auf. Bitte, nicht noch mehr!

Nichts Seltsames, nichts Bedrohliches. Ein leises Gebet zu Martins und Marias Gott, ein verwirrtes Kreuzzeichen. Ich drehe das Paket langsam um, suche den Absender. Patrick Brown, Hammersmith, Großbritannien. Freude durchfährt mich. Elizabeths Vater hat geantwortet! Etwas von ihr ist lebendig und hat mich erreicht. Wieder bin ich voller Eifer für meine Privatforschung. Zu welchen neuen Ordnern das wohl führen mag? Ein rascher Überschlag im Kopf. Rund neun Monate habe ich noch Zeit für die Fertigstellung der Dissertation. Bei meiner Geschwindigkeit? Ja, auch das werde ich schaffen. Ein ersehnter Anfall von Vermessenheit.

Im Paket liegen Elizabeths zwei Romane, recht abgegriffen. Darüber hinaus zwei minimale Tagebücher, sie sehen mehr aus wie Taschenkalender. Der Einband ist hellblau, Goldprägung auf dem Rücken und Jahresangaben, 1971 und 1972. Dort hat die Eigentümerin auch ihren Namen hingeschrieben: Elizabeth Brown. Die Haare sträuben sich mir im Nacken. Auch ein leicht vergilbter Zeitungsartikel befindet sich im Paket, aus *The Special* von 1993. Ruth Bells Biografie war im Jahr zuvor erschienen und hatte das Interesse an Elizabeths Schicksal wieder geweckt. Über all dem liegt ein Brief in der winzigsten Handschrift, die ich je gesehen habe, obendrein mit auffällig nach links geneigten Buchstaben. Ich hole ein Vergrößerungsglas und dazu ein Wörterbuch. Muß mit der Hand über den Nacken fahren, um nachzuprüfen, ob Haare wirklich zu Berge stehen können. Sie können es. Ich lege eine Decke um die Schultern. Wie ich friere. Es ist lange her, daß mir so heiß gewesen ist.

Zuerst lese ich Patricks Brief:

Hammersmith, den 8. November 1997

Savanna Brandt,
es hat mich viel Zeit gekostet, zu begreifen, daß ich irgendwie gezwungen bin, auf Ihren Brief zu antworten. Weitere Zeit verging, bis ich es wagte, Ihnen all das hier zu schicken. Sie ahnen vielleicht, wie viele ähnliche Briefe ich seit Elizabeths

Tod vor bald fünfundzwanzig Jahren bekommen habe. Warum antworte ich dann auf den Ihren? Als Elizabeth starb, hat der Begriff Hyäne einen neuen Inhalt für mich bekommen. Wer wollte nicht alles im Leben meiner Tochter herumstochern, und noch viel lieber: in ihrem aufsehenerregenden Tod. Ich habe alles gesehen, alles gelesen. Man nannte meine Tochter Männerfeindin, sie galt als mißhandelt, lesbisch, als aggressive Feministin, Kokainsüchtige, Nymphomanin und Mythomanin. Ich habe frei aus dem Gedächtnis zitiert, schaue aber sicherheitshalber noch in alten Artikeln über sie nach. Sie war offenbar frigide, abortsüchtig, steril, nahm an Orgien teil, war Selbstmörderin, ist ermordet worden, ist Opfer, Täter, hat natürlich ihre Bücher nicht selbst verfaßt, war Genie oder Plagiator, völlig unfähig oder eine Heldin.

Ich bin ein verhältnismäßig einfacher Mann. Elizabeth hätte diesen Ausdruck verabscheut. Aber die Wahrheit bleibt. Ich bin ein einfacher Mann aus dem Mittelstand, der den Vorzug genossen hat, zweiunddreißig Jahre lang mit einer äußerst begabten Tochter leben zu dürfen. Ob überhaupt irgend etwas von dem Obengenannten auf sie zutraf, ist mir nicht bekannt, ich weiß nur, sie war eigenwillig, und ich verstand mich im Grunde nicht auf sie. Aber auch sonst keiner. Woher kam ihre Energie, ihr Eifer, was war es, das sie antrieb? Es mag vielleicht merkwürdig klingen, doch ist es schwer, ein Kind verloren zu haben, das völlig zu verstehen einem keine Zeit blieb. Noch seltsamer ist das, was ich nun sage: Ich glaube nicht, daß ich sie jemals richtig verstanden hätte, selbst wenn sie hundert Jahre alt geworden wäre. Manche Menschen kann man nicht erfassen.

Vielleicht würde sie sagen, daß meine Erfahrungen mit Frauen außerordentlich begrenzt sind, was sie übrigens tatsächlich gesagt hat, denn ihre Mutter hatte uns verlassen, als Elizabeth fünf Jahre alt war. Das geschah zu Kriegsende, 1945, und London war zum Teil völlig zerbombt. Vermutlich ist es für Euch andere schwer zu verstehen, wie das gewesen ist. Elizabeths Mutter hat einen amerikanischen Soldaten kennengelernt und das verwüstete Land gegen ein unversehrtes eingetauscht. Sie begann ein neues Leben, in dem es weder Elizabeth noch mich gab. Elizabeth hat ihr nie verziehen, das kann ein Kind vielleicht nicht. Ich persönlich habe mich auf meine Tochter konzentriert, ließ ihr jeden erdenklichen Freiraum. Ich habe sie gelehrt, viel Platz einzunehmen, denn es gab niemanden sonst, der ihr den verschafft hätte. Damals ahnte ich nicht, wie unglaublich groß der Platz ist, den sie eines Tages einnehmen würde! Bei ihr fand ich eine solche Unerschrockenheit, und ich forderte sie auf, mir zu versprechen, diese nie aufzugeben. Auf manche Weise habe ich sie wohl nicht ganz der Norm entsprechend erzogen. Sich klein machen, das durfte sie nie. Keine Entschuldigungen wurden toleriert, kein Kokettieren. Meine Tochter nannte mich den ersten männlichen britischen Feministen. Ich hatte keine Ahnung, was das war! Ich liebte sie einfach. Sie verstehen, ich mußte sie ja für zwei lieben.

Warum diese Offenherzigkeit Ihnen gegenüber? Aus mehreren Gründen. Lassen Sie mich mit dem schwersten, aber daher auch dem einfachsten Grund beginnen. Ich bin todkrank, habe vielleicht noch ein Jahr zu leben. Sterben zu müssen und den Namen meiner Tochter in den Schmutz gezogen zu wissen, wo sie sich seit ihrem Tod befindet, ist mehr, als ich zu ertragen bereit bin. Der zweite Grund. In so manchem gibt es Ähnlichkeiten zwischen Elizabeth und Ihnen, und deshalb glaube ich, daß Sie mir helfen können. Genau wie Sie war Elizabeth an Hypnose interessiert. Ich habe mit Professor Ljunggren gesprochen, den Sie als Referenz angegeben haben, und er hat es mir berichtet. Weiterhin haben Sie gute Kontakte zur Polizei, wie er sagte, und das ist notwendig. Sie arbeiten halbtags in einer Bibliothek, was auch Elizabeth getan hat, in The Modern Library, wie Sie sicher wissen. Sie kommen ohne Umschweife zur Sache und scheinen auch nicht ängstlich zu sein. Obendrein verstecken Sie sich nicht hinter akademischen Floskeln, die ich bestätigen und Ihnen damit Zugang zur Vortragswelt verschaffen soll. O ja, es gibt noch andere als die Bell, ich hörte von Universitätskursen zu Themen wie »Elizabeth Browns Erniedrigung, der Versuch einer mißhandelten Frau, ein literarisches Leben zu führen«. Du lieber Himmel! Was war noch? Wie ich scheinen auch Sie nicht daran zu glauben, daß sie Selbstmord begangen hat, eine Auffassung, der sich heute die meisten angeschlossen haben. Und nicht zuletzt von Gewicht, auch Sie scheinen Ruth Bell zu verabscheuen! Wir haben einen gemeinsamen Nenner.

Sie sind nicht meine erste Wahl, wenn es darum geht, wer die Sache im Augenblick und auch nach meinem Tod übernehmen soll. Ursprünglich gab es eine Journalistin, deren kenntnisreichen Artikel über Elizabeth und ihren Tod ich der Sendung beilege. Unglücklicherweise hat sie das Land kürzlich für immer verlassen, und da blieben nur Sie mir. Nicht viel Neues ist geschehen, seit dieser Artikel geschrieben worden ist. Meine Tochter hat noch immer weder Ehre, Stimme oder Rechtfertigung erhalten. Ich habe gesagt, daß ich sie nicht ganz verstehen konnte. Das entspricht zum Teil der Wahrheit. Aber ich weiß, was sie *nicht* gewollt hätte: das gute Leben der Bell und anderer auf Kosten von Elizabeths angeblich schrecklichem Leben. Jetzt tue ich etwas dagegen.

Was noch unbeschädigt, aber glauben Sie mir, zerpflückt und zuweilen bis zum Wahnsinn analysiert worden ist, sind ihre beiden Romane *Geschlagen* und *Umzingelt*. Ich habe die schönsten und am wenigsten begreiflichen Absätze unterstrichen. Vielleicht können sie Ihnen eine Hilfe sein, so wie sie für mich ein Halt gewesen sind.

Nein, ich glaube nicht, daß sich Elizabeth in *Geschlagen* selbst porträtiert hat, wie die obengenannte Biografin behauptet. Mein Gott, Elizabeth wohnte doch lange bei mir zu Hause (Die Londoner Mieten!), und da hätte ich es sehen müssen. Zweimal kam sie mit blauen Flecken heim, und ich glaube, ich habe sie nie wütender erlebt. Sie sagte nur: »Vater, von jetzt an konzentriere ich mich ganz auf Rache.«

Glauben Sie, irgend jemand hätte mich danach gefragt? Sie begreifen den Rest.

Liebe Frau (oder Fräulein?) Brandt: Schreiben Sie über

meine Tochter. Finden Sie heraus, was mit ihr geschehen ist. Bringen Sie die Wahrheit an den Tag. Waschen Sie unseren Namen rein. Erteilen Sie dieser Bell eine Abfuhr im Licht der Öffentlichkeit, denn nur dort kann die Schlacht stattfinden. Nach unzähligen privaten Briefen habe ich das jetzt begriffen. Entschuldigen Sie meine Redseligkeit und mein Unvermögen, den Brief kurz und präzise abzufassen. Vielleicht ist der Krebs, der sich durch meinen Magen frißt, schuld daran, daß ich so offenherzig und vielleicht unbritisch bin, unkontrolliert und jenseits aller Normen, die die Klassengrenzen vorschreiben. Ich weiß ja auch nichts über Ihre Herkunft. Sie müssen mich entschuldigen. Hat man nur noch ein Jahr vor sich, sind die Formen plötzlich nicht mehr so wesentlich. Übrigens, Elizabeths letzte Tagebücher lege ich ebenfalls bei, auch wenn die Polizei sie bereits durchgesehen hat und der Meinung ist, dort sei nichts Neues zu holen. Was für ein Idiot ich gewesen bin, ich habe sie auch der Bell geliehen. Was wußte ich denn damals! Aber vielleicht sind Sie klüger als all die anderen.

Wer der geliebte »Peter« ist, haben sich viele gefragt. Ich persönlich bin überzeugt, daß es Michael Pringle ist, der damalige Pub-Besitzer unten an der Hammersmithbrücke und ein guter Freund der Familie. Einer von Elizabeths »vielen Liebhabern«, der einzige, wenn Sie mich fragen. Wer sie ermordet hat? Der Arzt natürlich, Walter Frost. Ich verstehe mich nicht auf dieses »in Ermangelung von Beweisen«. Vielleicht tun Sie es. Wenn er nicht vor zwei Jahren gestorben wäre, hätte ich ihn wohl aufgesucht und ihn zu einem Geständnis gezwungen. Viele Möglichkeiten bieten sich, wenn ein Mann nur noch ein Jahr vor sich hat. Welche das sind, will ich nicht näher erläutern. Ich lege einen gewissen Wert darauf, immer ein Gentleman zu bleiben. Und noch eins. Wenn Sie den Roman finden könnten, den Elizabeth vor ihrem Tod geschrieben hat, *Insomnia*, dann wäre das von Vorteil. Elizabeths eigene Worte sind selbstverständlich die beste Verteidigung.

Lesen Sie den Artikel und alles andere, was ich Ihnen jetzt schicke. Danach sind Sie mehr als willkommen hier in London, genauer in Hammersmith, der Oase im Südwesten der Stadt, wo ich wohne. Ich hoffe, ich habe Sie nicht grundlos behelligt.

Hochachtungsvoll

Ihr Patrick Brown

Ich muß den Brief ein zweites Mal lesen. Dann ein drittes Mal. Der einzige Grund, warum ich es nicht noch einmal tue, ist Sam, der ins Zimmer kommt, mir unters Kinn faßt und meinen Mund schließt.

»Ein offener Mund ist häßlich, Savanna.«

»Es ist häßlich, nicht mit seiner Schwester zu reden, Sam.«

»Ich habe es gerade getan.«

»Hm.«

Nicht einmal streiten können wir. Einfach zu viele gemeinsame Beerdigungen und Jahrzehnte.

»Ich habe einen Brief von Elizabeth Browns Vater bekommen.«

»Großartig.«

Er nimmt ihre Romane zur Hand, blättert darin. Ich könnte sie aus dem Gedächtnis aufsagen. Er betrachtet die hellblauen Tagebücher.

»Elizabeths«, sage ich. »Lies mir etwas vor.«

»Drei Stunden heute nacht. Kann nicht mehr lange so weitergehen. Die Schlaflosigkeit spaltet alles in davor und danach. Wird nie wieder dasselbe werden.«

Er sieht meinen Blick nicht, bemerkt nicht, daß der Kopf vornüber fallen will. Ich erschauere. Er nimmt Patricks Brief, setzt sich an den Küchentisch und liest ihn, ohne Vergrößerungsglas. Als er fertig ist, bleibt er reglos sitzen, als wolle er einen Entschluß fassen. Dann kommt er mit drei raschen Schritten auf mich zu.

»Sieh mich an, Savanna. Das hier bist *nicht* du, das ist nicht deine Schlaflosigkeit, es ist nicht dein Leben und nicht dein

Tod. Hör jetzt auf mich, laß das hier. Wir bekommen doch langsam Ordnung in alles!«

Mein geliebter Bruder. Früher einmal war er so geschickt im Täuschen.

»Lies das nicht. Genug Tod in unserer Familie, als daß wir uns mit dem anderer befassen müßten, findest du nicht? Er versteht nicht, daß er sich an die falsche Person gewandt hat, daß sie im Moment nicht die Kraft dazu hat. Oder?«

Er tut etwas, das er noch nie getan hat. Er hebt mich vom Stuhl und trägt mich in seinen Teil der Wohnung. Legt mich in sein Doppelbett, zwei Decken über mich. Ein kleiner Vorrat Süßigkeiten daneben, ein Glas Wein, eine Schale Oliven aus der Küche. Macht er es so mit seinen Frauen? Er schaltet Musik ein, legt sich in eine der Hängematten und behält mich im Blick.

»Spezialbehandlung, Sam?«

»Ich verbiete dir, ihm zu antworten! Hörst du?«

Darüber lachen wir beide. Hysterisch lustig. Bis ich das sage, was wir beide wissen.

»Ich werde nicht anders können. Das ist dir schon klar.«

»Und mit Jack?«

Ich schließe die Augen.

»Dasselbe.«

Er wirft mir einen langen bittenden Blick zu.

»Entschuldige meine Abwesenheit, Savanna.«

»Entschuldige meine Anwesenheit.«

»Oh, die. Die erfordert niemals eine Entschuldigung.«

Mehr Wörter, als wir sonst benutzen. Wir sind beide leicht beschämt.

»Gib mir den Artikel aus dem Paket«, bitte ich ihn.

»Morgen. Schlaf jetzt. Iß was von den Süßigkeiten. Trink einen Schluck Wein, und dann schlafe bitte.«

21. Kapitel

> Vor Peter? Ich wußte nichts über den Menschen, Fakten berauschten mich. Alles war Schattenboxen, nichts nahm ich ernst. Vor Peter. Das Kinn vorgestreckt, böse Artikel geschrieben. Ein Spiel. Ich wußte nicht, warum ich schrieb, nur daß ich es tat. Ich war eine Frau, die aus lauter »Ich-werde!« bestand. Es mag banal klingen: Peter läßt mich einfach existieren. Eine Gnade, ich wußte nicht, daß es so etwas gibt.
>
> *Aus Elizabeth Browns Tagebuch, 13. November 1971*

Aber ich schlafe nicht. Doch, wie Elizabeth kann ich sagen: »Drei Stunden heute nacht.« Übelkeit, schwere Glieder, tränende Augen ... Genug. Die Arbeit ist noch da, die Erlösung, der nie versperrte Ausweg. Begrabt mich unter Texten und Büchern, und ich kann jahrelang leblos daliegen und dennoch leben.

Mit dem Artikel in der Handtasche stapfe ich durch den Schnee zur Bibliothek. Keine späten Morgen mehr, keine verpaßten Zeiten aufgrund von Jacks und meinen stundenlangen Küssen. Muß mich zusammenreißen. Ich muß Ordnung in den Mappen schaffen. Die Unordnung ist gewaltig, »unakzeptabel« würde wohl der Bibliotheksleiter Mårtensson sagen. Auf den nicht abreißenden Strom von Beamten treffe ich schon beim Pförtner. Etwas Gejagtes in ihren Bewegungen, Weihnachten rückt näher, und alles muß beschlossen und abgeschlossen werden. Es dauert Stunden, bevor ich ins Magazin entkommen kann. Ich fliehe mit gesenktem Kopf und murmle etwas von »Katalogisierung und Registrierung«. Mårtensson, der nie weiß, was der einzelne tut, nickt zerstreut. Meine Kolleginnen haben die dunklen Ringe unter meinen Augen bemerkt und verziehen keine Miene. Sie stellen mein Telefon um, damit sie meine Gespräche entgegennehmen können. Nicht ein Wort.

»Geh schon«, flüstern sie. »Verschwinde jetzt ein Weilchen.«

Ich knete meine Hände, stehe wie eine Großmutter vor

ihrem ersten Enkelkind, schlucke und räuspere mich. Mir schwirrt nur durch den Kopf: Womit habe ich das verdient? Also dann geh doch.

Unten im Magazin ist es kühl. Ich nehme meinen üblichen Hocker auf Rädern und schiebe den Kopf in die Lücke im Bücherregal, zwischen Bergström und Bergvall. Eine Lücke, die ich schon Ende des Frühjahrs, zu Beginn der Schlaflosigkeit, geschaffen hatte, wo ich noch so naiv war zu glauben, ich könnte hier einige Minuten Schlaf ergattern. Jetzt sitze ich dort mit dem Artikel, der mir ein Bild der Ermittlungen und der Geschehnisse um Elizabeths Tod verschaffen soll. Dieser Artikel, zwei Tagebücher und die Romane mit den Unterstreichungen des Vaters sind alles, was ich habe. Dazu noch Elizabeths Vater Patrick selbst und meinen Kopf. Vielleicht würde Jacks Chef Ernest sagen: »Ich habe Schlimmeres erlebt.« Vielleicht ist das der Grund, warum ich mich der Sache mit solchem Eifer annehme. Schlechte Aussichten stimulieren mich.

Mit einem Gefühl der Erleichterung, weil ich nun an den Mitteilungen, den Mappen und dem Leben anderer Menschen teilhaben darf, nehme ich den Artikel zur Hand. Ganz oben steht in Patrick Browns Schrift: »Sie müssen diesen manchmal etwas sensationslüsternen Stil entschuldigen, Sie wissen, wie das so ist. Aber die Sachfragen sind wichtig und vor allem richtig. Das hier ist der einzige Text über Elizabeth, der sich brüsten kann, die Fakten korrekt wiederzugeben. Außerdem verabscheue ich die britische Art, alle Beteiligten und Verdächtigen, ob sie nun verurteilt sind oder nicht, mit Namen aufzuführen, aber damit müssen wir leben.«

Dann beginne ich den ausführlichen Artikel aus der Sonntagsbeilage des renommierten *The Special* vom 12. Juni 1993 zu lesen.

Die Schriftstellerin Elizabeth Brown
Macht, Geld und Verleumdung

Es ist gut zwanzig Jahre her, seit die Autorin, Journalistin und Publizistin Elizabeth Brown in der Garage ihres Vaters einen mysteriösen Tod durch eine Kohlenmonoxidvergiftung gefunden hat. Im nachhinein wurde das als Selbstmord erklärt.

Ihr Tod ließ eine gewaltige Leere in der öffentlichen Auseinandersetzung zurück. Es gibt kaum eine britische Frau vor oder nach ihr, die in den führenden Zeitungen und Diskussionsprogrammen des Landes einen derart wichtigen Platz eingenommen hat. Als Romanautorin wird sie auch heute noch gelesen, ihre Bücher erscheinen in ständig neuen Auflagen.

Viele haben sich mit der Erklärung des Mythos von Elizabeth Browns Leben ein gutes Einkommen verschafft. Und natürlich vor allem durch den Mythos ihres Todes. Eine vor nicht langer Zeit erschienene Biografie mit dem Titel *Von Liebe geschlagen*, verfaßt von der Amerikanerin Ruth Bell, ist in riesigen Auflagen verkauft worden. Das Hinundher um das Buch und seinen Inhalt hat für große Aufmerksamkeit in den Medien gesorgt. War Walter Frost völlig unschuldig an ihrem Tod? Starb Elizabeth aus unglücklicher Liebe zu ihm? War es überhaupt Selbstmord? Vielleicht haben sich die meisten Leute, aufgrund von Bells berühmter Biografie, bereits ein fertiges Bild von der Schriftstellerin gemacht: die leidende Elizabeth, die zwei phantastische Romane geschrieben hatte, im Beruf erfolgreich war, aber deren privates Leben, in dem sie mißhandelt wurde, eine einzige Misere war. Die »Beweise«, welche die Biografin u. a. anführt, sind Elizabeth Browns Tagebücher, Auszüge aus dem Roman *Geschlagen* sowie Interviews mit »engen Freunden«. Wie die meisten Leser, die die Gazetten verfolgt haben, schon wissen, hat die Klage, die der Vater gegen Ruth Bell angestrengt hatte, keinen Erfolg gehabt.

Egal welches Bild wir von dem Mythos Elizabeth Brown bevorzugen – über den Menschen dürften wir wohl nie etwas erfahren –, das Mysterium ihres Todes bleibt bestehen. Die Polizei war mit ihren Ermittlungen nie gänzlich zufrieden, ebensowenig wie die Familie oder die Medien. Aufgrund der unglaublichen Nachlässigkeit im Umgang mit den Fakten, deren sich Ruth Bell in ihrer Biografie schuldig machte, sowie des seltsamen Gemischs von polizeilichen und Ruth Bells Theorien, das in den Medien als »Wahrheit« ausgegeben wurde, verfolgt dieser Artikel das Ziel klarzustellen, was wir tatsächlich *wissen*. Damit verbinden wir die Hoffnung, die Geschichte auf der Basis von Fakten erneut erzählen zu können, wenn aus keinem anderen Grund, dann zumindest im Hinblick auf die vielen Diskussionsprogramme und die geplanten Fernsehsendungen zu Bells Buch.

»Als Familienangehöriger ist man machtlos. Niemand ist interessiert, die Wahrheit herauszufinden. Das Schicksal meiner Tochter ist zu einer tragischen Soapopera geworden«, sagt ihr Vater Patrick Brown.

Was ist Elizabeth Brown an jenem verschneiten Novemberabend 1972 in Hammersmith geschehen? Soviel man weiß, hatte sie vermutlich eine Beziehung, in welcher Form ist unklar, zu dem verheirateten Arzt Walter Frost. Angeblich hatten sie sich ein reichliches Jahr vor Elizabeths Tod bei der Behandlung ihrer Schlaflosigkeit kennengelernt. In Elizabeths Tagebuch fand sich eine Notiz, daß sie Frost um 17.30 Uhr desselben Abends, an dem sie starb, zu Hause in seiner Wohnung in Highgate, im Norden Londons, treffen sollte. Darin war auch mehrmals von Drohungen und Angst zu lesen, manchmal im Zusammenhang mit Frost, dann wieder nicht. Wieso sich Frost und Brown gegenseitig in der Hand hatten, ist unklar. Es steht fest, daß Elizabeth Brown mehrere Liebhaber hatte und daß sie auf irgendeine Weise in der Klemme steckte.

Zurück zu dem Abend des 23. November 1972. Die Nachbarn hörten einen Streit zwischen den beiden. Sie hörten, wie die Brown damit drohte, »Unterschlagungen« in Frosts Praxis aufzudecken, und daß sie selbst Artikel darüber verfassen würde, wie man Ärzte dazu bringen kann, unerlaubte Rezepte auszustellen. Die Polizei fand später eine Anzahl solcher Rezepte, von Frost für die Brown ausgestellt, doch weitere Beweise dafür oder für Unterschlagungen von Frosts Seite wurden nie gefunden. Darüber hat die Presse wahrheitsgemäß berichtet. Das Paar trennte sich in geräuschvoller Form, und man sah die Brown gegen 18.30 Uhr Frosts Haus verlassen, um nach Hammersmith zurückzukehren, eine gut fünfundvierzigminütige Fahrt durch London. Kurz vor 19.00 Uhr sahen die Nachbarn auch Frost wegfahren, in dieselbe Richtung wie die Brown. Was danach geschah, ist unklar. Das einzige, was uns dazu vorliegt, sind die Aussagen von Patricia Frost, von der Haushälterin und Walter Frost selbst.

Walter behauptete, daß er einen Anruf von einer Patientin in Barnes, im Süden von Hammersmith gelegen, erhielt und beschlossen habe, dort hinzufahren. Ein solcher Anruf ist nicht registriert worden. Er erklärt weiter, sein Auto hätte in der Nähe des Belsize Park, dem Gebiet direkt neben Highgate, eine Panne gehabt, und daß seine Frau in ihrem Auto zufällig vorbeigekommen sei und sie beide nach Hause gefahren habe. Niemand außer den beiden kann das bezeugen. Das Auto wurde am nächsten Tag abgeholt, es traten da aber keine technischen Probleme auf. Frau Frost hätte eigentlich im Theater sein sollen, doch das Stück wurde abgesagt, weil ein Schauspieler erkrankt war. Von 19.30 Uhr an hatte Walter Frost also für den verhängnisvollen Abend ein Alibi von seiner Frau und obendrein von der Haushälterin, die ebenfalls einige Stunden anwesend war.

Um 18.00 Uhr hatte es heftig zu schneien begonnen, das hielt bis 22.00 Uhr an, mit anderen Worten, es war ein ziemlich ungewöhnlicher Londoner Novemberabend. Während Walter angeblich Motorprobleme hatte, kam Elizabeth Brown in Hammersmith bei ihrem und dem Haus ihres Vaters an. Sie fuhr in die Garage und zog das schwere, defekte Garagentor hinter sich herunter, das sich nur von zwei starken Männern wieder öffnen ließ. Ihr Vater Patrick war geschäftlich in Brighton unterwegs und hatte der Tochter außerdem gesagt, sie möge die Garage nicht benutzen, bevor die Handwerker das Tor repariert hätten. Es gab einen zweiten Weg, auf dem man in die Garage und wieder heraus kommen konnte, nämlich durch eine Seitentür, die abgeschlossen war. Die Kraft eines Menschen reichte aus, um das Garagentor herunterzuziehen, nicht aber, um es hochzuschieben. Elizabeth hatte normalerweise immer einen Schlüssel zur Seitentür bei sich, an diesem Abend jedoch nicht. Der Ersatzschlüssel, den es neben dem Schlüssel des Vaters gab, pflegte in der Garage zu hängen, in dieser Woche aber hatten ihn die Handwerker bekommen. Elizabeths Vater war überzeugt, daß sie davon wußte, doch nach mehreren Verhören war er sich seiner Sache nicht mehr ganz sicher.

Die Nachbarin hörte, wie Elizabeth gegen 19.30 Uhr in die Garage fuhr, danach war es still. Gegen 21.00 Uhr meinte sie einen merkwürdigen Geruch zu verspüren.

»Ich war den Müll wegbringen und merkte, daß es nach Benzin roch, außerdem hörte ich einen Motor laufen, und da habe ich die Polizei angerufen. Da Browns Haus ein bißchen abseits an einem Wendeplatz gelegen ist, war ich die einzige, die reagiert hat«, erzählt sie.

In der Garage fand man Elizabeth bereits tot. Sie lag vor dem Auto, direkt neben der Seitentür. Offenbar hatte sie versucht, die Tür mit Werkzeugen zu öffnen. Das Garagentor war mit Matten abgedichtet, und ein Schlauch führte vom Auspuff bis zum Fahrersitz ins Auto.

Man nimmt an, daß Elizabeth irgendwann zwischen 19.45 Uhr und 20.45 Uhr gestorben ist. In ihrem Blut fand man Reste von Beruhigungsmitteln. Im Schnee vor der Garage waren keine anderen Spuren zu finden als die der Reifen von Elizabeths Auto. Man fand keine Fußspuren vor der Seitentür und auch keine anderen Fingerabdrücke auf Garagentor und Seitentür als die von Elizabeth und ihrem Vater. Eindeutig Selbstmord, meinten viele.

Doch eine ganze Reihe von Fragen blieb offen. Anfangs wies alles darauf hin, daß Walter Frost die Brown ermordet hatte. Es fanden sich ziemlich viele merkwürdige Details. Der Schlauch, der für die Vergiftung benutzt worden war, gehörte Frost und trug seine Fingerabdrücke. Frost hatte außerdem einige Wochen vor Elizabeth Browns Tod ein Buch über u. a.

Kohlenmonoxidvergiftung in der Bibliothek ausgeliehen. In Frosts Wohnung fand die Polizei ein Glas mit Spuren von Beruhigungsmitteln, das sowohl seine als auch Elizabeths Fingerabdrücke trug. Die angebliche Patientin hatte Frost an diesem Abend ebenfalls nicht angerufen. Frost schien auch plausible Gründe für den Mord an Fräulein Brown gehabt zu haben. Außerdem stimmten alle darin überein, daß Elizabeth Brown, trotz ihrer Schlaflosigkeit, nicht zum Selbstmord neigte, und auch ein Abschiedsbrief wurde nie gefunden.

»Alle, die Elizabeth kannten, wußten, daß sie ein Mensch mit einem gewaltigen Lebenswillen war«, sagte der Vater, der Walter Frosts Unschuld bezweifelt. »Selbstmord ist ausgeschlossen.«

Aber vieles sprach auch für Frost. Er hatte, wie gesagt, ein Alibi, und es bestand keine Möglichkeit, daß er es in der halben Stunde, für die er keins besaß, nach Hammersmith und wieder zurück nach Highgate geschafft haben könnte. Einen denkbaren Mithelfer Frosts konnte man nicht finden. Die Polizei kam zu dem Schluß, daß Elizabeth Brown offenbar Selbstmord begangen hatte.

Viele haben das angezweifelt. Der Vater hat bei mehreren Gelegenheiten darauf hingewiesen, daß es Beweise gebe für Elizabeths Versuche, aus der Garage herauszukommen. Man kann aber auch einwenden, wie Frau Bell es getan hat, daß die Brown sich anders besonnen habe. Eindeutig war auch, daß Frost log und etwas verbarg. Jedoch konnte weder er noch sonst jemand wegen dem Mord an Elizabeth Brown verurteilt werden.

Was also ist an jenem Abend eigentlich geschehen? Wurden Frau Frost und die Haushälterin von Walter Frost unter Druck gesetzt, um ihm ein Alibi zu verschaffen? Konnte Frost seine Spuren verwischen, oder sind sie ganz einfach zugeschneit, bevor die Polizei kam? Sind die Erfahrungen der englischen Polizei, was Spuren im Schnee betrifft, aus natürlichen Gründen vielleicht etwas begrenzt, obwohl die Polizei natürlich Fotos gemacht hat?

Das Mysterium bleibt unaufgeklärt, aber die Menschen in diesem Drama erregen auch heute noch Interesse.

Ein Jahr nach dem Tod von Elizabeth war das Paar Frost geschieden, und Walter Frost sah sich gezwungen, seine vornehme Praxis aufzugeben, da »geredet wurde«. Frau Patricia Frost ist heute Therapeutin und besonders auf Hypnose spezialisiert, außerdem ist sie Vorsitzende der gemeinnützigen Organisation *Battered Women's Society* und wohnt im Westen von London in Notting Hill. Sie ist die einzige, die sich kategorisch geweigert hat, zu dem Vorfall Stellung zu nehmen. Walter Frost ist wieder verheiratet. Die Tochter des Paares, Joan, schreibt in Cambridge an ihrer Dissertation.

Ruth Bells berühmte Biografie brachte Walter Frost eine Art Rehabilitierung, weil er darin als Elizabeths große unglückliche Liebe beschrieben wird. In diesem Buch wird er als Grund für Elizabeths Selbstmord genannt. Jeden Verdacht gegen Frost räumt die Biografie aus. Heute versorgt sich Frost damit, Vorträge im Geiste der Bell zu halten, was nicht wenige empört.

In Ruth Bells Biografie wird ein konstruiertes Bild des Dramas gezeichnet. Jener »Peter«, von dem in E. Browns Tagebüchern mit solcher Liebe gesprochen wird, soll demnach Walter sein. Frau Bell beschreibt die Beziehung der beiden als »passioniert«, und sie ist der Ansicht, daß Elizabeths angebliche Angst vor Frost »ihre eigene Angst vor Nähe« gewesen sei. R. Bell unterstreicht auch, daß E. Brown unmittelbar vor ihrem Tod in der Praxis aufgetaucht sei und sich wie eine verschmähte Liebhaberin aufgeführt habe. Elizabeth war laut Biografie »gefangen von dem ungeheuren Charme, mit dem Walter sie und viele andere Frauen bezauberte, doch war er der einzige Mann, den Elizabeth, all ihren Beziehungsängsten zum Trotz, nicht für sich allein bekommen konnte.« (Obige Zitate sind der genannten Biografie entnommen.)

Den Streit an jenem Abend soll eine letzte verzweifelte Drohung Elizabeths ausgelöst haben, die versucht hatte, Walter ganz zu sich hinüberzuziehen. Es gab ja keine Veruntreuung, wie Ruth Bell betonte, und somit kein Motiv für den Mord. Es fanden sich auch nie genügend Beweise, um Frost den Prozeß zu machen. Hingegen verdächtigte Frau Bell indirekt Michael Pringle, den Barbesitzer aus Hammersmith, als denjenigen, der E. Brown regelmäßig mißhandelt und ihr somit »Material« für den Roman *Geschlagen* geliefert hatte. Diese Behauptung wurde damit »bewiesen«, daß Pringle wegen Körperverletzung im Gefängnis gesessen hatte. Doch auch Pringles Vorladung hatte zu keinem Ergebnis geführt.

Wenn das die Version ist, die Ruth Bell der Öffentlichkeit vorgelegt hat, so sieht die von Elizabeths Verwandten und Freunden ganz anders aus. E. Brown wurde von ihnen als lebensfroh und stark beschrieben. Sie hatte gerade einen neuen Roman beendet, *Insomnia*, doch wurde das Manuskript nie gefunden. Daß sie mißhandelt worden sein sollte, halten die meisten für völlig ausgeschlossen. Daß sie Selbstmord begangen und ihren Vater allein gelassen haben sollte, ebenso.

»Wir wollen nur, daß Frau Bells Biografie einen stillen Tod stirbt und Elisabeths Andenken in Ehren gehalten wird«, so drückten ihre Freunde es aus.

Aber wenn man die Verkaufszahlen sieht, ist das wohl nicht zu erwarten. Und während Biografin, Freunde, Angehörige, Liebhaber und Feinde einen ungleichen Kampf führen, ist die einzige Stimme, die uns über Elizabeths Leben und Tod Klarheit verschaffen könnte, für immer zum Schweigen gebracht.

Zuunterst auf der Seite hat Patrick ein paar Zeilen hinzugefügt. »Furchtbarer Schluß, nicht wahr? Aber genau war sie, diese Journalistin. Deshalb brauchte ich sie auch. Doch jetzt habe ich Sie. Sie und ich gegen die Hyänen. Um Elizabeths und der teuer erkauften Wahrheit willen.«

In meinem Mund bleibt ein fader Geschmack. Die ganze Geschichte noch einmal, wenn auch mit ein paar neuen Einzelheiten. Ich verspüre nur Unbehagen, wie wenn man bei jemandem zu Besuch ist und sich im Badezimmer versteckt, um dem äußerst privaten Streit von Ehepaaren zu entgehen. Elizabeth erscheint mir bloßgestellt, nackt und schutzlos, aber ganz und gar nicht als die Autorenstimme, die mir in den Romanen begegnet ist. Ihre Unerschrockenheit ist es, wegen der ihr Vater und ich sie lieben, diese sensationellen und schmierigen Dinge haben damit nichts zu tun.

Werde auch ich mich jetzt in diesen Sumpf ziehen lassen? Das muß ich mich einfach fragen. Ljunggren hat abgeraten. Dennoch hat er mich offensichtlich Patrick Brown empfohlen. Die Intentionen der Menschen begreife ich selten. Privatforschung? Was kann ich der Sache tatsächlich hinzufügen? »Liebe Frau (oder Fräulein?) Brandt, schreiben Sie über meine Tochter,« bat ihr Vater. Was für eine Herausforderung.

Plötzlich steht Mårtensson im Magazin. Er lächelt freundlich.

»Liebe Savanna. Ich bin richtig gerührt von deinem Fleiß. Wer sitzt sonst schon noch hier unten nach der Arbeitszeit und archiviert.«

»Ach, nur du und ich«, antworte ich lächelnd, denn er meint, was er sagt.

»Hilfst du mir bei der bevorstehenden Umstrukturierung?«

»Schon wieder?«

»Du weißt! Kompetenzerhöhung, Themenfokussierung, strategisches Vorantreiben von Sachfragen?«

»Ja, sicher. Mach dir keine Sorgen«, beruhige ich ihn mit einem gewissen Schauder vor dem, was da auf uns zukommt.

Wir steigen nach oben und löschen das Licht in der Bibliothek, gehen durch die Dunkelheit und verlassen das Haus mit Hilfe von Codes und Chipkarten. Erst, als ich wieder draußen in der Kälte stehe, kommt mir der Gedanke, daß ich dort drinnen vielleicht hätte Angst haben sollen. »Finden Sie heraus, was mit ihr geschehen ist.« Und was mit Paulina geschehen ist. Aber das Schwierigste von allem: *Was wird mit mir geschehen?*

Ich zucke zusammen, als vom Handy Piepsignale ertönen,

zwei SMS-Nachrichten. Die eine will ich nicht lesen. Löschen. Die zweite: »Liebe dich, immer mehr. Jack.« Wärme durchströmt mich.

Schneeflocken in den Augen, die Hand wie ein Schirm über den Brauen, um sehen zu können, folge ich einem schmalen geräumten Pfad durch die verschneite Stadt. Selbst wenn wir Stadtbewohner es gewollt hätten, könnten wir den Blicken anderer bei Unwettern wie diesem nicht begegnen. Durch das Weiße sehe ich einen Mantel, der mir bekannt erscheint.

»Maria!« rufe ich.

Sie dreht sich um, kommt mir entgegen. Wir umarmen uns. Sie schlingt mir ihren Schal um den Hals. So hängen wir unwiderruflich zusammen. Sie lacht laut: »Schau dir meine Haut an: fast grün.«

»Grünschimmernd«, sage ich.

»Und schau da, mein verheirateter Liebhaber.«

Wir drehen uns beide um. Da ist niemand.

22. Kapitel

> Vier Stunden Schlaf heute nacht. Ich schreibe, ich wüte. All das, um das Offensichtliche zu verbergen: Ich weiß alles über die Sache, aber empfinde nichts für den Menschen.
>
> *Aus »Umzingelt« von Elizabeth Brown*

Sam hat sich verliebt. Man kann es nicht anders ausdrücken. Es kam wie ein Schock. Ich glaube nicht, daß Sam selbst sich dessen bewußt ist. Weihnachten steht vor der Tür, und wir laufen durch die Zimmer und schmücken sie wahllos, keiner von uns weiß, wie man dieses Fest richtig feiert. Ebensowenig wissen wir, wie man einer Wohnung »eine einladende und herzliche Atmosphäre mit dekorativer Komponente« verleiht. Wir hängen ein bißchen Lametta an die Kronleuchter, Sam zeichnet einen Weihnachtsmann auf die Schiefertafel in der

Küche, schreibt »Frohes Fest« darauf, wischt es weg, und wir sind zufrieden.

»Dann hätten wir also Weihnachten«, stellt er etwas träge fest und nimmt sich eine weitere Tafel Schokolade. »Übrigens, hat jemand angerufen?«

Was heißt übrigens? Ich antworte gehorsam, wie ich es jetzt zwei Wochen lang getan habe.

»Nein, Sam. Wenn du nicht Susanne meinst, die nicht mehr heult und will, daß du das weißt. Eine Anette von der Konferenz, die nach jedem Satz ein bißchen neurotisch lacht …«

»Ach, hör auf. Du weißt, was ich meine.«

»Nein«, erwidere ich, denn ich bin so entzückt von seiner Hilflosigkeit, daß ich es von ihm selbst hören möchte. »Erzähle, Sam, was meinst du?«

»Ob eine Miranda angerufen hat«, schreit er fast. »Ist sie hier gewesen? Auf dem Friedhof spazierengegangen? Hat sie dich vielleicht direkt angerufen?«

»Mich angerufen? Ich kenne sie ja nicht einmal.«

»Richtig, tust du nicht. Ja, dann: Fröhliche Weihnachten.«

»Fröhliche Weihnachten, liebster Bruder«, sage ich sanft lächelnd.

Er schnaubt verächtlich. Fährt sich mit den Händen durch das Haar, eine nervöse Geste, mit der er seit den Fragen nach Mirandas ausgebliebenen Anrufen begonnen hat. Irritiert wirft er die Schokolade in den Müllschlucker. Mein Bruder hungert; er kann nicht mehr genießen. Die Sache quält ihn, und erstaunlicherweise rührt mich das. Es ist so offensichtlich, daß er nicht die geringste Ahnung davon hat, was mit ihm geschieht. Ich habe nicht vor, ihn aufzuklären. Wir haben ein Leben lang perfekte Formen entwickelt, um einander in Ruhe zu lassen; darum liegt es mir jetzt fern, ihn auszufragen oder zu belehren.

Jack und ich beschließen, Heiligabend ins Kino zu gehen. Falls das nicht möglich ist, nehmen wir statt dessen den Tag davor. Jack hat etwas Erstaunliches an sich, das ist mir in letzter Zeit klargeworden. Er hat die Fähigkeit, mit jedermann zu reden. Ein Besuch in einem Geschäft kann Ewigkeiten dauern, weil er natürlich mit dem Ladeninhaber irgendein obskures Interesse teilt. Kaufen wir Lebensmittel ein, muß er unbedingt mit den Leuten vor ihm und hinter ihm in der Schlange plaudern; dieser Alltagscharme führt dazu, daß uns überall inniges Lächeln zum Ausgang begleitet. Manchmal wird dieses Lächeln, das mich so grantig macht, auch mir gewidmet, beinahe immer von einer Frau. Und es besagt? Was für ein Glück du hast! Ein solcher Mann, so viel Herzlichkeit, und er gehört dir!

Dieses Mal passiert es im Kinosaal. Jack diskutiert mit seinem Nachbarn über Musik. Gleich bekommen wir Karten für irgendein dubioses Konzert zu Neujahr. Er bittet mich, sie in meine Handtasche zu stecken. Tolpatschig, wie ich bin, lasse ich sie fallen, sollen sie doch liegenbleiben. »Schluß mit der Vertraulichkeit«, will mein demonstrativer Protest besagen. Begreift er nicht, daß es schon genug ist mit der unbegreiflichen Begierde und dieser Fähigkeit, Tabu-Themen aufzugreifen? Doch Jack merkt nichts. Offenbar hat das Paar neben uns vor, nach dem Kino ein paar Drinks zu nehmen, und wir sind herzlich eingeladen. Die Frau sieht mich mit einem Wir-gehören-zusammen-Lächeln an. Auch ich zeige die Zähne. Jack drückt meine Hand.

»Keine Sorge. Wir gehen nicht mit«, flüstert er, was mich beschämt.

Dann fügt er hinzu: »Und nicht schämen, Savanna. Deine Art ist ungewöhnlich, das gebe ich zu, doch ganz und gar nicht unangenehm.«

Oh, er flunkert genauso gut wie Sam. Ich verberge meine heißen Wangen im Rollkragen, der bis zu den Ohren reicht. Auf diese Weise kommen wir durch einen Film, der mich völlig erledigt zurückläßt, *vor Empathie*. Ein Gefühl wurde vermittelt, daß das Menschengeschlecht in geschwisterähnlichen Konstellationen vereint sei: Seht ihr sie nicht? Zwar haben wir hier die Hölle, sicher ist das so, aber eine solche Verbundenheit könnte uns alle retten. Eine andere Möglichkeit zu überleben gibt es nicht.

Ich recke mich, als der Film zu Ende ist, gerührt und betreten. Dieser leicht religiöse, pompöse Ton, ich will nichts davon wissen. Wenn andere es wollen, bitte gern. Aber nach Martin? Erspart mir das.

Als ich mich zu Jack umdrehe, sehe ich, daß sein Gesicht im Schein des Abspanns feucht schimmert. Ich starre ihn verblüfft an und denke: So bin ich nicht. So werde ich auch nie werden. Mit einem Leben wie dem meinen? Meine Fähigkeit zum Mitgefühl ist aufgebraucht. Maria und Jack tun ihr Möglichstes, um es wiederzuerwecken, doch keiner von beiden kann die Tatsache beiseite schieben, daß ich mich nicht für andere Menschen begeistere. Weder kann ich es, noch will ich es. Es interessiert mich einfach nicht, welchen Eindruck ich auf andere mache, zu was für Begegnungen es in Geschäften kommen kann, zu welch unerwarteter Herzlichkeit in der Busschlange, zu wie vielen ausgestreckten Händen in der Winternacht. Es liegt mir nicht. Das macht mich traurig, denn ich glaube wirklich, daß ich einmal mutiger gewesen bin, daß ich mehr vom Leben gefordert habe, mich nicht nur mit geringstmöglichem Enthusiasmus durchlavieren wollte, bis der Tod uns umfängt. Ich weiß, daß ich nicht immer so gewesen bin; das Leben hat mich zu der, die ich heute bin, gemacht. Jack hatte recht, die Schlaflosigkeit hat meine Vermessenheit aufgedeckt. Ich brauche Jack, wie sehr, darüber will ich lieber nicht nachdenken. Zur Zeit brauche ich auch Maria, neben Sam und Ljunggren. Mein Lebensraum ist erweitert, mein Platz größer geworden. Fordert nicht noch mehr von mir.

»Du bist ja ein Romantiker«, sage ich zu Jack, um das Schweigen zu brechen.

Es soll ein Kompliment sein, aber ich muß mir eingestehen, daß es nicht so klingt.

»So bekommst du eine Menge für dein Geld.«

»Ich habe es nicht böse gemeint«, flüstere ich und berühre sein Gesicht.

»Du bist, wie du bist«, sagt er, und ich will nicht verstehen, was er meint.

Wir gehen schweigend durch die Winternacht. Überall

Sterne aus Plastik und farbigem Glas, die an Gebäuden, in Schaufenstern und in Bögen über der Fahrbahn hängen. Wir bewegen uns wie auf einer Straße aus Licht, geradezu beleuchtet von all dem Schmuck, der Hoffnung auf Ruhe und familiären Weihnachtsfrieden verbreitet. Jack ist stiller als je zuvor. Mit spitzen Lippen stoßen wir den Atem aus, in den Augenwinkeln kleine Eisperlen.

»Weißt du, es ist absolut nicht so, daß ich überempfindlich bin.«

»Ich habe nichts gesagt, Jack.«

»Nicht nötig. Aber ich will, daß du verstehst. Es ist absolut nicht so, daß ich überempfindlich bin«, wiederholt er. »Es ist nur so, daß ich die Gefühle anderer so leicht nachempfinden kann. Es kostet mich keine Anstrengung. Du scheinst nicht zu verstehen, daß mir das kaum Energie abfordert. Im Gegensatz zu dir. Ich öffne mich, Menschen sind da. Danach fühle ich mich belebt, nicht erschöpft.«

»Du bist ein merkwürdiger Mann.«

»Mein Vater war ein merkwürdiger Mann. Ich bin nur normal menschlich.«

»Das ist kein *Nur*, Jack.«

Er überlegt. Nimmt ein bißchen Schnee auf und formt einen perfekten Schneeball, gibt ihn mir und knetet einen neuen. Bald habe ich die Arme voller Schneebälle, aber er scheint nichts zu merken. Dann sagt er laut, als sei eine stärkere Stimme vonnöten, um diese Worte äußern zu können: »Ich finde wirklich, daß das Leben voller Lust und voller Humor ist.«

»Das ist okay«, sage ich, als wollte ich ein aufgeregtes Kind beruhigen. »Ist in Ordnung so.« Doch kann ich nicht umhin, noch hinzuzufügen: »Und wenn es das nicht ist?«

»Dann warte ich ab, bis es wieder so ist.«

»So einfach also.«

Jetzt bleibt er plötzlich stehen, ich muß meine Schneebälle fallen lassen, mich umdrehen und zu ihm zurückgehen.

»Umgekehrt, Savanna. So *schwer* ist es.«

Sam befindet sich in einem Zustand von Verwirrung, als wir nach Hause kommen.

»Sie ist hier«, flüstert er nervös, seine Augen glänzen, mit den Händen fährt er sich unablässig durchs Haar. »Miranda«, fügt er hinzu, als sei es noch nötig, das klarzustellen.

»Aha«, sagen wir.

Sam ist ein Motor ohne Benzin, ein Bündel Energie, dem nichts anderes fehlt als die Berührung von einem einzigen Menschen, damit er weiter nervös durch die Zimmer laufen kann. Jetzt rennt er fast in seinen Flügel hinüber; wir folgen ihm zögernd.

Eine zierliche brünette Frau, kaum größer als eine Halbwüchsige, liegt ausgestreckt in einer seiner Hängematten. Ihr dunkles Haar ist zu einem Zopf geflochten, der weit hinunter reicht. Einen Augenblick denke ich, Martins Krankenschwester sei zurückgekommen. Erst scheint es, als schlafe sie. Aber dann sehen wir, daß sie eins von Sams vielen Comic-Heften liest. Sie ist auf eine Weise von der Handlung gefangengenommen, wie man es etwa mit elf Jahren ist, wo allein der Anblick eines Stapels ungelesener Comics genügt, um ein Gefühl hervorzurufen von – ja, wovon eigentlich? Von Lust, Genuß, der Unendlichkeit und Vollkommenheit der Welt? Das war, bevor man begriffen hatte, daß die Handlung sich im Prinzip immer glich und man schon alle Hefte kannte, weil sie sich allmählich wiederholten. Doch diese Frau scheint zeitlos und ohne Alter. Sie amüsiert sich wirklich, lacht zuweilen laut und tastet nach einer Schale mit Chips, ohne den Blick von ihrer Lektüre zu heben. Sam stürzt zu ihr hin und zieht die Schale in die richtige Position. Sie stopft ein paar Chips in den Mund, ohne ihn anzusehen.

Voller Verlangen küßt er ihr Gesicht. Kleine, leichte Küsse, wie Tau an einem Sommermorgen, verteilt über Wangen, Augen, Hals. Sie reagiert noch immer nicht. Nach einer Weile macht sie eine abwehrende Handbewegung, so als wollte sie eine müde Fliege verjagen, die an einem heißen Sommertag langsam über ihre Stirn wandert. Sam küßt ihre Hand und macht einfach weiter wie zuvor. Ungerührt fährt sie mit dem Lesen fort.

Jack und ich verlassen rückwärts das Zimmer, nicht ein Wort wurde gesagt. Wir verschließen die Doppeltür, schauen uns mit entzücktem Entsetzen an und gehen zu unserem Alkoholvorrat, der aus irgendeinem Grund im Besenschrank untergebracht ist. Wir gießen uns zwei kleine Gläser Whisky ein, um gleich darauf zwei größere zu holen. Danach nehmen wir die ganze Flasche mit ins Schlafzimmer. Wir sehen uns ausdruckslos an, noch gefangen von dem Bild, das wir soeben hinter uns gelassen haben. Das war die intimste Szene, in der ich meinen Bruder je erlebt habe.

»Du hast einmal gesagt«, murmle ich, »daß es nur eine Art gibt, sich zum Leben zu verhalten.«

»Ach ja?« fragt Jack zerstreut, noch immer taub für die Umwelt.

»Wie war das, was du gesagt hast?« bohre ich weiter, in der Hoffnung, das zu verstehen, was ich soeben gesehen habe.

»Weit offen, das war es, was mein Vater, glaube ich, immer gesagt hat. Ja, weit offen.«

»Weit offen«, wiederhole ich nickend und ziehe meine Hand über Jacks Brust, während ich vorsichtig seinen Gürtel löse.

Aus dem anderen Flügel hören wir Lachen, ein Frauenlachen. Ich weiß nicht, ob ich es wiedererkenne, es ist, als hätte ich diese Fähigkeit verloren. Zum ersten Mal wegen Sam beunruhigt.

»Ist sie glücklich, Jack? Antworte mir. Ist sie das?«

Er lauscht, flüstert dann: »Das solltest du wohl wissen.«

Wir lauschen beide noch einmal.

»Ja«, flüstere ich. »Ja.«

23. Kapitel

Oh, ich war wie andere. Nicht ich, niemals ich. Ich bin keine Betroffene, ich bin diejenige, die mit starker Hand das eigene Leben und gern das anderer lenkt. Dann geschah es: ein Schlag. Geschlagen. Du hast mich verwandelt in einen bettelnden Hund. »Gnade«, flüsterte ich, wieder und wieder. Ich erhob mich niemals mehr. Das ist es, was ich dir nicht verzeihe. Ich liege noch immer.

Aus »Geschlagen« von Elizabeth Brown

Ich bin nachts wach und wandere hin und her. Schlaf scheint kein Teil meines Lebens zu sein – erneut ausgeschlossen. Trotz glücklichem Lachen. Ein Satz taucht in meinem Kopf auf. Etwas, das Maria gesagt hat, an einem späten Abend, als sie mich zur Tür begleitete.

»Die Schlaflosigkeit«, stellte sie fest.

»Was ist mit der?«

»Gib ihr keinen Platz.«

Ich öffnete den Mund, um zu protestieren. Keinen Platz, mein Gott, sie weiß nicht, wovon sie redet, ich …

»Kümmere dich einfach nicht um sie«, fuhr sie fort. »Kein Problem.«

Aufgewühlt und mit dem Gefühl, verraten worden zu sein, verließ ich ihre Wohnung. Jetzt verstehe ich sie besser. »Gib ihr keine Macht«, wollte sie sagen, »laß nicht zu, daß sie dein Leben beherrscht, denn dann gehst du unter. Nimm dich in acht davor, daß sich der Gedanke nicht selbst erfüllt.«

Ich wandere in der Wohnung umher und bin nicht wütend über den Mangel an Schlaf wie zuvor. Es ist, als würde ich sagen: Da bist du ja wieder. Die Schlaflosigkeit ist nichts, was ich willkommen heiße, doch verfluche ich sie auch nicht. Und mit einem ungewöhnlichen Gefühl von Zuversicht höre ich mich Jacks Worte wiederholen: »Das geht vorbei.«

Was nicht vorbeigeht, sind die Gedanken an Elizabeth Brown. Die Ordner liegen auf dem Tisch. Ich setze mich davor. Der Brief von Patrick steckt hinter dem richtigen Reiter, der Artikel über die Theorien zu ihrem Tod, und wie daraus Profit geschlagen wird, ebenfalls. Vorsichtig öffne ich Elizabeths Tagebuch, blättere bis zu dem schicksalhaften Abend des 23. Novembers 1972. Zuunterst auf der Seite steht dort: »Walter 17.30 Uhr. Jetzt immer größere Angst.« Ihre Handschrift ist gefällig, aber um einiges größer als die des Vaters. Mich schaudert, ich berühre ihre Tinte und erröte ein wenig. Woher diese Bewunderung, diese Begeisterung für das Leben eines berühmten toten Menschen? Bin ich eine solche Person geworden, die Patrick verabscheut – ewiges Wühlen nach dem, was in den Texten eines Schriftstellers »wirklich« ist? Er wünscht sich Rehabilitierung. Ich habe dem eifrig zugestimmt. Kann ich diese tatsächlich erreichen? Eine bessere Frage ist: Warum will ich es tun? – Ich zucke zusammen, als Jack seine Hände in meinen Nacken legt.

»Was machst du?«

»Es scheint, daß ich keine Ordnung in meinen Papieren habe.«

Er pustet in mein Ohr, das erzeugt winzige Vibrationen von Wollust in den Gehörgängen.

»Wer hat das schon?«

»Ich, ich hatte es einmal! Aber jetzt? Briefe liegen unbeantwortet, Papiere sind nicht sortiert, Gedanken nicht zu Ende gedacht, Texte nicht ausgedruckt. Es ist ein einziges Durcheinander«, sage ich und bewege die Hand über die Mappen, die in den Augen eines ungeübten Menschen sortiert wirken können, obwohl ich es besser weiß.

»Savanna«, sagt Jack und sieht mich ernst an. »Ich habe einen Titel für deine Autobiografie.«

»Laß hören.«

»Unruhe – ein statischer Zustand. Erstes Buch.«

»Besser, erster *Band*. Dann begreift man, daß es sich zu einer ganzen Enzyklopädie ausweiten kann.«

Jack lacht, den Kopf in meinem Schoß, versucht sich dann auf mich zu setzen, wodurch die Mappen auf den Boden poltern. Wir lassen sie liegen.

»Erlaube mir, mich um dich zu kümmern«, sage ich und wiege ihn hin und her.

»Um mich?«

»Ja. Du bist krank. Ein Mann mit deinem, wie wollen wir es nennen, Humor? Etwas stimmt mit dir nicht.«

»Du bist neidisch. Gib es zu.«

»Ich neidisch? Du bist es. Auf meine Unruhe. Gib es zu.«

Die Hände um das Gesicht des anderen, atmen wir durch den Mund des anderen. Wonach schmeckt er gleich? Nach Leben, so war es.

Nimmt diese Elektrizität irgendwann ein Ende? Wir sprechen so oft von versiegenden Energiequellen. Auch diese hier muß doch wohl begrenzt sein? Ich nehme seine Hände weg und bitte ihn, von meinem Schoß aufzustehen.

»Ich mache ein bißchen Kaffee«, sagt er zu meiner Verwunderung. »Ja, du brauchst ja keinen, bist auch ohne den wach. Für mich persönlich ist es ungewohnt.«

»Kaffee wozu?«

»Für Elizabeth Brown, natürlich. Die Mappen. Wir müssen doch Ordnung in die Sache bringen! Vielleicht können wir danach schlafen?«

Und ich sitze da. Mit demselben Lächeln wie die vielsagend blickenden Frauen im Supermarkt. Ein-was-für-ein-Glück-ich-habe-Lächeln. Ich verberge es hinter einer Mappe. Das Glück, beginnt es zur Gewohnheit zu werden? Vielleicht geht es mir bald auf die Nerven. Nicht so, Savanna, nicht jetzt! Ich hole tief Luft. Was hätte Martin gesagt? – Ich glaube nicht, daß er das Geschehen kommentiert hätte, denn er befände sich ja *mittendrin*. Und eine plötzliche Erkenntnis: Er würde mich lieben, weil ich genieße. Leichter Regen, dann bricht die Sonne hervor. Martin würde mich dafür lieben.

Jack ist zurück mit zwei Tassen Kaffee und zwei Käsebrötchen.

»Leg los«, sagt er mit konzentriertem Gesicht. »Jetzt nehmen wir uns die Sache hier vor.«

»Was für eine Professionalität!«

»Was soll man tun? Keine Küsse, kein Schlaf. Also los.«

»Willst du nicht wissen, warum ich mich dafür engagiere? Ich meine, du hast ja den Brief von Patrick gelesen, kennst die Artikel und die Theorien. Warum beschäftige ich mich mit diesem Wahnsinnsprojekt? Sollten mich jetzt nicht andere Dinge beunruhigen? Das Monster zum Beispiel«, füge ich hinzu, in dem Versuch, unbeschwert zu wirken, doch er mißlingt, denn meine Stimme klingt sofort heiser.

Jack blickt starr in die Luft, die Kaffeetasse hängt ihm am Zeigefinger.

»Nein«, erwidert er nur.

»Nicht? Nun ja, aber ich antworte trotzdem«, sage ich enttäuscht und merke sofort, daß er genau das erwartet hatte. »Ich habe mit deinem Chef Ernest Frenner gesprochen.«

»Rede bloß nicht mit so einer Stimme, wenn er zuhört.«

»Das habe ich schon getan.«

Er lacht, kurz und gekünstelt, aber dennoch. »Dann hast du gute Karten.«

»Gute Karten?«

»Ja, was sind Arbeitsstellen anderes als ein wenig weiterentwickelte Kopien der Schulwelt?«

»Ernest und ich sind uns jedenfalls einig, daß wir im Moment feststecken. Wir wissen nicht, wer es ist, und je mehr ich mich unter Druck setze, desto weniger kommt dabei heraus. Wir können ihn nicht aufspüren, er verrät sich nicht von selbst. Maria und ich können es noch einmal versuchen, dann wollen weder sie noch ich weitermachen. Ich brauche andere Dinge als das Monster, an die ich denken kann. Zum Beispiel Elizabeth Brown!«

»Super.«

»Hingegen habe ich an ihn geschrieben.«

Jack verbrennt sich am Kaffee und stellt die Tasse mit einem Ruck ab.

»Du hast was?«

»An fünf seiner erfundenen Gratisadressen. Dieselbe Nachricht an alle.«

»Wann?«

»Gestern nacht. Ich habe geschrieben: ›Lassen Sie mich in Ruhe. Ich weiß, warum Sie mich bedrohen, aber ich habe keine Ahnung, wer Sie sind oder wo Sie sich befinden. Bitte, lassen Sie mich jetzt in Frieden.‹«

Jack starrt geradeaus. Seine Stimme klingt, als wäre er im Dienst.

»Was hat Frenner dazu gemeint?«

»Wie sagte er noch gleich? Er hat weder ›abgeraten noch mich bestärkt‹. Laß mich fortfahren.«

»Tue es nur.«

»Ich habe noch ein reichliches halbes Jahr Zeit, bis meine Dissertation vorliegen muß.«

»Und genauso viel Zeit, bis die Frist für unseren Mörder verstrichen ist.«

Ich ignoriere seinen Kommentar.

»Zuvor sollte ich auch die Fragen beantworten können, die mich unablässig beschäftigen. Während ich zugleich versuche, dem letzten Wunsch von Patrick Brown nachzukommen.«

»Großartig. Aber warum, Savanna?« fragt Jack, trotz seines angeblichen Desinteresses.

Ich spiele ein wenig an den Mappen herum, lege sie in eine Reihe.

»Es gibt kein System in diesen Todesfällen«, sage ich schließlich. »Keine guten Erklärungen, keine Logik des Todes.«

Was soll Jack antworten?

»Besonders bei einem, Jack, auf den ich nicht mehr einzugehen vermag. Aber die anderen? Mit denen muß ich mich auseinandersetzen. Es ist gleichsam … meine Pflicht. Ich ertrage dieses Deterministische nicht mehr. Dieses Gefühl, daß alles vom Schicksal gelenkt wird, daß die Dinge ihren Lauf nehmen und wir nichts tun können. Dann wird die Welt sinnlos. Ich habe Martin nicht in ein sinnloses, dem Schicksal verhaftetes Dasein hineingeboren. Das würde heißen, sein Leben war ohne Sinn. Auch meins. Das ist, was … was Leute wie du mich verstehen lehrten. Daß ich meinen Platz einnehmen muß.«

Er berührt meine Wange und nickt.

»Dann packen wir die Sache an. Erzähl mir davon. Die Fragen zuerst. Hat man die gestellt, folgt der Rest oft von selbst.«

Ich räuspere mich, als stände ich vor der Opposition im Reichstag oder vor Gericht.

»Laß uns anfangen«, sage ich feierlich. »Die erste Frage. Warum sind die Männer in Elizabeths Roman *Geschlagen* so gewalttätig? Und die nächste. Beschreibt sie sich selbst?«

»Was glauben wir?«

»Nein, das tut sie nicht. Das Leben ist die eine Sache, Literatur eine andere. Automatische Vermischung sollte man vermeiden. Weiter. Warum leidet Elizabeth unter Schlaflosigkeit?«

»Was glauben wir?«

»Weil irgend etwas sie beunruhigt? Weil sie etwas plant? Weil etwas sie spaltet?«

»Oder weil sie ›ein inneres Leben und ein äußeres‹ führt, wie eine gewisse Ruth Bell behauptet?«

»Du hast nachgelesen!«

»Natürlich. Wie sollte ich es sonst verkraften, mit dir ganze Nächte wach zu bleiben?«

»Zu Bells Theorie kommen wir jetzt. Elizabeth ist die perfekte Karrieristin, führt aber ein verheerendes Privatleben mit verschiedenen Männern, die sie schlagen. Sie wird von einem widersprüchlichen Wollen getrieben, ist eine komplexe neurotische Frau, die alles tut, um die Sache vor ihrer Umwelt zu verbergen. Daher schlaflos.«

»Und was halten wir davon?«

»Nichts! Alles Blödsinn. Eine Frau, die so gut schreibt, muß auch gut leben.«

»Bitte? Ja, ich habe gehört, was du gesagt hast. Aber wer behauptet, daß diese Aussage der Wahrheit entspricht?«

»Ich!«

Jetzt lacht Jack so sehr, daß er gezwungen ist, sich über den Tisch zu beugen. Merkwürdig. Ich bin nicht gekränkt. Mir wird klar, daß es nicht möglich ist, sich an Jack zu stoßen.

»Nächste Frage. Was ist aus Elizabeths geplantem Roman *Insomnia* geworden? Ich antworte. Wir glauben, sie hat ihn geschrieben. Jemand hat ihn versteckt und beschlossen, daß er nicht veröffentlicht werden soll, aus Angst vor dem, was er enthüllen könnte.«

»Warum glauben wir das, wenn ich fragen darf?«

Ich blättere eifrig in ihrem Tagebuch, wie ich es viele Nächte getan habe.

»Hör zu, Jack. ›Ich schreibe an *Insomnia*. Bin bald fertig. Möglicherweise kann das hier mein Testament werden. Nicht einmal das macht mir angst. Wenn es etwas für Peter verändern kann, komme ich damit klar. Für Peter kann ich direkt durch die Schlaflosigkeit hindurchgehen, sie hinter mir lassen. Für Peter tue ich alles und noch ein bißchen mehr und dann noch einmal alles.«

»Und?«

»›Mein Testament!‹ Offenbar steht da etwas, das für jemanden gefährlich ist«, sage ich aufgeregt.

»Oder ein Testament nach einem genau geplanten Selbstmord.«

»Das habe ich nicht gehört«, fauche ich.

»Schon richtig, Savanna. Warum sich Gegenargumente anhören?«

Ich bin gezwungen, wie Ernest die Augen zu verdrehen.

»Und die nächste Frage?« fährt Jack zuckersüß fort.

»Die führt uns zum Dilemma der Literaturwissenschaft. Wer ist der Peter im Tagebuch?«

»Aber was spielt *das* für eine Rolle?« fragt er verblüfft.

»Leben kontra Fiktion, Jack. Ein häufiges Thema von Dissertationen und populärwissenschaftlichen Büchern.«

»Das verstehe ich nicht. Doch ist es ja offensichtlich das, worauf auch du dich eingelassen hast.«

Ich öffne den Mund und schließe ihn rasch wieder.

»Aber du hast die Frage zu Peter nicht beantwortet«, fährt er taktvoll fort.

»Vielleicht, weil ich es nicht kann. Nun zu der möglicherweise wichtigsten Frage, und da ist es wirklich ein Glück, daß ich dich habe.«

»Ein wenig Schmeichelei! Und warum, wenn ich fragen darf?«

»Natürlich, weil du Polizist bist.«

»Macht doch nichts, Savanna. Verschwende keine Energie auf das Schämen. Ich höre.«

»Hat Elizabeth Selbstmord begangen? Wenn nicht, wer hat sie dann ermordet?«

»Aha. Das ist vielleicht am schwierigsten zu beantworten. Aber all die Fragen hängen zweifellos zusammen. Was haben wir, wonach wir gehen können? Das, was wir gelesen haben? Das ist also alles.«

Wir trommeln beide mit den Fingern auf den Ordnern. Der Schnee fällt sanft auf das Fensterblech, und mich packt große Lust, das Fenster zu öffnen und mein Gesicht in den winzigen Schneesternen zu begraben. Also tue ich es, ein Gefühl von Aufwachen stellt sich ein. Der Schnee schmilzt langsam auf meiner Haut und läßt die Hitze aus dem Gesicht verschwinden. Jack tut es mir nach. Wir lecken die Nässe mit der Zungenspitze weg.

»Du siehst lustig aus.«

»Gleichfalls.«

Dieses Mal tauchen wir die Haare ein. Ich hole den Fön und trockne seine Bürste. Die elektrische Wärme lädt die trockene Luft auf, die typisch für die Winter in Skandinavien ist. Es knistert fast um uns herum, als wir da auf dem Boden sitzen.

»So, Herr Jack Fawlkner. Die Bedenkzeit ist vorüber. Was tun wir?«

»Wann fahren wir nach London?«

Der Fön muß den Küssen weichen.

»Wollen wir sagen, in ein paar Wochen? Zuvor nehme ich Kontakt mit einem Mann bei Scotland Yard auf und kontrolliere, ob wir etwas übersehen haben, oder ob es etwas gibt, das nicht durchgesickert ist. Darum kümmere ich mich selbst.«

»Sicher.« Ich lächle albern.

»Aber kläre mich erst über deine Theorien zu ihrem Tod auf. Noch einmal. Was glauben wir?«

»Der Arzt Walter Frost hat sie ermordet. Wie diese Journalistin unterstrichen hat. Was weiß die englische Polizei eigentlich von Schnee? Sind sie zu einem Kurs in Grönland gewesen? Fußspuren können doch überdeckt worden sein, und es hat den Schnee ein paar Stunden nach ihrem Tod schon weggeregnet.«

»Weiter.«

»Walter hat seine Frau und die Haushälterin gezwungen, ihm für die Mordnacht ein Alibi zu geben. Entweder mit Drohungen, Geld oder Liebesbeweisen.«

»Die Frau, diese Patricia Frost, hat also ihren Mann gedeckt. Aus Liebe?«

Ich nicke zögernd.

»Lebt sie noch?«

»Ja.« Ich wühle in meinen Papieren. »Wohnt in Notting Hill. Aber laß uns annehmen, daß Walters Alibi wider alle Erwartungen *richtig* ist. Dann glaube ich, daß er jemanden beauftragt hat, den Mord auszuführen.«

»Sind von Walters Konten größere Summen abgehoben worden, vor oder nach dem Mord?«

»Das mußt du herausfinden.«

»Sieh an«, sagt Jack lächelnd. »Und Walters Motiv? Laß mich versuchen! Vielleicht gab es wirklich eine Veruntreuung, etwas, über das Elizabeth gestolpert ist, oder einen Betrug. Vielleicht wollte Walter Elizabeth nicht mit anderen teilen? Oder er hatte Angst, daß sie die Affäre der beiden öffentlich machen könnte und seine Frau ihn verlassen würde?«

»Ein bißchen vage. Aber es muß etwas dran sein«, beschließe ich.

»Und wer ist Elizabeths geliebter Peter? Um die Frage kümmern wir uns also überhaupt nicht?«

»Bist du hartnäckig! Sicher tun wir das. Ich habe mich entschlossen, Patricks Linie zu folgen. Peter war der Pub-Besitzer Michael Pringle, ihr wirklich fester Liebhaber.«

»War er ihr fester Liebhaber oder hatte sie viele?«

»Sie hatte viele.«

»Soll ich schockiert sein?«

»Bitte sehr. Obwohl das hier in den siebziger Jahren in London stattfand, waren viele schockiert. Vielleicht weil sie ... welches abscheuliche Wort suche ich jetzt?«

»Ein männerverschlingender Vamp war?« schlägt er hilfsbereit vor.

»Danke. Vermutlich waren viele schockiert, weil sie sowohl ein solcher als auch beruflich erfolgreich war.«

»Sie hielt sich nicht an den ihr zugewiesenen Platz.«

»Genau«, sage ich, wie schon früher beeindruckt vom Gleichklang zwischen Jack und mir.

»Und deine Dissertation über Elizabeth Brown?«

»Oh, die ist im Prinzip fertig. Sieh mich nicht so an! Das hier muß in dieser Reihenfolge ablaufen. Erst meine Privatforschung und dann die Wissenschaft. Allmählich vielleicht in Kombination.«

»Natürlich! Warum sich die Sache einfach machen? Sich im Stuhl zurücklehnen und einfach nur genießen? Das Leben ist hart, und warum es sich nicht noch ein bißchen härter machen, jetzt, wo du die Chance dazu hast.«

Ich gebe ihm einen Schubs, so daß er umfällt und sich am Fön stößt.

»Hast du nicht noch eine Frage außer den Millionen anderen?« fragt Jack.

»Welche?«

»Warum prügeln manche Männer auf Frauen ein? Nein, ich glaube nicht, daß jemand mit einer Antwort darauf rechnet. Was ich sagen wollte, ist ... Fahren wir nicht nach London, weil du hoffst, etwas zu begreifen?«

»Ich gehe jetzt ins Bett«, sage ich leise.

Nicht ein Wort von Schlaf oder Schlafmangel. Wie ein

treues Paar – sind wir im Begriff, genau das zu werden? – legen wir uns Seite an Seite, die Hände wie im gemeinsamen Gebet zwischen uns verschränkt.

»Warum machen wir das hier?« murmelt Jack an meiner Nasenspitze. »Hilf mir, mich zu erinnern, Savanna. Ich vergesse so leicht.«

»Wir können es nicht lassen. Du bist wie ich. Du kannst es nicht lassen.«

Während der letzte Schnee vor dem Morgengrauen fällt, bevor die Sonne versucht die weiße Dunkelheit zu durchdringen, flüstert er: »Frohe Weihnachten, Savanna.«

»Bitte?«

»Wir haben jetzt Heiligabend.«

24. Kapitel

»Jean!«

»Ja?«

»Wie steht es mit dieser neuen Zeitung, die ihr betreibt? Ist sie in all ihrer populärwissenschaftlichen Ausrichtung nicht – wie soll ich mich ausdrücken? – ein bißchen schmuddelig? All diese Frauen, die wollen und nicht wollen, dürfen und nicht dürfen. Die Frauenbewegung wirkt in deiner Version irgendwie verwässert, antiquiert.«

»Marc. Heißt du nicht so? Du bist wirklich ein verdammt nervender Typ.«

»Solche wie du vertragen keinen Spaß.«

»Natürlich nicht. Solche wie ich ertragen solche wie dich nicht. Ein Hauch von sublimiertem Zynismus, uninteressant.«

»Bitterkeit.«

»Überhaupt nicht. Abgrenzen.«

Aus »Umzingelt« von Elizabeth Brown

Stockholm ist gefroren, die Stadt ist geradezu eingefroren in sich selbst. Zwischendurch ein paar Tage vorsichtiger Schneeschmelze, dann wieder strenger Frost. Gleich einem Federbett liegt der Schnee über dem Friedhof, die Gräber ragen wie Nasenspitzen aus den Daunen. Der Himmel ist hoch und eisig blau, die Luft schmerzt tief im Hals, wenn man sie in die Lungen zieht, von wo aus sie später um ein paar Grade wärmer wieder nach oben steigt.

Der Schnee nervt mich. Er beherrscht alles, nimmt die ganze Stadt in Besitz, sucht sich einen Weg in unsere Wohnungen und hinterläßt kleine Seen in der Diele: getaute Flocken mit winzigen Steinen, die bis in unsere Betten wandern. Vergebens versuchen wir Wälle aus dem Schnee zu errichten, ihn von unseren Straßen wegzuräumen, Heizschlangen unter die Bürgersteige zu legen, all das, um Stockholm einen kontinentalen Anstrich zu geben, so als sei dies eine Stadt, in der man rund ums Jahr in Halbschuhen spazieren könnte, einen Cappuccino in der Hand.

Auf dem Weg ins Institut klappern meine Stiefelabsätze über den Bürgersteig: London, London, London. Ich habe Elizabeths Vater angerufen, ihm gesagt, daß wir in ein paar Wochen kommen, im Februar. Er klang erfreut, überrascht, aber auch heiser. Es war die Stimme eines deprimierten oder schwachen Mannes, sie klang ein bißchen so wie die meine im vergangenen Sommer, als ich am schlechtesten schlief. Erst nach dem Gespräch wird mir das Selbstverständliche klar, er geht auf den Tod zu. Mein Gehirn scheint zu signalisieren: Nichts mehr davon. Blödsinn, er war ein wenig erkältet! Die Prognosen der Ärzte haben immer – ja, vielleicht nicht sehr oft, aber zuweilen – die Tendenz zur Übertreibung. Ganz bestimmt.

London, klappern meine Absätze, während ich weitergehe. Ein Gefühl von Heiterkeit in meinen Schritten. London konnte ebensogut bedeuten: weg, weg, weg. Weg von hier, weg von der Bedrohung, den E-Mails, den Erinnerungen an die Schläge, den Gesprächen. Sowie dem ach so schwachen Gedächtnis, wenn es um das Wichtigste von allem ging. Ich habe mein Bestes getan, so habe ich es Ernest Frenner und Maria eingeredet, aber ich weiß nicht, ob es der Wahrheit entspricht.

Einfach weg, auf Distanz, andere Luft, neue Gedanken, ungewöhnliche Perspektiven. Vielleicht komme ich aus London zurück mit – ja, womit eigentlich? Einem gelösten Fall? Ordnung in den Mappen? Die Fragen beantwortet und die Erinnerung wieder lebendig geworden?

Vielleicht komme ich zurück mit den richtigen Fragen zu meinem *Insomnia* – der Mappe mit den E-Mails, die ich nicht länger zu lesen vermag – sowie einem letzten entscheidenden Reiter in Paulinas Ordner: Die Auflösung. Die E-Mails sind so gut wie ausgeblieben, seit ich meine Nachricht in das Reich der Kommunikationsmittel gestellt habe. Die letzte Mail von ihm war die bisher kürzeste: »Ich warte.« Ein vorsichtiger Waffenstillstand? Vielleicht ist es vorbei. Ich weiß nicht viel über Monster, aber genug, um zu begreifen, daß dem nicht so ist.

Im Institut angekommen, stampfe ich mit den Stiefeln auf, um Sand und Winter vor unseren Zimmern zu lassen. Vorsichtig nicke ich meinen Kollegen zu, manche wissen, was mir passiert ist, andere leben noch immer in der Überzeugung, daß ich eine Frau bin, die mißhandelt wird. Beide Gruppen haben ihre Schwierigkeiten, mit dem umzugehen, was mir passiert. Und ich mache es ihnen nicht leichter. Manchmal möchte ich durch den Korridor schreien: »Keine Angst. Das hier ist auch für mich keine Traumsituation. Nickt mir nur zu, legt mir den Arm um die Schultern. Ja, tut es, jetzt beherrsche ich so was.«

Aber ich begnüge mich mit dem Versuch, ihnen zuzulächeln, kleine vorsichtige Signale: die Gefahr ist vorbei, selbst wenn es nicht der Wahrheit entspricht. Ich tue es, weil ich etwas über ihre Müdigkeit weiß, auch wenn sie nicht denselben Grund hat wie die meine. Die Menschen sind ausgelastet, der Streß liegt wie eine Plastikhaut über unseren angespannten Gesichtern, und es gibt keinen Platz für allzu große Mengen fremden Unglücks. Hier geht es nicht um Unvermögen, sondern um reinen Mangel an Ressourcen. Ich würde gern noch eine Nachricht senden, weiß aber nicht, ob ich es wage: »Ich habe Jack, und er hat mich.« Sicher wird es vorübergehen.

In meinem Zimmer finde ich ausnahmsweise einen handgeschriebenen Zettel. Es gibt offenbar Leute, die es der Mühe wert finden, ein paar Schritte durch den wirklichen Raum zu gehen, um zu kommunizieren. Auf dem Zettel steht: »Habe von London gehört. Schau bei mir rein. Ljunggren.« Ich nehme meine Kaffeetasse, bleibe am Fünfkronenautomaten stehen und überlege, gebe den Gedanken jedoch rasch auf.

»Hallo, Professor!« rufe ich, während ich seine Tür öffne.

Dort drinnen sitzt Maria und lacht über irgend etwas, zwei benutzte Erfrischungstücher mit Zitronenduft auf ihrem Schoß. Sie werfen einander einen Blick zu und lachen noch heftiger.

»Was denn jetzt?« frage ich und merke nur zu gut, daß ich den Tonfall eines Kindes habe, so als wäre ich uneingeladen auf ein Fest geraten.

»Schwer auszudrücken«, sagt Maria und steht vom Sofa auf. »Ich will euch beide nicht stören. Savanna, wir sehen uns wohl dann?«

Gerade als sie an mir vorbeigehen will, nehme ich ihren Arm. Ein schwacher Anflug von Blau an ihrem Hals. Ich habe es zuvor noch nicht gesehen, vielleicht weil sie in letzter Zeit Rollkragenpullover trug.

»Dein Hals?« sage ich und berühre ihn vorsichtig.

»Ach der«, sagt sie leichthin. »Bin gegen einen Ast gelaufen, der ist zurückgeschnellt und abgebrochen. Häßlicher Fleck, nicht?«

Ich lasse meine Hand liegen. Sie nimmt sie weg und geht.

»Wie ich Maria verstanden habe, habt ihr nichts Neues herausgefunden«, sagt Ljunggren.

»Nein«, erwidere ich kurz.

Ein absurder Gedanke fährt mir durch den Kopf: ein Verhör? Ich lehne das Erfrischungstuch ab, überlege es mir anders und nehme zwei, die ich nervös zusammenknülle.

»London«, beginnt er, »du fährst bald?«

Ich weiß, daß er mit Patrick Brown gesprochen hat, also konnte das ja keine Überraschung sein. Seine Tweedjacke hat heute einen moosgrünen Ton. Ich schiele diskret zu ihm hinüber. Vielleicht könnte man ihn attraktiv nennen. Ist er verheiratet? Selbstverständlich. Der verheiratete Liebhaber? Ich schüttele mich betreten.

»Bald. Ja, sicher.«

»Hier ist heute abend eine kleine Feier. Wichtige Leute, es wäre gut, wenn du bleibst. Rede ein wenig über die richtigen Dinge mit denen, die es hören sollen.«

»Über die Dissertation?«

»Das kann nie schaden. Mein Einfluß ist nicht unbegrenzt.«

Machtbereiche. Blöcke, die sich gegeneinander bewegen, zusammenstoßen, worauf jemand abstürzt, damit alles aufs neue in Gang kommt. Prozesse, unsichtbar für das Auge. Stufen auf der Leiter, ebenso schwer zu erkennen. Hierarchien. Schon das Wort ermüdet mich.

»Du mußt nicht so erschöpft wirken. Das ist nur Schattenboxen. Nichts, was man ernst nehmen muß.«

Ich stutze bei seiner Wortwahl. Aber er hat recht. Warum diese Angst, diese Ausweichmanöver, dieses kokette »Ich bin doch niemand, laßt mich in Frieden«?

»Natürlich komme ich.«

»Gut. Und mit London?«

»Ja, ich werde vorsichtig sein. An den Ruf des Instituts denken. An der Dissertation arbeiten. Keine Sorge, ich werde sie zu Ende bringen«, sage ich und klinge überzeugt, während ich zugleich begreife, daß ich es tatsächlich bin.

»Nicht das. Eine andere Sache.«

Wir warten beide ab. Sein Erfrischungstuch wird zusammengeknüllt und fliegt auf den Papierkorb zu – Volltreffer.

»Ich habe vor mitzukommen.«

Er sieht den Ausdruck meines Gesichts.

»Nach London«, fügt er hinzu, und seine Stimme ist jetzt ein wenig unsicher. »Um helfen zu können, zur Hand zu sein. Das Ganze interessiert mich.«

Ich kann noch immer nichts sagen.

»Ich meine, wen würde das nicht interessieren?« fährt er unbeholfen fort.

Endlich sage ich: »Aber das geht nicht! Ich meine, sicher geht es. Aber Jack wird mitfahren. So was wie … wie …«

»Flitterwochen?«

»Nein, nein. Es ist nur so, daß er so was kann.«

»Savanna? Das macht nichts. Ich wußte nur nicht. Ich habe gedacht, er hilft dir wegen der Drohungen. Daß das alles sei.«

»Das war alles«, sage ich unbeholfen, »am Anfang.«

»Dann will ich euch eine gute Reise wünschen«, sagt er nur und steht auf.

Wie wenig ich doch imstande bin, die richtigen Worte zu finden. Was habe ich mein Leben lang getan? Es ist verwerflich und unverantwortlich, daß ich mich auf so wenige Begegnungen eingelassen habe, daß ich meinen fehlenden Mut so gehegt und gepflegt habe. Das macht mich wütend. Zum ersten Mal.

»Ich weiß nicht, was ich sagen soll«, murmle ich.

»Du kannst lernen, eindeutig zu sein. Das macht es den Leuten leichter.«

»Es tut mir leid.«

»Das braucht es nicht. Ich bat nur um Eindeutigkeit. Warum lädst du deinen Jack nicht für heute abend ein?«

»Das werde ich tun. Eindeutig, hast du gesagt. Im Gegensatz zu unsichtbar?«

»Das bist du nie gewesen. Betrüge dich nicht selbst. All dieser Keinen-Platz-einnehmen-Quatsch. Du weißt, genau wie ich, daß so was mehr Platz einnimmt als alles andere.«

Ich versuche mich zu erholen.

»Genau wie mit deiner Dissertation. Wovor hast du Angst?«

»Daß ich gewogen und für zu leicht befunden werde«, gestehe ich heiser, »und den Platz, den ich beanspruche, nicht ausfüllen kann.«

»Koketterie. Nichts anderes. Leg das ab.«

Verblüfft kann ich nichts weiter tun, als die Tür hinter mir zu schließen und mich dann dagegenzulehnen, den Blick geradeaus in den Korridor gerichtet. *Ich werde doch nicht …* Schluß jetzt damit. Ich habe die Scheinwerfer eingeschaltet, bin direkt ins Licht gegangen, und der Glanz stört mich nicht einmal; mit ein wenig Übung kann ich die Ängstlichkeit loswerden.

Am Abend wird das Institut von Stimmengewirr belebt, aus der Ferne höre ich, wie sich das aufgestaute Redebedürfnis entlädt, in Kombination mit süffigem perlendem Sekt. Ich sehe, wie sich Gruppen mal hierhin, mal dahin bewegen, sich auflösen und auf der anderen Seite des Raums erneut bilden. Ein ständiges Fließen, das mir, als ich aus meinem Kabuff nach draußen schaue, faszinierend und nicht beängstigend erscheint. Sogar Lippenstift habe ich aufgetragen. Ein neues Kleid wurde in der Mittagspause erstanden. Das Haar hochgebunden.

In meinem Zimmer befindet sich ein Holzschrank mit einem minimalen Spiegel auf der Tür. »Da bist du«, flüstere ich. Mein Blick, der einer anderen, doch immer noch ich. Als wollte er weiter weg, über den Schrank, das Institut, in die Welt hinaus. Ich erkenne ihn wieder: Vor einem Vierteljahrhundert hat eine elfjährige Savanna ähnlich unerschrocken in den Spiegel geblickt. Als ob die Welt offenstünde und alles möglich wäre – genau so. Eine Kühnheit, die ich auch in Elizabeths Sprache und Leben zu finden glaube. Zum ersten Mal fühle ich: Nun bin ich an der Reihe, nicht böse gemeint, Elizabeth. Aber jetzt bin ich dran.

Ich trete aus meinem Zimmer und bewege mich auf eine Gruppe zu, mische mich unter die Leute und fange an zu reden. Kein Widerstand, kein Zwang. »Es erschöpft mich nicht«, hatte Jack gesagt. Ich beschließe kühn, jetzt jemand zu sein, der daran interessiert ist, welchen Eindruck er auf andere macht. Kein Sieh-mich-dann-existiere-ich, sondern wirklich glauben, daß es einen Unterschied macht, wenn man sich zu dem Versuch entschließt, anderen Menschen zu begegnen.

Aber dann steht Johannes da. Ein Gefühl, als würde meine frischgewonnene Erkenntnis schmelzen wie Schnee in der Frühlingssonne. Wir lächeln gezwungen. Nun, ich tue mein Bestes. Er wartet, bis Ljunggren und ein paar andere Kollegen in Hörweite stehen, und sagt dann leichthin: »Erzähl mal. Wie geht es mit deiner, wie nennst du dein Hobby gleich noch mal, Privatforschung?«

Was er tut, nennt man, höflich ausgedrückt, positionieren. Ich persönlich glaube, mich nicht mehr höflich ausdrücken zu können.

»Johannes. Du bist wirklich ein verdammt lästiger Typ.«

»Ich war nur«, er tut so, als überlege er, »ein bißchen lustig?«

»Du kannst verdammt noch mal sein, was du willst, die Hauptsache ist, du läßt mich in Ruhe.«

Die Lautstärke im Raum nimmt ein wenig ab, so als würden alle Gespräche flüsternd geführt, nur um eine Sekunde später wieder Cocktailniveau zu erreichen. Johannes wird von einer anderen Gruppe absorbiert.

Zwei Flüche hintereinander, Martin wäre stolz gewesen – er hat sie gesammelt; Sams Frauen haben nach dem »Schlußmachen« fleißig dazu beigetragen. Ich entschließe mich, ihm nachzueifern.

Entweder läßt das auf mich gerichtete Licht die Kränkungen deutlicher sichtbar werden, oder es liegt an dem neugefundenen Platz an sich. Egal, was der Grund ist, meine Erkenntnis hat jedenfalls zwei Ergänzungen erhalten: Komme denen entgegen, die es wert sind. Halte dir den Rücken frei und stehe aufrecht. Tiefes Durchatmen, die Schultern senken. Ljunggren brummelt etwas, jemand lächelt mir entzückt zu. Ich empfinde keine Schuld, nur erschöpfte Zufriedenheit.

Eine plötzliche Lust, mich umzudrehen. Das perlende Getränk schwappt im Glas. Jack kommt durch den Korridor. Obendrein im Anzug, ich wußte nicht, daß er einen besitzt. Ganz selbstverständlich und attraktiv. Kann ein Mensch selbstverständlich sein? Niemals für alle, vielleicht für einige wenige. Was für eine Freude, zu denen zu gehören. Er kommt zu mir, Wärme steigt aus dem Bauch auf, die Augen tränen. Ich schlucke. Zu alt für so was. Seine Hand um meinen Nacken, die Lippen auf meinen – heftiges Luftholen bei uns beiden. Ich verberge mein Entzücken an seinem Revers.

»Ich habe ein paar Dinge in Elizabeths Tagebuch gefunden, die mich verwundern«, sagt er leise. »Aber zuerst ein bißchen Sekt.«

Ich gebe ihm ein Glas, ungezwungen sieht er sich um, offen, unersättlich und zugleich ehrlich interessiert. Ich habe noch viel zu lernen.

Als ich einen Moment die Augen schließe, sehe ich den Fleck an Marias Hals vor mir. Noch einmal eine Bewegung im Glas und eine in mir.

25. Kapitel

> Die Familie, eine Würgeschlinge. Der Gedanke nimmt mir die Luft. Daß Frauen das ertragen? Bin keine von ihnen. Wohnungseinrichtung, Kochen, Harmonie, Wärme, brennende Kerzen, Kleider für die Kinder, die Stereoanlage auswählen, das Auto, Boot, Haus und Pferd, Kataloge, Urlaub, Großeinkauf, kleine Besorgungen, kleine Happen essen, Neurosen, Aspirin, Schlafmittel, Untreue, Familientherapie, Rechtsanwälte, Scheidungspapiere, alleinstehend, Schuld, Therapiekonten für verschmähte Kinder, aus dem Haus gegangene Kinder, neue Halbgeschwister – und nun kann alles von vorn beginnen. Sowie schließlich für die Frauen: die ersehnte Einsamkeit. Ich selbst beginne und ende genau damit. Ich habe keine Kraft oder keinen Enthusiasmus für anderes. Fühlt euch nicht betroffen, die Unfähigkeit liegt bei mir.
>
> *Aus »Umzingelt« von Elizabeth Brown*

Ich bin unterwegs zu Maria. Es knirscht unter den Füßen, die Baskenmütze habe ich ins Gesicht gezogen. Mein Koffer steht gepackt in der Diele, Jacks Koffer daneben. Das törichte Lächeln wird zur Gewohnheit. Bei Sam ebenso. Nur noch eine einzige Frage für die Umwelt, die zufällig ich bin: »Hat Miranda angerufen?«

Das hat sie niemals. Er wirkt entzückt und gleichzeitig wie am Boden zerstört. Er weiß es bereits, scheint sich in der Erkenntnis wälzen zu wollen.

Manchmal aber, in den Nächten, hallt ihr Lachen im Innenhof wider. Weniger genußvoll als das der anderen, aber herzlicher. Außerdem lacht Sam, ich erinnere mich nicht, daß er das früher getan hätte. Ob Jack hier übernachtet oder nicht, scheint ihn nicht zu interessieren. Ich weiß, trotz unseres Alters bewachen wir einander wie Geschwister im Kindesalter. Oder richtiger, wir haben es getan.

»Die Maffiatendenzen deines Bruders, sie sind einfach verschwunden«, sagt Jack verblüfft.

Beide denken wir an die Szene, die auf unserer Netzhaut eingebrannt ist: Sam, der Miranda, die von einem Comic gefesselt ist, mit Küssen bedeckt. Ist es noch immer so? Keine Ahnung. Ich lasse sie in Ruhe, weiß, daß sie dasselbe mit uns tun. Sams und mein Leben, sie sind im Begriff auseinanderzudriften. Die Tür ist ständig verschlossen. Bald werden die Flügel völlig getrennt, vielleicht ist es jetzt an der Zeit. Nur eins hält die Wohnung und unsere Leben zusammen, das verschlossene Zimmer. Es ist Ewigkeiten her, daß jemand dort saubergemacht hat. Sam kümmert sich nicht darum, und ich habe es niemals vermocht. Soll ich das Klebeband abreißen und alles aus dem Fenster werfen? Ein Berg von Spielsachen würde durch die Schneeflocken trudeln und in einem gelben Container auf dem Friedhof landen. Sofort ist es da: Ein Reifen legt sich um meine Stirn. Ich reibe mir die Augen, damit das Gefühl nachläßt. Zögernd öffne ich sie wieder. Es schmerzt allzu sehr. Nicht mehr denken.

Ganz vorsichtig schließt Maria ihre Wohnungstür auf und läßt mich ein. Als wollte sie sagen: »Oh, bist du es.« Nicht einmal ein paar Teebeutel habe ich anzubieten, nur mich selbst. Plötzlich weiß ich nicht, ob das ausreicht. Statt ihrer üblichen Erwartung hat sie etwas Abwartendes an sich. Wir setzen uns aufs Sofa, wie zwei Verhandlungspartner, die das Eröffnungsangebot des Gegenübers erwarten. Keine von uns macht den ersten Schritt. Das Problem ist, ich weiß nicht, worum es bei diesem Bieten geht.

»Dein verheirateter Liebhaber?« versuche ich schließlich.

Sie macht eine irritierte Bewegung, fährt mit dem Arm über den Couchtisch und wischt ein paar unsichtbare Krümel weg.

»Auf Reisen«, antwortet sie kurz.

»Und der Genuß?«

»Doch, ja. Aber vielleicht nicht mehr so *konstant* wie zuvor.«

Ich weiß nicht, wie ich dem Schwall kaum zu beherrschender Bitterkeit begegnen soll, der mir entgegenbrandet. Soll ich mich hoffnungsfroh geben, sie ermuntern oder lieber abraten? Auch meine Erfahrungen, was Freundschaft angeht, sind begrenzt. Meine einseitige Freundschaft mit Elizabeth wirkt, wenn möglich, noch fiktiver als bisher. *Ich* mag sie gehört haben, jeden Tonfall in ihrer Stimme, doch hat sie mich niemals vernommen. Wehmut und Freude habe ich durch phantastische Texte erlebt. Aber Anteilnahme?

Ich beuge mich über den Tisch und streichle vorsichtig Marias grünlich schimmernde Wange.

»Ich nehme Anteil«, ist alles, was ich sagen kann, und ich wünsche, sie möge verstehen, was ich meine, selbst wenn die Worte bedauerlich schwerfällig sind.

Sie lehnt sich zurück, ist endlich an dem Punkt. Redet, übertreibt, ist anwesend. Erleichtert bitte ich sie, mehr zu erzählen, ich tue es ebenso.

Eine Tür knallt irgendwo in der Wohnung.

»Lovisa. Typisch Teenager.«

Ich will lachen, lege die Hand vor den Mund.

Maria geht in die Küche und setzt Teewasser für uns auf.

»Die Drohungen, die Mails. Es ist jetzt vorbei, oder?« höre ich sie rufen.

»Es scheint so.«

»Gut. Dann bleibt uns die Hypnose erspart.«

Ich schüttle den Kopf.

»Ernest Frenner will, daß wir es noch einmal versuchen. Die Schlaflosigkeit, wie sie angefangen hat. Ob ich etwas ›Substantielleres‹ finden kann, hätte er gern gewußt.«

Sie stellt die Tassen etwas zu heftig auf den Tisch, ein Klirren.

»Du brauchst nicht«, sage ich kurz.

»Oh, es ist anstrengender für dich. Ich versuche nur zu erreichen, daß du die Sperren abbaust. Da steckt keine Magie dahinter, weißt du. Aber haben wir nicht schon alles probiert?«

»Ich weiß nicht. Ich will nichts lieber, als mir diese Sache ersparen.«

Es ist, als hörte sie mich nicht. Sie beugt sich voller Konzentration zu ihrem Bücherregal vor, streicht mit den Händen über die Buchrücken, hebt den Blick und sucht weiter.

»Ich habe hier irgendwo ein Buch für dich. Von meinem verheirateten Liebhaber.«

»Noch immer anonym?«

»Noch mehr als früher«, sagt sie hart, »ich habe ihm von meiner Freundin mit den Schlafproblemen erzählt. Er hat mir ein Buch zu dem Thema gekauft, aber eigentlich ist es für dich.«

»Wie aufmerksam.«

Sie kommentiert meine Bemerkung nicht, zieht einen Band aus dem Regal, ein kleiner Zettel flattert heraus. Ich bücke mich und hebe ihn ihr auf. Sie legt ihn langsam zurück in das Buch. Wir lesen beide den Titel: *Insomnia – die Volkskrankheit unserer Zeit.* Kurzes Erschauern, sie sieht es.

»Vielleicht ein andermal?«

Ich gehe zum Fenster, öffne es und strecke den Kopf nach draußen. Kalt, klar und kühl. Genau so muß ich mich verhalten. Es nicht beachten, wie sie gesagt hat.

»Da ist eine Sache, die ich dich fragen muß, Savanna.«

Sie zögert. Etwas ist geschehen. Wieder dieses Abwarten. Ich schüttle mich voller Unbehagen. Ist auch das Freundschaft?

»Laß es mich ganz deutlich sagen. Hattest du vor Jack eine Beziehung zu einem Mann?«

»Nein. Doch, zu Martins Vater. Dem Franzosen. Ich habe seinen Namen nie richtig mitbekommen.«

»Ich verstehe«, sagt sie taktvoll. »Keiner danach?«

»Nein.«

»Das sind … wie viele Jahre im Zölibat?«

»Elf.«

Wir lassen es dabei bewenden.

»Warum fragst du mich danach, Maria?«

»Ach, nichts. Nur so eine Ahnung, offenbar war sie falsch. Elf Jahre?«

»Du glaubst mir nicht.«

»Mit deinen Teebeuteln? Du kannst sicher sein, daß ich dir glaube«, sagt sie lächelnd.

Sie legt die Finger leicht an den Hals, nur noch ein gelblicher Fleck ist zu sehen.

»Ein Mißgeschick. Wirklich irritierend.«

Beinahe rutscht mir heraus: »Ich habe nichts gesagt.« Statt dessen folge ich Marias Beispiel: »Ich verstehe.«

Ein Gefühl von Müdigkeit liegt im Raum. Ist die Verhandlung abgeschlossen, sind die Angebote gemacht, ist der Preis festgesetzt? Ich sehne mich nach Jack. Lieber, sei du bei mir, die ganze Zeit! Bei dem Gedanken bin ich niedergeschlagen. Niemand ist die ganze Zeit bei einem anderen. Nähe – auch sie hat ein Ende.

»Alles hat ein Ende«, sage ich wie vor mich hin und gehe auf den Flur.

»Laß uns noch einen Versuch mit der Hypnose machen«, bittet mich Maria. »Da ist eine Sache, an die ich nicht gedacht habe. Ein Aspekt, den ich nicht berücksichtigt habe, wirklich unprofessionell. Ich muß es mit meiner mangelnden Übung entschuldigen. Und damit, daß ich es überhaupt tue, ungebührlicherweise.«

Den Schal umbinden. Sie hilft mir, indem sie ihn hält, während ich mich wie eine aufgezogene Puppe auf einem Holzsockel drehe.

»Nächstes Mal, Maria.«

»Dann machen wir es.«

Ein weicher Kuß auf meine Wange. Wie machte man es in Holland? Dreimal. Und Judas, gab er Jesus drei Küsse oder verriet er ihn dreimal? Was hat Petrus denn dann gemacht? Maria müßte es wissen. Ein andermal.

Wie soll man ahnen können, daß es kein nächstes oder anderes Mal mehr gibt? Wie soll man das? Ich konnte es nicht.

Zu Hause in der Wohnung wartet Jack. Er sitzt in der Küche, die Füße auf dem Tisch. Martins Zimmer ist sorgfältig verschlossen.

»Sam?«

»Ich, ein Staubsauger und Reinigungsmittel.«

Dicker Kloß im Hals. Dick, dicker, dicklich, steigerte Martin seine Adjektive. Immer eine Finesse am Ende. Hübsch, hübscher, Linnea Johansson. Die Schönste im Kindergarten, jeden Morgen drehte ihr die Mutter Lockenwickler ins Haar. Verzaubert zog Martin ihre Korkenzieherlocken lang, eine nach der anderen.

»Danke«, sage ich mit belegter Stimme.

»War doch nichts weiter.«

Ein fragendes Hm, als er sich einen Kaffee zubereitet, ich winke ab.

»Wollen wir nicht schlafen gehen?« frage ich.

»Bald.«

Er nimmt eins von Elizabeths Tagebüchern und schlägt eine Seite auf, wo er eine hellblaue Büroklammer befestigt hat.

»Ein Mann der Ordnung!«

Wir schauen beide verstohlen zu meinen Mappen.

»Ja, ja! Nun, Jack, was hast du gefunden?«

»Zweierlei. Zwei Dinge, die ihr, du und deine Wissenschaftlerkollegen, übersehen habt.«

»Nenne die Bell keine Wissenschaftlerin!«

»Jetzt wollen wir nicht kleinlich sein. Nummer eins. Hör dir das an. Ihr Tagebuch am 14. Januar 1972: ›Ich bin so voller

Angst, daß ich zittere. Walter! Wirklich zittere. Was soll ich nur tun? Wohin soll ich verschwinden?‹«

»Und aus dem hat die Bell herausgelesen, daß Walter der rettende Engel ist, während Michael Pringle sie grün und blau prügelt. Ich meine …«

»Pfeif auf sie. Aber klingt das nach etwas, das eine wortgewaltige Publizistin und Schriftstellerin schreibt?«

»Das ist doch nur ihr Tagebuch!«

»Mehr als das. Die Sache hier ist inszeniert, für die Umwelt festgehalten.«

»Wie meinst du das?« frage ich verblüfft.

»Ich sage, was *ich* glaube, daß das Ganze gekünstelt wirkt. Sie verstellt sich ganz einfach! Sie hat keine Angst vor Walter oder sonst irgendwem. Hier sind Kämpfe gegen einige der damals mächtigsten Männer Großbritanniens beschrieben. Die erreichen es nicht, daß sie auch nur eine Miene verzieht. Im Gegenteil, das feuert sie an! Wunderbar! Und dann«, hier legt Jack eine Pause ein, »zittert sie vor einem zeitweiligen Liebhaber?«

»Wenn nicht«, murmle ich.

»Wenn nicht was?«

»Wenn nicht Walter sie trotz allem mißhandelt und sie selbst es ist, die sie in *Geschlagen* beschreibt«, sage ich säuerlich.

»Nein, nein. Warum dann so gekünstelt in diesem Tagebuch? Es gibt eine bessere Erklärung. Meine eigene. Sie *will*, daß es so aussieht, als hätte sie Angst vor dem angeblichen Mörder Walter Frost! Sie will sich als die gequälte, bedrohte und verschmähte Geliebte darstellen. Daher der gekünstelte Stil, den es nirgendwo anders gibt, außer in ähnlichen Passagen im Zusammenhang mit Walter und der vorgegebenen Angst.«

»Aber was ist mit den Abschnitten im Tagebuch, die von Peter handeln?«

»Etwas ganz anderes. Hör zu. ›Können zwei Menschen absolut übereinstimmen? Habe es nicht geglaubt. Liebster Peter, für dich bin ich sogar bereit, Zeitschriften mit Wohnungseinrichtungen durchzublättern. Mit einer Hingabe, die dich erröten ließe.‹«

»Sie macht ein wenig Spaß!«

»Ja, genau. Völlig anders als dieses: ›Was soll ich nur tun?‹ Dummes Zeug«, sagt er und schnaubt verächtlich.

»Aber Jack? Warum will sie so dastehen, warum gibt sie vor, Angst zu haben?«

»Sie hat etwas eingerührt und weiß, daß das Tagebuch hinterher als Beweismaterial dienen wird. Hingegen habe ich keine Ahnung, was es ist. Ein anderer Punkt, der für meine Theorie spricht, ist die Tatsache, daß sie in ihrem Tagebuch im Prinzip nie vermerkt hat, wen sie treffen wird und zu welcher Zeit. Außer: ›Walter, 17.30 Uhr.‹ Und warum das? Weiß sie, daß er sie ermorden wird? Oder weiß sie, daß diese Notiz ihre letzte Eintragung vor dem Mord oder Selbstmord sein wird?«

»Hm«, sage ich und lasse das Gehörte auf mich wirken. »Nach meiner Theorie hatte Walter gedroht, etwas über Elizabeth an die Öffentlichkeit zu bringen, oder umgekehrt, und deshalb hatte sie Angst vor ihm. Aber ich stimme dir zu. Ein Punkt für dich. Mach weiter. Du hast gesagt, du hast zwei Dinge gefunden.«

»Ja, an einer anderen Stelle schreibt Elizabeth: ›Habe M. *Insomnia* gezeigt.‹«

»Genau. Das habe ich als Beweis genommen, daß ihr letzter Roman wirklich fertig geworden ist.«

»Akzeptiert. Aber lies weiter: ›M. überwältigt von so viel Vertrauen.‹«

»Würdest du es nicht sein?«

»›Gezeigt‹, schreibt sie. Nicht, daß M. es hat lesen dürfen! Um was für ein Vertrauen handelt es sich also?«

Ich zucke die Schultern.

»Und wer ist M.? Der Pub-Besitzer Michael Pringle?« fragt er weiter.

»Nein, er hat nie irgendein Manuskript gesehen. Auch keine ihrer Freundinnen. Es ist vielleicht unwichtig, wem sie es gezeigt hat, aber es ist ein Beweis dafür, daß der Roman existiert hat.«

»Oder ein Entwurf des Romans oder irgend etwas ganz anderes, das sie geschrieben hat.«

»Sicher«, sage ich unwillig.

»Aber dieses Vertrauen, das M. so überwältigt hat? Was kann es sein? Ja, daß M. den Roman *Insomnia* für Elizabeth aufbewahren durfte!«

»Daran habe ich nie gedacht«, gestehe ich.

Jack ist hellauf begeistert. Er vollführt einen Indianertanz in der Küche und versucht mich mitzuziehen.

»Wie kindisch.«

»Ich weiß. Aber wundervoll«, ruft er und tanzt weiter ins Schlafzimmer hinüber.

Mein Telefon piept. Ohne nachzudenken, drücke ich auf den Knopf: »Keine Hypnose mehr. Betrachte das nicht als Drohung, sondern als Forderung.« Die Wände werden sofort konkav, es ist, als befinde ich mich tief in einem Tunnel. Der Geschmack von Marias Tee steigt in den Mund, ich taumle zum Ausguß und übergebe mich.

Als ich fertig bin, gehe ich ins Bett, kann es Jack nicht zeigen. London, ich muß fahren dürfen! Weg, weg, weg. Aber ich kann mich der Gedanken und der Panik nicht erwehren. Als hätte jemand eine Schlinge um mein Leben gelegt und beginne nun, sie zuzuziehen. Das Bedürfnis, hektisch nach Luft zu schnappen, die Hand fest auf der Brust. Denke klar, denke rationell, Savanna. Wie viele Leute wissen von der Hypnose? Vielleicht einige wenige im Institut und in der Bibliothek. Maria kann es eventuell jemandem erzählt haben. Sam, Ljunggren, Jack und Frenner ebenso. Dann kommt mir ein Gedanke. Der verheiratete Liebhaber. Aber er war doch um die Fünfzig und attraktiv? Nicht möglich. Wer noch? Das Herz hämmert, Schmerzen in der Brust. *Wer?*

»Was ist denn, Liebes?«

»Reisefieber«, sage ich mit klarer Stimme. »Reisefieber«, wiederhole ich mit weit offenen Augen und mache mich bereit für mein Insomnia.

26. Kapitel

»Mein liebster Peter«, sage ich zu dir. »Du glaubst mir nicht.« – »Wie kannst du an mir etwas Liebenswertes finden?« fragst du. Viel zu viele Jahre, in denen du glaubtest, ein Niemand zu sein. Das macht mich wütend. Ich werde dich aus der Asche ins Feuer ziehen. Ich werde dich wieder lebendig machen. Selbst wenn einer untergehen muß, sollst du endlich gesehen werden. Es muß jetzt geschehen. Aber es spielt keine Rolle, was ich sage. Action speaks louder than words. Ich weiß, was ich zu tun habe. Und bis dahin? Ich wiederhole: »Mein liebster Peter. Wenn du nur ahnen würdest, wieviel es da zu lieben gibt.«

Aus Elizabeth Browns Tagebuch, 30. Juli 1972

Das Flugzeug wirft einen schwachen Schatten auf die Erde unter uns, so wie ein Mobile Muster auf das Gesicht eines schlafenden Kindes zeichnet. Weg, weg, weg. Jacks Hand liegt in meiner, während wir zu den Sternen aufsteigen. Laß uns dort bleiben, nie wieder landen, immer über den Wolken sein, wo die Sonne ständig scheint. Die Müdigkeit macht mich unbeholfen, die Bewegungen langsam, ein Gefühl, wie unter Drogen zu stehen, stellt sich ein. Ich kichere, als der Sicherheitsfilm läuft, mein Kopf rollt wie von selbst auf der Rückenlehne hin und her.

»Wie viele Stunden?«

»Drei, glaube ich.«

Jack beugt sich über mich und zieht den Sonnenschutz vor das Fenster. Die Wolken weg, verschwunden; nur wir sind hier.

»Es ist nicht immer von der Quantität abhängig, weißt du«, sagt er behutsam.

»Nein, sicher. Ich weiß das alles. Die Qualität des Schlafes zählt. Wenn ich mich recht erinnere, erfordert ein guter Nachtschlaf bestimmte Phasen von Tiefschlaf, der Deltawellen enthält. Wenn man ständig aufwacht, kommt man nie dahin. Man hat eine Menge REM-Schlaf und träumt intensiv, aber ist nicht richtig ausgeschlafen. Natürlich schlafe ich, doch aufgrund der Unterbrechungen nicht so, wie ich sollte. Langsam zermürbt das den Menschen, man kann leicht unter Verfolgungswahn und Realitätsverlust leiden. Und so weiter! Alles steht indem Buch *Insomnia – die Volkskrankheit unserer Zeit.* Vielleicht hast du es gelesen? Nicht. Oder es erlebt? Auch nicht.«

Es ist nicht meine Absicht, wütend und verbittert zu klingen, es kommt mir einfach ungebremst über die Lippen. Genau das macht die Schlaflosigkeit mit dem Menschen. Keine Distanz mehr, kein Einfühlungsvermögen und vor allem: ein entsetzlicher Mangel an Humor.

»Hattest du gestern abend wirklich Reisefieber?«

Ich erzähle ihm von der SMS-Nachricht.

»Das schränkt ja die Zahl der Verdächtigen ein wenig ein«, sagt er trocken. »Ich werde es mit Frenner besprechen und ...«

Meine Hand auf seinem Mund.

»Nicht daran denken. Wir werden wie Kinder schlafen. Uns aus der Minibar des Hotels bedienen. Alles, bloß nicht daran denken.«

Wir setzen unsere Reise über den Wolken fort. Es ist tröstlich, sich in einer fiktiven Welt ohne Grenzen zu befinden. Mit großer Geschwindigkeit bewegen wir uns zwischen den Lufträumen, sind erst in dem einen, dann in dem anderen, und alle sehen gleich aus, egal, zu welchem Land sie auch gehören mögen. Die Luft ist dieselbe – gnade dem, der diesen Raum ohne Erlaubnis verletzt.

Doch meinen Luft- und Lebensraum hat jemand ohne Erlaubnis verletzt. Was kann ich dagegen tun? Es bis zum 26. August 1998 ertragen, ein gutes halbes Jahr noch, bis die Zeit abgelaufen ist und er von mir nichts mehr zu befürchten hat?

Oder soll ich im Gegenteil den Kampf gegen das Monster aktiver führen, um Paulinas und aller Frauen willen? Was hätte Elizabeth getan? Einfach darauf zu, darauf los. Unsinn! Solche Menschen gibt es nicht. Und Jacks Vater? Mythen. *Ich tue, was ich kann,* möchte ich zu denen sagen, die mich verurteilen, weil meine einzige Reaktion Schlaflosigkeit ist.

Was ich jetzt kann? Versuchen lieben zu lernen und mich auf andere Stimmen als die des Monsters zu konzentrieren. Auf die Elizabeths zum Beispiel.

»Übrigens, wer kümmert sich schon um Deltawellen und Tiefschlaf?«

Jack zieht die Mundwinkel nach oben, doch seine Augen bleiben dunkel. Wegen mir. Ich will sie zum Glänzen bringen. Er hat genug geteilt; es reicht jetzt.

»Ich meine es tatsächlich so, Jack!«

»Sicher tust du das, Liebes.«

Es ist das erste Mal, daß ich ihn wirklich traurig erlebe.

In London blühen schon die Kirschbäume. Ende Februar, 15 Grad Wärme in der Stadt, Blumen überall auf den Rabatten und dieser betörende Duft kleiner rosafarbener Blüten in den Kensington Gardens, direkt gegenüber von Jacks und meinem Hotel. Wir atmen ihn verzückt ein, berühren die Blüten und umarmen einander, als wären wir es, die sie zum Blühen gebracht haben.

Wir spazieren durch die Dörfer, die zum heutigen London zusammengewachsen sind. Jedes Viertel hat seine eigenen Obststände, seine lokalen Fleischer, Bäcker und Postämter, die aussehen, als hätten sie sich seit dem letzten Jahrhundert nicht verändert. In manchen Gebieten stehen morgens Milchflaschen vor den Haustüren. Verblüffend. Hinzu kommt eine Inbrünstigkeit (Jacks Bezeichnung, nicht meine) bei den Leuten, die uns die U-Bahn finden helfen, den kürzesten Weg zu einem guten Café zeigen, unsere Koffer die Treppen hochtragen.

Was ist mit diesen Menschen hier? frage ich mich. Hat ihnen keiner gesagt, daß sie in einer Zehnmillionenstadt wohnen und nicht etwa in einem überdimensionalen Dorf? »Überleben«, sagt jemand, natürlich ist es Jack, der diese kleinen, aber verführerischen Begegnungen hinterfragt. »Wie soll man es sonst überstehen: das Gedränge, den Preis dafür, hier leben zu dürfen, die ständigen Staus, die Bombendrohungen, den nie versiegenden Strom der Touristen, die mit den riesigen DC-10 unerbittlich hergeflogen werden? Freundlichkeit ist ganz einfach eine Art des Überlebens.«

»Aha«, sagen wir und verstehen dennoch nichts.

»Die Kirschblüten, die Sonne und die Wärme machen es«, beschließe ich. »Sowie dein ewiges Fragen.«

Wir nehmen die U-Bahn nach Hammersmith, zu Patrick Brown hinaus. Wir gehen am Fluß entlang auf die grüne Hammersmith-Brücke zu, vorbei an einer Reihe von Pubs, und beobachten einen Ruderwettkampf. Ich drehe die Karte hin und her, stelle sie auf den Kopf, bis Jack sie mir abnimmt.

»Nervös?«

»Nicht die Spur.«

»Ich genauso.«

Wir biegen in Patricks Straße ein, die im Prinzip aussieht wie jede andere hier: identische zwei- oder dreistöckige Ziegelhäuser mit weißen Giebeln, einem winzigen Stück Asphalt vor der Tür, wo Mülltonne, Fahrrad und Milchflaschen stehen.

Patrick wohnt am Ende der Straße und ist dadurch im Genuß einer gewissen Abgeschiedenheit. Nicht nur das obligatorische Gärtchen auf der Rückseite, sondern auch ein kleineres vor dem Haus. Sowie eine Garage.

»Ist das hier dasselbe Haus? Und das dort die Garage, in der Elizabeth gestorben ist?« fragt Jack, der meine Gedanken anscheinend lesen kann.

»Ja«, sage ich verblüfft.

Zuvor habe ich das Haus in Artikeln auf Mikrofilm im Kellergeschoß irgendeines Archivs für ausländische Tageszeitungen gesehen. Dort sah es riesig und traurig aus, jetzt wirkt es klein und unschuldig. Patrick Brown steht in der Sonne vor der Tür und erwartet uns. Einen Kater auf dem Arm. Als der uns bemerkt, faucht er und läuft weg. Hoffentlich haben wir auf Patrick nicht die gleiche Wirkung.

Er sieht aus wie ein Mann, der die goldenen mittleren Jahre längst hinter sich gelassen hat, eher ist er schon über siebzig, doch wirkt er durchtrainiert und ist von der Sonne gebräunt. Kurze weiße Haare in einem Kranz über den Ohren. Er kommt die Treppe heruntergelaufen, um uns zu empfangen. Von Krankheit keine Spur, denke ich erleichtert, bis ich sehe, daß er nicht nur durchtrainiert, sondern auch unglaublich mager ist. Wir begrüßen einander, er bemerkt meinen Blick.

»Fußball«, sagt er und faßt sich an die Brust. »Fußball, aber auch noch einiges andere. Wunderbar, daß Sie kommen konnten.«

Wir gehen durch das Haus hindurch, setzen uns in den kleinen, aber schönen Garten. Auch hier riecht es nach Kirschblüten. Er hat bereits Tee und Gebäck aufgetischt. Wir reden über das Wetter, über Stockholm, die Reise, über den Kater, und schließlich ist es Patrick, der sagt: »Ich nehme an, Sie wollen die Garage sehen.«

Ich zucke zusammen, Jack nicht.

»Wenn Sie es verkraften.«

»Nach fünfundzwanzig Jahren? Ich wohne schließlich noch hier, oder? Würde nie verkaufen, trotz der hohen Preise heute. Ich bin auf diese Weise Elizabeth näher.«

Während wir durch das Haus gehen, um nach dem Garagenschlüssel zu suchen, redet Patrick beinahe wie zu sich selbst, so als halte er einen Monolog, der endlich Zuhörer gefunden hat.

»Sonderbare Zeiten, in denen wir leben! Was glauben Sie, wie viele mögen ihre Bücher gelesen haben? Und wie viele haben die Biografie der Bell über sie gelesen? Warum dieses plötzliche Berauschen am tatsächlichen Geschehen? Dieser Unsinn über das verborgene Leben der Autoren? Ich habe geglaubt, wir hätten die Literatur, um uns *selber* besser zu verstehen. Das habe ich von Elizabeth gelernt. Sie hätte diese Zeiten verabscheut. Diesen nicht vorhandenen Glauben an ein anständiges Leben. *Decency*. Nicht einmal die Königsfamilie bleibt verschont.«

Ich schiele zu ihm hin, um zu sehen, ob die letzte Bemerkung als Scherz gemeint war, begreife jedoch schnell, daß dem nicht so ist.

»Ich stimme Ihnen zu«, sage ich vorsichtig.

»Sie wissen, daß Sie alles in Ordnung bringen sollen, um Elizabeth ein würdiges Leben zurückzugeben«, stößt er hervor.

Sein Blick ist plötzlich leer, verwirrt und angestrengt. Das muß von Arznei und Behandlung kommen. Ich erinnere mich nur zu gut daran. Jack legt ihm die Hand auf die Schulter.

»Wir werden unser Bestes tun. Das führt vielleicht nicht sehr weit.«

»Natürlich. Verzeihen Sie mir. Zu viel Einsamkeit. Sogar der Kater läuft weg, wenn jemand kommt.«

Er findet den Schlüssel, und wir gehen in die Garage.

»Das hier ist der Extraschlüssel für die Seitentür, den sie gebraucht hätte. Sie kennen den Verlauf des Geschehens? Und die Beweise, die auf Frost hindeuteten? Sagen Sie es nicht! Sicher hätte sie all das selbst getan haben können. Ich weigere mich nur, es zu glauben.«

Er schließt auf, und wir treten ein. Die Garage macht den Eindruck, als wäre seit 1972 nicht viel verändert worden. Sogar der Kalender aus jenem Jahr hängt noch dort: Autos, halbnackte Frauen mit ihrem *Charlie's-Angels*-Lächeln und ihren toupierten Frisuren. Farbbüchsen mit vergilbten Etiketten stehen in den Regalen.

»Vieles ist wie damals«, sagt er nickend. »Bis auf die Tür, die habe ich, wie geplant, austauschen lassen.«

Er geht zu einem der Regale.

»Hier pflegte der Extraschlüssel zu hängen, falls man den eigenen einmal vergessen hatte. Aber wie Sie vielleicht noch wissen, hatten die Handwerker ihn bekommen.«

»Wußte Elizabeth, daß der Schlüssel ausgeliehen war?« fragt Jack.

»Hätte sie nachgedacht, hätte sie es gewußt. Ich kann mich ziemlich genau daran erinnern, daß ich es erwähnte. Aber Sie verstehen, sie war in jener Zeit so aufgeregt, als plante sie irgend etwas …«, er beendet den Satz nicht. »Sie hatte ja ihren eigenen Schlüssel, doch wie Sie wissen, befand er sich an jenem Abend nicht an ihrem Schlüsselbund.«

»Aber wenn die Garagentür ausgetauscht worden wäre?«

»Dann hätte sie keine Probleme gehabt, auf diesem Weg nach draußen zu gelangen.«

»Also hat sie die richtige oder eher die falsche Gelegenheit für ihren Tod gewählt?«

»Ja, oder ein anderer hat es getan. Elizabeth wußte, daß die Tür nach dem Wochenende ausgetauscht werden sollte, und hat es sicher anderen erzählt.«

»Warum denn das?« frage ich.

»Wir waren bekannt dafür, ein bißchen saumselig zu sein, also was praktische Dinge anging. Diese Garagentür war gleichsam ein ständig wiederkehrender Scherz. ›Endlich‹, sagten die Leute lachend.«

»Hat man Elizabeths eigenen Schlüssel zur Seitentür jemals gefunden?«

»Nein, und das ist das Unangenehme. Warum ließ sie ihn nicht in der Wohnung, die sie zeitweise gemietet hatte, oder hier in ihrem Zimmer, wenn sie nun wirklich einen Selbstmord plante? Zusammen mit einem Brief an mich.«

»Hätte sie das getan?«

»Selbstverständlich.«

Keiner von uns weiß eine Antwort. Während Jack umhergeht und sich alles anschaut, bleiben Patrick und ich stehen.

»Was, glauben Sie, ist geschehen?«

»Walter Frost hat sie ermordet. Das habe ich ja schon gesagt. Aus irgendeinem Grund hat sie ihm gedroht … Unterschlagung, oder was weiß ich. Außerdem hatte sie anscheinend Angst vor ihm, wirklich merkwürdig. Ja, er hat sie getötet und die Beweise beseitigt.«

»Wo befanden sich Ihrer Meinung nach die Beweise?« frage ich, und mir ist, als sei ich in eine Welt der Verschwörungen hineingeraten.

»Ich glaube, sie hat alles in dem Buch *Insomnia* aufgeschrieben, das er ihr entwendet und vernichtet hat.«

»Auch eine Idee. Nicht schlechter als jede andere.«

»Aber was ist mit Frosts Alibi?« fragt Jack, der zurückgekommen ist und sich in das Gespräch mischt.

»Die Frau hat seinetwegen natürlich gelogen. Alle möglichen Frauen hätten das getan. Und die Haushälterin bekam es sicher gut bezahlt. Außerdem hat sie kaum ein halbes Jahr später freiwillig gekündigt. Aus Schuldgefühl? Frau Frost hat sich ein Jahr nach Elizabeths Tod von ihrem Mann scheiden lassen. Worauf deutet das hin?«

»Und Walter ist gestorben.«

»Ja, und das ist ein Glück. Aber ungebrochen und im Besitz seiner Ehre als ›Elizabeths große Liebe‹, für die sie schließlich sterben wollte.«

Patrick spuckt auf den Garagenboden. Ich zucke zusammen.

»Sie müssen entschuldigen.«

»Kümmern Sie sich nicht um uns«, sagt Jack höflich.

»Danke! Alles muß nicht ständig so verdammt nett sein, das habe ich begriffen. Vielleicht ist das die letzte Erkenntnis und der letzte Wunsch eines Todgeweihten.«

Wir setzen uns wieder in den Garten. Ich nehme meine Mappe zur Hand, will gerade bis zum Reiter Z vorblättern, wo sich die ordentlich aufgelisteten Fragen befinden, doch halte ich inne. Er hat genug Verhöre von Polizei und Wissenschaftlern hinter sich.

»Sie glauben, daß Michael Pringle der Peter im Tagebuch ist«, frage ich statt dessen.

»Ja. Er war ein guter Freund von uns beiden. Sie hatten eine Liebesbeziehung.«

»Hat er sie geschlagen?«

Verächtliches Schnaufen.

»War es vielleicht so, daß kein Mann Elizabeth je geschlagen hat?« frage ich.

Er gießt uns allen Tee nach.

»Das ist schwer zu sagen. Zweimal kam sie mit blauen Flekken nach Hause, ich glaube, ich habe Ihnen davon geschrieben. Das erste Mal war sie wütend und schrie etwas von Rache. Da war sie so, wie ich sie kannte. Doch das zweite Mal ...«

Er zögert einen Moment.

»Sie war ganz einfach völlig niedergeschmettert. Und voller Angst, nie hatte ich sie so ängstlich gesehen. Sie konnte nicht aufhören zu weinen.«

»Haben Sie das Ruth Bell erzählt?«

»Ja«, sagt er beschämt. »Aber ich habe nicht gewußt, daß sie an dieser verdammten Biografie saß!«

»Haben Sie ihr erzählt, daß es nur diese beiden Male gab?«

»Das habe ich wohl vergessen. Aber die Bell hörte sowieso *gegen den Strich* zu«, sagt er erbost, was uns alle zum Lachen bringt. »Jedenfalls hatte ich an Elizabeth nie zuvor einen so hoffnungslosen Ausdruck gesehen. Doch, einmal. Das war während dieses langen Wochenendes im Juli desselben Jahres, also 1972, als Patricia Frost hier gewohnt hat.«

»Walter Frosts Frau hat hier bei Ihnen gewohnt?« frage ich verblüfft.

»Ja, das war merkwürdig. Ich war verreist und kam erst am Sonntagabend zurück, und da war sie mit ihrer Tochter Joan hier. Elizabeth und sie behaupteten, es sei, weil das Haus der Familie renoviert würde. Patricia sah aus, als hätte sie einen Verkehrsunfall gehabt.«

»Und wie hat sie es erklärt?«

»Ich sagte genau das, was ich eben zu Ihnen gesagt habe, und sie antwortete: ›Ja richtig, es war ein Verkehrsunfall‹ und starrte dabei vor sich hin. Nun ja, sie und Elizabeth sahen untröstlich aus. Das hinterließ ein ungutes Gefühl bei mir. Am Montag dann waren Patricia und ihre Tochter wieder in Highgate, wo sie hingehörten.«

»Sie meinen wohl nicht nur den Stadtteil?«

»Nein. Sie gehörte in die oberen Schichten. Es war offensichtlich, daß sie bei uns nicht in ihrer gewohnten Umgebung war, aber ...«

»Aber?«

»Sie gefiel mir gegen meinen Willen. Sie hatte ein ausgefallenes Interesse, war von Hypnose besessen. Hat sogar Elizabeth dazu gebracht, eine Artikelserie zu dem Thema zu schreiben. Patricia wollte Therapeutin werden, fällt mir übrigens ein. Aber ich vermute, daß ihr Mann sie nicht gerade ermuntert hat.«

»Sie glauben es oder Sie wissen es?«

»Ich habe es gefühlt. Sie hatte eine besondere Ausstrahlung. Wie gesagt, ich mochte sie. Eigentlich merkwürdig, wenn man an das, was später geschah, denkt, daß sie zugunsten ihres Mannes ausgesagt hat.«

Wir schweigen, und Vogelgesang erfüllt die Luft zwischen uns. Ich lehne mich im Korbstuhl zurück. Jack sagt es schließlich: »Haben Sie jemandem von diesem Wochenende berichtet?«

»Nein, es war ja irgendwie so merkwürdig. Der Bell habe ich es auch nicht erzählt, nachdem ich begriffen hatte, wie sie war.«

»Die Verletzungen Patricias. Ein Unfall?«

Patrick zögert erneut.

»Das könnte es gewesen sein. Es könnte aber auch mit Dingen zusammenhängen, die sowohl hinter hohen Zäunen als auch in Brixton passieren. All diese Frauen, die gegen Türen laufen«, sagt er finster.

Er erstaunt mich, und ich schäme mich dafür. Warum schlagen Männer? habe ich mich gefragt. Jack hat recht, eine bessere Frage wäre gewesen: Warum schlagen *gewisse* Männer? Aber keiner von uns ist einer angeblichen Wahrheit nähergekommen.

»Ich weiß, was Sie denken. Kann Elizabeth die Idee für ihr Buch *Geschlagen* daher genommen haben? Wie sollen wir das wissen? Aber sie konnte Leute dazu bringen, sich zu öffnen. Und an Material fehlte es ja nicht«, sagt er trocken.

Der Kater ist zurück. Lautlos hat er sich auf meinen Schoß geschlichen, streckt die Pfote aus, als forderte er: Streichle mich.

»Wissen Sie, wer die Person M. im Tagebuch sein könnte?« fährt Jack fort. »Der Elizabeth *Insomnia* gezeigt hat?«

»Nein. Oder vielleicht doch. Nicht Michael, das weiß ich. Es gab eine Margaret in der Bibliothek, wo Elizabeth gearbeitet hatte, aber darauf habe ich schon andere hingewiesen. Margaret ist anscheinend bei einem Autounfall nur eine Woche nach Elizabeths Tod umgekommen.«

»Einem Unfall?«

»Ja, wirklich«, sagt Patrick verwundert.

Ich schüttele mich. Wer sind eigentlich die Verschwörer in diesem Zusammenhang?

Patrick begleitet uns zur Tür.

»Ich hoffe, Sie finden in den Wochen, die Sie hier sind, etwas heraus. Kommen Sie wieder, wann immer Sie wollen. Patricia Frost weiß, daß Sie bei ihr vorbeischauen möchten, ich habe ihr geschrieben und sie darum gebeten. Es wird sie bestimmt nicht freuen, aber ...«

»Sie hat ihren Mann nie wegen der Mißhandlungen angezeigt?«

»Ich weiß nicht, wie es in Ihrem Land ist, aber hier in England in den Siebzigern – was glauben Sie, was sie für eine Chance gehabt hätte? Ein angesehener Arzt gegen eine Hausfrau? Elizabeth hat doch darüber geschrieben. Außerdem hatten sie damals wohl eine Tochter im schwierigen Alter. Aber seit Elizabeths Tod schien es, als hätten die Gerüchte Walter Frost fertiggemacht. Er verlor seine Arbeit, seinen Ruf, und seine Ehe ging kaputt. Warum sich Patricia hat scheiden lassen, weiß ich nicht. Weil sie einen anderen liebte? Oder weil sie mit einem Monster zusammenlebte?«

»Wir werden sie fragen«, sagt Jack und ignoriert Patricks Bezeichnung.

Jetzt lacht Patrick.

»Viel Glück! Sie ahnen nicht, wie viele andere es vor Ihnen versucht haben. Einschließlich dieser Bell.«

»Was hat Patricia zu ihr gesagt?«

»Daß sie bei ihrem Alibi bleibe. Aber falls die Bell Walter zu einem Heiligen mache, werde sie alles daransetzen, daß die Bell in der Hölle schmoren würde.«

»Wörtlich?«

»Dem Inhalt nach. Aber dank ihres Erfolgs lebt die Bell ein Leben in Luxus, manchmal werde ich ...«

Der Kater rettet uns. Er springt an Patrick hoch und streicht ihm mit der Pfote über den Mund.

»Du hast recht. Und ich bin jetzt müde. Nochmals, viel Glück.«

Er schließt die Tür, und wir gehen bedrückt und schweigend die Straße hinunter.

»Sonderbar«, sagt Jack schließlich. »Hier wühlen wir im Tod zweier Frauen, die vor rund einem Vierteljahrhundert gestorben sind. Es gibt natürlich keine anderen Parallelen, sie sind ja nicht einmal im selben Land gestorben. Dennoch existieren Berührungspunkte.«

»Welche denn?«

»Oh, so schnell bin ich nicht.«

»Wenn wir ihn finden würden, Elizabeths ... Mörder?«

»In Großbritannien gibt es bei Mord keine Verjährungsfrist. Aber in diesem Fall handelt es sich wohl auch noch um etwas anderes. Um Ehre, nehme ich an.«

Mit einem Gefühl der Hoffnungslosigkeit gehen wir an der Themse entlang. Jack legt mir seinen Arm um die Schultern.

»Ein Mittel gegen Schlafprobleme, willst du wissen was?«

»Mehr als gern.«

»Eine Menge Liebe und noch mehr Schnaps.«

Er läßt mich los und winkt ein schwarzes Taxi heran.

»Sicher?«

»Nein. Aber unterdessen unglaublich angenehm.«

27. Kapitel

Alles über einen Menschen erfahren. Jedes Detail. Die Uhr kauften wir in Paris, feilschten unanständig lange. Die Bartstoppeln sind drei Tage alt. Das Haar läßt er bei John schneiden, jetzt ein bißchen zu lang. Das Armband, das braune, bekam er von seiner früheren Freundin. Die Flecken auf der Hose rühren vom Öl für das Boot her. Der Leberfleck auf der linken Schulter macht ihn starr vor Schreck.
Details sind es, die den Menschen ausmachen, die ein Leben schaffen. Ich habe ein solches nie besessen. Nur die Sache habe ich gesehen, bin direkt aufs Ziel zugesteuert. Das hat mich weit gebracht, ich beklage mich nicht. Doch nicht zu jener Liebe, die sich im Wissen von Details über einen anderen Menschen verbirgt. Und nicht zuletzt darin, daß dieser sie mir enthüllt.

Aus »Umzingelt« von Elizabeth Brown

Ich erwache mit heftigen Kopfschmerzen. Es spielt keine Rolle, in welche Richtung ich den Kopf drehe, nur Knistern und Funkensprühen. Auf Jacks Kissen ein Zettel: »Bin bei Scotland Yard und treffe den Mann aus dem internationalen Kurs, auf dem ich letztes Frühjahr war. Er hat versprochen, alles, was er kann, über Elizabeth Brown herauszusuchen. Ein Tip: trink viel Limonade. Bis bald, Dein Jack.«

Wie munter er am Morgen ist. Gibt es etwas, das diesen Mann in schlechte Laune versetzt? Ja. Mein Zynismus und mein miserabler Humor. Dann wirft er mir einen Blick zu, der mich erschreckt; ich erkenne, daß auch seine Geduld Grenzen hat. Ich weiß, daß ich diesen Blick wieder heraufbeschwören werde, es steckt in mir. Was für ein Unterschied in unserem Temperament, das kann nur in zwei Richtungen führen: zu unfaßbarem Glück oder abgrundtiefer Enttäuschung.

Wie lange wird Jacks gute Laune uns zusammenhalten? Und *meine*, denke ich noch. Auch ich bin ein Teil unseres Glücks. Wir sind zwei, die lachen. An dem Tag, wo wir uns tatsächlich streiten, werden wir ebenfalls zwei sein. Der Gedanke ist sonderbar versöhnend. Etwas weniger Märtyrer und etwas mehr Mensch, geht es mir durch den Sinn. Vielleicht jetzt nicht mehr: Ich-werde-doch-nicht.

Ich ziehe mich an und gehe durch den Hyde Park. Kinder in Shorts, Brottaschen um den Hals. Shorts! Wo sind Regenhosen, Zipfelmützen, Overalls mit daran befestigten Handschuhen? Auch wenn die Beine der Kinder fast blaugefroren sind, scheint das weder sie noch die Eltern zu kümmern.

In einiger Entfernung sehe ich eine rote Telefonzelle, und mir kommt eine Idee. Ich nehme das Telefonbuch und finde die Nummer von The Modern Library. Ich lande in der Zentrale und frage nach dem Bibliotheksleiter. Langes Warten, nervös stopfe ich weitere Münzen in den Automaten, während ich gezwungenermaßen der Fahrstuhl-Flugplatz-Warteschleifenmusik lausche. Mein Gott, es sind doch fünfundzwanzig Jahre vergangen. Wie soll ich das nur vorbringen?

»Smith«, höre ich eine ruhige, ältere Männerstimme sagen.

»Mein Name ist Savanna Brandt. Ich bin Wissenschaftlerin, komme aus Schweden und habe einige Fragen zu Elizabeth Brown.«

Es wird still, einen Moment glaube ich, daß er aufgelegt hat, und erwarte das Besetztzeichen im Ohr zu hören.

»Jaa?« sagt er schließlich, was mich zusammenfahren und noch mehr Münzen in den Schlitz stopfen läßt.

»Sind Sie der Fragen vielleicht schon überdrüssig?« versuche ich vorsichtig.

»Das kann man wahrhaftig sagen.«

Ich spiele mit ein paar weiteren Münzen. Unter aller Kritik das hier. Ich hätte statt dessen mit Jack hingehen sollen. Stehe schwitzend in einer Telefonzelle, eine Cola-Büchse in der Hand, hinter mir eine lange Nacht mit allen möglichen Schnapssorten, einem tanzenden Jack und Chips im Bett, wo sind meine Mappen, die Ordnung, ich …

»Sie bemühen sich nicht gerade eifrig«, sagt Mr. Smith langsam.

»Ich bin es nicht gewöhnt«, gestehe ich.

»Wer den größten Druck ausübt, gelangt vielleicht nicht

immer am weitesten. Aber zunächst eine Frage, bevor ich Ihre beantworte. Was fasziniert Sie an Elizabeth Brown?«

»Ihr Ton«, sage ich sofort. »Er erinnert mich daran, wie es ist, mutig zu sein. Er berührt mich.«

Sicher gibt es bessere Antworten: die entstehende Dissertation, eventuelle Vorträge, auf Wunsch der Familie …

»Elizabeth war sehr mutig. Unerschrocken ist wohl das richtige Wort.«

»Sie haben sie also gekannt?«

»Selbstverständlich, ich war ihr Chef. Ich befinde mich noch immer auf demselben Posten, nun ja, eine Stufe höher. Glück für Sie, vermute ich. Ihre Fragen?«

»Elizabeths Kollegin, eine Margaret Irgendwas. Sie ist offenbar kurz nach ihr gestorben.«

»Ja, die ganze Familie ist bei einem Autounfall umgekommen. Tragisch. Einer der schlimmsten Monate meines Lebens.«

Ich erwidere nichts. Kein »Ich verstehe« oder »Tut mir leid«. Ich schweige nur. Vielleicht das erste Mal, daß mein soziales Unvermögen von Vorteil ist.

»Was war mit Margaret?« erinnert er freundlich.

»Ja. Hat sie irgendwann erwähnt, daß Elizabeth ihr das Manuskript von *Insomnia* gezeigt hat?«

»Sie sind nicht die erste, die danach fragt. Die Antwort ist ein zögerndes Ja. Sie hat vage davon gesprochen, war äußerst geheimnisvoll. Mehr haben wir über die Sache nicht geredet.«

»Ist Margarets Wohnung nach ihrem Tod von jemandem durchsucht worden?«

»Die Familie ist natürlich alles genau durchgegangen, bevor das Haus verkauft wurde. Ich habe Margarets Bruder angerufen und gefragt, ob ich mich noch einmal umschauen dürfe. Aber ich habe nichts gefunden. Ich hatte geglaubt, was auch Sie zu glauben scheinen: daß Margaret von Elizabeth gebeten worden war, das Manuskript für sie aufzubewahren.«

Das war Jacks Idee, nicht meine.

»Was, glauben Sie, ist danach passiert?«

»Entweder hat Margaret es nie erhalten, oder vielleicht hat sie es auch an irgendeinem merkwürdigen Ort versteckt.«

»Also, wieder bei Null.«

»Wahrscheinlich. Andere Fragen?«

Ich muß es sagen, schäme mich so. Diese Heldenverehrung, Verherrlichung eines Idols. Wie alle anderen verlangt es mich nach einem Mythos, einem Menschen, großartiger als wir Lebenden. Die widerwärtige Hoffnung, *daß es abfärben könnte.* »Wie war sie privat?« flüstere ich.

»Ich nehme an, Sie meinen Elizabeth«, sagt er trocken. »Sie war fünf Jahre lang meine Geliebte, und dennoch kann ich Ihnen keine vernünftige Antwort geben. Lediglich, daß in ihrem letzten Lebensjahr irgend etwas passiert ist. Es war, als ob ihre, wie soll man es nennen, unglaubliche Energie ein wenig gemäßigt wurde, zugunsten von Einfühlungsvermögen und Geduld. Eine nicht ganz unangenehme Veränderung. Doch habe nicht ich das ausgelöst.«

»Peter?«

»Sicher. Ich weiß auch, daß sie eine große Veränderung in ihrem Leben plante. Auf welche Weise das passieren sollte, hat sie für sich behalten. Aber ich bin überzeugt, wie bei allen anderen Dingen in ihrem Leben hätte sie die Sache bis ins letzte Detail durchgeführt. Deshalb war ihr Tod auch ein gewaltiger Schock.«

»Was glauben Sie, gab es einen Peter, oder ist der Name erfunden?«

»Vielleicht ging es um einen Menschen, von dem niemand wissen durfte. Ich habe nie jemanden mit diesem Namen kennengelernt, aber das besagt überhaupt nichts. Oder sie hat das Ganze erfunden, um uns etwas zum Grübeln zu geben.«

»Glauben Sie das?«

»Nein, und ich glaube auch nicht, daß sie Selbstmord begangen hat. Jetzt beenden wir das hier.«

»Danke für Ihre Hilfe.«

»Ich bin Ihnen keine gewesen. Und was Sie auch tun, seien Sie vorsichtig.«

Ich fahre zusammen, gieße mir die Cola über die Hose.

»Wobei?«

»Mit ihrem Andenken. Gehen Sie vorsichtig damit um«, sagt er und legt auf.

Natürlich. Ich schüttle den Kopf. Ein normales Leben, das wünsche ich mir. Frei von Verdächtigungen, doppeldeutigen Sätzen und Nachrichten – versteckten und offenen.

Jack ist am Abend zurück, voller Schadenfreude sehe ich, daß er mitgenommen aussieht: rote Augen und Haare, die ausnahmsweise mal nicht starr nach oben stehen. Wie war das mit den Details?

»Es ist lange her, daß du beim Friseur warst. Ein Zentimeter zuviel.«

»Du hast recht«, sagt er und streicht sich über den Kopf.

Ein Blick zu mir. Hinter dem ersten Verlangen jetzt Zärtlichkeit. Wir sind zärtlich zueinander; ich wußte nicht, was das Wort bedeutet. Wir können stundenlang im Bett liegen, nur meine Fingerspitzen an den seinen, und nichts weiter tun als reden. Kindheit und Jugend, in welches Land wir emigrieren möchten, wie wir als Rentner leben wollen (ich auf einem Segelboot, er mit einer Tasche voller Drogen an der Riviera: »Wenn man doch sterben muß, kann man das Zeug schließlich auch probieren«), welche Eigenschaften wir widerwärtig finden, welche Lieder uns packen und so weiter, ohne ein Ende zu finden. Das erinnert mich an Gespräche, die ich mit zehn Jahren führte. Aber damals gab es weder Erfahrung noch die Zärtlichkeit der Fingerspitzen eines anderen Menschen, lediglich Enthusiasmus. Jetzt liegen wir da und lassen Träume und Gedanken aufeinandertreffen. Bis Jack sagt: »Ja, Scotland Yard. Frosts Alibi scheint, wie man bei der Polizei komischerweise sagt, *wasserdicht* zu sein. Es gab nicht genügend Beweise, die für einen Prozeß ausgereicht hätten, trotz all der merkwürdigen Details wie diesem Schlauch, dem ausgeliehenen Buch und anderem mehr. Obendrein hatte Frost kein eindeutiges Motiv, um Elizabeth zu ermorden.«

»Aber?«

»Noch einmal, irgend etwas stimmt dabei nicht. Das Ganze wirkt konstruiert. Müßte ein Arzt tatsächlich ein Buch über Kohlenmonoxidvergiftung ausleihen?«

»Tja, aber …«

»Genau. Die Frage ist also, was Elizabeth da eigentlich zusammengebraut hat.«

»Genug, um ihren eigenen Tod herbeizuführen«, antworte ich.

»Du hast recht. Verzeih. Das war nur so ein Gedanke.«

»Aber was ist mit Walters möglichen Komplizen?«

»Es hat keinerlei größere Auszahlungen an irgend jemanden gegeben, der verdächtig sein könnte, weder vor Elizabeths Tod noch lange Zeit danach. In diesem Fall hätte also Walters Mithelfer ein eigenes Motiv haben müssen. Wer sonst kann gewollt haben, daß sie stirbt?«

»Es gab sicher viele, die sie gegen sich aufgebracht hat. Aber reicht das?«

Wir seufzen gleichzeitig.

»Wir kommen nicht weiter, stimmts?«

»Sag das nicht, Savanna. Auch der Prozeß selbst ist wichtig. Sei nicht immer so zielorientiert.«

»Sind das Papa Davids weise Worte?«

»Nein. Ich selbst hab auch ein wenig Ahnung, verstehst du.«

Ich ziehe ihn in meine Arme, lege seinen Kopf an meine Brust.

»Du hattest recht mit Margaret. Der Bibliotheksleiter Smith, den ich angerufen habe, glaubt dasselbe. Das Problem ist nur, daß keiner *Insomnia* gefunden zu haben scheint.«

»*Wir* hatten recht.«

»Sei nicht so großzügig.«

»Das liegt in meiner Natur. Manche sind kleinlich wie du. Andere stehen über den Dingen wie ich. Aber du, zum Beispiel …«

Ich puffe ihn mit dem Ellbogen in die Seite, und er schreit auf. Ringt mich nieder und dreht mir den Arm auf den Rücken. Albern wie Sam und Martin.

»Ich ergebe mich«, rufe ich, »falls das gefordert wird. Noch was anderes?«

»Ja, tatsächlich«, sagt er und setzt sich auf. »Eine weitere großartige Idee.«

Er holt ein Buch aus seiner Tasche: Bells Biografie über Elizabeth. Er dreht und wendet es unnötig lange in den Händen.

»Habe die Verkaufszahlen hier in London ein bißchen aufgebessert«, sagt er verzückt lächelnd.

»Jack!«

Schlimmer als Sam. Viel schlimmer.

»Ich wollte kontrollieren, auf welche Weise diese Bell den Beweis gefunden hat, daß Walter Frost der berühmte Peter im Tagebuch ist. Nein, du brauchst nicht zu suchen, ich habe es schon gefunden. Ja, offenbar gibt es mehrere Zeugen dafür, daß Elizabeth ungefähr einen Monat vor ihrem Tod aus Walters Auto gestiegen ist. Oder richtiger, hinausgeworfen wurde, denn sie versuchte dem Auto hinterherzurennen und rief: ›Peter!‹ Offenbar behaupten dieselben Zeugen, daß sich Elizabeth auf den Bürgersteig gesetzt und heftig zu weinen begonnen habe. Wie stand da noch gleich, ja hier: ›Untröstlich weinte sie über die Liebe zu Walter, eine Liebe, die kein Erbarmen zu kennen schien.‹«

»Das also war der Beweis«, brumme ich.

»Ja doch. Aber ich war auch neugierig, wie die Bell das Problem gelöst hat, daß Walter im Tagebuch mal so und dann wieder Peter genannt wird. Warum nicht ein wenig konsequent sein, kann man sich doch fragen.«

»Bitte, frische mein alkoholgetrübtes Gedächtnis ein bißchen auf.«

Jack blättert eifrig in dem Buch, kleine Büroklammern auch hier.

»Offensichtlich war Peter Elizabeths Kosename für Walter. Aber was war der Grund für die Vermischung der Namen? Hier, auf Seite 389, steht es. Ja natürlich, es lag an Elizabeths Kokainmißbrauch! Das hat sie so wirr gemacht!«

»Sieh an«, sage ich gähnend. »Als ob sie die einzige gewesen wäre, die in den Siebzigern Drogen ausprobiert hat! Aber wirr?«

»Sei nicht so *kritisch*, Savanna. Doch ich denke jetzt mehr an die Leser. Warum kauft man ein solches Machwerk? Meine einzige Schlußfolgerung: Sie wollten eine gute Geschichte haben, und genau die hat die Bell ihnen geliefert. Eine moderne Legende. Daß die Beweise ein bißchen zurechtgestutzt sind, spielt keine Rolle weiter.«

»Und daß das Leben eines Menschen in den Schmutz gezogen wird?«

»Oh, um die Toten sollen doch Legenden entstehen.«

»Die Geschichte mit Walters Auto ist natürlich reiner Nonsens. Es hat keine Zeugen gegeben«, sage ich irritiert.

Jack ist aufgestanden und spaziert im Zimmer umher, als hätten ihn die kleinen Wanderungen seines Chefs inspiriert.

»Aber nun, Achtung Savanna, denn jetzt folgt meine nächste These. Nehmen wir an, daß sie die Inspiration, schrecklicher Ausdruck, für den Roman *Geschlagen*, das Buch über die mißhandelte Frau, durch eine enge Freundin bekommen hat.«

»Das nehmen wir doch bereits an.«

»Ich weiß. Aber wenn nun diese Frau auch der geliebte Peter ist?«

»Wie meinst du das?« sage ich, vor allem, um Zeit zu gewinnen.

»Ja, daß Peter eine Frau ist. Daß sie es ist, die Elizabeth dazu bringt, endlich den Menschen vor der Sache zu sehen.«

»Peter ist somit ...?« sage ich und versuche vergebens zu folgen.

Jack bleibt stehen, breitet die Arme aus. Er hat Talent zum Schauspieler.

»Patricia Frost, natürlich! Nimm an, daß Bells Geschichte, wie Elizabeth aus Frosts Auto geworfen wurde, wahr ist. Doch nicht Walter hat im Auto gesessen, sondern Patricia. Eine Frau, die von ihrem Mann wirklich mißhandelt worden ist. Laß es uns glauben«, fügt er hinzu, als er meine unschlüssige Miene sieht. »Das löst auch ein anderes Problem. Vielleicht hat Elizabeth in *Geschlagen* ihr eigenes Leben *und* das von Patricia verarbeitet. Also, daß sie beide von Walter mißhandelt worden sind.«

Ich setze mich kerzengerade im Bett auf.

»Walter, schon wieder.«

»Ich glaube, du und die anderen, ihr seid bei der Diskussion hängengeblieben, ob ein Autor eine autobiografische Grundlage braucht oder nicht. Die Wirklichkeit war einfach komplexer.«

Ich nehme den Hörer und bestelle Abendbrot und jede Menge Limonade aufs Zimmer, plötzlich bin ich hungrig. Es ist dunkel geworden während unseres Gesprächs. Die Straßenlaternen vor dem Fenster schicken Kaskaden von Licht in unser nicht erleuchtetes Hotelzimmer.

Ich schalte eine Lampe ein und winke Jack heran, lege meinen Arm um seine Schultern.

»Es bleibt nur noch eins zu sagen.«

»Und was?«

»Du bist grandios, Jack. Das bist du wirklich.«

28. Kapitel

> Alle verlieben wir uns. Irgendwann. Danach kommt die große Enttäuschung. Korrigiert mich nicht, sie kommt. Diese deprimierenden Kommentare, diese Bissigkeit, mit der wir uns gegenseitig verletzen, wenn wir vom anderen auch noch das letzte Detail kennen. Wie wir das ausnutzen! Es gibt einen anderen Weg. Ergründet all das niemals. Verschafft euch so viele Männer und damit Details, daß weder Bissigkeit noch Enttäuschung jemals Fuß fassen können. Aber warum mitunter dieses Gefühl – etwas sei mir entgangen.
>
> *Aus »Umzingelt« von Elizabeth Brown*

Bewußt schiebe ich den Besuch bei Patricia Frost hinaus. Umgehe den Stadtteil Notting Hill, als sei er von einem Brand verwüstet. Überallhin gehen wir, doch nicht dorthin. Nach

Highgate, wo das Paar Frost gewohnt hat, hohe Zäune, Rosenbüsche, die an den Mauern hochranken, dahinter ein palastartiges Haus. Ins East End, wo Elizabeth in schäbigen Räumen Frauenzeitungen herausgab, engagierte Beiträge und Artikelserien verfaßte. Wir kommen an The Modern Library vorüber, aber vermeiden es, dort hineinzugehen. Passieren ihre kleine Wohnung in Kentish Town. An einem sonnigen Nachmittag durch Bloomsbury, wo sich ihr Verlag befunden hat. An Pubs vorbei, die sie regelmäßig besuchte und die noch existieren, Cafés ebenso.

Eins dieser Pubs betreten wir, grüne Karos an den Wänden und ein murmelnder Fernseher in der Ecke. Der Raum ist so verräuchert, daß ich zunächst glaube, etwas stimme mit meinen Augen nicht. Wir bestellen jeder ein Bier. Der Pubbesitzer beugt sich neugierig zu uns und sagt: »Vielleicht auf der Jagd nach einer gewissen Elizabeth Brown?«

»Bitte was?« stottere ich.

»Haben Sie die Biografie von Ruth Bell nicht gelesen? Wir sind dort genannt! Der Auszug aus dem Buch hängt hier an der Wand«, sagt er und und zeigt darauf. Er zitiert aus dem Gedächtnis: »›Die typisch britische Atmosphäre, die uns empfängt und die Elizabeth zu ihrer Zeit empfangen hat, verführt schon am Eingang zum The Eagle.‹ Die Amerikaner sind ein paar Jahre lang nur so hereingeströmt«, fährt er fort. »Glänzende Geschäfte! Aber jetzt ist es leider ruhiger geworden.«

Ein Schauder überläuft mich. Ich sehe ihn an.

»Wer ist Elizabeth Brown?« sage ich nur kühl, trinke aus und stehe auf.

Gott verzeih mir, aber ich ertrage es nicht, öffentlich als eine dieser Hyänen entlarvt zu werden. Jack lächelt den Mann an, gibt ihm Trinkgeld und folgt mir auf die Straße, wo der Regen herunterprasselt.

»Was war denn das?«

»Mythos und Mensch. Ich bin nicht eine von denen, Jack. Ich weigere mich.«

Er gibt nicht auf, greift nach meinem Mantel.

»Und was bist du dann? Eine Entdeckungsreisende auf der Jagd nach der schwer zugänglichen Wahrheit? Die glückselige Wissenschaftlerin? Antworte mir. Was tun wir dann hier? Warum diese Wanderungen auf ihren Spuren? Gestehe es dir lieber ein. Du bist gefesselt von ihrem Leben und dem Mythos, der den Namen umgibt, genau wie alle anderen. Das macht dich zu keinem schlechteren Menschen.«

»Wenn du jetzt ›im Gegenteil‹ sagst, schreie ich.«

»Im Gegenteil, Savanna.«

Wir stehen uns im Regen gegenüber. Daß jemand meine negativen Seiten auf diese Weise zu sehen bekommt, ist beklemmend. Die Einsamkeit hat zweifellos ihre Nachteile, doch ist es ein absoluter Vorteil, daß Perversitäten nicht zur öffentlichen Diskussion freigegeben sind. Ich wische das Wasser weg, das mir von der Stirn rinnt, kämpfe mit dem Schirm, der sich nicht öffnen läßt. Habe Lust, ihn an einem Laternenpfahl in Stücke zu schlagen. Der Mann soll verschwinden!

Doch bevor ich es tun kann, nimmt Jack mir den Schirm aus der Hand, zerbricht ihn und wirft ihn auf die Straße. Der Schirm prallt zurück und landet unter einem Laster, wo er mit einem metallischen Knirschen zermalmt wird.

»Ich habe dich so verdammt satt!« schreit er und rennt auf die Straße.

Er winkt das nächste vorbeifahrende Taxi heran und versucht die Vordertür aufzureißen, doch der Fahrer zeigt eifrig auf die hintere Tür, durch die Londons Passagiere normalerweise einsteigen. Ziemlich unbeholfen schiebt sich Jack hinein, irgendwie geduckt, als wenn jetzt die Luft rausgelassen wäre.

Das Taxi fährt los. Ich stehe allein da. Wie ein Mantra im Regen: Was ist passiert, ist passiert, ist passiert. Wie konnte er mich hier zurücklassen? Jetzt bin ich an der Reihe, wütend zu werden. Ich springe auf die Straße und versuche die Reste des Schirms aufzulesen, um sie noch weiter zu zertrümmern. Gerade als mir das Sinnlose des Vorhabens klar wird, höre ich ein Auto hupen. Jacks Taxifahrer steckt den Kopf aus dem Fenster.

»Miss. Im Auto wartet ein Mann.«

Ich schaue auf, versuche respektabel auszusehen, es mißlingt völlig, weil ich so naß bin, daß mir die Kleider am Körper kleben, doch steige ich mit aller Ruhe, zu der ich fähig bin, hinten ein. Ich setze mich auf den Rücksitz neben Jack, hänge sofort auf dem Plastikbezug fest.

»Wohin fahren wir, wenn ich fragen darf?« erkundigt sich der Taxifahrer sanft, er geht kein Risiko ein.

Ich nenne ihm den Namen unseres Hotels, und wir gleiten durch die Verkehrsstaus von London. Langsam schlängeln wir uns vorwärts, die Menschen schwimmen buchstäblich an unseren Fenstern vorüber, die so naß sind, daß man das Gefühl hat, in einem rollenden Aquarium zu sitzen. Wer sind die Fische, frage ich mich, die oder wir?

Beinahe am Ziel, gibt mir Jack die einzige Erklärung für seinen Ausbruch, die ich jemals hören werde.

»Du bist manchmal ekelhaft eingebildet. Oh, verzeih diese Wortwahl! Anmaßend, würdest du sagen. Du bist anmaßend, Savanna.«

Das war's. Danach, ein wenig unlogisch: »Manchmal will ich auch kindisch sein dürfen!«

Das wiederholt er mehrmals auf dem Weg ins Hotelzimmer. Dort ziehen wir unsere nassen Sachen sofort aus. Schlotternd stehen wir einander gegenüber. Wie Katzen nach einem Ertränkungsversuch: die Haare angeklatscht und triefend, die Augen stier vor Kälte und Verwirrung. Ohne ein Wort ziehen wir die Tagesdecke ab und kriechen ins Doppelbett. Wie Geschwister liegen wir nebeneinander und zittern.

Am nächsten Morgen reden wir nicht über die Sache. Insgeheim bin ich zufrieden, denn auch Jacks negative Seiten zeigen sich allmählich deutlicher. Etwas, das ich wirklich genieße, es läßt mich ihm gegenüber immer versöhnlicher werden. Ich umarme ihn, bestelle Essen für ihn, nehme zärtlich seine Hand. Er ist ein wenig verwundert, doch ich sehe, was er denkt: Soll sie nur machen. Am Abend gehen wir ins Theater und verschlingen Unmengen mal wohlschmeckender, dann wieder scheußlicher englischer Süßigkeiten. Das Stück ist nicht zu verstehen, wir sind dennoch selig. Trinken in der Pause Champagner, linkische Zärtlichkeiten auf der winzigen Theatertoilette. Mir ist übel von dem vielen Süßkram. Erwachsene Menschen? Mit jedem Monat, den ich mit Jack zusammen bin, scheine ich fünf Jahre an Reife zu verlieren – eine nicht ganz unbehagliche Entwicklung.

Wir kehren ins Hotelzimmer zurück, räumen die Minibar um, in der vergeblichen Hoffnung, man würde nicht merken, wieviel wir entnommen haben, trotz der feierlichen Gelöbnisse, nichts anzurühren (diese Preise!). Ich gehe ins Badezimmer, um mir die Zähne zu putzen und meine Pille zu nehmen. An der üblichen Stelle im Necessaire liegt statt dessen ein Döschen »Vitamine aus deiner Apotheke«. Ich lasse sie auf dem Handteller liegen. Jack kommt mir nach, die Zahnbürste im Mund.

»Was ist das hier?« frage ich erbost.

»Sechs Vitamine in einem und alle Mineralien, die du für ein gesundes Leben brauchst, zusammen mit viel Bewegung natürlich und ...«

»Ich habe gefragt, was das hier ist?«

»Habe gedacht, das könnte nützlicher für dich sein als diese anderen Pillen.«

»Hast du also gedacht!«

»Ja«, sagt er, jetzt zögernd. »Ich glaubte irgendwie, daß ...«

»Raus, Jack. Ich habe gesagt, raus!«

Ich dränge ihn aus der Tür, schreie ihn an, er solle das Hotel verlassen. Zitternd renne ich zum Fenster, um nachzusehen, daß er es auch wirklich tut. Nach einem Weilchen steht er unten auf der Straße. Barfuß in Jeans und mit aufgeknöpftem weißem Hemd. Ich schleudere die Dose mit den Vitaminen aus dem Fenster, die Tabletten rollen über die Straße und in den Rinnstein. Ich schreie ihm hinterher, was soll ich sonst tun?

»Niemals mehr! Hast du gehört?«

Ohne zu begreifen, warum, steige ich in seine Stiefel und

renne, nur im Kleid und mit der Zahnbürste in der Hand, auf die Straße, ihm nach. Durchdringende Kälte an den nackten Armen. Die Tabletten knirschen unter den Stiefeln, als ich mit gesenktem Kopf den Bürgersteig entlanggehe. So viel Dramatik, was tue ich da eigentlich? Ich gehe weiter bis zu dem Rücken des Mannes, den ich liebe, ja liebe. Bitte, erspar mir das! Ich liebe ihn so schrecklich. Ganz schrecklich.

»Nicht noch einmal. Hörst du, was ich sage?« flüstere ich an seinem Rücken.

»Ja.«

»Nicht ...«

»Ja.«

»... noch einmal.«

»Doch. Noch einmal«, sagt er. »Du mußt, Savanna. Noch einmal.«

Da stehen wir beide, im Lichtschein eines auch nachts geöffneten pakistanischen Lebensmittelladens mit Zigaretten, Whisky und verdächtigen Rund-ums-Jahr-frischen-Muffins. Die Autos fahren dicht an unseren Füßen vorbei. Wir bleiben stehen. Ich spüre keine Kälte mehr, weder von innen noch von außen. Es ist, als hätte in mir ein Kampf stattgefunden, der endlich vorbei ist. Überleben oder leben. Ich habe mich zum ersten Mal seit Martins Tod für letzteres entschieden. Vor Schreck werden mir die Knie weich. Noch einmal. Ahnt Jack wirklich, was diese Worten bedeuten?

Am nächsten Morgen, als ich ins Badezimmer komme, steht dort eine neue Vitamindose. Ich schaue ihn lange an.

»Ich habe geahnt, daß bei der ersten irgend etwas falsch läuft«, sagt er leichthin. »Und Vitamine sind nun einmal nützlich.«

Kopf in den Nacken, doch ich lasse sie stehen. Kommentiere die Sache nicht mehr. Das Tabu-Thema wird immer aktueller; ich tue mein Bestes, um in Gedanken nur kurz daran zu rühren. Es ist nicht einfach, doch es geht.

29. Kapitel

> Du hast gesagt: »Man kann kein neues Leben beginnen. Du und ich? Wie sollte das gehen?« Ich habe geantwortet: »Du mußt mir glauben, wenn ich sage, ich regle das. Dieses Mal sollen die richtigen Menschen bestraft werden. Lach mich nicht aus, Peter. Ich werde alles daransetzen, daß genau das geschieht. Du hast allzu lange die Schuld tragen müssen, während ein anderer frei ausging.«
> »Gerechtigkeit!« sagen die Leute. Glauben wir eigentlich noch daran? Ich tue es. Und mehr als das: Ich werde dabei zusehen, wenn die Gerechtigkeit ihren Lauf nimmt.
>
> *Aus Elizabeth Browns Tagebuch, 12. Juni 1972*

Nach unserem Streit sind wir matt, erschöpft und völlig verblüfft. Das Zerstören von Dingen, die unerwartete Dramatik, die Grenzziehungen, die Widersprüche und dieses »Bitte, laß mich in Ruhe, um alles in der Welt laß mich nicht in Frieden!«. Unter massivem, aber auch beruhigendem Schweigen wandern wir durch Londons Straßen. Worüber wir uns sonst noch gestritten haben? Über alles, über Wesentliches und Unwesentliches, über Details und lebenswichtige Entschlüsse. Keiner von uns kann das noch trennen. Selbst wenn ich einen Ordner in der Hand hätte, könnte ich es nicht katalogisieren. Warum wir streiten? Das ist wesentlicher: die Erkenntnis, daß wir nicht entkommen. Wir entkommen einander nicht, auch nicht der Liebe, die wir gefunden haben – selbst wenn wir noch so heftig in unterschiedliche Richtungen streben. Mir macht das Sorgen, Jack scheint die Sache ruhiger zu nehmen. Doch bemerke ich eine Veränderung an ihm, ein Teil des Leichtsinns ist verschwunden. Er neckt mich nicht mehr so oft, redet nicht so viel, findet die Dinge nicht mehr so komisch. Es ist, als würde er ein kompliziertes theoretisches Problem wälzen, das sich nicht lösen läßt, doch hindert ihn das nicht daran, es dennoch zu versuchen. Wir halten uns bei den Händen über Londons Kaffeehaustischen, hinter englischen Abendzeitungen voller großer Brüste und reißerischer Schlagzeilen. Zuweilen blicken wir auf und sehen den anderen verwirrt lächelnd an: »Du wieder!« Was versuchen wir zu sagen? Daß hinter dem Ernst sich erneut Humor einfindet? Daß es eine Voraussetzung für unsere Freude ist, auch diese Traurigkeit zu erobern und zu verstehen?

Jack hat sich mit Patricia Frost verabredet. Wir umkreisen stundenlang ihr Viertel in Notting Hill. Überall Marktbuden und Boutiquen, laut rufende Verkäufer, Pyramiden aus Obst und Gemüse, Stapel von Tee- und Gewürztüten, der Geruch nach Pommes frites und starkem Kaffee, Männer in Tweedjacken und angedröhnte Teenager, Mütter mit Sportkinderwagen, aus denen die nackten Beine der Sprößlinge ragen, Tätowierer, die sich auf der Straße eine Zigarette gönnen, Schmuckdesigner, die sich in der Hoffnung auf ein anderes Leben anscheinend in den Wolken verlieren, Schuhverkäufer, die hinter abgeschabten Ladentischen mitgebrachte Butterbrote verzehren – Tausende und Abertausende von Menschen, die sich begegnen, wenn auch nur zum Austausch von Waren und Diensten. Aus irgendeinem Grund muntert mich all dieses Treiben so sehr auf, daß ich unbedingt jeden Hut, auf den ich stoße, jeden Schmuck und jedes Kleid anprobieren muß. Alles, um die Zeit langsamer oder schneller vergehen zu lassen, keine Ahnung, was von beidem.

»Wenn du so weitermachst, ist es wohl das beste, daß wir dir wirklich neue Sachen kaufen.«

»Wie meinst du das?« frage ich mit einer Grimasse und ziehe den nächsten funkensprühenden Pullover in der engen Umkleidekabine über den Kopf.

»Du bist ganz durchgeschwitzt.«

Er hat recht. Ich sehe ihn hilflos an. Resolut geht er zu einer Kassiererin und zeigt auf ein gelbes Kleid mit einem sonderbaren Muster, ich hätte es nie selbst ausgesucht. Als sie es einpacken will, sagt er: »Wir ziehen es gleich an.«

Meine verschwitzten alten Sachen landen in einer exklusiven Boutiquetüte. Ich selbst fühle mich verwandelt durch ein ungewöhnliches und wirklich schönes Kleid, das ich verblüfft in jedem Spiegel betrachte, der mir in den Weg kommt. Diskret löst Jack das Preisschild in meinem Nacken, fährt mir mit der Hand durchs Haar und hilft, diesen fliegenden Wirrwarr zusammenzunehmen.

»Fertig jetzt?« fragt er, als wir vor Patricias Tür stehen.

»Mehr als das«, erwidere ich und hole tief Luft, dann noch einmal, und wie immer erzeugt es ein Gefühl von Schwindel.

Frau Frost öffnet die Tür. Sie ist zierlicher, als ich erwartet hatte. Überall auf ihrem Kopf kleine graumelierte Schlingen, wie aus Garn. Das Kleid ein bißchen zu großblumig. Unter den Fingernägeln sonnenwarme Erde aus dem Garten, den wir auf der Rückseite des Hauses erblicken, vom Korridor aus kann man direkt hineinsehen. Sie bittet uns auf eine fast uninteressierte Weise herein. Als hätte sie bereits alles gesehen und sich wieder abgewandt. Ein Lächeln, weder weise noch herzlich. Nur ein Lächeln, das besagt: »Was gibt es noch hinzuzufügen?«

»Ich empfange Sie nur, weil Patrick mich ausdrücklich darum gebeten hat«, sagt sie, nachdem Vorstellung, Wetter und Gartengeplänkel erledigt sind.

»Brandt, ist das deutsch?« fragt sie dann.

»Ja, es ist der Name meines Vaters. Ich habe ihn nach seinem Tod wieder angenommen.«

»Wieder angenommen?«

»Ja, Sie wissen, die Schande«, murmle ich verlegen.

»Schande«, sagt sie irritiert. »Schuld. Wohin führt so was? Und immer sind es die falschen Menschen, die sie tragen müssen. *What a waste.*«

Ein verächtliches Schnauben, und danach sitzt sie einfach nur da und betrachtet uns. Sie ist eine Dame, die es sich offenbar leisten kann oder, besser gesagt, die das Recht dazu hat, sich um keinerlei Konventionen zu kümmern. Ich frage mich, ob das mit ihrer angeblichen Klassenzugehörigkeit zu tun hat, schiebe den Gedanken jedoch beiseite. Eher sind es wohl ihre negativen Erfahrungen mit neugierigen Menschen, die sie zu dem gemacht haben, was sie ist. Schließlich hat sie das Recht auf ein gewisses Maß an Würde und Integrität. Auf diese Weise sorgt sie dafür.

Jack sieht mich an, ich ihn. »Hilf mir doch«, bitte ich. Er schüttelt den Kopf, lehnt sich auf dem Sofa zurück und sieht allgemein zufrieden aus in diesem ohnmächtigen Schweigen. Ich ahne, was er mir jetzt erweist. Respekt. Wahrhaftig nicht das, was ich mir in diesem Moment gewünscht hätte. Väterlichkeit, eine Große-Bruder-Gestalt, eine sichere Brust, ein Lehn-dich-zurück-Mäuschen-ich-mach-das-hier. Aber nichts da. Ich muß mich räuspern und mit dem, was am wenigsten schwierig ist, beginnen: »Der Roman, an dem Elizabeth gearbeitet haben soll, können Sie etwas darüber erzählen?«

»*Insomnia?* Nichts anderes, als daß ich weiß, er ist zu Ende geschrieben worden.«

»Woher wissen Sie das?«

»Natürlich, weil sie es mir erzählt hat«, sagt sie mit einer Selbstverständlichkeit, die mich noch mehr an Jacks grandiose Theorien glauben läßt.

»Darf ich etwas anderes fragen, Frau Frost?«

»Darum sitze ich schließlich hier«, erwidert sie schroff.

»Sicher tun Sie das«, plappere ich und habe das Gefühl, daß meine Stimme ins Falsett gleitet. »Was für eine Art Beziehung hatten Sie und Elizabeth Brown?«

Vogelgesang jenseits des schönen Wohnzimmers. Große Glastüren stehen offen, zu einem noch schöneren Garten, in den man uns nicht eingeladen hat. Sie muß gesehen haben, daß ich bereit bin, aufzustehen und zu gehen, wenn auch nur eine Geste von ihr das verlangt. Vielleicht macht sie das ruhiger, läßt sie begreifen, daß sie hier das Sagen hat. Sie sieht zögernd von Jack zu mir.

»Sie hat mir sehr geholfen«, erwidert sie, und ich verstehe, daß es mehr ist, als sie je gesagt hat.

»Dieser Peter in Elizabeths Tagebuch. Haben Sie eine Ahnung, wer das sein könnte?«

»Ja, jedenfalls nicht Walter«, sagt sie mit einem heiseren Lachen, hält dann jedoch inne und zupft ihr Kleid ein wenig zurecht. »Walter war es nicht.«

Eigentlich braucht sie nicht mehr zu sagen. Was hatte ich

erwartet? Daß sie sich mitten ins Zimmer stellen und deklamieren würde: »Peter, c'est moi!«

Ich lasse es dabei.

»Und Ihre Beziehung zu Walter Frost?«

»Ein schrecklich charmanter Mann«, sagt sie kurz. »Seit vielen Jahren von ihm geschieden. Tot jetzt.«

»Das wissen wir. Aber wie war er?«

»Ich habe es soeben gesagt. Hören Sie doch zu, junge Dame«, erwidert sie, und ich zucke bei ihrer Zurechtweisung zusammen. »Schrecklich charmant, habe ich gesagt. Es liegt bei Ihnen, wo Sie die Betonung setzen wollen.«

Jetzt beugt sich Jack über den Couchtisch, er fragt in autoritärem Ton, vielleicht kann er es deshalb sagen: »Frau Frost, warum haben Sie ihn nie wegen der Mißhandlungen angezeigt?«

Sie schrumpft ein wenig zusammen, als erwarte sie weitere Attacken.

»Unsere Tochter war zehn. Er hat immer gesagt, wenn ich ihn anzeige, würde sie es büßen müssen. Ich hätte die Wahl, das hat er gesagt. Was für eine Wahl? kann man sich fragen. Haben Sie Kinder?«

»Ich hatte eins«, sage ich mit ungewöhnlich klarer Stimme.

»Dann wissen Sie Bescheid. Zuerst nimm mich, mach was du willst mit mir. Ich habe sie all die Jahre geschützt. Über den Preis will ich nicht reden.«

Sie steht ruckartig auf, verläßt das Zimmer. Ich höre sie in der Küche ein Glas Wasser trinken. Meine Privatforschung? Terror ist vielleicht ein angemesseneres Wort. Oder Gewaltausübung. Was habe ich hier zu schaffen? Sie kommt zurück, beherrscht.

»Nach Elizabeths Tod?« fährt Jack fort.

»Walter hat sich verändert.«

Lange Pause. Sie redet weiter, anscheinend unberührt davon, daß Jack Fragen stellt, zu denen er kein Recht hat, wozu keiner von uns ein Recht hat.

»Es war, als würde Walter zu einem Niemand schrumpfen.

Wie durch einen Zauberschlag verlor er seine Stärke. Alle haben schließlich lange geglaubt, daß er wirklich schuldig war, daß er Elizabeth ermordet hatte. Wie auch die meisten davon überzeugt waren, daß ich ihm nur unter Drohung ein Alibi gegeben hätte. Es ist merkwürdig, all die Menschen, die geahnt haben mußten, wie er mich behandelt. Aber erst dann, als er, wenn auch inoffiziell, des Mordes verdächtigt wurde, ließen sie durchblicken, sie hätten begriffen, was ich all die Jahre durchgemacht hatte. Ein Mann kann seine Frau offenbar jahrelang quälen und mißhandeln, ohne daß Freunde und Kollegen sonderlich reagieren. Aber wenn derselbe Mann unter Mordverdacht gerät und sich die Presse auf ihn stürzt, ist er gesellschaftlich erledigt.«

»Was passierte dann?«

»Er sah sich gezwungen, seine Arbeit aufzugeben. Mußte wegziehen, dorthin, wo man ihn nicht kannte. Ich reichte die Scheidung ein, auf Gedeih und Verderben.«

»Und was geschah?«

»Es ging gut. Er wagte nicht, etwas dagegen zu tun.«

Warum nicht? möchte ich sagen, habe jedoch nicht den Mut. Statt dessen frage ich: »Entsprach das Alibi, das Sie Walter gegeben haben, völlig der Wahrheit?«

»Ja«, sagt sie und klingt so überzeugend, daß ich sprachlos bin. »Es hat sich genau so zugetragen. Der Bentley, den er besaß, ging ständig kaputt. Ich fand ihn an jenem Novemberabend im Schnee am Belsize Park, ließ ihn in mein Auto steigen, und wir fuhren nach Hause. Er war irgendwohin unterwegs, das stimmt. Aber er ist nie bis dorthin gekommen.«

Jack schaut mich an. Er zieht die Schultern hoch, als wollte er sagen: »Dann ist es klar.«

»Sie sind sich sicher, was die Zeit angeht?«

»Natürlich.«

Dann sagt sie etwas, das mich davon überzeugt, daß sie die Wahrheit spricht: »Glauben Sie mir. Hätte ich gewußt, was meine Aussage bedeutet, hätte ich darüber nachgedacht, ob ich nicht lieber lügen sollte. Ich hätte nichts dagegen gehabt, daß er im Gefängnis gelandet wäre. Und er hätte Elizabeth sehr wohl ermordet haben können. Sein Respekt vor Frauen war …, wie soll ich es ausdrücken? Gleich Null. Aber die Sache hat sich nun mal genau so zugetragen.«

Nicht ein Zucken in ihrem Gesicht, kein Zupfen am Kleid, kein Richten der Frisur.

»Was ist ihr an jenem Abend eigentlich passiert?«

»Ich weiß es nicht. Das versuche ich Ihnen doch zu sagen. Sie sind genau wie Elizabeth damals war, als ich sie kennenlernte. Die Sache vor dem Menschen. Zielorientiert.«

»Das Leben hat mich dazu gemacht«, brummle ich, um meine Verlegenheit zu verbergen.

»Ach, Unsinn«, sagt sie mit Nachdruck, und selten habe ich mich so durchschaut gefühlt.

»Elizabeth hat also Selbstmord begangen«, sagt Jack.

»Das mag unbegreiflich erscheinen, was es für mich auch war. Doch zu einem anderen Schluß kann ich nicht kommen. Nur zu *einer* guten Sache hat diese Geschichte geführt.«

»Und zu welcher?«

»Ich habe die Kraft gefunden, aufzustehen und zu gehen. Aber die Trauer um sie! Das geht nie vorbei.«

Sie nimmt sich einige Familienbilder vor, die auf dem Klavier stehen, verschiebt sie und stellt sie wieder genauso hin, wie sie zuvor gestanden haben. Ich erkenne ihr Verhalten wieder, dieses Suchen im Nichts nach einem Halt, jedesmal, wenn die Trauer einen packt.

»Es ist merkwürdig«, sagt sie. »Aber gegen Ende, einige Jahre vor Walters Tod und bevor diese schreckliche Biografie erschienen ist, die ihn in den Himmel der Massenmedien heben sollte, da hatte ich tatsächlich das Gefühl, Walter würde manchmal glauben, daß er Elizabeth ermordet hat. Sie verstehen, die anderen hatten ihn bereits verurteilt. Freunde waren ihm nicht geblieben, und er traute vielleicht seinem Gedächtnis selbst nicht mehr. Eine Strafe, genauso gut wie jede andere«, sagt sie ironisch.

»Vielleicht noch schlimmer, weil sie nicht verjährt«, sage ich.

»Oh, kein Mitleid, bitte! Er schlug, um zu töten. Daß sein Opfer, ich also, hinterher wieder aufstand, war eher ein Beweis dafür, daß er etwas brauchte, auf das er zurückkommen konnte.«

Jack nimmt meinen Arm, steht auf und zieht mich mit hoch. Patricia sieht erschöpft aus, als müßte sie sich tagelang erholen nach einer Begegnung wie der mit uns. Was soll ich sagen? *Ich nehme Anteil.*

Als wir angezogen auf dem Flur stehen, läßt sie sich ein wenig unerwartet von Jack die Wange küssen. Ich halte ihre Hand einen Moment in der meinen, bin nicht imstande, sie anzusehen.

»All diese unsteten flackernden Blicke, ich habe sie so satt«, sagt sie scharf, »viel zu viele im Laufe der Jahre.«

Ich richte mich auf, sehe ihr lange in die Augen. Das reicht. Vorsichtig schließt sie die Tür hinter uns. Mein Gesicht glüht.

»Was für eine Hölle«, sagt Jack.

Wir gehen durch die Wohngebiete Notting Hills, überall viktorianische Häuser in den unwahrscheinlichsten Farben, in Rosa, Hellblau, Pistaziengrün und Orange.

»Sie mochte mich nicht«, sage ich mit leiser Stimme.

»Oder du hast sie so sehr an jemanden erinnert, daß sie gezwungen war, dich auf Distanz zu halten. Du weißt, was man sagt, Liebe, Aggression und Angst liegen erstaunlich dicht beieinander ...«

Ich bleibe vor dem gelben Gebäude einer Reinigung mit Spiegelfenster stehen. Jack hat recht. Gut dreißig, die Haare zu einem Pferdeschwanz gebunden wie Elizabeth, das gelbe Kleid, erst jetzt sehe ich, daß es an die siebziger Jahre erinnert.

»Aber das war nicht meine Absicht!«

»Das ist mir klar. Aber es war meine. Ich hatte gedacht, dein Anblick, diese Widerspiegelung von Elizabeth, würde sie ein wenig aus der Fassung bringen.«

»Jack!«

»Was es auch getan hat«, sagt er zufrieden.

»Wie konntest du?«

»Savanna? Ich habe gedacht, du verfolgst mit dieser Reise ein Ziel. Die Version, die du von der Sache geben kannst, dürfte die Dinge unmöglich schlimmer machen, als es das Machwerk der Bell getan hat. Im Gegenteil. Patricia weiß das jetzt, Patrick ebenso und, das Wichtigste, du weißt es auch. Also jetzt mach was aus dieser Geschichte!«

Ich strecke die Hände aus, um meine eigenen im Spiegelbild zu berühren. Beuge mich zu meiner Stirn vor, ruhe dort. Diese Geschichte. Jack meint, auch jenseits von London, jenseits von Biografien und Garagentoren. Mach etwas aus dem hier, *mach etwas dagegen.*

Mein Blick ist klar. Meine Stimme stark, die Haltung aufrecht.

»Jetzt kriegen wir ihn dran. Nun reicht es.«

Wen wir meinen? Was würden wir wohl darum geben, wenn wir es wüßten? Alles und noch viel mehr.

30. Kapitel

Wieder bei Null, sind wir das? Alle Vorschläge verworfen. Alle Auswege versperrt. Das macht mich wahnsinnig. Mein Gott, Peter, tu doch etwas! Überhaupt niemand. Ist es das, wozu man dich gemacht hat? Rache. Du verabscheust das Wort. Gewalt. Auch das. Aber welche Waffen haben wir dann noch? List. Wie weit reicht sie?

Aus Elizabeth Browns Tagebuch, 28. September 1972

»Brandt«, sagt Jack, während er im Stimmengewirr eines indischen Restaurants ein Naan-Brot in Streifen reißt, im Hintergrund die übliche Raga-Musik.

»Ich heiße so«, räume ich ein.

»Wann hast du deinen Familiennamen geändert?«

»Das habe ich Frenner schon erklärt! Sam und ich haben unseren Namen geändert, nachdem Vater gestorben war und Martin geboren wurde. Das muß um 1988 gewesen sein.«

»Vor zehn Jahren. Wer weiß davon, daß du vorher Elmbrandt geheißen hast?«

»Alte Freunde, Verwandte. Kaum jemand, mit anderen Worten.«

»Auf deiner Arbeitsstelle?«

»Ich hatte damals keinen festen Job. Habe erst später in der Bibliothek und im Institut angefangen. Ich kann mich nicht erinnern, es dort jemals erwähnt zu haben.«

»Hm. Ist dein Name im Zusammenhang mit Paulina Wellers Tod jemals ans Tageslicht gekommen?«

»Das solltet ihr ja wohl wissen!« sage ich verblüfft.

Jetzt errötet er tatsächlich, murmelt etwas von »miserablen Polizisten« und telefoniert kurz. Wir essen schweigend weiter. Als wir fertig sind, ruft jemand zurück.

»Ein Treffer in der Datenbank«, sagt er kurz. »Deine Mutter wurde offensichtlich im Zusammenhang mit dem Mord von einem Lokalblatt interviewt: Die Mutter einer ›unter Schock stehenden Elfjährigen‹.«

»Mit meinem und ihrem Namen im Artikel?«

»Mit Namen.«

Wir lassen diese Nachricht auf uns wirken.

»Willst du sagen, daß Frenner die Sache mit dem Namenwechsel nicht verfolgt hat?« fragt Jack.

»Ich erinnere mich, daß wir unterbrochen wurden. Du bist ins Zimmer gekommen, und er hatte bis dahin nicht begriffen, daß du und ich, ja, daß wir zusammen sind«, bringe ich schließlich heraus.

Aber Jack ist mit den Gedanken woanders. Viel zu beschäftigt, um mich deshalb aufzuziehen.

»Es ist nicht ganz einfach, einen Menschen, der seinen Namen geändert hat, aufzuspüren. Man kann nicht einfach im Einwohnermeldeamt anrufen und nach dem alten Namen fragen. Bei den vielen Heiraten kämen die sonst zu nichts anderem.«

»Du meinst, daß dieses …«, ich zügle mich, »daß dieser Mann geglaubt hat, ich wohne nicht mehr in Schweden?«

»Jedenfalls konnte er dich nicht finden oder dich im Blick behalten. Irgendwie muß er dir begegnet sein und begriffen haben, daß du es bist, trotz des anderen Nachnamens. Ich meine, er kann dich kaum an deinem Aussehen erkannt haben. Außerdem mußt du etwas gesagt haben, das ihn annehmen ließ, auch du wüßtest, wer er ist.«

»Wieder bei Null.«

»So kann man es auch ausdrücken«, sagt Jack, ausnahmsweise ohne zu widersprechen.

Wir bezahlen für das Essen, nachdem wir ein Schälchen mit seltsamen Anispastillen, die sich wie Isoliermasse zwischen den Zähnen festsetzen, leergeknappert haben.

In der Nacht halten wir uns umschlungen, aber keiner von uns kann schlafen. Wir haben beide das Gefühl, irgend etwas übersehen zu haben. Etwas Winziges, Naheliegendes, Bedeutungsvolles. Nur eine Handbewegung entfernt, mach die Augen zu, streck die Finger aus, und da ist es. Aber in dem Augenblick, wo man zupacken will, ist es wieder entglitten. Erneut die Augen schließen, suchen in zugestopften Nervenbahnen, die uns zu der Gedächtnisbank voller Gedanken und Erfahrungen bringen sollen, wo ein Teil der Wahrheit wartet. Hin und her gewendet werden Worte, die wir gehört, Gedanken, die wir gedacht, Theorien, die wir verworfen haben. Ich liege zwischen Traum und Wirklichkeit, zwischen REM-Schlaf und Bewußtlosigkeit, zwischen Halluzination und der Hoffnung auf Schlaftabletten.

Irgendwo in diesem Nebel meine ich Elizabeth zu sein. In gelbem Kleid und hohen Stiefeln auf Londons Straßen. Schafpelz über fröstelnden Schultern. In leicht fiebriger Stimmung nach allem, was ich geplant habe, und zunehmend nervös, wie ich all das zustande bringen soll. Schneeflocken auf meinen Lippen, ich spüre sie kaum. Schwere Stiefel gegen Ende meines Lebens. Schwere Stiefel, kalt, müde, ich schließe die Augen – ohne zu wissen, wie es geschah, habe ich Jack auf den Boden gestoßen. Offenbar war er eingeschlafen und schläft so tief, daß er nicht merkt, wo er jetzt liegt, und vergeblich versucht, sich mit meinem Mantel zuzudecken. Er murmelt im Traum, langsam falle ich auf das Kissen zurück. Trockene Zunge an immer trockener werdendem Gaumen. Merkwürdiger Gedanke, die Zunge hat überhaupt keinen Platz!

Wieder in die Tiefe, zurück. Elizabeth, das bin ich. Schwere Stiefel, Kälte? Der Mantel umschließt meinen Körper. Bleierne Müdigkeit. Jack redet im Schlaf unten am Boden, reißt mich aus dem Traum. Seine Worte dringen langsam in mein Bewußtsein. Mit einemmal ist all meine Konzentration auf ihn gerichtet, der Körper liegt still, verkrampft, mein ganzes Ich hält den Atem an und lauscht Jacks Worten.

»Ich nehme keinen Platz ein. Ich schlafe«, murmelt er, leicht irritiert, als hielte er jemandem, der das Gegenteil behauptet, vorwurfsvoll eine kleine Rede.

Und noch einmal.

»Ich nehme keinen Platz ein! Ich schlafe.«

Warum kann ich mich nicht rühren? Noch immer ist mein Körper verkrampft wie vor einem Anfall, wie bei Lebensgefahr.

»Jack«, flüstere ich und taste nach seiner Schulter, mein Hals ist wie zugeschnürt, und die Worte sind nur ein heiseres Krächzen. Bitte wach auf, doch meine Stimme versagt.

»Savanna. Was sagst du?«

Nur zögernd wiederhole ich es.

»Ich nehme keinen Platz ein. Ich schlafe.«

»Was meinst du?«

»Das hast du gesagt, im Schlaf. O bitte, warum hast du das gesagt?«

»Ich weiß nicht«, antwortet er hilflos. »Liebste, ich weiß es nicht.«

Er wiegt mich langsam und rhythmisch, beide sind wir eingeschlossen in einem Vakuum, aus dem klare Gedanken und Logik verschwunden sind. Zurückgeblieben ist nur Chaos und Übelkeit, abrupte Erinnerungen und unbegreiflicher Schrecken.

»Das habe ich einmal gesagt, genau das.«

»Überlege, Savanna. Denk nach.«

»Ich habe es gesagt. Ein dunkler Wald. Lange ist es her. Licht blendet mich, ein Geruch wie nach Tannenzapfen, warmer Erde und vermodernden Blumen. Ich habe es zu jemandem gesagt.«

»Hast du das damals gesagt?«

»Und dann noch einmal. Später. Ich habe es noch einmal gesagt. Zu demselben Mann. Schafpelz und schwere Stiefel. Schnee, der auf mein Gesicht fiel, federleicht, ich merkte es nicht einmal. So starr vor Kälte war ich, so müde. Öffnete unsere Haustür, kann sie das denn sein?«

»Schließe die Augen, Liebes, schau nach.«

»Ich öffne die Haustür, wische den Schnee aus dem Gesicht. Schwere Stiefel auf dem Marmor, ich stampfe auf, damit der Schnee abfällt. Zum Fahrstuhl, ich ziehe die Tür des Lifts auf. Dort steht ein Mann. Er hat den Hut ins Gesicht gezogen. Schwer zu sehen. Ich glaube nicht, daß wir uns grüßten. Ich kenne ihn nicht. Lange vor der Zeit der Schlaflosigkeit war es; als das geschah, waren die Nächte lang, mit Tiefschlaf, Träumen und matten Gliedern am Morgen, wenn ich nach zehn Stunden Dunkelheit aufwachte.«

»Vor der Schlaflosigkeit. Letzten Winter?«

»Ich drücke auf den Fahrstuhlknopf«, murmle ich. »Sechster Stock. Aber dort wohne doch ich! Leicht zu merken. Martin ist sechs Jahre alt, wir wohnen sechs Treppen hoch. Aber Martin bleibt sechs Jahre alt, wir bleiben die Geschwister im sechsten Stock. Das ist egal; das ist ganz und gar nicht egal.«

Nur unser heftiges Atmen ist in der Dunkelheit zu hören. Ich kämpfe gegen eine Übelkeit, die meinen Körper in Besitz genommen hat und sich weigert, ihn freizugeben.

»Sechs Treppen. Ich lehne mich an die Fahrstuhlwand. Höre mich selbst sagen, aber meine nichts damit, es kommt ganz von selbst. Ich sage es gähnend: »Ich nehme keinen Platz ein. Ich schlafe.«

»Und der Mann?«

»Ich steige aus, bin jetzt zu Hause. Wir haben uns nicht angesehen. Er fährt nach unten.«

»Du meinst, er stand schon im Fahrstuhl, als du parterre eingestiegen bist? Er ist mit dir nach oben gefahren und dann wieder nach unten?«

»Komisch«, sage ich nickend, und das Unwohlsein beginnt sich zu legen, ich strecke mich aus. »Wasser, bitte etwas Wasser.«

Doch ich sinke in Schlaf, bevor er zurück ist.

Wir wollen Abschied nehmen von Patrick Brown. London ist in feuchten Nebel gehüllt; die nasse Kälte, die erscheint irgendwie schlimmer als im Norden. Sie dringt durch mehrere Schichten von Wolle und läßt die Haut feucht werden, blau anlaufen wie bei frischgeschupptem Fisch. Der Wind ist unerbittlich, und wir ducken uns vor seiner Übermacht, schieben uns durch die Straßen zu Patricks Haus. Er sieht angegriffen aus, ist ebenso ungastlich wie das Wetter. Im Haus ist es unaufgeräumt, und es riecht muffig. Der Geruch nach Krankheit ist so stark, daß ich in der Tür zurückschrecke. Ich sehe, daß ihm die Krankheit alle Kraft raubt. Sie höhlt ihn von innen aus und läßt nur die Hülle zurück. Wie unter Zwang wende ich mich ab. Ich habe das schon früher gesehen. Von dem, was wir erzählen werden, welche Erkenntnisse können diese Hülle aus Arzneien und Schmerzen durchdringen, die jetzt sein Leben sind?

Wir legen die Mäntel nicht ab, lassen sie über die Schulter gleiten. Im Kamin steht eine Plastikimitation aus glühenden Holzstücken. Auf dem Tisch das gestrige Essen. Patrick trägt einen Morgenrock, hellgrün, dunkelgrün und weiß kariert. Ich versuche mich zu konzentrieren. Betäubend, beruhigend – hellgrün, dunkelgrün und weiß. Keiner von uns weiß, wie er beginnen soll. Wenn Patrick spürt, daß unser Vorhaben mißglückt ist, dann zeigt er es nicht. Er läßt seinen glasigen Blick über das Zimmer schweifen, sieht uns an, doch scheint er das Gesehene nur mühsam zu registrieren.

Schließlich sagt er das, was wir alle wissen: »Wieder bei Null?«

»Scheint so«, antworte ich, während Jack gleichzeitig sagt: »Nicht ganz.«

Wieder Schweigen. Der Kater miaut aus irgendeiner Ecke. Bekommt er Wasser und Futter? frage ich mich in einem überraschenden Anfall von Fürsorglichkeit.

»Nicht ganz«, wiederholt Jack. »Wir wissen jetzt, daß Walter Patricia mißhandelt hat und daß er möglicherweise auch Elisabeth ein paarmal geschlagen hat. Mr. Brown?«

»Ja, ich höre.«

»Eine andere Sache«, er hält inne und nimmt dann erneut Anlauf, eine Angewohnheit, die daher zu rühren scheint, daß er oft überraschende Mitteilungen machen muß. »Wir glauben außerdem, daß Patricia Elizabeths Peter war.«

Keiner rührt sich. Hinter Patricks geschlossenen Augenlidern spielt sich etwas ab, das uns nichts angeht. Ich tue etwas, das ich im Haus fremder Menschen noch nie getan habe. Ich gehe in die Küche und mache unserem Gastgeber eine Tasse Tee, gieße für den Kater Milch in eine Schale. Außerdem bringe ich einen übervollen Beutel mit gärendem Müll nach draußen. Patrick besitzt genug Würde, um es zu übersehen.

»Das scheint glaubhaft«, sagt er schließlich. »Ja, das kann wirklich so gewesen sein. Ich mochte sie gegen meinen Willen. Das habe ich ja schon gesagt. Muß für sie ähnlich gewesen sein. Und mehr noch. Dieser sogenannte Verkehrsunfall, wie sollte man reagieren? Es war alles andere als anständig.«

Wir nicken, ohne etwas damit zu meinen.

»Wer hat meine Elizabeth ermordet?«

»Das wissen wir leider nicht. Aber wir glauben wirklich, daß Patricia die Wahrheit sagt.«

»Es war also nicht Walter. Wer bleibt noch übrig?«

»Jede Menge andere und keiner«, sage ich und weiß, daß für den Anlaß meiner Schlaflosigkeit genau dasselbe gilt: Es gibt jede Menge, unter denen ich wählen könnte, und überhaupt keinen.

»Was gedenken Sie zu tun, Savanna?« fragt Patrick und sieht mich an, zum ersten Mal bisher wirklich anwesend.

Mich hat er gemeint, daß ich etwas tun soll?

»Ich muß versuchen aus dem, was wir haben, etwas Vernünftiges zu machen«, sage ich unsicher. »Werde die Dissertation einreichen und eine Version für ein breiteres Publikum schreiben, die ich hoffentlich auch ins Englische übersetzen lassen kann. Werde ein anderes Bild von Walter und damit auch von Elizabeth zeichnen, vielleicht daß ich ...«

Ich halte inne, als ich ihn ansehe. Kein Wort sage ich mehr. Jetzt dem Weinen nahe. Warum bin ich hergekommen und habe all das aufgewühlt? Wer hatte einen Nutzen davon?

»Es tut mir leid, Mr. Brown.«

Es tut mir leid wegen der Hoffnung, die ich in ihm geweckt hatte, daß er glaubte, man könnte eine Rehabilitierung erreichen und die Ehre zurückgewinnen. Es tut mir *leid*. Was bringt das.

Er zeigt zur Tür. Seine Kraft ist erschöpft. Der Augenblick der Anwesenheit war nicht mehr als das, war nur ein Augenblick. Der Wind dort draußen ist unmenschlich. Wir kämpfen uns hindurch.

»Du kannst keine Wunder tun«, sagt Jack nach einer Ewigkeit voller Sturm und Resignation.

Die Hammersmith-Brücke taucht wie eine Fata Morgana im Dunst auf, um dann aufs neue in einer Nebelbank zu verschwinden.

»Aber du hast mich das glauben lassen, stimmts?« versetze ich.

Zynismus, dicht unter der Oberfläche. Eine dünne Schicht Zivilisation, Jack, das ist alles, was wir besitzen.

Eine dünne Schicht. Das ist alles, was ich besitze; wie inständig ich wünsche, daß es anders wäre.

31. Kapitel

> Macht mich nie zu einem Mythos. Laßt mich als Mensch weiterleben. Kein Vamp, keine Karrieristin, nicht männerverschlingende Sirene oder Liebhaberin, kein Verachten der Familie, nicht mutterlos, gänzlich unerschrocken oder steif und unbeholfen. In mir vereint sich komplexes widerstreitendes Wollen und Wünschen. Genau wie in euch. Laßt es dabei. Kreist mich nicht ein, umzingelt mich nicht.
>
> *Aus »Umzingelt« von Elizabeth Brown*

Wir sind zu Hause. In der Wohnung ist es stickig, ein Geruch wie nach verdorbener Milch. Keine Spur von Sam. Zum ersten Mal seit langem schließe ich selbst die Doppeltür auf und gehe in seinen Flügel: Umzugskartons, leere Schrankfächer, abgenommene Hängematten. Auf dem Fußboden ein Zettel: »Bin zu Miranda gezogen.« Ich höre mich durch die Wohnung rufen: »Sam?« Als wäre er dennoch dort versteckt, irgendwo in einer Pralinenschachtel, als warte er darauf, mein Leben wieder so einzuhüllen, zu wattieren, wie es früher gewesen ist. Die Wohnung wirkt riesig, kahl und leer. Die Verplombung an Martins Zimmer: entsetzlich. Weshalb diese morbide Gewohnheit? Weitergehen, weiter. Hinter sich lassen.

Jack steht an meinem Küchentisch und blättert in den Zeitungen der Woche.

»Sam!« rufe ich erregt.

»Ich heiße Jack.«

»Da hast du recht.«

»Soll ich es als Kompliment auffassen? Diese ständige Verwechslung?«

»Ist es schon öfter passiert?« frage ich betreten.

Er verzieht den Mund, als wollte er sagen: »Unzählige Male.«

»Ich wußte es nicht«, brummle ich.

»Ein Kompliment?« beharrt er.

»Ach, hör auf, mich zu analysieren, Jack. Wie soll ich das wissen. In meinem Leben sind zwei Männer wichtig gewesen. Das ist alles.«

»Bin ich einer davon?«

Koketterie, Verlangen, Sehnsucht, sich zurückhalten, sich nähern, entkommen. Es ist aufreibend.

»Hör auf! Du weißt sehr wohl, daß ich Sam und Martin meine.«

Er ist kein Mann, der Türen schmeißt. Sein vorübergehender aggressiver Ausbruch in London war genau das: vorübergehend. Er wollte ausprobieren, ob das sein Stil sein könnte. Nein, er tut etwas viel Schlimmeres. Als ich ihn fragen will, ob er eine Tasse Tee möchte, ist er weg. Einfach so, weg. Wenn er wüßte, wie sehr ich Schweigen und Verschwinden hasse. Zwei Dinge, die ich nicht mehr ertrage.

Ich finde ihn auf dem Friedhof, dort sitzt er und stochert mit einem Stöckchen im Schnee. Schmale Lippen und den Blick ins Nichts gerichtet. Die Aussicht hat auch nichts zu bieten: schwarze, kantige Bäume, ein märzgrauer Himmel und tauender Schnee, aus dem langsam die im Winter verlorengegangenen Handschuhe auftauchen.

»Was soll ich sagen?«

»Du kannst mit ›Verzeihung‹ anfangen.«

»Sind wir nicht zu alt für so was?«

»Genau«, sagt er, »das hatte ich angenommen.«

Ich sehe, wie erschöpft er ist. Sehr erschöpft? Ich will es nicht wissen. Wie weit reichen Elektrisierung und Umarmungen, voll von aufgestautem Verlangen. Ein Stück weit. Gemeinschaft der Seelen: etwas davon kann ich erahnen.

Ich weiß, ich bin an der Reihe. Aber diese Stachligkeit sitzt so tief, dieses Kindische. Ein Gefühl von Panik beschleicht mich. Wenn es nun nie verschwindet? Sicher verschwindet es, ganz sicher finden wir das Monster, und was Elizabeths Tod angeht, so besitzen wir doch ganz bestimmt alle Puzzlestücke, also ist unsere Unfähigkeit, das Ganze zu überblicken, nur von vorübergehender Art. Bestimmt wird alles, was ich an Worten und Bildern in Erinnerung habe, seinen richtigen Platz finden!

Welche Kraft es doch erfordert, mehr zu tun, als nur zu überleben. Die Hoffnung, die uns Menschen abverlangt wird. Zuweilen in einem Ausmaß, das ich nicht zu verstehen vermag.

Ich lege die Hand auf Jacks Wange und ziehe seinen Kopf auf meine Schulter; er widersetzt sich, ich halte fest. Ich will, daß sein Kopf dort liegt. Wo soll ich anfangen? Bei dem Hoffnungslosen? So lange ist es her, daß in meinen Mappen Ordnung herrschte.

»Martin. Ich habe das noch nie erzählt. Nicht einmal Sam. Sam bist du nicht. Du bist Jack, ich weiß es sehr wohl. Keine Verwechslung mehr. Ich will etwas erzählen, es ist nicht schmeichelhaft. Noch schlimmer, es zeigt, was für ein Mensch ich eigentlich bin. Bitte, Jack, bekomme jetzt keine Angst. Die meine reicht für uns beide.«

Ich trommle auf seiner Stirn, eine Melodie, aber der Takt ist falsch.

»Martin. Wenige erzählen davon, was Kinder aus einem machen können. Neben der gewaltigen Liebe. Verstehst du, er konnte mich so frustrieren, daß ich aus dem Gleichgewicht geriet. Du kannst es dir nicht vorstellen. *Laß mich in Frieden*, dachte ich dann, wenn ich müde war, es war wie ein Mantra. Er konnte sich wie ein Schimpanse von Nervenbahn zu Nervenbahn schwingen, verursachte einen Kurzschluß, und das einzige, was am Ende übrigblieb, war ein enger Tunnel voller Zorn und Dunkelheit. Laß mich in Frieden, Martin. In solchen Fällen war es, als würde er auf meinen Nerven herumtanzen, gerade dann, wenn ich es am wenigsten ertrug. Und er hörte einfach nicht auf. Reichte es mit dem Tanzen nicht, dann sprang er darauf herum. Ich explodierte. Dazu konnte er mich bringen. Ich sagte: ›Laß mich in Frieden, Martin, nur einen Moment.‹ Ich schrie, auch wenn du es nicht glaubst, und wie ich ihn anschreien konnte.«

Ein schwaches Zeichen von Frühling: Vogelgesang über unseren Köpfen. Hoffnungsvoll und schön. Es klingt wie: *Hör mich, hör mich, hör mich.* Singt weiter!

»Auch als er krank wurde, passierte es. Ich ertrug es nicht immer. Zerbrach von seinem Gequengel, seinem Gejammer und Geschrei. Ich weiß, was du sagen willst, tue es nicht. Kein Wort davon, daß es menschlich ist. Die Situation, in der ich mich befand, war nicht menschlich, wie sollte ich es dann sein können?

Aber das hilft nichts. Denn weißt du, auch als er todkrank war, konnte sich dieses Gefühl einstellen. Ich dachte dann: Ich würde alles Erdenkliche tun für ein bißchen Ruhe und Einsamkeit. Nicht noch ein Tanz über brüchige Nervenbahnen, sie würden zerreißen.

Jacks Kopf lehnt an meiner Schulter, ich kann seinen Gesichtsausdruck nicht sehen. Auch meinen eigenen nicht. Darüber bin ich froh, denn ich glaube nicht, daß es ein schöner Anblick ist. Unsere schlechten Seiten, verzeih uns auch die. Die Sünden sind nichts. Die schlechten Seiten sind es, die uns zerstören.

»Gott, verzeih mir«, entfährt es mir, jämmerliche Worte, wie ein Gebet um Gnade. »Selbst als er todkrank war. Und dann meine Unfähigkeit bei dir. Dieser Mangel an Einfühlungsvermögen. Verzeih mir auch den. Es ist unverzeihlich.«

Er setzt sich auf, umfaßt meinen Kopf und zieht ihn zu sich hinüber.

»Ich glaube nicht, daß irgend etwas unverzeihlich ist. Dieses absolute Verurteilen, es ist jetzt viele Jahre her. Die weicheren Seiten? Auch du hast sie bekommen.«

Damit muß es genügen. »Keine große Sache«, scheint er zu sagen. Schlechte Seiten, was ist das schon? Das gilt für alle. Meine Hand in seiner, er hält sie, bis ich allein von der Bank aufstehen kann. Wir gehen in die Wohnung hoch. Gnade, ja, es gibt sie.

Unter angenehmem Schweigen kümmert sich Jack ums Essen. Wir nehmen es zu uns, ohne zu wissen, was wir verzehren. Er blickt sich um.

»Hier ist es zu groß. Und zu leer.«

Er erwartet etwas von mir. Ich stimme zu, endlich: »Jetzt, wo Sam nicht mehr da ist. Wir tauschen sie gegen eine kleinere. Wir müssen weg von hier. Zusammen.«

Dann essen wir weiter. Tun so, als sei das kein Thema mehr, als diskutierten wir das Fernsehprogramm – nichts, was uns sonderlich berührt.

»Es ist wohl das beste, wenn ich bis dahin hier wohne«, sagt er.

»Sicher. Es ist nicht gut, allein zu bleiben.«

Wir räumen ab. Keine Gefühlsäußerungen, nur gewohnte Handgriffe, verstohlene Zärtlichkeiten und Ruhe.

Als wir uns schlafen legen wollen, sage ich etwas, das beinahe wie ein Protest klingt: »Aber ich bin doch glücklich! Das hier macht mich ungeheuer glücklich.«

Jack liegt bereits unter der Decke, ich sehe nur eine weiße Silhouette in der Dunkelheit.

»Hörst du, Jack?«

»Nein, ich stecke hier tief unten.«

Ich hebe die Bettdecke hoch und krieche darunter. Finde ihn. Er sagt dasselbe, was Martin immer gesagt hat, wenn er wollte, daß ich eine Sache wiederhole, die ihn vor Wonne erröten ließ.

»Ich habe nichts gehört.«

Ich bin zurück in der Ministerialbibliothek. Großes Interesse von seiten meiner Kollegen. Ich bin jemand, den man vermißt hat! Vor lauter Verwirrung kaufe ich Gebäck für alle. Viel zuviel. Hinter einem Berg von Zimtschnecken erzähle ich von Kirschblüten, Theaterbesuchen und Cafés. Von merkwürdigen Besuchen beim Vater einer verehrten Autorin berichte ich nichts. Über den Urlaub mit meinem Liebsten um so mehr. Mårtensson ergreift das Wort, sagt, er wünsche eine Auswertung der Umstrukturierung und Kompetenzerhöhung in der Einrichtung. Niemand läßt sich etwas anmerken. Wie lange betreibt er das schon? Nichts hat sich verändert. Wie viele Papiere sind geschrieben, wie viele Personen hinzugezogen und wie viele Millionen ausgegeben worden, weil man Millionen sparen will? Wir sind zu Kursen gefahren, haben an Rollenspielen teilgenommen, haben individuelle Gespräche und Gruppengespräche geführt, haben geredet über Zielsetzung, Teilziele und Langzeitziele, Stützung, Feedback und Delegierung. Wir haben Modelle gezeichnet, an die Wand projezierte Diagramme betrachtet, haben Experten zugehört, Statistiken studiert, Qualifizierungsreisen unternommen und teamaufbauende, gemeinschaftsfördernde Maßnahmen ergriffen. Wieder bei Null. Ein paar neue Namen für alte Dinge. *Effizienzerhöhung.* Worauf häufig diejenigen, die mit der stärksten Stimme, der Stimme der Vernunft, gegen Unsinniges kämpften, gehen mußten. Und jetzt? Ordner, betitelt »Veränderungsprozesse« zur Vorlage für die Revisoren.

»Es hat unheimlich Spaß gemacht«, erklären wir, und Mårtensson macht eifrig Notizen für die Obrigkeit.

Wir sind schon zu lange dabei, als daß wir noch in der Lage wären, unsere Meinung zu sagen.

»Hat unheimlich viel gebracht«, ergänzt jemand, und wir anderen stimmen zu.

Spaß gemacht. Zu welchem Preis? Das lassen wir dahingestellt.

Ich lese meine E-Mails. Nichts Neues von der Monsterfront. Darüber freue ich mich ein Weilchen. Dann erinnere ich mich an die letzte Nachricht von ihm. Sie besaß irgendwie eine neue Dimension: nicht mehr Drohung, sondern Forderung. »Keine Hypnose mehr«, hatte er verlangt. Sieh an, Gerüchte verbreiten sich schnell. Tun sie das wirklich? Oder bewegt sich dieser Jemand nur ganz nah an meinem Leben? Was kann ich dagegen tun? Mich an die Öffnungs- und Schließzeiten halten und mich ansonsten mit Jack in unserem Turm isolieren, bis alles vorbei ist. Noch reichlich fünf Monate. Sicher ist das möglich. Was hätte Elizabeth getan? Danke, bin nicht interessiert.

Frenner ruft an. Er entschuldigt sich umständlich für den Schnitzer bei Namensänderung und Lokalblatt. Bagatellisiert die Sache, indem er erklärt, mein Vorname sei so ungewöhnlich, daß der Mörder mich auf jeden Fall wiedergefunden hätte. Aber nicht eben leicht im Telefonbuch zu entdecken, möchte ich sagen, schweige jedoch. Er hat einen Fehler gemacht, und wir wissen es beide. Das schafft für einen Moment eine zu große Nähe; wir entfernen uns rasch wieder voneinander, indem wir neue »Pläne« schmieden. Natürlich läßt sich nichts tun, und das irritiert uns beide. Wir sind geschickt im So-tun-als-ob. Vielleicht will er mich beruhigen, er hat von der letzten E-Mail erfahren. Er sagt dasselbe wie Jack, daß der Kreis zweifellos kleiner geworden ist, trotzdem müsse es nicht unbedingt etwas bedeuten. Er könne mir schließlich nachgegangen sein und sich erkundigt haben, was Maria von Beruf war, bevor sie Pfarrerin wurde. »Was weiß man schon?« sage ich zustimmend.

Alle haben wir etwas Wesentliches übersehen, wir wissen es nur allzu gut. Frenner fragt nach demselben, womit Jack mich beinahe jede Nacht bombardiert. Wie hat der Mann im Fahrstuhl ausgesehen? Bin ich mir sicher, was den Zeitpunkt angeht, daß es zu Beginn des letzten Frühjahrs war? Daß ich als Elfjährige genau dieselben Worte zu dem Mann gesagt habe, den ich in jener Nacht im Wald traf und der eine zusammengeschlagene Frau auf der blutbeschmierten Schulter trug? Ich antworte Frenner, was ich auch Jack geantwortet habe: »Wie kann ich denn sicher sein?« Sie sprechen es nicht aus, aber ich weiß, daß sie von mir enttäuscht sind. Brauche ich vielleicht noch einmal Hilfe von Maria? Auch das sagen sie nicht. Ich bin mir längst im klaren, was von mir verlangt wird. Das Unmögliche. *Laß mich in Frieden*, Jack, bitte, einfach in Frieden.

Natürlich greife ich zum Hörer und rufe Maria an. Niemand nimmt ab, ich hinterlasse wiederholt Nachrichten zu Hause und an ihrem Arbeitsplatz. Jenes Letzte, was sie ausprobieren wollte, sie hatte vor der Londonreise davon gesprochen, können wir es nicht versuchen? Aber so antworte doch, rufe zurück. Ein immer längerer Piepton nach ihrer Ansage. Ich überlege. Wie lange ist es her, daß ich sie das letzte Mal gesehen habe? Einen Monat. Dunkle Unruhe.

Schließlich ein Anruf von Ljunggren, sofort bin ich in Verteidigungsposition.

»Ich weiß, die Dissertation. Aber in der Bibliothek war so viel los, verstehst du, Kompetenz- und …«

Es gereicht mir zur Ehre, daß ich den Satz nicht zu Ende bringen kann.

»Ach, Savanna, nicht immer stehst du im Mittelpunkt! Es geht um etwas ganz anderes. Maria ist verschwunden.«

»Verschwunden?« wiederhole ich dümmlich.

»Zusammen mit ihrer Tochter vor ungefähr drei Wochen. Sie scheint überstürzt aufgebrochen zu sein. Hat beinahe nichts mitgenommen, aber offenbar hat sie persönlich alle ihre Konten geleert. Ich habe gedacht, das Ganze sei ein Mißverständnis, aber jetzt ist ein Antrag auf Freistellung vom Dienst eingegangen.«

»Verschwunden.«

»Laut Antrag wird sie ein gutes halbes Jahr wegbleiben. Eine Erklärung wird nicht gegeben. Sie kann ihre Stelle verlieren. Ich verstehe überhaupt nichts. Keiner weiß, wo sie ist. Sie hat einen Brief für ihre Mutter hinterlassen, mit der Bitte, ihn niemandem sonst zu zeigen. Offenbar ist die Mutter so beunruhigt, daß sie sich nicht daran hält. Sie will dich so schnell wie möglich treffen.«

»Mich?«

»Ich kann mitgehen, wenn du willst.«

»Nein«, erwidere ich rasch, ohne zu wissen, warum. »Ich schaffe das allein.«

»Verschwunden«, sagt Ljunggren vor sich hin. »Meine liebe Freundin.«

Ich höre, wie er an irgend etwas herumpusselt, ich weiß genau, woran. Ihm versagt fast die Stimme. Warum klingt meine eigene so hart?

Dieses Netz, das sich um die Fische zusammenzieht, wenn sie bereits hilflos nach Luft schnappen. Feinmaschig, einschnürend, undurchdringlich. Und die darin festsitzen? Im Mund ein metallischer Geschmack, erneut ist er da, dieser Geschmack von Ohnmacht und Angst. Es hat gereicht, ihn wegen der eigenen Person zu spüren. Glaubt mir, es hat gereicht.

32. Kapitel

Furcht. Vor dem, wozu er imstande ist. Vor dem, wozu ich fähig bin. Daß wir uns gegenseitig in eine Sackgasse treiben können – durch Zufall, durch falsche Entschlüsse und unberechenbare Stimmungen –, aus der wir nur mit Gewalt oder Drohungen wieder herauskommen. Wenn sie ihn nicht dazu gebracht hätte, daß er ... Es hat keinen Sinn, so zu denken. Die schlimmsten Worte, die ich kenne, lähmend und destruktiv. Dennoch sitze ich hier. Wenn nur ... Wieviel ich deinetwegen tun muß, Peter. Wünsche zuweilen, ich könnte mir das ersparen. Die Alternative? Undenkbar.

Aus Elizabeth Browns Tagebuch, 1. August 1972

Ein entsetzlicher Ort für ein Treffen. Mein Kabuff im Institut. Ein zweites Regal ist hineingestellt worden, man kann sich kaum rühren. Ljunggren hat Marias Mutter gebeten, mich hier zu treffen. Vielleicht, damit er erfahren kann, was geschehen ist und was in dem Brief steht?

Ich versuche Platz im Zimmer zu schaffen, ein Besucherstuhl paßt nicht hinein. Sie muß auf meinem Bürostuhl sitzen und ich auf dem Schreibtisch. Nervös räume ich Möbel und Papiere hin und her. Lange Nägel wären jetzt abgebrochen. Ich beiße auf einem Kugelschreiber herum, Tinte läuft aus, und meine Lippen färben sich blau. Ich sehe es im Spiegel. Die Farbe paßt zu meinem derzeitigen Aussehen. Aufgerissene Augen, ein Schleier davor, blasses Gesicht, die Haut leicht bläulich – durch Kälte und anderes. Mir klappern die Zähne, die Hände eisig, als würde ich meinen Henker erwarten.

Die Tür öffnet sich. Marias Mutter betritt das Zimmer, ein Schritt, ein zweiter, weiter kommt sie nicht. Ich bin froh über den komischen Effekt, einer mehr dürfte nicht gelingen. Ich erkenne sie wieder von den Bildern auf Marias Kühlschrank, dort mit der Enkeltochter Lovisa. Kalte Hände berühren einander. Wortlos setzt sie sich auf meinen Stuhl. Ich versuche unbeschwert zu wirken, als ich mich auf den Schreibtisch schwinge. Es gelingt schlecht, ein Stapel Papiere landet auf dem Boden. Niemand macht Anstalten, sie aufzuheben.

»Nun«, sagt sie schließlich, »ich habe einiges über Sie gehört.«

Ich lächle mit trockenen Lippen.

»Nur Gutes«, fügt sie hinzu.

Hitze im Magen – ich habe nichts getan! Wie könnte das hier meine Schuld sein, es dreht sich doch nicht alles um mich, und …

»Deshalb finde ich diesen Brief hier so unangenehm, ja aus verschiedenen Gründen. Ich hatte nicht den Eindruck, als seien Sie eine Person, die … ja falsch ist.«

Leichtes Schwindelgefühl. Ich stelle einen Fuß auf den Boden, rutsche ein wenig vom Schreibtisch herunter, um mich abstützen zu können. Marias Mutter nestelt an einem Brief herum. Er ist schon zerlesen. Kleine Flecken auf dem Kuvert, etwas Feuchtes, das eingetrocknet ist. Ich schaue zu der Lüftungsklappe an der Decke. Die Frau steckt die Hand in den Umschlag, zieht die Finger einen nach dem anderen heraus. Das trifft mich. Ich glaube nicht, daß sie es bemerkt. Sie spürt nur ihre Trauer, das Pulsieren der Sehnsucht und die Unruhe in den Adern. Sie sieht mich an, als wollte sie sagen: Wir kennen uns nicht, was für eine merkwürdige und ausgefallene Situation. Sie schaut auf ihren Schoß, nimmt eine Mappe auf und reicht sie mir. Es ist Marias »Akte« über mich, mit allem, was die Hypnose ergeben hat.

»Ich verstehe das hier nicht, aber habe Ihren Namen darauf gelesen und gedacht, Sie könnten es vielleicht brauchen.«

Stummes Nicken. Was bleibt noch? Der Brief auf ihrem Schoß, es fällt ihr schwer, sich von ihm loszureißen. Doch bevor ich zu lesen beginne, sehe ich, daß sie die Augen schließt und ihre Lippen sich bewegen wie in stillem Gebet. Als ich genauer hinsehe, kann ich erkennen, was ihre Lippen formen. Es sind die ersten Worte des Briefes: *Meine geliebte Mutter.*

Meine geliebte Mutter, mach Dir keine Sorgen. Ist es nicht genau das, worum alle Töchter ihre Mütter bitten, wenn sie wissen, daß genau das Gegenteil der Wahrheit entspricht? Es gibt zuviel, um das man sich Sorgen machen muß, wir haben das beide verstanden. Laß uns deshalb unsere nicht spielbaren Rollen noch ein Weilchen spielen. Mama, mach Dir keine Sorgen.

Ich werde alles von Anfang an erzählen. Darin ist auch schon das Ende enthalten, ich wußte nur nicht, daß es so ist. Nicht jetzt. Das Ende ist, daß Lovisa und ich aus diesem Land geflohen sind. Bitte mich nie, Dir zu sagen, wohin, es gibt keine Möglichkeit, darüber zu sprechen. Glaub mir, Mutter, es ist wirklich das beste für uns alle, daß Du es nicht erfährst. Wegen unserer Sicherheit und vielleicht auch der Deinen.

Ich hatte einen Mann kennengelernt. Ach, wie ich herumgelästert habe: »Mein verheirateter Liebhaber!« Vielleicht aus Protest? Die gute Seelsorgerin und dann diese Treulosigkeit gegenüber einem anderen Menschen, wenn es auch niemand war, der mir nahestand. Unwichtig, es war ein Vergehen, und ich habe mich offenen Auges darauf eingelassen. War mehr als entzückt und zugleich entsetzt. Verzeih mir, Mutter, aber nach Lovisa habe ich manchmal gedacht, ich finde nie wieder jemanden, den ich lieben könnte. Oder vielleicht richtiger, jemanden, der mich lieben, begehren und anbeten wollte. Banal, sicher weiß ich das. Aber nicht unverzeihlich. Das weiß ich auch.

Der verheiratete Liebhaber. Der gutaussehende Mann und dann ich, im selben Alter, aber nicht von gleicher Vitalität, sagt man nicht so? Eine Begegnung voll verblüffender Leidenschaft – glaub mir, leicht zu beeindrucken bin ich nicht. Es war faszinierend, schmeichelnd und spannend. Sollte ich mich umdrehen und gehen? Ich konnte es nicht! Sicher hätte ich es gekonnt. Und jetzt stehe ich hier. Anfangs war es so subtil. Ich konnte schließlich nicht ahnen, ich war doch nicht »eine Frau dieser Sorte«! War doch aufgeklärt, selbständig und intelligent? Nein, ich war naiv und anmaßend.

Er hat mich beschnitten, verstehst Du. Es geschah langsam, wie ein Gärtner es bei einem Baum tut, aber ohne dessen Hoffnung, zum Sommer hin möge Kräftigeres wachsen. Ich ahnte es nicht, aber Männer, die dich »aus Liebe« beschneiden wollen, sind die schlimmsten. Geh, geh sofort. Warum hat keiner diese Worte zu mir gesagt? Weil ich unsere Affäre geheimgehalten habe, auch wußte keiner, hinter welchen verschlossenen Türen unsere Liebestreffen stattfanden. Geh sofort, sonst fängst du an zu glauben, was er sagt. Daß es wirklich zu meinem Besten ist, den Umgang mit männlichen Freunden zu beenden, mein Engagement im Verein aufzugeben, mich niemand anderem anzuvertrauen als ihm …

Mutter, das Traurige ist, daß ich ihm nach einiger Zeit glaubte. Ein Mann mit einer solchen Leidenschaft und Zärtlichkeit? Der Mensch will oft nur das Beste glauben, das habe ich daraus gelernt. Das Schlimmste anzunehmen, damit kann man nicht umgehen. Ich hatte mich entschieden, ihm zu vertrauen, zu glauben, daß Liebe immer ein gewisses Maß an Kontrolle und Macht einschließt.

»Beschneide du mich auch«, sagte er. »Fordere etwas von mir! Zeige mir deine Liebe.«

Ich war geblendet, also habe ich mich gefügt. Danach bleibt nur Selbstverachtung. Mit dieser braucht man kein Schloß an der Tür, man hat sich bereits selbst eingeschlossen.

Ich wußte nicht, daß Gefahr und Angst eng mit Sexualität verbunden sein können. Es tut mir leid, Mutter, daß Du das hier lesen mußt, doch jetzt muß alles gesagt werden. Verurteile mich nicht. Das Sexuelle, diese Art, war neu für mich. Ein vielleicht nicht sonderlich scharfes Messer an meinem Hals, aber doch ein Messer, und danach: unfaßbare Zärtlichkeit. Geküßt, genommen und getröstet zu werden, nachdem man ein bißchen Angst gehabt hat. Entsetzlich, verführend, phantastisch. Das war, bevor ich begriffen hatte, wie ernst es gemeint ist. Daß dieses Spielchen eine schlimme Variante hatte, eine lebensgefährliche Spielart. Es gibt keine Entschuldigung, nur meinen eigenen Unverstand.

Dann wechselte es zwischen kleineren Ausbrüchen und Zärtlichkeit, zwischen Gewalttätigkeit und Küssen. Immer öfter. Nur ein Gedanke, der mich über Wasser hielt: *Ich*, ich bin doch wohl keine Frau, der so etwas passiert? Also bin das hier nicht ich. Welch idiotischer Gedanke, aber etwas anderes vermochte ich nicht. Das war nicht meine Situation, nicht mein Platz. Mach die Augen zu, dann ist es weg.

Dieses Pendeln, unbemerkt zunächst, zwischen kleinen Übergriffen und bestrickender Verwandlung: »Verzeih mir, befreie mich von meinen Abgründigkeiten, wir wollen uns wieder versöhnen, ohne dich wäre ich ein Nichts!« Merkwürdig erst, vielleicht ungewöhnlich. »Sicher nehme ich dich in meine Arme! So, mein Liebster, ruhe dich aus, die Welt kann uns da nichts Böses tun. Siehst du, jetzt ist es vorbei.«

Wann ich begriffen habe, daß es ernst gemeint war? Ein Schlag gegen meinen Hals, viel zu hart, vorsätzlich. Etwas in mir starb. Mein Vertrauen? Noch war es nicht ganz aufgebraucht. Aber eine schleichende Angst war da. Danach die erstaunliche Erkenntnis, daß *mir keiner glauben wird.* Es gibt nichts Schlimmeres. Ich habe einmal gelesen, der Schriftsteller Primo Levi habe gesagt, eine der größten Ängste im Konzentrationslager sei es gewesen, daß niemand einem glauben würde, falls man davonkäme. Das wäre zu entsetzlich gewesen. Und die Gefängniswärter? Die sagten genau das, was solche Männer, wie ich jetzt weiß, zu Frauen sagen: »Schrei du nur, dir wird trotzdem niemand glauben.«

Ich versuchte es, berichtete davon, als erzählte ich von einer anderen Frau. Die Reaktionen? Sie übertreibt sicher, sie provoziert ihn, sie ist vielleicht so eine, die diese Art Männer anzieht. Wenn keine der drei Antworten zutrifft, was tut man dann? Schließlich muß man fliehen, denn sie geben nicht nach. Doch ich bin zu spät geflohen. Diese Schande muß ich tragen. Es sollte nicht so sein.

Das letzte Mal. Ich kann es nicht erzählen. Hör Mutter, nach den Schlägen, der Demütigung, ich wußte nicht … Nach den Schlägen ahnte ich einen Abgrund in der Natur des Menschen, von dem ich zuvor nichts wußte. Alles in der Welt würde ich dafür geben, meine frühere Naivität wiederzuerlangen. Der Preis war zu hoch, trotz meiner Berufung. In der Minute, bevor die Schläge kommen, oder Mutter, genau in dem Moment, wenn man glaubt, die Sache sei vorbei, ist es am schlimmsten. Wie soll ich damit leben können? Wie soll Lovisa mit dem Anblick einer blaugeschlagenen Mutter leben können? Jetzt sind wir weg von dort, versuchen zu genesen. Salben, Einreibung, Verbände. Wie wir uns betrügen.

Bitte mich nicht, einen Namen, eine Beschreibung preiszugeben oder jemals eine Anzeige zu erstatten. Nicht nach jenen Drohungen, nach dem, was er mit Lovisa zu tun versprach. Es ist nicht von dieser Welt. Außerdem habe ich jetzt das Gefühl, der Name, den er genannt hat, ist falsch, ich kann nicht erklären, warum. Ich war nie bei ihm in der Wohnung, er auch nicht in der meinen. Ich bin nicht einmal sicher, daß er verheiratet ist, sein Ehering sah verdächtig neu aus. Drei Monate lang haben wir uns getroffen, und das hier ist alles, was ich weiß: überhaupt nichts.

Wie er mich beschnitten hat? Mit allen Mitteln und auf jede erdenkliche Weise. Subtil und gerade deshalb sehr effektiv. Wie konnte ich glauben, daß es leidenschaftliche Liebe war. Die Warnlampen blinkten so hell, daß sie mich schließlich blendeten. Warum ich ihn nicht schon nach den ersten Schlägen verließ? Ich habe nicht geglaubt, daß dieser Mister Hyde der Doktor Jekyll war, in den ich mich verliebt hatte. Bitte kein höhnisches Lachen, natürlich weiß ich, daß ich nur eine der zahllosen Frauen bin, die genau das gesagt haben. Es tut schon weh genug.

Beim letzten Mal, diesem unbeschreiblichen, war er es, der verlangt hat, ich soll das Land verlassen. Er stank nach Alkohol, das ließ die Schläge nicht sanfter ausfallen. Er wolle mein gräßliches Gesicht nie mehr sehen, das wiederholte er immer wieder. Nie mehr meine Stimme hören, meine nichtssagenden Gedanken ertragen müssen. »Ja, ja«, war das einzige, was ich erwidern konnte. »Ja, gräßliches Gesicht, ja, nichtssagende Gedanken.« Alles, nur nicht wieder diese Hände an meinem Körper spüren. Er verlangte, ich solle mindestens ein halbes Jahr wegbleiben. Wenn er erfahren würde, daß ich früher zurückgekehrt sei, dann … Keine zu Ende gesprochenen Sätze in der Welt der Gewalt. Nur Schmerz und Banalität.

Ich war wie ein Hund. »Ja, ja, nie mehr meine Stimme hören.« Und ich erinnere mich noch, was er gesagt hat, als ich zusammengekrümmt, mit geschlossenen Augen auf dem Boden lag: »Betrachte das nicht als Drohung, sondern als Forderung.«

Ich werde länger fortbleiben, als er sich ausgebeten hat. Manchmal weiß ich nicht, ob ich jemals zurückkehren werde. Wenn die Erde aufgehört hat zu schwanken und meine Wunden geheilt sind, rufe ich Dich an. Aber ich kann nichts aufs Spiel setzen oder jemanden herausfordern. Vor dem Herbst hörst Du nichts von mir. Ich weiß, fünf Monate sind eine lange Zeit, aber bitte versuche das durchzustehen. Auch wir tun das, mehr nicht.

Über all das hinaus, was ich zu sagen versuche – ich bin nicht überzeugt, daß es sich vermitteln läßt –, ist da noch eine Sache, die mir zu schaffen macht. Es geht um meine Freundin Savanna Brandt. Du erinnerst Dich wohl, ich hatte ihr geholfen, ihre Geschichte war tragisch, sie steckte in einer entsetzlichen Situation. Savanna berührt mich auf eine ganz besondere Weise. Dieser Wunsch bei ihr, einfach mit der Tapete zu verschmelzen, ließ sie sichtbarer sein als jeden anderen. Sie hatte eine Hoffnungslosigkeit an sich, von der ich glaubte sie befreien zu können, eine Trostlosigkeit, die ich lindern wollte.

Ich versuche zur Sache zu kommen. Der verheiratete Liebhaber, dieser furchtbare Mann, wollte mich beschneiden. Das habe ich schon gesagt. Aber von einer Person sollte ich vor allen anderen abgeschnitten werden. Von Savanna. Am besten sollte ich nichts mehr mit ihr zu tun haben, sie wäre nicht gut für mich. Anfangs war er so sehr an ihr interessiert, daß ich alles erzählt habe, sogar von der Hypnose, und auf seine Aufforderung hin begann ich Notizen zu machen. Er war damals so wohlwollend: »Deine Freunde sind auch meine Freunde.« Wieviel Vertrauen ich doch hatte.

Doch einmal nannte er sie Savanna Elmbrandt, und als ich ihn berichtigte, explodierte er. Ich glaube, das war das erste Mal. Später habe ich herausbekommen, daß sie früher offenbar so hieß, aber die Namensänderung kaum jemandem gegenüber erwähnt hat. Er schien Dinge über sie zu wissen, die weder mir noch ihren Freunden bekannt waren. Wenn sie keine Liebesbeziehung gehabt hatten, was Savanna aufrichtig verneinte – allerdings ist mein Vertrauen nicht mehr wie früher –, was ist es dann, das sie verbindet und ihn so wütend macht? Mutter, behalte Savanna im Auge, es macht mir angst. Allein der Gedanke, daß er ihr einmal das angetan haben könnte oder daß er erneut …

Nein. Schluß hier. Lovisa und ich sind weit weg, es gab keine andere Wahl. Du verstehst mich jetzt sicher. Nur noch eins. Bin ich mitschuldig? Ja, bei einer Sache. Daß ich nicht sofort gegangen bin, als er sagte, seine Liebe zu mir erfordere gewisse Opfer. Daß er meinen Hals dicht an der Kehle umfassen wolle. Daß ich mich faszinieren ließ. Daß ich nicht ging, bevor das Geiseldrama und die Angst mich wie jetzt zu lähmen begannen. Aber bin ich mitschuldig an der Gewalt? Eine Zeitlang glaubte ich das. Meine Art, mein Aussehen, meine Gedanken, irgendwo lag wohl der Fehler? Doch jetzt, wo ich weg bin, weiß ich, daß dem nicht so ist. Ich habe die naive Auffassung, daß eine Frau, unabhängig davon, wie sie agiert, es nicht »wert« ist, in kleine Partikel brennenden Schmerzes zerprügelt zu werden. Ich möchte in der Gewißheit leben, daß derjenige, der zu Gewalt greift, die Schande tragen muß. Das ist der beste Gedanke, der mir seit Monaten gekommen ist.

Meine geliebte Mutter, *mach Dir keine Sorgen.* Zu welchen Beschwörungen wir doch greifen. Ich bin traurig, Dir diese Dinge erzählen zu müssen, doch noch trauriger darüber, daß die Wirklichkeit so aussieht.

Deine Tochter
Maria.

In meinem Kopf dröhnt, hämmert es, er droht an der Fontanelle, die seit langem zusammengewachsen sein sollte, aufzuplatzen. Das Meer strömt herein, das Salz der Wellen, Unterdruck und ein Rieseln, als sie sich wieder zurückziehen. Ich bleibe leergewaschen zurück, mit brennenden Augen. Meine Schuld. Keine anderen Worte tauchen auf. Sie reichen. Ich bin in ihrer Gewalt: meine Schuld. Nur meine. Ich sage es der armen Frau, die ihre Hände in Trauer über den Verlust ringt.

»Ich glaube, es ist meine Schuld. Es tut mir leid. Ja, ich weiß, das genügt ganz und gar nicht.«

33. Kapitel

> So viele Hände, die in unseren Zügen am Morgen die Knie anderer umfassen. Begegnungen mit schläfrigem Blick. Nette Worte dabei: »Viel Glück heute, es wird schon gutgehen.« Ein Kuß, ein Entgegenkommen, eine Bestätigung. Niemals neidisch gewesen, nichts, was mir gefehlt hat. Ich weiß doch, daß es gut wird. Und nun? Das Wort »niemals« ist ausgetauscht gegen »irgendwann«, »irgendwann« gegen »Sehnsucht«. Also bin auch ich jetzt dort angekommen. Fortschritt? Meine Ecken sind runder, ich bewege mich sanfter durch Londons Menschenmenge. Nicht das Schlechteste.
> Wenn es jemand wagte, eine Hand auszustrecken? Ich würde sie ergreifen.
>
> *Aus »Geschlagen« von Elizabeth Brown*

Arme und Beine von mir gestreckt, sitze ich auf Frenners Besuchersofa. Behördenstoff, graubeige mit Goldschnörkeln. Ein heller Kieferntisch davor, derselbe wie bei Ljunggren. Wie viele solche Möbel gibt es im öffentlichen Sektor Schwedens. Jemand hat ein Vermögen an dieser kühlen, distanzierten Einrichtung verdient. »Laß die Gedanken wandern, das tut dir gut«, sagt meine freundliche innere Stimme. »Mein Fehler, nur meiner«, sagt die andere, die stärker zu sein scheint. Frenner macht ein grimmiges Gesicht, er weiß nicht, was er mit der Geschichte anfangen soll, die sich immer weiter ausdehnt und verändert. »Kümmern Sie sich darum«, hat mein desperater Blick ihn gebeten. »Tun Sie etwas!«, dann bin ich in dem bequemen Sofa versunken, als könnte mein Rückgrat mich nicht länger aufrecht halten. Die Schuld frißt mich von innen auf.

»Am Verschwinden Marias brauchen nicht Sie schuld zu sein«, redet mir Frenner gut zu.

Ich wedele ihn weg.

»Das *braucht* nicht er zu sein. Nichts deutet darauf hin. Wir haben Marias Wohnung nach Fingerabdrücken und Spuren abgesucht, aber nichts von dem Gefundenen stimmt mit jenem Mann überein, der Paulina ermordet hat.«

»Aber sie haben sich doch nie dort getroffen«, sage ich matt, ein Tuch über die Augen gelegt, die Neonröhren an der Decke erscheinen mir unbarmherzig hell.

Er drückt ganz leicht meine Schulter, so sanft, daß es fast nicht zu spüren ist, und begibt sich dann auf seine kleine Wanderung. Wir bewegen uns im Kreis, ist alles, was ich denken kann, während ich ihn wie im Dunst durchs Zimmer gehen sehe.

»Die Personenbeschreibung. Sie stimmt ebenfalls nicht«, fährt er fort. »Maria hat ihren Liebhaber als höchstens fünfzig eingeschätzt. Das ist nicht unser Mann.«

Ich blase das Tuch ein Stück in die Luft, dann fällt es mir wieder auf die Augen, wo es das Neonlicht dämpft.

»Sie hat ihn vielleicht nicht richtig eingeschätzt. Oder unsere erfundene Beschreibung ist falsch.«

»Es stimmt nicht!« sagt er erbost. »Nichts ist so, wie wir es uns vorgestellt haben.«

Mit einem Ruck stellt er die Kaffeetasse auf den leicht schwankenden Tisch – Qualität war im Preis nicht inbegriffen.

»Nein«, sage ich, es ist das erste Mal, daß ich ihm zustimme.

»Wir werden uns noch einmal bei Marias Nachbarn und Kollegen umhören, vielleicht hat sie jemand zusammen gesehen. Rufen Sie mich an, wenn Ihnen noch etwas einfällt.«

»Natürlich.«

Noch immer kann ich nicht vom Sofa aufstehen. Ich nehme

an, daß Frenner anderes zu tun hat, als zu beobachten, wie das Tuch von meinem Gesicht abhebt und langsam wieder zurückfällt.

»Soll ich Jack anrufen?« fragt er.

»Nein danke«, sage ich und stehe auf.

Komme allein zurecht, laßt mich in Ruhe. Unbeachtet bewege ich mich durchs Zimmer. Tue ich es nicht?

In der Bibliothek ist es still, Ostern steht vor der Tür, und viele haben frei. Die Kollegen machen vorsichtig einen Bogen um mich, sie ahnen, daß ich sonst ausraste. Wie lange habe ich schon dunkle Ringe unter den Augen? Jetzt bald ein Jahr, es begann im vorigen April. Was für ein furchtbares Jahr. Jack und die Liebe, überwiegt das? Es muß so sein. Mir fehlt nur die Kraft. Wo ist dieses *Liebenswürdig und mutig*? Es ist nie mein Motto gewesen. Die Unerschrockenheit ist weg, genauso wie Maria. Übriggeblieben ist die unengagierte Savanna, erneut im Winterschlaf, wo ich hingehöre. Bitte nicht aufwecken, zur nächsten Jahreszeit komme ich wieder, im nächsten Leben, nach einem Ewigkeitsschlaf bin ich zurück. Erneut im Winterschlaf, Gefühls- und Sinneseindrücke liegen brach. Wie ein Bär hocke ich da, die Tatze über dem Kopf. Traumloser Schlaf – das einzige, worum ich bitte. Möge es stürmen, regnen, schneien, ich bin nicht mehr da. Jack merkt es, ja, und ob er es merkt.

Savanna, ich bin hier.

Ja, sicher bist du das.

Bin es tatsächlich. Sieh mich an.

Hm?

Weit weg, überall sein, nur nicht hier. Wie Maria bin ich geflohen. Die Wirklichkeit ist kein sicherer Ort, macht also der Magie des Unwirklichen Platz.

Ich erhebe mich mit viel Mühe vom Stuhl hinter dem Ausleihtisch, drehe eine Runde durch die Bibliothek. Lasse meine Finger über die Buchrücken streichen, gehe am Regal »Hc Literatur, schwedische« entlang. Meine Finger bewegen sich von Titel zu Titel, eine winzige Hoffnung nach jedem Buch. Wie war das gleich? Ein Buch, das Maria empfohlen hatte? Erinnere mich nicht. Ein Vakuum in meinem Kopf, wie immer, wenn ich versuche, mich an etwas Wichtiges zu erinnern. Maria. Als sie mir dieses letzte Mal mit meinem Tuch half. Was war das, worauf ich damals nicht gehört habe. Ich gehe das Regal durch von A bis zum letzten Buchstaben Ö. Danach weiter zu »G Literaturgeschichte, allgemein«. Wach auf, Savanna, sei jetzt ausnahmsweise einmal hellwach! Aber an nichts kann ich mich erinnern. Vielleicht taucht es auf, wenn ich mich bewege.

Wandere durch die Korridore, vorbei an geschlossenen Türen mit Namensschildern, aber ich gehe zu schnell, als daß ich etwas unterscheiden könnte. Hinunter in die Gänge, die die einzelnen Gebäude verbinden. Tappe blindlings weiter. Plötzlich stehe ich an einem Fahrstuhl: »Personalspeisesaal, 2. Stock.« Ich schaue auf die Uhr, halb eins. Habe ich Hunger? Bären fressen im Winter nicht. Ich kichere, als sich der Fahrstuhl nach oben bewegt.

Der Speisesaal ist voller Leute, überall Stapel von Tabletts, Gruppen von Menschen im Gespräch, Tabletts vor sich her balancierend: kleine Teller mit traurigem Salat, zwei Gläser klares Wasser (»Getränke nicht inbegriffen«), und Speisen, die alle gleich aussehen, egal was man auch gewählt hat. Ich stelle mich in die Schlange, ein Rücken vor mir, ein Bauch hinter mir. Wenn ich mich fallen ließe? Nichts dergleichen.

Über Tabletts und Köpfe hinweg trifft mich ein Blick. Ein Mann lächelt mir unergründlich, aber dennoch freundlich zu, so als wüßte er etwas über mich, wovon ich noch nichts ahne. Er hebt die Hand zum Gruß.

»Die Annonce!« ruft er zur Erinnerung und lacht.

Ich begreife nicht. Doch dann, meine Knie werden weich, ich schwanke leicht, Hitze aus dem Bauch, die mich mit schweißnassen Händen und roten Wangen zurückläßt.

»Ulf?«

»Stierner.«

Die Schlange bewegt sich vorwärts, ich mit ihr. In jemandes Arme fallen dürfen. Bitte mich, und ich falle. Seine Art, mich anzusehen, berührt mich. Ich weiß nicht, warum, sie läßt mich matt werden. »Güte kann man dort finden, wo man sie am wenigsten erwartet.« Aus den *Öffentlichen Staatlichen Untersuchungsberichten*? Wie konnte ich das nur vergessen haben?

»Deine Freunde und die Wohnungen!« erinnere ich mich. »Gibt es sie noch?«

»Später. Ich verspreche es.«

Er trägt kein Tablett, statt dessen einen Berg schwerer, Schlimmes verkündender Folianten. Obendrauf ein belegtes Brot, gleichsam eine kleine Trophäe: Als Dank für langen und treuen Dienst.

»Aber auch alles muß jetzt fertig werden! Das klappt nie«, ruft er mit einer Geste auf die Bücher.

Er geht zum Ausgang des Speisesaals. Soll ich hinterherrennen? Der Kopf dreht sich mir. Ein Mann spricht ihn an, niemand, den ich kenne. Sie zeigen in meine Richtung, Ulf macht erst eine Handbewegung zu mir hin und dann auf den Mann an seiner Seite.

»Hier ist er!« ruft er und verschwindet.

Der unbekannte Mann kommt widerstrebend auf mich zu.

»Verwaltung«, ist alles, was er sagt, offenbar reicht das als Einführung zusammmen mit der Visitenkarte, die er mir in die Hand drückt. »Alle Angaben sind dort vermerkt.«

»Worüber?«

»Über unsere Wohnungen, natürlich. Es ist schwer, in Södermalm eine so große Wohnung wie die Ihre zu finden.«

Ich nicke erleichtert. Selbstverständlich. Der Zettel über den Wohnungstausch. Jack wird sich freuen. Ich bin wach, ich kümmere mich um Dinge!

»Warum haben Sie nicht früher angerufen?« fragt der Mann von der Verwaltung. »Ich habe meine Visitenkarte doch Ihrem Chef, dem Herrn Mårtensson, gegeben.«

»Die habe ich nie bekommen.«

Jetzt bin ich bei der Essenausgabe angelangt. Ich kann mich nicht entscheiden, zu viele Beschlüsse in diesem Leben: eine oder zwei Wohnungen, Vitamintabletten gegen Antibabypillen, Lust oder Drohung, Tod oder Verschwinden. Ich muß völlig hilflos gewirkt haben, denn das Küchenpersonal klatscht mir irgend etwas auf den Teller, ohne daß ich auch nur einen Ton gesagt hätte.

»Nun ja. Eine schöne Wohnung. Und die Doppeltür ist einmalig.«

»Haben Sie die Wohnung gesehen?« frage ich verblüfft.

»Selbstverständlich, ich war dort zur Besichtigung. Dachte wirklich, Sie hätten sie zum jetzigen Zeitpunkt längst getauscht. Ich kann mich nicht erinnern, daß ich Sie dort getroffen hätte, dagegen Ihren Mann, wahrscheinlich.«

»Meinen Bruder. Sam Brandt.«

Die Besichtigung. Das muß etwa um diese Zeit vor gut einem Jahr gewesen sein. Vor der Schlaflosigkeit, während einer von Sams Anwandlungen mit Zetteln und Besichtigungen, die niemals zu etwas geführt hatten.

»War es damals kalt?«

Er sieht mich verblüfft an.

»Ja, ich glaube schon.«

Schneeflocken auf den Lippen, Schafpelz und schwere Stiefel. Ich betrete den Fahrstuhl.

»Viele Leute, wohl jede Menge?«

Ich höre meine Stimme, als befände ich mich weit außerhalb von mir.

»Es waren viele dort, ja.«

»Ich muß wohl erst später gekommen sein.«

»Vermutlich«, sagt er mißmutig.

Das Tablett zwischen uns, das Essen vibriert ein wenig, ich versuche meine Hände still zu halten. Der Mann legt eine Hand unter das Tablett, um es zu stabilisieren.

»Sie können anrufen, wenn Sie interessiert sind«, sagt er schließlich, zeigt auf die Karte, die in einer kleinen Pfütze brauner Soße schwimmt.

Dann ist er weg. Ich bewege mich durch den Speisesaal. Ein Vulkanausbruch im Kartoffelbrei, die braune Soße läuft über. Ich nehme Platz, klammere mich an der Tischkante fest. Jede Menge Leute. Der Computer eingeschaltet? Das Telefon sichtbar? Papier und Adreßbuch? Ich nehme mein Telefon aus der Tasche, wähle nervös die Nummer. Seine Stimme, ich will nur seine Stimme hören. Wo bist du gewesen? Wie konntest du mich in all dem hier allein lassen?

»Sam? Du, bitte, komm nach Hause.«

34. Kapitel

Es gibt eine Zeit für uns. Wenn ich die Augen schließe, sehe ich dich und mich an einem Sandstrand, in Badekleidung. Deine Hand auf meiner Schulter, wir lächeln in die Kamera. Unbeschreibliches Glück. Also am Ende: Freiheit.

Du sagst, du würdest nie irgendwelches Geld für dich bekommen, könntest auch nicht eine Minute dieser Freiheit erleben, es würde dir nie erlaubt. Könnte ich uns versorgen? Unmöglich. Nur wer tatsächlich Geld besitzt, kann sagen, es sei nicht von Bedeutung. Wenn sie ahnen könnten, welchen Unterschied es macht, drei Nullen hinter den üblichen Ziffern auf dem Konto stehen zu haben oder sie nicht zu haben. Diese dummen Fragen: »Warum konzentrierst du dich nicht mehr auf deine Bücher?« – »Weil damit die Miete nicht zu bezahlen ist.« – »Aha. Aber wenn man einmal davon absieht?« So spricht jemand, der nichts über die Bedingungen des Lebens weiß. So spricht jemand, der bereits besitzt. »Erzähl mir«, möchte ich sagen, »wie man davon absehen kann? Wir sind so viele, die das wissen möchten.«

Aus Elizabeth Browns Tagebuch, 14. Dezember 1971

Wir stehen alle drei im Morgenlicht vor dem gerahmten Bild an der Wand: Sam, Jack und ich. Es ist lange her, daß ich Sam gesehen habe, wir spüren es beide. Ungeschickt umarmen wir einander, unsere Nähe hat so wenig mit Körperlichkeit zu tun. Wir können den anderen kaum berühren, ohne verlegen zu werden. Erwachsene Geschwister. So manche Schwierigkeiten und dennoch, eindeutige Freude: Da bist du ja! Ich habe ihn so vermißt.

»Miranda?«

Er verdreht die Augen und sieht verwirrt und überglücklich aus. Wir nicken verständnisvoll.

Das Bild. Direkt vor uns, in Sams gelbem Flügel, beinahe versteckt hinter einer seiner Hängematten. Das Bild ist ein vergilbter Zeitungsausschnitt unter Glas. Darauf ein großes Foto mit Überschrift und Bildtext. Ich glaube, Mutter hat es für uns rahmen lassen. Sam und ich sind darauf zu sehen, wir haben die Arme umeinander geschlungen – kein natürlicher Zustand, der Zeitungsfotograf muß uns darum gebeten haben. Wir lächeln breit in die Kamera. Unsere Haare sind naß, und wir sind in Badekleidung, jeder trägt eine Medaille um den Hals. Der Bildtext lautet: »Sam und Savanna Elmbrandt, Bezirksmeister in ihrer jeweiligen Schwimmdisziplin.« Die Überschrift: »Geschwisterliebe schlägt alles.« Unsere Blicke erreichen uns direkt durch die Zeit. Sam ist derselbe geblieben. Und ich? Ich bin eine andere. Selbstvertrauen strahlt mir durch das Glas entgegen: Hier bin ich! Zehn Jahre alt – schon die Beste der Welt.

»Ich habe nicht gewußt, daß du an Wettkämpfen teilgenommen hast!« sagt Jack.

»Das war damals.«

Es klingt, als wollte ich ihn abfertigen, doch sollte es nur eine Feststellung sein. Das war wirklich damals.

»Sam und Savanna *Elmbrandt*«, sagt Sam und erfaßt damit das Wesentliche.

»Bei der Besichtigung«, sagt Jack, »wer hat das Bild gesehen?«

»Alle und keiner«, erwidert Sam. »Es waren so viele Leute hier. Wir hätten die Wohnung gleich tauschen können, aber ... Ich erinnere mich übrigens an eine ältere Dame, die sich das

Bild angeschaut hat. Was hat sie noch gesagt? ›Bezaubernd‹, glaube ich.«

»Eine Dame«, sagt Jack enttäuscht.

»Und ein Mann, gleich hinter ihr, der zuhörte. Jetzt, wo du es sagst. Es klingelte an der Tür, ich drehte mich um, und da stand er.«

»Wie hat er ausgesehen?« frage ich, meine Stimme klingt leise.

Sam kneift die Augen zu, als versuchte er ein Bild heraufzubeschwören.

»Ich glaube, ja, ich glaube, er war um die Fünfzig. Gut gehalten. Mit anderen Worten, nicht dieser Alte, den wir suchen.«

»Das ist er«, sage ich nickend.

Sam schaut Jack verwundert an. Ich gehe aus dem Zimmer und überlasse es ihnen, eine Erklärung zu suchen. Aber ich weiß: es ist der Mann.

Ich öffne die Fenster weit, eine schwache Andeutung von Frühling in der Luft. Seit ein paar Wochen ist der Schnee völlig verschwunden. Auf dem Friedhof kleine weiße Schneeglöckchenflecken, unbeeindruckt vom Wind. Die Sonne wärmt mir das Gesicht. Jack und Sam setzen sich neben mich auf die Fensterbank.

»Sonderbar«, sagt Sam. »Aber jetzt wissen wir, wie es gewesen ist.«

»Kann alles mit diesem Bild angefangen haben?« frage ich resigniert.

»Nie beginnt irgend etwas nur mit einem Bild«, antwortet Jack, und ich weiß, daß er recht hat, wünsche mir jedoch, ich könnte es auf eine einfache Sache schieben.

»Er kommt hier rein, vermutlich zufällig«, sage ich mit sachlicher Stimme. »Sieht das Bild und meinen alten Namen. Besorgt sich alle Informationen über meine Person, derer er habhaft werden kann, für den Fall, daß er sie später einmal benötigt. Verschwindet schnell aus der Wohnung, damit ich inzwischen nicht heimkomme. Er geht zum Fahrstuhl, fährt sechs Stockwerke hinunter. Doch da tauche ich auf, seufze, lehne mich an die Fahrstuhlwand, drücke auf den Knopf für den sechsten Stock, schaue ihn flüchtig an und sage: ›Ich nehme keinen Platz ein, ich schlafe.‹«

Das Vogelgezwitscher wird immer lauter, ein Jubelfest. Wartet nur, ihr Vögelchen, denke ich boshaft, bald sitzt ihr dort wieder auf gefrorenen Zweigen, und dann singt ihr nicht mehr.

»Was bedeutet das?« fragt Sam.

»Ich habe diese Worte zu ihm gesagt. Ich weiß nicht, warum! Aber offensichtlich hat ihn das so perplex gemacht, daß er nicht aus dem Fahrstuhl steigen konnte. Statt dessen fährt er mit mir nach oben und dann wieder hinunter. Sonderbar«, stelle ich fest.

Jack springt von der Fensterbank und macht einen kleinen Frenner-Spaziergang, dreht winzige Runden durch das Zimmer. Ein Glück, daß es hier geräumig ist, denn er ist ein hochgewachsener Mann. Mein Mann.

»Vielleicht eine verdrängte Erinnerung, die aufgetaucht ist, als du ihn gesehen hast. Aber du hast dir diese Szene im Fahrstuhl nicht eingeprägt, denn sie hat für dich nichts bedeutet! Du hast ein paar Worte gesagt, völlig aufs Geratewohl, zumindest soweit es dir bewußt war, bist sechs Treppen hoch gefahren, dann ausgestiegen und hast alles vergessen. Im Unterschied zu dem Mann im Fahrstuhl. Er war überzeugt davon, daß du ihn wiedererkannt hast, und obendrein glaubte er, daß du dich noch über ihn lustig machst!«

»Wieso denn das?«

»Vielleicht waren es genau diese Worte, die er dich gebeten oder besser gezwungen hatte zu sagen, damals in der Nacht, als du ihn im Wald getroffen hattest.«

Schlief wie ein Stein. Noch jahrelang danach. Lag im Dämmerzustand, in mich gekehrt, keine Wettkämpfe, nicht mehr: Zur Seite, hier komme ich! Was ist so lähmend an unbewußten Erinnerungen? Ich lebte ein Leben auf der Schattenseite des tatsächlichen Lebens. Kein Mann durfte sich mir nähern, nur ein Kind. Als Fahrschein zurück zu angeblicher Unschuld. Die Zeit vor den Drohungen und dieser Gefahr, zur falschen Zeit am falschen Ort gewesen zu sein. Ein Hieb im Magen: Ich war doch nur ein Kind! Er hätte mich in Ruhe lassen können. Das genau hatte er getan. Vielleicht weil ich nur ein kleines Mädchen war, vielleicht weil ich ihm etwas versprochen hatte. Oder wahrscheinlicher: Er hätte mir etwas angetan, wenn er nicht gestört worden wäre. Glück war es. Nur das.

Sam hält das Bild in den Händen, wir betrachten es beide.

»Das sind wir!« sagt er mit kindlichem Tonfall, so wie wir es wohl früher einmal voller Stolz gesagt haben.

»Das waren wir«, sage ich. »Und worin bin ich jetzt Bezirksmeister? In Angst, Handlungsunfähigkeit, Schlaflosigkeit? Ihr könnt selbst wählen. Ich glaube, es ist ein totes Rennen.«

Sie sehen mich entsetzt an, die beiden Männer in meinem Leben. Eine Welle des Zorns in meinem Körper: an mir vergangen, vergangen, vergangen. Ich nehme das Bild und schleudere es mit aller Kraft gegen die Wand.

Im Institut ist es still. Ich stürze mich auf die Dissertation und arbeite in rasendem Tempo sieben Stunden hintereinander, wer weiß wie viele Fünfkronenkaffees zwischendurch. Mein Atem soll auf mein Kabuff begrenzt bleiben, keinesfalls in alle Winde verweht werden. Eine Banane in aller Hast, braun und eklig, Flecken auf der Kleidung. Ein Blick in meinen kleinen Spiegel. Ich bin noch immer wütend. Ljunggren kommt herein.

»Schön, dich hier zu sehen«, beginnt er herzlich.

»Pfeif drauf, dann lebst du länger.«

Er ist so verblüfft, daß er sein Anliegen hinter sich bringt – mir ein Buch gibt – und rückwärts aus dem Zimmer geht. Ich greife mir an die Stirn, massiere die Schläfen. Mein Blick fällt auf das Buch *Theorie der Massenmedien und Quellenkritik.* Ljunggren hat sich daran festgehalten. Sieh an. Kann das im

Fahrstuhl er gewesen sein? Natürlich nicht. Die Gedanken gehen mit mir durch. Andrerseits, ich hatte die Augen geschlossen und er den Hut ins Gesicht gezogen. Und woher wußte das Monster sonst, wo Maria wohnte? Jemand in meiner Nähe. Ich muß etwas *tun*. Marias Lachen in seinem Arbeitszimmer. Ihre Mutter nett in mein Zimmer beordert. Ljunggren, ein gutaussehender Mann um die Fünfzig.

Seine Fingerabdrücke dürften auf dem Einband sein. Ich gebe dem Buch einen Stoß, es fällt in eine Plastiktüte, dann ziehe ich den Mantel an. Rauschen im Kopf, ich schaue in den Spiegel: Was mache ich da?

Frenner fragt sich dasselbe, als ich in der Polizeidirektion an seine Tür klopfe.

»Ich wiederhole, können Sie diese Fingerabdrücke kontrollieren?«

»Aber Savanna, Sie sehen ...«

»Wütend aus? Wild? Total ausgeflippt?«

Frenner nimmt die Tüte entgegen.

»Vielleicht völlig zu Recht«, murmelt er und ruft jemanden an. Ich stehe ungeduldig an der Tür.

»Sie können jetzt gehen.«

Er schiebt mich hinaus.

»Savanna, so kann das nicht ablaufen. Aber ich tue es trotzdem. Betrachten Sie es als einen Gefallen.«

»Auch für Sie«, fauche ich.

»Das gebe ich zu. Sollten die Fingerabdrücke übereinstimmen, kann ich mir durchaus vorstellen, dort einen Besuch abzustatten. Wir wollen es ein Anfangsgespräch nennen. Aber mit wie vielen Büchern wollen Sie hier noch auftauchen?«

Ich schlucke.

»Das war dumm gesagt«, gibt er zu und räuspert sich. »Ich rufe Sie an. Machen Sie einen Spaziergang in der Frühlingssonne, genießen Sie das Wetter. Kaufen Sie sich einen beigefarbenen Mantel oder einen roten. Sie müssen entschuldigen. Ich weiß nicht, was ich da rede. Das hier ist die sonderbarste Geschichte, mit der ich je zu tun hatte. Vierundzwanzig Jahre alte Fingerabdrücke aus Davids Mordermittlung, und wir heute suchen nach der Person, der sie gehören. Während uns die Zeit davonläuft und das Leben für Sie zur Hölle wird. Also gehen Sie jetzt.«

Ich trete ins klare Licht hinaus. Nie eine Sonnenbrille dabei, wenn man sie braucht. Seit wann ist es schwer, den Blicken anderer Menschen zu begegnen? Seit dem Tag, an dem ich meine Freunde zu verdächtigen begann. Alles andere, nur nicht mehr dieses Warten.

Viele Stunden später, als ich im Schein der schwachen Tischlampe in meinem Kabuff sitze, klingelt das Telefon.

»Er ist es nicht«, sagt Frenner kurz.

»Dann weiß ich das.«

Wir legen den Hörer gleichzeitig auf, als sei es ein Gespräch zwischen zwei verheirateten Personen, die fremdgehen und soeben ihre erste Verabredung getroffen haben – Lüge und zitternde Erregung.

Da steckt Ljunggren den Kopf ins Zimmer. Ein schwacher Geruch nach Zitrone und Pfeife.

»Es ist furchtbar spät. Du sollst hier nicht allein sitzenbleiben. Ich fahre dich nach Hause.«

Es ist ein Glück, daß ich von der Tischlampe geblendet bin und seinen Blick nicht erwidern kann. Ein ersticktes Schluchzen. Ich huste lange und gründlich. Suche meine Sachen zusammen. Erst jetzt kann ich reden.

»Danke.«

Das Institut bleibt dunkel hinter uns zurück. Er streckt mir seinen Arm hin, ich hake mich unter. Judas auf dem kurzen Spaziergang mit Jesus zum herrlichen Golgatha. Was hat es aus mir gemacht, dieses Monster? Ein verkrüppeltes Wesen. Genau das hinterläßt dieses Ungeheuer: zerstörte, deformierte Menschen.

Dafür finde ich kein Verzeihen.

35. Kapitel

Das arme mutterlose Mädchen wuchs zu einem männerverschlingenden Vamp heran. Mit allen Mitteln, die notwendig waren, wollte sie vorwärtskommen. Über Männer mit Macht, mit Hilfe ihrer eigenen Leidenschaft, ihrem dicken Haar und ihrem Intellekt. Aber vor allem, indem sie ihre sprachliche Begabung nutzte.
Kinder und Familie waren nichts für Elizabeth Brown. Sie wollte keine Fessel am Bein, nein danke! Traditionelle Werte wie Ehrlichkeit, Loyalität gegenüber der Familie und Gottesfürchtigkeit waren ihre Sache nicht. Sie nahm den Weg der Skandale und Aborte zur Via Dolorosa und zum Selbstmord. Ihr Leben war ein Hilfeschrei, und all dem lag der Wunsch zugrunde: Mama, sieh mich! Mama, verlaß mich nicht! Viele waren es, die für diesen primären Verrat bezahlen mußten.

Aus Ruth Bells Biografie »Geschlagen von Liebe«

Morgenstunde hat den Beigeschmack von Schlafmitteln im Munde. Ich habe resigniert. Meine Augen öffnen und schließen sich, in der Hoffnung, daß diese Aktivität mich wacher werden läßt.

»Jack. Was hat Judas getan, nachdem er Jesus verraten hatte.«

»Ich glaube, er hat sich erhängt, warum?« fragt Jack.

Wenn nicht er, dann ich.

Noch ein strahlender Morgen für die harmonischen, ausgeschlafenen Menschen. Wir anderen sammeln die Scherben ein, nach einer Nacht voller Reue, Schuld und Magenschmerzen angesichts eines neuen Tages, den wir unter den Lebenden beginnen müssen.

»Der Mann aus der Verwaltung«, sagt Jack, als er sich anzieht. »Ich habe ihn angerufen. Es sind schöne Wohnungen. Wollt ihr beide wirklich tauschen?«

Martins Zimmer. Die Doppeltür. Die Festung.

»Bald«, sage ich, mich räuspernd, und verberge mein Gesicht im Pullover. »Schon bald.«

»Du bist nicht sehr für Veränderungen.«

»Im letzten Jahr waren es zu viele. Aber nur wenige, die ich selbst mit beschlossen habe.«

»Und diese eine?«

»Welche?«

Er zeigt auf sich, dann auf mich und noch einmal auf sich. Als wollte er sagen: Muß ich der einzige sein, der uns beide an uns erinnert? Er hat recht. Aber in meinem Bau ist es so warm, und draußen stürmt es lebensgefährlich. Ein flüchtiger Kuß auf seine Wange. Er ist mehr wert – ich vermag nur das.

Die Bibliothek ist geschmückt mit Frühlingsblumen. Irgendeine eifrige Kollegin ist in ihrem Sommerhaus gewesen und hat ein wenig Frühling in unsere staubigen Räume mitgebracht. Der Duft ist so stark, daß ich dem Weinen nahe bin. Alle wirken wir ergriffen, sind besonders freundlich zueinander. Mårtensson hat man ein Leberblümchen in die Brusttasche gesteckt, was ihn veranlaßt, sich hin und wieder zufrieden an die Brust zu klopfen. Stehen diese Blümchen nicht unter Naturschutz, unter dem auch Mårtensson stehen müßte? denke ich und lächle boshaft vor mich hin. Kleine Giftigkeiten tun Wunder bei miserabler Stimmung. Es ist wahr, Jack, ich bin nicht gerade rasend an anderen Menschen interessiert. Empathie? Bei mir leider völlig ausverkauft.

Maria: bei ihr bin ich einer Lektion in Mitgefühl am nächsten gekommen, sogar einem Sichhineinversetzen ohne unmittelbaren Gewinn. Wenn ich mit Jack zusammen bin, gibt es dieses Elektrisierende, dahinter konnte ich vieles von meinem Unvermögen und meinen schlechten Seiten verbergen. Bei Maria war ich gezwungen, mehr zu bieten. Sie holte Dinge aus mir heraus, die ich allein nicht gefunden hätte: Eindeutigkeit, Selbstlosigkeit und Wärme. Sie hat eine Sparflamme entzündet. Aber jetzt? Maria ist verschwunden?

Wie kalt es ist. Ich habe die Arme um mich geschlungen und schaukle ein wenig hin und her. Vielleicht ist es unten im Magazin wärmer? Ich verschwinde rasch dorthin. Hole den üblichen Schemel und lehne den Kopf nach hinten an ein neues Bücherregal, hier stehen größere Bände als am vorigen Ruheplatz. Ich nehme ein paar davon heraus und blättere darin. Ein Buch über Königin Elizabeth I. Nicht meine Elizabeth. Und niemals werde ich ein Buch über sie schreiben, durch mich bekommt sie ihre Rehabilitierung nicht. Was habe ich denn zu bieten? Nicht viel. Ei der Daus, nun ist das Märchen aus. Ich döse ein wenig ein.

Etwas piekt mich ins Ohr, etwas Dünnes und Spitzes. Ich hebe den Kopf und sehe nach. Zwischen einer Kunstgeschichte, geschrieben von einem Erik Börjesson, und einer kunsttheoretischen Abhandlung von Sven Börs ist ein kleines, geheftetes Manuskript herausgerutscht. Zuoberst steht: »Meiner geliebten Inger Börjesson – erotische Gedichte von Ernst von Brehmen.« Ich runzle die Stirn, was sind das für Leute?

Die Broschüre ist eine schlecht geheftete Kopie. Vielleicht eins von wenigen mit zitternder Hand abgezogenen Exemplaren. Ganz unten finde ich ein Datum: »Im schönsten Frühling, Mai 1962.« Wenn man dem ersten Gedicht glauben will, war jemand vor langer Zeit ungemein verliebt. Es ist keine preisverdächtige Lyrik, eher ein Gemisch aus Tagebuchergüssen, Prosa und eben entdeckter erotischer Unbeholfenheit.

Wie es sein muß
lieben wir einander nicht jeden Tag
sondern jede Sekunde.

Die runde Verführung deiner Brüste,
deines Leibes unendliche Weite,
deine Schenkel – die sich um die meinen schließen.

Ist so das Paradies?
Eins weiß ich:
nirgends sonst will ich wahrhaftig sein.

Im selben Stil geht es weiter. Spontane Äußerungen von Begierde und Entzücken, verbotener Liebe und über verstohlene Schäferstündchen. Eigentlich ein bißchen rührend, die Liebe zu einem unbekannten Fräulein Börjesson, die einen Beamten, vermutlich jedenfalls, vollständig aus dem Anzug haut, bildlich und wortwörtlich gesprochen. Seite hoch und Seite runter: Brust, Geschlecht, Düfte und Lerchengesang, Umarmungen unter Traubenkirsche und Flieder samt gestohlenen (schlecht getarnten!) Zeilen von Dichtern, die bekannter waren als Herr Brehmen. Dennoch ist es rührend. Soll ich etwas Schönes für Jack aufschreiben? Wie wäre es, wenn ich mit dem Einfachsten, das ich nie gesagt habe, beginnen würde: »Ich liebe dich.« Schaudern überläuft mich. Ausrangierte Worte, verbraucht, besetzt. Für andere da, nicht für mich.

Ein bißchen erheitert gehe ich zum Ausleihtisch zurück und winke meine Kollegin heran, um ihr den Fund zu zeigen.

»Für Inger Börjesson. Wo hat das gestanden?« fragt sie.

»Zwischen Erik Börjesson und Sven Börs.«

»Aber warum unter Kunstgeschichte?«

»Vielleicht wollte Herr von Brehmen damit andeuten, daß es sich um Kunst handelt?«

»Sicher. Aber glaubst du nicht auch, daß es jemand gewesen sein muß, der hier gearbeitet hat? Er hat das doch so pedantisch versteckt.«

Sie geht los und holt einen Ordner: »Verzeichnis aller Angestellten der Ministerialbibliothek 1946–1978.« Sie blättert ein Weilchen darin herum.

»Hier! Ich hatte doch das Gefühl, die Namen zu kennen. Inger Börjesson, Bibliothekarin, angestellt 1958–1963. Ernst von Brehmen, Bibliotheksleiter, 1955–1975.«

»Sieh an«, murmle ich. »Und die Gedichte sind mit 1962 datiert. Es blieb ihnen also ein gemeinsames Jahr voll glühender Erotik.«

Wir lächeln uns ein wenig verlegen zu. Gerade will ich mich zum Ausleihtisch umdrehen, als mir eine Idee kommt.

»Wo würdest du etwas verstecken, damit es für die meisten unsichtbar bleibt, aber von jemandem, der sich auskennt, gefunden werden kann?«

»Natürlich im Magazin. Und nach einem eigenen System«, antwortet sie sofort.

»Also sortiert er seine Gedichte unter ihrem Namen und in einem Bereich ein, den sie seiner Meinung nach mag?«

»Du meinst, er wollte, daß sie das Buch dort findet? Daß es nie ...«

Wir suchen weiter in dem Ordner und finden »Gruppenfotografien 1962«. Darauf steht Inger Börjesson ganz vorn, minimaler Rock und Brüste wie zwei Projektile, die Lippen leicht geöffnet und in typischer Pose: Seht mich an. Hinter ihr ein kleingewachsener Mann, schütteres Haar, nichtssagendes Äußeres, mit unsicherem Lächeln: Ernst von Brehmen.

»Vermutlich nicht«, sagen wir beide gleichzeitig.

»Aber wenn sie die Gedichte gefunden hätte?« fragt meine Kollegin.

»Wer weiß? Vielleicht eine kleinere Revolution.«

Bei dem Gedanken kichern wir beide. Vor meinem Ausleihtisch hat sich eine Schlange gebildet, Mårtensson ist von irgendwoher aufgetaucht und läßt ein paar verworrene Anweisungen zu Konsequenz, Brillanz und Konzentration vom Stapel. Alle Angestellten seufzen.

Auf dem Weg nach Hause taucht die Idee auf, die hinter den Gedanken an von Brehmens ersehnte Lustbarkeiten gesteckt hatte: *Insomnia*. Wo hätte Margaret das Manuskript von Elizabeth verstecken sollen, wenn nicht im Magazin von The Modern Library? Ich bin aufgeregt, beiße einen Nagel ab. Unter welchem Namen? Natürlich Patricia Frost. Bereich? Ich schließe die Augen. Wie gut kenne ich Elizabeth? Unter Geschichte der Frauen. – Ich schaue auf die Uhr, eine gänzlich unnötige Geste, aber ich will eine genaue Zeitangabe haben, die meine hoffnungsvolle Brillanz belegt. 15. April 1998, 18.32 Uhr. Ein Gefühl der Trunkenheit. Ich renne zu Jacks Dienststelle, durchquere die nach dem langen Winter wiedererwachende Stadt, deren Bewohner die laue Luft genießen. Er kommt mir am Eingang entgegen.

»Insomnia«, keuche ich an seinem Hemd. »Ich glaube, ich habe es gefunden.«

»Gratuliere. Dann mußt du natürlich wieder hinfahren.«

»Ja sicher.«

Etwas an der Art, wie er du und nicht wir sagt, läßt mich aufmerken. Der Mangel an Engagement, den ich bisher nur bei mir gespürt habe, hat auf merkwürdige Weise auf ihn abgefärbt.

Wie wenig du über die kommunizierenden Röhren der Liebe weißt, könnte er sagen, wenn ich fragen würde. Alles, was du bist, fühlst und tust, wird langsam auch auf mich übertragen.

Diese Grenzen, die wir nicht durchbrechen wollten? Zu spät.

36. Kapitel

> Schreibe an *Insomnia*. Wenn etwas schiefgehen sollte? Kann den Gedanken nicht zu Ende denken. Es darf nicht schiefgehen. Dich hier zurücklassen, Peter? Undenkbar. Ich sehe keinen anderen Ausweg. Glaube mir, ich habe soviel nachgedacht. Aber mit dir als Geisel, dem Mädchen als Pfand und kein Lösegeld in Sicht – mir ist das hier als einzige Lösung eingefallen. Sicher ist es tollkühn und weit entfernt von aller Realität. Aber was soll ein armes schlafloses Geschöpf tun? Rationale Distanz, ein Luxus der Reichen und Schlafenden.
>
> *Aus Elizabeth Browns Tagebuch, 21. Oktober 1972*

Wieder in London. Warmer Frühling und sich verliebt räkelnde Menschen zwischen dreieckigen Sandwiches und Bierflaschen im Grün der Parks. Ich bewege mich im Zickzack zwischen den Liebespaaren auf dem Weg zu The Modern Library. Ich habe eine Verabredung mit dem Bibliotheksleiter John Smith, obendrein war er einer von Elizabeths Liebhabern. Weil das Magazin Außenstehenden normalerweise nicht zugänglich ist, nicht einmal Wissenschaftlern, hatte ich mich gezwungen gesehen, um einen Guide in die Unterwelt zu bitten. Und wenn dort nichts ist? Wieder bei Null. Ich habe

Patrick Brown nicht angerufen, um ihm zu sagen, daß ich in London bin. Auch im Institut habe ich es nicht mitgeteilt. Das hier ist nur so eine Idee von mir, darüber bin ich mir völlig im klaren. Aber ich ertrage es nicht zu sehen, wie sich meine Müdigkeit in Jacks Augen spiegelt. Was tut ein feiger Mensch also? Er flieht. Mit einem Anliegen, sicherlich. Ljunggrens Blick. Dem kann ich überhaupt nicht mehr begegnen.

John Smith empfängt mich am Informationsschalter. Wir nennen höflich unsere Namen, mustern das Gesicht des Gegenübers, von dem wir uns am Telefon eine Vorstellung gemacht hatten. Wie so oft stimmt das Bild mit der Wirklichkeit ganz und gar nicht überein. Er ist älter, als ich geglaubt habe. Er zuckt ein wenig zusammen, als er mich sieht. Offenbar stimmt auch sein Bild nicht.

»Ins Magazin, nehme ich an«, sagt er mit einer gewissen Nüchternheit. Er glaubt nicht an meine Theorie, was nicht verwundert, wenn man bedenkt, wie wenig ich erklärt habe. Ich hätte ihn bitten können, selbst hinunterzugehen und nach *Insomnia* zu suchen, aber mein Ehrgeiz läßt das nicht zu. »Die Sache vor dem Menschen«, war es das, was Patricia gesagt hatte? Viele von uns sind so. So nahe dran, so lange gesucht, eine solche Entdeckung überläßt man doch keinem anderen? Ich tue es nicht.

Wir nehmen den Fahrstuhl nach unten. Dieses Magazin ist schlechter beleuchtet als das unsere, und Ventilation fehlt völlig. Mit anderen Worten, hierher geht niemand, um sich ein Ruhestündchen zu gönnen oder fremde Dissertationen zu überfliegen. Auch eine Methode, das Personal auf Trapp zu halten. Wußte Margaret davon, als sie Elizabeths Manuskript hier versteckt hatte? Vielleicht war es nur ein zeitweiliges Versteck, denn wer kann schon begreifen, daß das Leben bloß ein Gast auf Zeit ist?

»Wo sollen wir suchen?«

»Ich gehe davon aus, daß Elizabeth Margaret gesagt hat, wo sie *Insomnia* verstecken soll. Ich glaube, es müßte sich neben dem Buch einer Frost befinden. Patricia mit Vornamen, füge ich hinzu. «

»Aha«, sagt er lediglich, als bestätigte ich nur etwas, das er geahnt hat. Ich bin froh, daß er es nicht weiter kommentiert.

»Und welcher Bereich?«

»Geschichte der Frau.«

»Sehr gut möglich.«

Seine Freundlichkeit: Erbe oder Milieu? London oder seine Persönlichkeit? Er geleitet mich zu dem Regal und tritt dann ein paar Schritte zurück, die Hände über dem Zwerchfell gekreuzt. Wie ein Wärter, der in einem Bankgewölbe auf einen Kunden wartet. Sieht nichts, hört nichts, hat alle Zeit der Welt, bis er wieder hinter uns abschließen wird. Ich wühle nervös zwischen Büchern, halte dann einen Moment inne und falte die Hände. Ein Gebet zu Martins und Marias Gott. Mit meinem eigenen habe ich zu schlechten Kontakt. Judas und ich.

»Nichts«, sage ich enttäuscht.

»Vielleicht steckt es *in* einem Buch und nicht dazwischen.«

Gemeinsam gehen wir alle Bücher mit dem Buchstaben F durch, vor und hinter Frost.

»Ein anderer Bereich?«

»Literaturwissenschaft?«

Dieselbe Prozedur, dasselbe negative Resultat.

»Gibt es noch ein anderes Magazin?« stottere ich.

»Das ist unser einziges. Aber vielleicht unter Medizin oder Psychologie?« versucht er hilfsbereit. »Vielleicht bei Büchern über Schlaflosigkeit?«

Eine winzige Hoffnung erwacht in uns beiden, wir eilen zu den Regalen, suchen sie durch und setzen uns dann müde auf den Boden. Er bietet mir eine Halspastille an, ein bißchen Mitgefühl, es schmeckt nach Veilchen.

»Verzeihen Sie mir«, sage ich.

»Weshalb?«

»Weil ich Sie gebeten habe, mich hierherzubringen.«

»Sie haben die längere Reise gemacht.«

Er mustert mich lange und prüfend.

»Diese Augen habe ich schon früher gesehen. Sorgfältig verborgene Trauer in Kombination mit zu wenig Schlaf. Elizabeths Augen.«

Kümmern Sie sich um Ihre Dinge, habe ich Lust zu sagen.

»Ich weiß, was sie gesagt hätte: Kümmere dich um deine Dinge«, erwidere ich statt dessen lächelnd.

Darüber lacht er lange, als würde allein der Satz das Gefühl ihrer Anwesenheit heraufbeschwören. Aber ich weiß es, niemals werde ich so sein wie sie. Plötzlich taucht ein anderer Gedanke auf.

»Strände. Freiheit. Sich um das Seine kümmern? ›Wenn ich meine Augen schließe, sehe ich dich und mich auf einem Sandstrand, in Badekleidung. Deine Hand auf meiner Schulter, wir lächeln in die Kamera.‹ Wegfahren?«

»Ach ja?« sagt Mr. Smith und sieht erstaunt aus. »Gern.«

»Nein, nicht Sie und ich«, erwidere ich errötend. »Elizabeth. In warme Länder. Vielleicht bei Reiseliteratur?«

Er steht auf, streckt die Hand aus, um mir aufzuhelfen, und wir gehen zu dem gewünschten Regal.

Dort finden wir das Gesuchte gleich. Ich bin so schockiert, daß ich so tue, als sei nichts Besonderes geschehen. Zwischen Ian Frosts *Kuba, die vergessene Insel* und Marc Gates *Spekes verzweifelte Reisen in Afrika* steckt es. Ich halte es in meiner Hand, ein kleines dünnes geheftetes Manuskript. Auf dem Umschlag steht: »Insomnia, von Elizabeth Brown, November 1972. Für Patricia Frost.«

Sicherheitshalber hat sie ihr eigenes Siegel angebracht, das man aufbrechen muß, um den Text lesen zu können. Sie hatte wohl geahnt, daß es Leute wie mich gibt. Vorsichtig biege ich am unteren Rand ein paar Seiten auf, so daß die letzten Zeilen sichtbar werden.

»Handschriftlich«, murmelt Mister Smith. »Sie hat all ihre Manuskripte mit der Hand geschrieben.«

»Ist das ihre Schrift?«

Er geht zu einer Lampe und hält das Manuskript eine Weile ins Licht.

»Das ist Elisabeths«, sagt er. »Gratuliere, Miss Brandt, Sie hatten recht. Und außerdem ein bißchen Glück, weil die Handschrift die Echtheit beweist. Was werden Sie jetzt tun?«

Ein ehrlicher Mann. Nicht, was tun *wir*, sondern was tun Sie. Was für ein unfaßbarer Glücksfall, ein handgeschriebenes Manuskript und ein ehrlicher Bibliotheksleiter, der bezeugen kann, daß ich die Entdeckung gemacht habe. In rasendem Tempo sehe ich das ganze Szenario vor mir: Ein Buch, bestehend aus einer längeren wissenschaftlichen Einleitung, die auf all dem Material basiert, das sich zu Hause in den Mappen befindet, danach Elizabeths *Insomnia* und schließlich mein Kommentar, in dem das Ansehen der Bell – wie drückt man es aus? – völlig ruiniert wird. Publikation vielleicht schon diesen Sommer, wenn ich mich beeile. Ich denke an Patrick. Außerdem ergibt es phantastisches Material für die Dissertation, kein Zweifel mehr, daß Savanna grandios ist. Johannes wird mit mir tauschen müssen, ein großes Zimmer gegen ein Kabuff. »Eine Frau auf meinem Stuhl«, hatte Ljunggren gesagt. Ins Licht hinaus, vollbesetzte Säle, wieder sichtbar sein, ich werde …

»Was werden Sie jetzt tun?« wiederholt Mr. Smith.

Wie lange Zeit dauert es, um Pläne für eine Revanche zu schmieden? Um in seinem Inneren perfekte Tagträume zu entwickeln: Kleider, Menschen und schmeichelnde Reden. Vorsichtig betaste ich Elizabeths Siegel. Daß es dort ist, hat einen Grund. Die starke Liebe zu jemandem – nicht zu mir. Mister Smith steht vor mir, Ehrbarkeit umgibt ihn. Wie vielen Blicken muß man im Leben ausweichen, um seine Ziele zu erreichen? Oder gibt es einen ehrlichen Weg zu dem Platz, den man wert ist?

»Was ich tun werde?« sage ich und halte das Manuskript an meine Brust gedrückt, sehr wohl begreifend, daß ich die Antwort so lange wie möglich hinauszögere.

Schweigend fahren wir mit dem Fahrstuhl nach oben. Mein Blick irrt hierhin und dorthin. Frische Luft und da, endlich Ruhe und Gewißheit.

»Was ich jetzt tun werde, haben Sie gefragt? Mit dieser Sache hier zu Patricia Frost fahren, natürlich.«

»Selbstverständlich«, sagt Mister Smith, und es fällt ihm schwer, seine Erleichterung zu verbergen.

Er beugt sich vor und küßt mich auf beide Wangen. Unsere Lippen begegnen sich aus Versehen, und er errötet ein wenig. Ich lege meine Hände um sein Gesicht.

»Danke für Ihr Vertrauen.«

»Keine Ursache, Miss Brandt.«

Ich verlasse ihn auf der langen Treppe zur Bibliothek, er hebt die Hand zum Abschied.

Eine verwunderte Patricia Frost empfängt mich an der Tür ihres Hauses in Notting Hill. Ich komme unangemeldet. Ich übergebe ihr lediglich Elizabeths Manuskript und erkläre knapp, wie ich es gefunden habe. Patricia fährt zusammen, stützt sich am Türrahmen ab, sieht fragend das Manuskript und dann mich an.

»Sie haben gewußt, wer Peter war«, sagt sie mit tonloser Stimme, wie jemand, der auf frischen Harsch tritt und mit vorsichtigen Schritten versucht ein Einbrechen zu verhindern.

Sie läßt die Finger über das Manuskript wandern, bis sie auf das unbeschädigte Siegel stoßen. Ein verwunderter Blick.

»Das hätte ich Ihnen nicht zugetraut.«

»Ich mir auch nicht«, gebe ich zu.

Wir stehen noch immer an der Haustür.

»Wollen Sie mich mit dem hier allein lassen?«

»Selbstverständlich«, sage ich und steige rückwärts die Treppe hinunter, um wieder zur U-Bahn zu gehen. »Auf Wiedersehen, Frau Frost.«

Sie ruft mich zurück.

»Hören Sie, Miss Brandt.«

»Savanna.«

»Savanna. Und sagen Sie bitte Patricia. Es gibt auf der Portobello Road ein paar nette Cafés. Sie sind jung, sie finden sie sicher. Trinken Sie zwei Tassen guten Kaffee. Keine Eile.

Kommen Sie dann zurück. Wohnen Sie im Hotel? Stornieren Sie das. Sie können im Gästezimmer schlafen, bis die Sache hier erledigt ist.«

Schwindelgefühl, ein Abgrund öffnet sich unter meinen Füßen. Woher das Schluchzen? Und diese Kleinmädchenstimme?

»Es ist so viel, was erledigt werden muß. Ich schaffe es nicht!« Habe ich das schon früher gesagt? Was für eine Erleichterung. Jetzt ist es heraus.

»Ich weiß. Patrick ist hier gewesen und hat berichtet, was Ihr Mann Jack ihm erzählt hat, über diesen Mann, der Sie bedroht. Sie sind beide beunruhigt. Aber ich bleibe dabei, trinken Sie zwei Tassen Kaffee und kommen Sie dann zurück. Und, Savanna?«

Ich ziehe die Nase ein wenig hoch und nehme dankbar ihr Taschentuch entgegen, das schwach nach Lavendel riecht.

»Kein Mensch kommt mit dem klar, was Sie durchmachen. Unter ständiger Bedrohung zu leben. Glauben Sie mir, ich weiß einiges davon.«

Sie schaut mir hinterher, als ich die Straße hinuntergehe. Ein wachsamer Blick, wie der einer Mutter.

Ich wußte nicht, wie sehr ich einen Blick wie den ihren vermißt habe.

Insomnia

von

Elizabeth Brown

November 1972

Für Patricia Frost

Ich habe aufgehört zu schlafen. Es gibt sicher tausend Arten einzuschlafen, doch ich beherrsche keine einzige. Natürlich hinterläßt die Scharade, die ich spiele, bei mir Spuren, nicht zuletzt dich, Patricia, muß das verwundern. Deshalb fühle ich mich wirklich erleichtert, wenn ich mich jetzt ans Schreiben setzen kann. Seit der »Plan« in meinem Kopf aufgetaucht ist, habe ich nicht mehr schlafen können. Es ist ein gutes halbes

Jahr her, daß ich darauf gekommen bin, und danach hat die Sache in entsetzlich langen Nächten eine immer detailliertere Form erhalten. In Nächten, die niemand erleben sollte, denn sie rauben dem Menschen den Verstand. Was zuerst da war, ist eigentlich kaum zu sagen: der Wahnsinn oder die Schlaflosigkeit. In meinem Fall war es der Plan. Ein Plan, der das Ziel hat, dich und mich zu befreien. Wie ich es sehe, gibt es keinen anderen Weg.

Es ist meine Überzeugung, daß ich dich aus dem Ganzen heraushalten muß. Mit vollem Recht würdest du diesen Plan verhindern, da er natürlich viel zu gefährlich ist. Aber da wir beide gegen jede Form von Gewalt sind, müssen wir, wie so oft diskutiert, zur List greifen. Worauf mein Plan hinausläuft? Daß dein Mann Walter wegen versuchten Mordes an mir dingfest gemacht wird.

Glaub mir, dieser Plan ist im Prinzip wasserdicht. Das Schlimmste, was eintreffen kann, ist, daß die Leute glauben, ich hätte einen mißglückten Selbstmordversuch unternommen. Das ist wahrhaftig nicht der Fall. Und deshalb liest du diese Seiten hier, mein *Insomnia*, nämlich dann, wenn etwas schiefgegangen sein sollte. Ich werde das Manuskript meiner Bibliothekskollegin Margaret geben, und sie hat versprochen, es so lange zu verstecken, bis die Zeit reif ist, um es wieder hervorzuholen. Ich habe ihr im Vertrauen erzählt, daß es sich um ein unfertiges Manuskript voller »Sprengstoff« handelt. Das ist es wohl, was man eine Untertreibung nennt? Sie weiß auch, daß du *Insomnia* als erste lesen sollst, falls mir irgend etwas zustößt. Wollen wir diesen Gedanken noch ein wenig beiseite schieben, es wird sonst schwierig, sich zu konzentrieren. Verläuft alles nach Plan, verbrenne ich diese Papiere sofort.

Unsere erste Begegnung, es war im Winter 1971, liegt fast zwei Jahre zurück. Sicher sah ich in dir ein typisches »Beispiel«, als du da blau geschlagen in der Rezeption von Walters Sprechstunde standest. Wie die Schwestern dich nicht sahen, dich übersahen, so taten, als sei das Offenkundige nicht zu sehen. Daß einem nicht geglaubt wird, ich weiß nicht, ob es etwas Schlimmeres gibt. Es war, als würde irgend etwas Zerbrechliches in mir zerspringen. Daß man nicht gesehen, daß einem nicht geglaubt wird, wo es doch so sichtbar ist, hat mich schockiert. Mit dieser Nonchalance der Leute hast du leben müssen. Ich begriff sofort, daß ich etwas besaß, das »solchen wie dir« eine Hilfe sein konnte: meine Sprache. Beachte auch meinen Sprachgebrauch; du hast mich langsam verändert. Die Sprache hat einen Vorteil, sie dient dazu, daß einem geglaubt wird. Das Unbegreifliche wird begreiflicher. Die Lüge kann entlarvt werden. Die Einsamkeit ist nicht länger unbarmherzig.

Frühzeitig begriff ich auch, daß du schon viel zu lange Walters Gefangene warst, um das »Geiseldrama« selbst noch richtig erfassen zu können. Der Ausflug zu seiner Praxis muß einer deiner letzten verzweifelten Versuche gewesen sein, um die Sache aufzudecken. Du hast vielleicht erwartet, daß Ärzte und Krankenschwestern dich *sehen* würden. Doch haben sie an dir vorbeigesehen.

»Haben Sie sich wieder an der Tür gestoßen, Frau Frost?« fragte eine der Schwestern.

Ich glaube, sie gestattete sich ein mitleidiges Lächeln, was das Ganze noch verschlimmerte.

Vater sagt, ich werde sehr schnell zornig. Daß mir das den Treibstoff für meine rasante Produktion gibt und dafür, daß ich keine Grenzen für meine Fähigkeiten zu kennen scheine. Sonderbarerweise bin ich nie auf solche gestoßen. Daher der Schock, als ich dir begegnet bin.

Ich saß im Wartezimmer, hatte einen Termin bei Walter – ja, er war einer meiner etwas sporadischeren Liebhaber, furchtbar charmant, wobei ich immer geglaubt hatte, die Betonung läge auf dem letzten Wort –, als du hereinkamst. Ein Blick von dir, und etwas Grundlegendes veränderte sich. Was geschehen ist? Dafür reicht meine Sprache nicht aus. Können zwei Menschen ein absolutes Gehör füreinander haben, so wie es musikalische Wunderkinder besitzen? Nach ein paar kurzen

Gesprächen mit dir (Erinnerst du dich, wie ich dir sofort hinterhergerannt, hinterhergestolpert bin?), wußte ich, daß es hier ein gegenseitiges Verständnis gab, das ich nie zuvor erlebt hatte.

Du und ich. Eine Skandalautorin, obendrein die Geliebte deines Mannes, und eine mißhandelte Frau aus der gesellschaftlichen Oberschicht Highgates! Die Kombination hätte vermutlich absurder nicht sein können. War das der Grund, warum wir uns fanden? Ich verstehe nichts von den Wegen der Liebe. Aber eins sollst du wissen, Patricia. Plötzlich waren die Menschen nicht mehr »solche wie du«, sie ließen sich nicht mehr klassifizieren. Du hast mich von der »Sache« weggebracht und einen Menschen aus mir gemacht. Du hast mich wirklich und menschlich werden lassen, hast meine Kanten abgeschliffen. Hast mich gelehrt, mich in andere hineinzuversetzen. Ohne das kein Mensch.

So wie dich habe ich nie jemanden geliebt, habe nie jemanden so sehr geliebt wie dich. Jetzt ist es gesagt. Ich habe es auch schon direkt zu dir gesagt. Ich bin nicht mehr nur ein Mensch, der sich hinter gut formulierten Sätzen versteckt. Ich habe es ausgesprochen. Wie viele Stunden doch nötig waren, um diese Worte zu finden. Und du hast nicht einmal mit der Wimper gezuckt.

»Ich weiß es bereits«, war alles, was du geantwortet hast.

Soll ich auf meinen Plan eingehen? Nur noch eine Sache. Ich muß meine Beziehung zu Walter ein für allemal klarstellen, du wolltest ja nie darüber reden. Anfangs war ich mäßig verliebt, dann hat er mich einmal geschlagen, und ich geriet in Wut. Ich habe sofort zurückgeschlagen. Das war etwa einen Monat, nachdem wir, du und ich, uns in der Praxis begegnet waren. Ich habe natürlich beschlossen, ihn nie wiederzusehen. Aber dann dachte ich – nachdem ich einen Einblick in deine tägliche Hölle erhalten hatte, reden wir nicht darüber –, ich könnte eine Art Bremsklotz zwischen euch sein. Daß ich seine Gewalttätigkeit vielleicht mit »zärtlicher Liebe« besänftigen könnte. Glaube mir, es war wahnsinnig schwer, diese

Rolle zu spielen. Aber eine Zeitlang funktionierte es, du zeigtest dich verwundert, weil er das Interesse an dir völlig verloren zu haben schien. Wie ich mich erinnere, nanntest du es einen Segen.

In dieser Zeit erhielt ich einen Einblick in eure Ehe, sah, daß eure Tochter das Pfand in dem Drama war, ein Lösegeld, das niemand zu bezahlen vermag. Solltest du fliehen, würde er über Joan herfallen. Du sagtest, du hättest es drei Jahre zuvor versucht, was nach dieser Flucht geschehen ist, das mußte ich aus dir herauspressen. Er verwaltet euer Geld, und außerdem gibt es einen Ehevertrag. Ja, deine Naivität zu Beginn eurer Beziehung sei dir durchaus bewußt. Könnte ich nicht etwas tun, um andere aufzuklären? fragtest du müde. Ich tat mein Bestes, schrieb und schrieb. Reichte das? Keinen Schritt weit. Du, wie immer: »Aber es geht doch wohl nicht um *mich*?«

Patricia, hast du von anderen jemals Hilfe erhalten? Du hast verständnislose Eltern und Freunde beschrieben, die von »Unterordnung« und »Dankbarkeit« sprachen. Keinerlei Hilfe. Du hast sofort gefragt, ob ich Geld hätte, damit du mit Joan in einem anderen Land von vorn beginnen könntest. Ohne Umschweife. Aber ich hatte keins. Mir war, als würde ich das erste Mal begreifen, was es bedeutet, Geld zu besitzen oder keins zu haben. Eine peinigende Erkenntnis. Du stecktest fest, und ich stand draußen und sah zu, trotz meiner ungeschickten Versuche, deine Lage erträglicher zu gestalten. Ich nahm mir vor, mit meinen Büchern gewaltige Summen zu verdienen, denn erst dann würde ich dir helfen können. Auf diese Weise entstand das Buch *Geschlagen*.

Hatte ich ein Recht, dein Leben zu schildern? In deine Haut zu schlüpfen und meine Version deiner Geschichte zu erzählen? Ich nahm mir das Recht. In vielerlei Hinsicht sind Schriftsteller Aasfresser, in anderer Hinsicht bringen sie Befreiung. Eine komplexe Sache. Deshalb fühle ich auch eine sonderbare Befriedigung, weil ich jetzt, mit meinem Plan, tatsächlich etwas für dich tun darf. Wie also lief es mit dem Roman *Geschlagen*? Natürlich verdiente ich kein Geld damit, es war naiv von mir, das zu glauben. Doch eins lernte ich beim Schreiben des Buches: Das Gefühl, gedemütigt und verletzt worden zu sein, läßt sich von jedem nachempfinden. Und es war möglich, es zu beschreiben, wenn auch mit deutlichen Mängeln. Du hast nie etwas zu diesem Roman gesagt. Ich nahm es als Bestätigung. Gefragt habe ich dich allerdings nie.

Meine Beziehung zu Walter. Noch einmal schlug er mich, ein einziges Mal. Damals habe ich nicht zurückgeschlagen. Wollte irgendwie dein Elend teilen, dasselbe spüren, was du spürtest. Es war entsetzlich. Ein Gutes aber brachte die Sache mit sich: Wenn du nicht von Walter wegkommen konntest, mußte er von dir weg. Diesen Entschluß habe ich damals gefaßt. Bremsklotz zu sein, reichte nicht aus, auch nicht mein naiver Glaube, ich könnte mit dem Bücherschreiben langsam und ehrlich genug Geld für unsere Flucht verdienen.

Eine Menge wurde gebraucht. Und das rasch. Ich sah keine Möglichkeit. Keiner meiner Freunde besaß so viel Geld, daß drei Personen in einem neuen Land von vorn beginnen konnten. Was blieb: eine Bank zu überfallen, Geld zu veruntreuen, in ein Haus einzubrechen? An alles habe ich gedacht, nichts schien mir durchführbar. Das machte und macht mich wahnsinnig. Wohin ist der Gedanke von einer gerechten Verteilung der Reichtümer verschwunden? Daß man nicht einmal mehr daran glaubt, scheint mir zutiefst unmenschlich zu sein. Nenne mich gern Kommunistin, ich bin niemand, der in Zukunft dafür Abbitte leisten wird. Aber sag mir, warum sind die Kehrseiten der Politik immer so abscheulich – natürlich weiß ich alles über Sträflingslager und Massenhinrichtungen, beschränkt bin ich schließlich nicht –, wo doch der Kern einer Ideologie das Herz junger Frauen oft höher schlagen läßt? Ungerecht. Wie in deinem Fall, Patricia.

Walter umbringen? Genau wie du verachte auch ich Gewalt. Vielleicht nicht verwunderlich. Aber dann fiel mir also dieser Plan ein. Und nun zu dem Betrüblichen, wenn du die Zeilen hier liest, ist irgend etwas schiefgegangen. Hör mir zu, Patricia. Es ist nicht deine Schuld. Das hier ist mein Plan, und ich bin für die Konsequenzen verantwortlich. Ich bin es, die es nicht länger erträgt, dich hinter diesen Mauern in Highgate zu wissen. Du sagst immer, Joan habe von nichts eine Ahnung, und das sei der Grund, weshalb du alles erduldest. Bei einer Gelegenheit, du warst stark angetrunken, erzähltest du, Walter und du, ihr hättet ein Übereinkommen: Wenn er dich schlägt, soll nichts zu hören sein. Ich erinnere mich noch, daß ich dachte: Es gibt Dinge, die ich über Menschen nicht wissen will.

Ich habe dich auch gezwungen, von der Flucht zu berichten. Du erzähltest sachlich und methodisch, so gut das in deinem Rausch ging. Erinnerst du dich daran? Bis nach Calais seid ihr gekommen, bevor er euch eingeholt hat. Er hat dich fast totgeschlagen, und zum ersten Mal vergriff er sich auch an Joan. Du warst überzeugt davon, dort sterben zu müssen, sagtest, du seist dazu bereit gewesen. Doch er hat die Reste mit nach Hause genommen, lächelnd hast du bei den Dinners gesessen und Joan geschützt. Du glaubtest auch, für die Zukunft die beste Lösung gefunden zu haben: lautloses Leiden. Bestimmt würdest du es schaffen. Niemand durfte etwas merken, kein Laut durfte zu hören sein. Nach deinem Bericht ist mein Plan zum Vorsatz geworden. Denn ich ahne etwas, das du nicht vermagst: Joan weiß, was geschehen ist und was weiter geschieht. Sie tut alles, um dich zu schützen, und langsam legt sich eine Schlinge aus Schuld und Haß um ihren Hals. Daß ein junges Mädchen mit diesem Wissen aufwachsen muß, ist unvorstellbar. Ich tadele dich nicht, doch muß ich handeln.

Unsere Gesellschaft scheint nicht imstande, Männer hinter Gitter zu bringen, die das Verbrechen begehen, jemanden, den sie »lieben«, halbtot zu schlagen. Deshalb werde ich dafür sorgen, daß Walter für etwas verurteilt wird, das Menschen leichter ins Gefängnis zu bringen scheint: für einen Mordversuch. Wie ich es sehe, ist das kein Unglück. Nenne mich gern zynisch; was ich tun muß, ist lediglich, den Spiegel auf euch zu richten.

Nun zum Plan, entstanden aus meiner Schlaflosigkeit oder vice versa. Seit einiger Zeit spiele ich die Rolle der »verschmähten Geliebten«. Hin und wieder bin ich in Walters Praxis aufgetaucht und habe ihm eine Szene gemacht: »O Walter, laß uns wieder zusammensein, sonst decke ich die ganze Sache mit den Rezepten auf, die du so ausstellst!« Oder im Pub: »Keiner außer mir weiß, womit dieser rücksichtslose Arzt wirklich sein Geld verdient ...«

Ich verhalte mich wie eine Frau, die Walter einfach loswerden muß. Manchmal unterstreiche ich das noch, indem ich ganz öffentlich damit drohe, seiner Frau alles von »uns« zu erzählen. Gerade Letztgenanntes bringt mich fast zum Lachen, ein Lachen, das mir im Hals steckenbleibt und kaum Luft zum Atmen läßt. Die Scharade ist unmenschlich für uns alle. Bald ist sie vorbei. Was ich da eigentlich tue? Ich gebe ihm ein Motiv für einen Mord. Außerdem fülle ich mein Tagebuch mit Sätzen, die vor Angst strotzen, mit Sätzen über meine diffuse Furcht vor Walter. Die Sache ist so gekünstelt, daß sie mir die Röte ins Gesicht treibt, aber die Polizei wird darauf hereinfallen. Ich habe keine Angst vor Walter; ich habe Angst wegen der *Pläne*, die ich für Walter geschmiedet habe. Was ist das für eine wahnsinnige Sache, die man einem anderen Menschen antut. Was ist das für eine wahnsinnige Sache, die er dir angetan hat. Doch im Herzen? Zum ersten Mal verspüre ich Todesangst. Jetzt weiß ich, was es letztlich bedeutet, Mensch zu sein. Was für Risiken es umfaßt! Auf diese Bahn hast du mich gebracht, als wir uns begegnet sind.

Jetzt zu der entscheidenden Phase meines Plans. Ich will sie dir in allen Einzelheiten schildern, damit du weißt, daß alles äußerst gut durchdacht war, auch wenn jetzt ... Laß uns weitermachen. Nächste Woche ein prachtvoller Streit in eurem Haus, am 23. November – dir habe ich für diesen Abend Theaterkarten für ein langes Stück in West End geschenkt. Ich beabsichtige, unüberhörbar laut zu schreien, alle Nachbarn sollen begreifen, daß ich anwesend bin und ihm mit Erpressung und Hysterie drohe. Glaube mir, über Erstgenanntes läßt sich leichter phantasieren. Danach werde ich nach Hause fahren. Doch zuvor werde ich noch ein paar Dinge in eurer Wohnung plazieren: ein Glas mit Resten von Beruhigungsmitteln, das seine Fingerabdrücke trägt, sowie in seinem Schreibtisch meinen Schlüssel zu unserer Garage. Ich werde seinen Schlauch aus dem Schuppen im Garten mitnehmen und zugleich Vaters alte Gasmaske zurücklassen. Außerdem habe ich ein Buch über Kohlenmonoxidvergiftung auf seinen Namen ausgeliehen, kein größeres Problem für mich! Die Polizei wird dort also Beweismaterial finden, wenn ich sie später am Abend in benommenem Zustand informiere.

Zurück zu dem, was zuvor geschehen wird. Nachdem ich Walter angeschrien habe und ins Auto gestiegen bin, gedenke ich in Richtung Hammersmith zu fahren. Nach fünfzehn Minuten werde ich an einer Telefonzelle halten und Walter anrufen. Ich werde meine Stimme verstellen und vorgeben, eine seiner Patientinnen, Mrs. Parker aus Barnes, zu sein. Sie verlangt, daß Walter sofort zu ihr kommt, sie fordert es so lange, bis er es verspricht. Auf die Art hat er für ungefähr zwei Stunden kein Alibi, und sein auffälliger Bentley wird mit etwas Glück vielleicht gesehen, wenn er auf dem Weg nach Barnes durch Hammersmith fährt. Passenderweise hat Mrs. Parker eine Gratiskarte fürs Theater erhalten, anonym, bin ich nicht großzügig!

Zu dieser Zeit dürfte ich plangemäß zu Hause angekommen und in unsere Garage gefahren sein, gegen 19.30 Uhr etwa; die schwere Garagentür habe ich mit einem Seil zugezogen. Weißt du, sie wird bald ausgetauscht, es ist das letzte Wochenende und meine letzte Chance. Ich werde dann ein paar Tabletten von einem Beruhigungsmittel nehmen, werde den Schlauch befestigen und ihn ins Auto ziehen. Dort bleibe ich lange genug sitzen, um ausreichend Kohlenmonoxid in mir zu haben. Es dürfen keine »Zweifel am Ernst des Vorsatzes« bestehen – was für Ausdrücke es gibt! lache mit mir, Liebes –, worauf ich die Garage mit dem Reserveschlüssel, der immer dort hängt, verlassen werde.

Danach gedenke ich, mitgenommen wie ich bin, ins Haus zu gehen, die Polizei anzurufen und genau zu berichten, wie Walter mir gefolgt ist und mich zu ermorden versucht hat. Daß er mich, selbst mit einer Gasmaske ausgerüstet, im Auto festgehalten habe, bis ich eingeschlafen sei – das, Patricia, ist es, was einem merkwürdigerweise durch das Gift passiert. Daß er die Garage dann mit meinem Schlüssel durch die Seitentür verlassen hat und nach Hause gefahren ist, mich dort dem Tod überlassend. Wie durch ein Wunder wäre ich jedoch aufgewacht und habe überlebt. Die Polizei wird sicher sofort eine Hausdurchsuchung bei Walter vornehmen. Er wird ein Motiv haben, aber kein Alibi, und außerdem gibt es ja meine Aussage und obendrein Beweismaterial. Hingegen keinen Telefonanruf von einer Mrs. Parker in Barnes, die erste seiner vielen »Lügen« …

Walters Fingerabdrücke wird man natürlich in meiner Garage nicht finden, aber ich werde erzählen, er habe Handschuhe getragen.

Gerichtsverfahren. Gefängnis. Frieden. Schluß.

Und ein Anfang für dich und mich. Es ist meine Absicht, daß du nie erfährst, was eigentlich passiert ist. Wenn nicht … Verurteile mich nicht, Patricia, ich habe dich nie verurteilt und werde es auch nie tun. Ich wiederhole, ich allein habe diese Sache beschlossen, ich trage die Verantwortung dafür. Außerdem ist … war der Plan brillant. Ich bin überzeugt, daß ich genug Nervenstärke besitze, um ihn durchzuführen.

Also lebe mit mir. Liebe mich so, wie ich dich liebe. Und der Strand, die Badekleidung, das Lächeln in die Kamera – bald sind wir dort.

Deine
Elizabeth

37. Kapitel

> Ich finde eine Quittung in seinem Mantel. Die Rechnung eines Hotels, wo er mit seiner Geliebten gewesen ist. Obendrein hat er seinen Geschäftsrabatt verwendet. Geizhals, stelle ich fest. Als würde mich das wundern. Schlechte Eigenschaften kommen selten allein.
>
> *Aus »Geschlagen« von Elizabeth Brown*

In dem großen Haus ist es still und dunkel. Eben habe ich Elizabeths Manuskript mit zitternden Händen weggelegt. Auf dem Tisch vor mir der Zettel, den ich vorgefunden hatte: »Bitte lies das. Ich bin im Obergeschoß und ruhe mich etwas aus. Patricia.«

Jetzt gehe ich durch ein Haus, das ich nicht kenne, bin bei einem Menschen, den ich ebensowenig kenne. Dennoch hat uns dieses Manuskript einander nahegebracht. Während ich die steilen Treppen hinaufsteige, begreife ich, daß auch sie von demselben unbarmherzigen Gedanken geplagt sein muß wie ich, wenn ich an Maria denke: Es ist meine Schuld. Ich finde Patricia in einem der Schlafzimmer im dritten Stock. Sie zittert wie im Fieber, Schweiß läuft über ihr Gesicht. Sie ist unter die Bettdecke gekrochen, trotzdem nehme ich noch ein Plaid aus dem Schrank und breite es über sie.

»Danke, Savanna«, sagt sie zähneklappernd, »das ist nett.«

Meine Antwort: ein blasses Lächeln; sie tut ihr Bestes, um es zu erwidern, ist jedoch schon wieder weit weg. Ich setze mich in den Sessel neben dem Bett und begreife verwundert, daß ich Wache halte. Es wird Abend, und wir warten auf die Dunkelheit. Worüber sollen wir reden? Über Schuld? Was unsere Schuld ist und was die anderer? Wo beginnt eigentlich die Spirale der Gewalt, die zu solchen Konsequenzen führt? Und ob wir Mitspieler sind oder Mitläufer, Patricia und ich?

»Erzähle, Savanna, du hast es doch jetzt gelesen. Was ist schiefgegangen?« flüstert sie in der Dunkelheit.

Es kommt so plötzlich, daß ich zusammenzucke, mir mit den Händen durch das Haar fahre und mich räuspere. Elizabeths Plan. Ich bin ihn in diesen Stunden durchgegangen, bin bereit.

»Fehleinschätzungen und dazu Pech«, sage ich mit klarer, sachlicher Stimme, genau die würde ich hören wollen in einer solchen Nacht. »Pech war, daß es an diesem Abend schneite, was, wenn ich es recht verstanden habe, im November in London nicht häufig vorkommt. Ebenso selten bleibt der Schnee liegen, so daß Spuren zu sehen sind, die man untersuchen kann. Der nächste Punkt ist, daß Walters Auto eine Panne hatte. Es ist am Belsize Park stehengeblieben, wo du ihn gefunden hast. Außerdem war das Theaterstück abgesagt worden, wodurch du ihm ein Alibi geben konntest. Ich nehme auch an, daß ihr beide, die Haushälterin und du, es schon gegeben hattet, bevor ihr wußtet, worum es ging.«

Sie versucht unter den Decken zu nicken, es gleicht mehr einem Zittern. Keine Frage dazu. Sachlich und langsam weiter: »Durch die Schlaflosigkeit fühlt man sich merkwürdig aufgekratzt, zugleich hat man ein Gefühl von Unwirklichkeit. Ich glaube nicht, daß Elizabeth klar denken konnte, als sie sich zu diesem Plan entschloß. Sie hat die Genauigkeit ihres Vaters nicht vorausgesehen, daß er den Handwerkern den Reserveschlüssel schon im voraus geben würde. Ich glaube außerdem, sie hat ihre physischen Fähigkeiten überschätzt. Sie hat vermutlich zu lange im Auto gesessen und den Motor nicht abgestellt, als sie die Garage verlassen wollte. Hat man lange Zeit nicht ordentlich geschlafen, ahnt man vielleicht nicht, wie schnell einen der Schlaf mit chemischer Hilfe übermannt.«

Ich bemerke eine Bewegung unter den Decken, und ein schwaches Klagen dringt hervor, das mich erstarren läßt.

»Sie ist ganz einfach eingeschlafen, Patricia«, sage ich sanft. »Sie ist eingeschlafen.«

In meinen Schläfen hämmert es, mir ist, als würde mir der Kopf von ihrem verzweifelten Schrei zerspringen. Ein Flehen um Vergebung, Gnade, Versöhnung, was auch immer, aber laß mich hier nicht allein! Da tue ich etwas, das ich mir selbst nicht zugetraut hätte. Ich verlasse den Sessel und lege mich resolut neben Patricia ins Bett. Ihr Kopf an meiner Schulter, ich hebe sie, wiege sie sanft. Starke, knochige Finger um meinen Arm. Und ihr Klagen wird langsam schwächer, während eine lange Nacht dem Licht weicht.

Allmählich erhellt die Dämmerung das Zimmer; erst bis zum Schrank, über den Sessel, und dann scheint uns die Frühlingssonne in die Augen. Ich mache mich vorsichtig los, recke mich, begreife, daß ich ein paar Stunden geschlafen haben muß. Ich ziehe die Gardine zur Seite, öffne das Fenster weit und schließe die Augen in der Sonne. Klarer Gesang an einem wunderbaren Morgen. Auch Nächte wie diese gehen vorüber. Ich wußte es bereits. So viel Unlebbares, mit dem man dennoch leben kann. Auch Patricia scheint es zu wissen, sie steht auf und legt ihre verschwitzte Kleidung in eine Ecke, geht ins Badezimmer und kommt gewaschen, im frischen Sommerkleid zurück. Wir stehen voreinander.

»Verzeih mir«, beginne ich, »daß du erfahren mußtest, wie sie ...«

»Nicht so was«, antwortet sie barsch. *»Jetzt weiß ich es.* Endlich zu erfahren, wie es passierte, ist viel besser als die Ungewißheit. Auf welche Weise ich mitschuldig bin, das ist eine Sache zwischen meinem Gewissen und mir.«

Wir gehen die Treppe hinunter und in ihren kleinen Garten, ein Teil des *communal garden*, der zwischen den halbmondförmigen Straßen in Notting Hill große parkähnliche Innenhöfe bildet, zu denen die Bewohner Zugang haben. Patricia bereitet das Frühstück vor.

»Die Person, die ich damals war, ist nicht die, die ich heute bin. Gott sei Dank. Aber Elizabeth hat es nicht geholfen.«

»Sie hat geschrieben, es sei ihr Entschluß gewesen und also auch ihre Verantwortung«, sage ich vorsichtig.

»Sicher. Aber unser Tun, oder vielleicht eher das, was wir nicht tun, zwingt andere zum Agieren.«

Ich helfe, den Tisch zu decken: Muffins, Tee, Erdbeerflakes, verschiedene Marmeladen und Rührei. Plötzlich habe ich furchtbaren Hunger, könnte Unmengen essen. Als wollte der

Hunger die Erinnerung an die Nacht verjagen. Patricia, die an einem Apfel kaut, scheint Ähnliches zu empfinden. Fast beschämt setzen wir uns an den Tisch und essen, zwei Überlebende, deren Gedanken an die Verlorenen gehen.

»Es war nicht so zwischen Elizabeth und mir, wie du glaubst.«

»Wie meinst du das?« sage ich errötend, was beweist, daß ich genau zu wissen scheine, was sie meint.

»Sex. Was uns verband, war eine echte und innige Freundschaft. Und weil ich nicht selbst einem Beruf nachgehen konnte, Walter hat es nicht toleriert, habe ich ihr bei all ihren Artikeln geholfen. Natürlich liebte ich sie und sie mich. Das reichte weit. Falsch, es reichte gänzlich. Das klingt vielleicht merkwürdig in unseren Zeiten. Aber geliebt und in Frieden gelassen zu werden, ist ein Segen, der nur wenigen vergönnt ist.«

»Und Elizabeth?«

»Ja, sie wollte Geld und Macht. Strukturen einreißen, Revolutionen in Gang setzen und zeigen, daß Frauen alles können. Weder Geschlecht noch Klasse sollten Barrieren rechtfertigen.«

»Und was wolltest du?«

»Ruhe und Frieden finden. Nach zehn Jahren Mißhandlung hat eine Frau keinen größeren Wunsch als genau den. Glaube mir, der Wunsch war wirklich groß genug.«

Sie gießt mir Tee nach. Wir lehnen uns zurück und können erstaunlicherweise das Gefühl von Trägheit und Heiterkeit genießen, das eine gute Mahlzeit hinterläßt.

»Die Leute werden sich fragen, warum Elizabeth so etwas für mich getan hat. Und ich frage mich das auch.«

»Was glaubst du?« forsche ich nach.

Sie schaut zu den Bäumen, ins hellgrüne Laub der Weiden.

»Sie liebte mich wirklich. Weißt du, ich bin eine sehr eigene Frau. Das habe ich durch sie begriffen.«

Sie hebt das Kinn ein Stück in die Sonne, hebt gleichsam sich selbst an. Ein Kind kommt in den Garten gerannt, seinem Ball hinterher, ein Junge, etwa sechs Jahre alt. Er läuft sofort an unseren Tisch und bittet um ein Muffin. Sie redet ein Weilchen mit ihm, ich gehe hinein, um zu spülen.

»Sonderbar, ist es das nicht?« fragt sie, als sie mit dem Rest des Geschirrs nachkommt, glücklicherweise nicht von dem Gedanken beschwert, daß Gäste nicht spülen sollen. »Sonderbar, daß alle geglaubt haben, Walter habe sie ermordet. Daß er trotzdem verurteilt wurde, aber nicht so, wie es sich Elizabeth gedacht hatte. Ich erinnere mich an einen Abend, ein paar Nächte nach ihrem Tod. Ich ging durch das Haus und weinte so sehr. Aber das Leben hatte mich eine merkwürdige Fähigkeit gelehrt, ich konnte lautlos weinen. Da sah ich, daß in Walters Arbeitszimmer Licht brannte. Als ich hineinkam, drehte er sich um. In der Hand hielt er einen Schlüssel, und er sah mich entsetzt an. Aus irgendeinem Grund hatte ich keine Angst, sondern näherte mich ihm, um zu sehen, was auf dem Anhänger stand: Browns Garage. Er versuchte etwas zu sagen, aber ich machte kehrt und ging hinaus. Nach diesem Abend schlug er mich nie wieder. Das Gerede in der Praxis, die Blicke der Kollegen, all das richtete ihn zugrunde. Was alle glaubten? Daß er das Alibi mit Drohungen erzwungen hatte, plötzlich schienen alle zu wissen, daß er mich schlug, was sie in all den Jahren tunlichst übersehen hatten. Und dann die größte Ironie des Ganzen, daß ich tatsächlich nicht gelogen hatte.«

»Wie hast du es geschafft, ihn zu verlassen?«

»Es war, als hätte ihr Tod mir Tatkraft verliehen. Ich verstand damals nicht, warum sie Selbstmord begangen hatte, was ich am Ende schließlich glaubte. Doch hatte ich das Gefühl, überlebt zu haben. Mehr als das, zu überleben und zu leben. Ich steckte den Garagenschlüssel in eine Plastiktüte, legte ihn zusammen mit Bildern, die ich im Laufe der Jahre von meinem Körper gemacht hatte, in ein Bankfach. Auch einen Brief fügte ich hinzu, beglaubigt von einem Rechtsanwalt, in dem ich schwor, Walter unter Zwang ein Alibi gegeben zu haben. Unsere Haushälterin tat dasselbe und versprach außerdem, wenn nötig gegen ihn als Zeugin aufzutreten. Sie hatte mich in all den Jahren verarzten müssen. Mir ist auch eine Idee gekommen, wie Walter Elizabeth ermordet haben könnte. Er war ein geübter Kletterer und konnte sich mit Hilfe von Seilen aus der Garage befreit haben, ohne Fußspuren im Schnee zu hinterlassen. Eines Nachts fuhr ich zu Brown und schlug ein paar Kerben, Spuren der Keile, in die Außenwand der Garage. In der Nähe stand auch ein Baum, den er benutzt haben konnte.«

»Und dann?«

»Ich drohte ihm, das alles aufzudecken, wenn er mir die Scheidung verweigern oder sich jemals wieder an Joan oder mir vergreifen würde. Außerdem zwang ich ihn, den Ehevertrag zu annullieren.«

»Ist er darauf eingegangen?«

Sie nickt, es ist, als ob die Erinnerung an diese Sache sie wachsen läßt.

»Elizabeth und ich haben oft über die Bedeutung von List gesprochen. Jetzt konnte ich meine eigene gebrauchen. Ihr Tod gab mir Kraft zum Aufbruch. Jahre der Erniedrigung. Plötzlich gab es, bildlich gesprochen, ein Lösegeld, für das ich die Bedingungen festsetzen konnte. Meine Tochter Joan und ich konnten freikommen. Endlich war ich imstande, ein eigenes Leben zu führen und eine Ausbildung zur Therapeutin zu beginnen, was Walter mir verboten hatte. Doch wenn ich erfahren hätte, wie sie wirklich gestorben ist, damals vor fünfundzwanzig Jahren ...«

Wir denken beide an das Manuskript, das die ganze Zeit in seinem Versteck gelegen hatte.

»Jetzt aber weiß ich es«, wiederholt sie, als könnte sie meine Gedanken lesen. »Ich kann damit leben. Laß uns einen Spaziergang machen.«

Wir ziehen uns an und gehen durch das erwachende Notting Hill. Die Obststände sind schon aufgebaut, und Männer mit roten Nasen und heiseren Stimmen rufen in einer Sprache, die für mich nicht wie englisch klingt.

»Ich brauchte lange, um das zu verstehen«, nickt sie mir zu.

»Ich habe nichts gesagt«, erwidere ich verblüfft.

»Du ähnelst Elizabeth.«

»Das sagt Jack auch.«

»Ist er ein guter Mann?«

»Zu gut.«

Sie schnaubt verächtlich.

»So etwas gibt es nicht.«

Im Hyde Park angekommen, leihen wir zwei grünweißgestreifte Liegestühle aus und setzen uns an einen kleinen künstlichen Teich, wo Kinder versuchen ihre Segelboote über das unbewegte Wasser fahren zu lassen.

»Walter legte sich eine neue Frau zu. Die er auch schlug. Natürlich. Ich habe sie einmal in einem Laden getroffen. Genauso eine Sonnenbrille, wie ich sie früher getragen habe.«

Unangenehm berührt zieht Patricia die Schultern hoch.

»Er hat die Gewalt mitgenommen. Also worin bestand meine angebliche Schuld? Worin die jener jungen Frau?«

»Was hast du zu ihr gesagt?«

»Ich habe gesagt: Schaffe dir keine Kinder mit ihm an und verschwinde, so schnell du nur kannst. Habe es wiederholt. Kein Preis ist höher als jener, den der bezahlen muß, der mit Schuldgefühlen und Hoffnung auf Veränderung bleibt.«

Ich strecke ihr die Hand in der Frühlingssonne hin. Sie nimmt sie, hält sie ganz ruhig. Auch meinetwegen will ich, daß meine Hand so liegenbleibt.

»Ich mag mich irren, aber da ist eine Sache, die mich beschäftigt hat«, sagt sie. »Alle fragen sich, warum Frauen von dieser Sorte Männer angezogen werden. Eigentlich ja keine dumme Frage. Aber wie sollen Frauen wissen, daß es ein Mann von ›dieser Sorte‹ ist? Er trägt doch kein Schild auf der Brust, verstehst du?«

Ich lächle ein wenig verkrampft, während sie weiterredet.

»Statt dessen sollte man sich lieber fragen, warum Männer Frauen überhaupt schlagen? Und warum sie so oft mit dem Prügeln fortfahren, auch wenn die eine Frau gegen eine andere ausgetauscht worden ist?«

»Was willst du sagen?«

»Daß man die Schuld dort suchen soll, wo sie liegt. Das ist alles.«

»*Alles* ist es«, füge ich hinzu.

»So kann man es auch ausdrücken. Und eine Frau hat es schon getan«, fährt sie vielsagend fort. »Aber merk dir eins, Savanna, ich erzähle nicht die Geschichte aller Frauen, nur meine eigene. Ich bin keine Journalistin wie Elizabeth, ich bin nur eine, die überlebt hat.«

Wir dösen ein, und als ich aufwache, steht sie vor mir, ihr Schatten schützt mich vor der Sonne.

»Du sollst dir keinen Sonnenbrand holen. Ich habe mir die Freiheit genommen, dein Gepäck vom Hotel zu mir nach Hause bringen zu lassen. Erlaube mir, daß ich dir helfe. Das ist das mindeste, was ich tun kann.«

Am Abend erzähle ich von dem vergangenen Jahr, fülle die Punkte aus, die Jack vergessen haben könnte. Mir ist, als müßte es jetzt das letzte Mal sein, daß ich jemandem von all dem Schrecklichen berichte: dem Mord, der Elfjährigen, die ich gewesen bin, der Begegnung, der Schlaflosigkeit, den Drohungen, den Schlägen, der Hypnose, Marias Verschwinden, dem Mörder, der noch immer da ist und zu dessen Gunsten die Zeit verrinnt. Jedesmal, wenn dieses Thema aufkommt, bin *ich* es, die das Gefühl hat, duschen und den Körper klinisch sauber schrubben zu müssen. Ich winde mich auf meinem Stuhl. Sie legt mir die Hand auf die Schulter, wie um zu sagen: Nicht so, nicht aufgeben oder sich derart getroffen fühlen.

»Das darf nicht so weitergehen«, sagt sie kurz. »Du weißt, daß ich mich auf Hypnose verstehe? Wie deine Maria.«

Natürlich weiß ich es. Der Zeitungsartikel.

»Noch ein Zufall«, schnaube ich irritiert.

»Umgekehrt. Sehr wenige Dinge im Leben sind Zufall«, sagt sie lächelnd.

Natürlich hat sie recht. Patricia war schon früh an Hypnose interessiert und hat Elizabeth angesteckt. Patricia hatte sie aufgefordert, eine Artikelserie zu dem Thema zu schreiben,

Patrick hat uns davon berichtet. Weil ich alles las, was Elizabeth geschrieben hatte, übertrug sich das Interesse auf mich. Danach auch auf Ljunggren, der sich an seine Freundin Maria erinnerte, die genau dieses Wissen hatte.

»Der Kreis schließt sich«, ist alles, was ich herausbringe.

Aber Patricia ist praktischer veranlagt.

»Gibt es die Notizen noch, die deine Freundin nach euren Sitzungen gemacht hat?« fragt sie.

»Ja, ich habe sie bei mir.«

»Gut. Du wirst sie mir heute abend übersetzen.«

»Bevor sie verschwunden ist, hat Maria gesagt, da sei eine Sache, die sie versäumt habe.«

»Noch besser. Dann lösen wir das«, sagt sie so hoffnungsvoll, daß ich ihr nicht zu widersprechen vermag.

Vor meinem Schlafzimmer sagen wir gute Nacht. Erst in diesem Moment fällt mir die Frage ein.

»Was wirst du mit *Insomnia* machen?«

»*Wir* meinst du. Es publizieren, natürlich. Wie hattest du dir das vorgestellt? Eine Einleitung von dir und dann ein Kommentar zu Elizabeths Text von jemand anderem?«

»Ich hatte eigentlich gedacht, beides selbst zu schreiben«, murmle ich verlegen.

»Gut! Dann sagen wir das. Aber es muß schnell gehen. Wegen Patrick«, fügt sie hinzu. »Ich vertraue darauf, daß es auf würdige Weise geschieht, und außerdem rechne ich damit, daß Ruth Bell entschieden weniger zu tun haben wird, wenn *Insomnia* erst veröffentlicht ist.«

»Es kann Aufsehen erregen«, versuche ich. »Du im Rampenlicht. Es wird nicht immer angenehm sein.«

»Damit kann ich leben.«

»Und deine Tochter?«

»Sie weiß das meiste. Den Rest kann ich ihr erzählen, bevor das Buch erscheint. Mit dem Alter empfindet man ein gewisses Vergnügen bei der Möglichkeit, aufrichtig zu sein.«

»Und das Gerede?«

»Laß sie reden«, sagt sie und sieht tatsächlich ein wenig entzückt aus.

Ein Kuß auf die Wange, bevor ich in abgrundtiefen Schlaf sinke.

38. Kapitel

> Die Liebe. Wie weit reicht sie? Durch Feuer und Wasser? Drohungen und Schläge? Not und Lust? Aber wenn die Betonung die ganze Zeit auf Not liegt, wie weit reicht sie dann?
>
> *Aus »Geschlagen« von Elizabeth Brown*

Sechzehn Stunden später schlage ich die Augen auf. Keine Träume, keine Erinnerungen. Nur klares Bewußtsein und unfaßbare Energie. Ich recke mich genußvoll und gähne so ausgiebig, wie ich es seit langem nicht mehr getan habe. So fühlte man sich also! Meine Hand tastet nach dem Kissen neben mir. Kein Jack. Aber zum Trost: der Schlaf.

In dem Moment kommt die Erinnerung. Ich nehme den Telefonhörer und wähle die Nummer von zu Hause, die von Jack.

»Liebes?« fragt eine verschlafene, matte Stimme.

»Insomnia – die Volkskrankheit unserer Zeit.«

»Das bezweifle ich nicht, Savanna«, sagt er und räuspert sich kurz. »Aber wie …«

»Suche nach dem Buch, Jack. Maria hat es von dem Mann bekommen. So lautet der Titel. Suche in Marias Wohnung, vielleicht auch in ihrem Arbeitszimmer in der Universität. Lege es in eine Plastiktüte. Vergleiche dann die Fingerabdrücke mit denen des Mörders.«

Kurze Pause.

»Er ist es nicht, es ist nicht derselbe Mann.«

»Aber wenn doch.«

»Dann ist es nicht deine Schuld.«

»Aber Jack, ich muß es wissen.«

Wir sagen nichts mehr. Ich lege zuerst den Hörer auf. Eine sachliche Stimme, das ist alles, was ich hören will. Ich gehe in die Küche hinunter, Patricia hat Marias übersetzte Papiere vor sich liegen, daneben einen Notizblock. Hier ist jemand, der heute nacht nicht geschlafen hat.

»Ich habe das Telefon benutzt. Jack.«

Sie nickt zerstreut und beugt sich wieder über den Ordner. Unlust überkommt mich. Nein, nicht noch einmal dort hinuntertauchen, erspar mir das. Erspar das allen um mich herum. Und dann plötzlich: *Bitte, laß die, welche ich liebe, in Frieden.* Mir wird eiskalt, Schweiß dringt mir aus den Poren. Wie habe ich das bisher übersehen können? Wem als nächstes übel mitgespielt werden wird.

Ich höre mich selbst sagen: »Ich kann nicht klar denken, wenn Jack in der Nähe ist. Wenn Menschen, an denen mir liegt, zu Schaden kommen können.«

Sie denkt einen Augenblick nach. »Bitte ihn, dich eine Zeitlang in Frieden zu lassen.« Sie sieht mich mit gerunzelter Stirn an. »Eine Zeitlang, habe ich gesagt, Savanna. Bis du klar denken kannst.«

Aber ich höre nicht auf sie. Wie hat mir das entgehen können? Mein Unvermögen, das Monster zu identifizieren, bringt diejenigen, die ich liebe, in Gefahr. Ich wische mir am Hosenboden den kalten Schweiß von den Händen.

»Ich gehe ein bißchen nach draußen«, murmle ich.

»Heute abend. Ich werde erst ein paar verläßliche Kollegen anrufen. Dann machen wir dort weiter, wo Maria aufgehört hat.«

Ich lasse den Kopf hängen, mir ist, als hätte ich keine Kraft mehr im Nacken, ich muß mich an die Wand lehnen, um mich aufrecht zu halten.

»Wir finden ihn, Savanna. Alles andere ist undenkbar.«

»Wie denn?« Meine Stimme ist kaum zu hören.

»Natürlich mit List und Tücke.«

»Und wenn ich es nicht schaffe?«

»Dann bin ich hier.«

Wir schauen uns an, zwei Frauen, vereint im Kampf gegen einen Taifun, der alles, was ihm im Weg steht, hinwegfegt. Und was haben wir für Waffen? List und Tücke. Liebenswürdig und mutig. Ja, mein Gott. Mitten in all dem finde ich es komisch.

»That's the spirit«, sagt Patricia, was mich noch mehr zum Lachen bringt, bis sie hinzufügt: *»Laughter is the voice of heroes.«*

»Oh, aber ich bin keine Heldin.«

»Das bist du doch. Glaube mir. Mach jetzt einen langen Spaziergang. Das erweitert den Blick und bringt ungeahnte Lösungen.«

Am Abend setzen wir uns in ihr Arbeitszimmer, was, wie ich erst in diesem Moment begreife, auch der Raum ist, in dem sie ihre Patienten empfängt. Ein wenig wohnlich, aber eigentlich völlig ohne private Dinge. Eine Schachtel mit Taschentüchern auf dem Tisch. Nur zu gut weiß ich, wozu man sie benutzt. Patricia wirkt ruhig und beherrscht, keine Spur von Unsicherheit.

»Hab keine Angst. Wir werden nur eine gemeinsame Anstrengung unternehmen, um völlige Konzentration zu erlangen. Durch die Hypnose wird vorübergehend die Kluft zwischen Körper und Seele überbrückt. Dein Körper ist wie eine Bibliothek, alles ist dort gespeichert. Wir werden nur deine Abwehr ein wenig aufbrechen. Das ist alles.«

»Alles«, murmle ich. »Maria und ich haben schon alles versucht.«

Aber sie überhört meinen Protest.

»Keine Sorge. Ich habe meine Ausbildung erst spät gemacht, dafür aber war sie um so gründlicher. Es gibt eine Sache, die Maria versäumt hat, aber die sie vermutlich beim nächsten Mal nachgeholt hätte. Hör jetzt zu. Sie hätte dich mit der Vernunft und Erfahrung einer erwachsenen Frau zu dem traumatischen Ereignis zurückgehen lassen sollen. Hätte dich bitten sollen, das Ganze mit deinem heutigen Blick zu sehen, nicht nur als die zu Tode erschrockene elfjährige Savanna im Wald. Maria hat es völlig richtig gemacht, denn ohne die gefühlsmäßige Erinnerung gibt es keine Heilung. Aber sie hat es nicht geschafft, die Sache zu Ende zu führen.«

Ich begreife nicht, und sie sieht es.

»Wenn man eine Person bittet, unter Hypnose ihren Namen zu schreiben, dann tut sie es in der Handschrift der Elfjährigen. Jetzt aber schreiben wir mit dem heutigen Datum.«

Ich bewege den Kopf. Weiter.

»Jetzt fangen wir da an, wo Maria aufgehört hat. Keine Sorge«, wiederholt sie, und erst jetzt fällt mir auf, wie vertrauenerweckend ihre Stimme klingt, so als hätte sie alle Lebensalter in sich. »Hör zu, Savanna. Sieh mich an. Entspanne dich.«

Der Mann steht vor mir. Wie klein ich doch bin! Ich betrachte die Szene ein wenig von oben, stecke aber mittendrin. Die Angst ist da, hängt schwer in der Luft, aber ich bin nicht mehr von ihr gelähmt. Auf irgendeine Weise kann ich mich selbst dort stehen sehen, zitternd in Nachthemd und Gummistiefeln. Ein Mann trägt eine erschlagene Frau über der Schulter. Ich sehe es sofort. Und Savanna? Mein Gott, sie ist vor Schreck erstarrt. Merkwürdig, aber ich habe es vorher nicht verstanden, doch diejenige, die ich gewesen bin, begreift genau, was da geschieht. Sie weiß, daß der Mann diese Frau umgebracht hat. Sie versteht auch, daß wahrscheinlich jetzt sie an der Reihe ist. Es dauert nur den Bruchteil einer Sekunde.

Ich sehe, wie der Mann den Finger auf die Lippen legt. Eine seltsame Geste in einer noch seltsameren Situation. Das kleine Mädchen, das ich gewesen bin, verfolgt seine Bewegungen mit aufgerissenen Augen. Die Stiefel eingewachsen im Moos, wie eine Statue steht sie da am Waldrand. Ein schwaches Motorengeräusch in der Ferne. Wir hören beide, was er sagt.

»Du hast nichts gesehen. Du schläfst nur.«

»Ja.«

»Du schläfst tief, du wachst nicht auf.«

»Nein.«

»Und wenn du jemals aufwachst? Dann bin ich da. Bis dahin bist du unsichtbar, es gibt dich nicht und vor allem, du nimmst keinen Platz ein. Du verstehst, als Frau bist du es nicht wert, einen Platz einzunehmen.«

»Nein.«

Er lächelt.

»Wir gegen sie. Du und ich gegen die leichtsinnigen, schwachen Frauen.«

Keiner von uns beiden weiß, was er tun soll. Kalter Schweiß steht auf seiner Stirn, in seinem Haar Blut. Dann plötzlich das Geräusch von Mopeds im Wald, sehr nahe. Die erwachsene Savanna begreift: die Rettung. Aber das Mädchen steht noch immer wie angewachsen. Ich höre sie – habe ich diese Stimme nicht schon früher vernommen? –, höre, wie sie im Dunkeln flüstert: »Ich bin keine Frau, ich bin ein kleines Mädchen.« Und gleich darauf: »Ich nehme keinen Platz ein. Ich schlafe.«

Danach renne ich. Den ganzen Weg bis zu meinem Zimmer in der Pension, ziehe die Stiefel aus, stelle sie ordentlich neben die Tür, kein Gedanke in meinem Kopf. Nur Dunkelheit und die Hoffnung auf Schlaf. Ich lege mich ins Bett und schlafe ein. Keinen Platz werde ich einnehmen, kein Sauerstoff wird unnötigerweise verbraucht, kein Licht fällt auf mich, niemals werde ich aufwachen. Denn dann ist er da.

Ich sehe mich selbst schlafen, und etwas bricht in mir zusammen, Schicht um Schicht falle ich durch verschiedene Versionen meiner selbst, und das einzige, was ich will, ist: diese Teile zusammenfügen, ein Ganzes daraus machen und mich erheben wie Phönix aus der Asche. Liebste Savanna. Meine Kleine. Ich bin hier. Das Monster ist weg, bekommt dich niemals zu fassen. Schlaf, Kleine, ich wiege dich in den Schlaf. Auch die Alpträume gehen vorüber, auch jene, die nie ein Ende zu haben scheinen. Siehst du, ich halte dich fest. So, jetzt ist es vorbei.

Ich bin zurück in Patricias Zimmer, verspüre ungeheuren Durst. Sie holt ein Glas Wasser, dann noch eins und ein drittes. Wir räuspern uns, ich berichte. Sie nimmt eine Decke, legt sie über mich. Draußen ist es dunkel. Wie lange sind wir schon hier? Unmöglich zu sagen. Wir sitzen schweigend da, jetzt bin ich in Decken gewickelt, und sie hält Wache.

»Der Mann im Wald?«

»Ja«, sage ich heiser.

»Wie hat er ausgesehen, Savanna.«

»Oh, ein ziemlich junger Bursche«, erwidere ich sofort. »Vielleicht fünfundzwanzig, höchstens dreißig. Ein leicht kantiges Gesicht, attraktiv.«

»Also kein alter Kerl?« fährt sie langsam fort. »Keine siebzig heute? Aber für die Elfjährige?«

»Ein alter Kerl«, sage ich nickend und begreife erst jetzt. »Demnach heute ein kraftvoller Mann um die Fünfzig. Es stimmt.«

Wir versuchen die Erkenntnis zu verdauen. Ich denke an Maria. Einen solchen Blick aushalten müssen.

»Der Blick?« sagt sie also. »Er verändert sich normalerweise nicht. Du bist ihm wieder begegnet.«

»Im Fahrstuhl, ja, vermutlich. Weil ich diese Worte gesagt habe. Offensichtlich habe ich aber nicht begriffen, wen ich da registriert hatte.«

»Und sonst?«

Der Blick. Er ist da und auch wieder nicht. Er gleitet über meinen Körper, und wieder fühle ich mich schmutzig, habe das Bedürfnis nach einem Bad. Ich schließe die Augen, kneife sie zusammen, bis es weh tut.

»Sonderbar. Irgendwo gibt es einen Blick wie diesen, ich habe ihn gesehen. Einen Blick der … Liebe. Das kann ja wohl nicht sein?«

Die Erinnerung tastet sich langsam an den Wänden des Gewesenen entlang. Zu eng, viel zu eng, ich finde nicht hinaus.

»Oder ist es Angst? Ein Gefühl, daß ich falle, aber ich begreife nicht, warum.«

»Das passiert. Mach weiter«, ermahnt sie mich.

Ich beuge mich vor, lege den Kopf in den Schoß und schließe die Augen ganz fest.

»Schluß jetzt.«

Sie richtet mich auf, nimmt die Decke weg, gibt mir ein feuchtwarmes Handtuch, damit ich mir das Gesicht abreibe. Führt mich die Treppe hinunter ins Wohnzimmer. Sie muß spüren, daß mir jede Entschlußkraft fehlt, daß ich jemanden brauche, der mich führt.

Patricia gießt zwei Gläser Whisky ein und öffnet eine Packung *Shortbread*. Die Flasche wird auf den Tisch gestellt. Eine lange Nacht. Klaviermusik im Hintergrund. Ein Haus und Sicherheit.

»Laß mich hierbleiben«, sage ich leise.

»Sicher darfst du das. Eine Zeitlang.«

List und Tücke. Ist es das, was jetzt von mir gefordert wird? Eine Woge der Hoffnungslosigkeit.

»Savanna? Dieses kleine Mädchen. Achte darauf, daß sie keine Schuld trägt.«

»Aber es war doch nicht ihre Schuld!« erwidere ich mit plötzlichem Zorn.

»Sage ihr das.«

»Ich nehme keinen Platz ein«, murmle ich.

»Genau.«

Erst jetzt begreife ich. Wie er meine Angst in Verachtung verwandelt hat, in die Verachtung von Frauen, meiner selbst, statt in Abscheu gegen ihn. Mein Gesicht in die Hände vergraben, wiege ich mich hin und her.

»Girls do cry sometimes«, sagt sie still.

Ich gehe nach draußen und wasche mir das Gesicht im Badezimmer. Als ich zurückkomme, legt Patricia die Füße mit einem Seufzer auf den Tisch und streckt sich.

»So hier haben Elizabeth und ich oft dagesessen.«

»Was sagte sie dann?«

Sie denkt nach, lacht schließlich: »Ich bleibe, bis die Flasche leer ist.«

»Dann tue ich dasselbe.«

Wir brauchen zwei Nächte, um sie auszutrinken. Danach bin ich wieder allein.

39. Kapitel

> Wer sich auf das Spiel einläßt, muß es erdulden. Aber wir, die wir hineingezwungen wurden, verdienen wir Strafe? Müssen auch wir das Lösegeld zahlen, um unsere Jungen aus dem Nest zu holen? Genauso ist es. Gerecht? Niemand hat behauptet, das Leben sei gerecht. Alles nur Mythen, erfunden von Müttern, die ihre Kinder mehr lieben, als diese ertragen können. Meine Mutter war keine von ihnen. Das hat mich hellsichtig gemacht und vielleicht auch ein wenig zynisch, wodurch ich besser zurechtkomme als manch anderer. Ob ich die Mythen vermisse? Nein, wohl aber die Liebe, die diese hervorgebracht hat.
>
> *Aus »Geschlagen« von Elizabeth Brown*

Am Morgen, als ich nach Hause fahren will, ruft Jack an. Keine Einleitung, nicht: Du Liebes. Nichts. Weit weg davon.

»Das Buch. Du hattest recht. Er ist es«, ist alles, was er sagt, und wir lauschen dem unbestimmten Knistern in den Leitungen zwischen Stockholm und London.

Das große Meer zwischen uns – ich befürchte, daß die Flugreise es nicht kleiner machen wird.

»Ich habe es geahnt«, sage ich und erzähle ihm, woran ich mich mit Patricias Hilfe erinnert habe.

Weiteres Knistern, ich höre beinahe, wie Jack einen Anlauf nimmt, um mich zu erreichen. Zuweilen sind Tausende von Kilometern überhaupt kein Abstand, dann wieder sind einige Zentimeter ein Abgrund, den man nur schwer überwindet.

»Savanna, versuche zu begreifen, was ich jetzt sage. Du bist nicht verantwortlich für die Taten dieses Mannes! Du bist nicht der Grund für seine Gewalttätigkeit.«

»Das hilft nichts, Jack! Für seine Gewalttätigkeit kann ich nicht, aber ich bin schuld als Bindeglied zu seinem Opfer. Zu Maria. Ich bin noch immer dieses Bindeglied. Und ich bin schuld, weil ich ihn nicht *sehen* kann.«

Keine Tränen, kaum Aufregung in der Stimme. Es ist einfach so, ich bin in keiner Weise von Schuld befreit.

»Wie soll ich dir nur helfen? Uns helfen?«

Ich beiße mir heftig auf die Lippe und sage das, was notwendig ist, es ist nicht das, was ich sagen will, aber es ist notwendig.

»Laß mich eine Zeitlang in Frieden, Jack. Laß mich einfach in Frieden.«

Dieses Mal bin nicht ich es, die den Hörer zuerst auflegt.

Patricia und ich nehmen wortlos Abschied. Sie hat mir eine Kopie von *Insomnia* gegeben, damit ich es redigieren und schließlich publizieren kann. Als einen Anfang haben wir gemeinsam Kontakt zu einem britischen und einem schwedischen Verlag aufgenommen. Es reicht nicht zu sagen, daß sie begeistert waren. Wir konnten ein erhebliches Honorar aushandeln, obwohl meine Kommentare und das Vorwort überhaupt noch nicht existieren.

»Geben Sie mir drei Wochen«, sagte ich nur kurz. »Dann dürfen Sie das Buch in Rekordzeit publizieren.«

Im Juni wird es erscheinen. Patricia und ich sind zufrieden. Sie hat sich auch mit Patrick getroffen, hat ihn das Manuskript lesen und ihn entscheiden lassen, ob er die Herausgabe weiter unterstützen will. Er hat es bejaht, hofft das noch zu erleben. Ich bin unfähig, ihr in die Augen zu sehen, als sie erzählt, was er über das Durchhalten gesagt hat. Also wiederholt sie es. Sie ist kein unbarmherziger Mensch, nur äußerst genau.

Wir halten uns auf ihrer Treppe umarmt. Ich habe ihr geholfen und sie mir. Den Rest müssen wir allein schaffen. Das schwarze Taxi wartet mit leise tuckerndem Motor vor dem Haus. Ich steige ein und knie mich wie ein Kind auf den Rücksitz, damit ich sie durch die Heckscheibe sehen kann. Presse meine Hand an die Scheibe, und als ich sie wegnehme, bleibt ein Fleck zurück. Ich bin hier gewesen, meine Hand, meine Fingerabdrücke, die Umwelt kann sie registrieren. Was ich getan habe, verdient keine Strafe. Daß Menschen einem nahekommen und dann in Widrigkeiten geraten, das bringt das Leben mit sich. Ich wünschte jedoch, es gäbe statt dieser ewig wiederkehrenden Gedanken eine richtige Strafe, die ich absitzen müßte. Ich wäre eine mustergültige Gefangene, würde fegen und schrubben. Gebt mir irgendeine Strafe – alles andere, nur nicht, daß ich Marias Mutter treffen muß.

Das Flugzeug hebt ab, und ich schicke Stoßgebete zum Himmel, man möge mich dort oben behalten. Aber wir landen, ein Ruck, und ich bin wieder zu Hause. Stockholm, Anfang Mai: zarte hellgrüne Blattspitzen an den Bäumen. In dem kühlen Frühlingswind erscheinen sie mir ungeheuer tapfer.

Auf dem Flugplatz steht ein Freund. Er heißt Jack. Er darf mich nur auf die Wange küssen, ich halte ihn eine Armlänge von mir. Mehr als das. Kilometer dazwischen.

Der Flug verlief gut, ja, es ist phantastisch, daß ich *Insomnia* gefunden habe, und sicher bin ich froh, jetzt zu wissen, wie alles zusammenhing, Ruf und Ehre und das Ganze. Was jetzt?

»Marias Mutter muß erfahren, was geschehen ist«, sagt Jack, und ich bin froh, daß er nicht so tut, als wäre die Sache kein Problem.

»Wir treffen uns heute abend.«

»Ich komme mit.«

»Nein. Das muß ich allein durchstehen.«

Seine Hand sucht die meine, während wir zum Auto gehen. Er darf sie ein Weilchen halten, dann macht sie sich los auf eine unnötige Reise in mein schon längst zerwühltes Haar.

Wir fahren auf die Stadt zu, und Jack bemüht sich wirklich. Wie wir weitermachen wollen und daß die Sache nur noch eine Zeitfrage ist (womit er recht hat). Seine Hand fährt vergeblich durch die Luft, da meine ständig unterwegs ist. Wie war das nur? Wir halten vor meiner Burg, der L-förmigen Wohnung dort oben, viel zu groß ist sie für mich, viel zu angefüllt mit Erinnerungen für Jack und mich. Das einzig Richtige ist, ich bleibe allein dort wohnen: Verplombung, Gittertüren und all das. Dann *mach* es also.

»Hör zu, Jack. Dieses mich in Frieden lassen. Es war wörtlich gemeint.«

Schon mit einem Fuß aus dem Auto, schaut er mich rasch an, schließt die Tür und bleibt sitzen, mir zugewandt.

»Befolge meinen Rat. Ich sage es nur einmal. Schaff dir keine Kinder mit mir an und lauf weg, so schnell du nur kannst.«

»Habe nicht gehört«, sagt Jack, genau wie es Martin immer tat.

»Du zwingst mich, es zu wiederholen. »Schaff dir keine Kinder ...«

»Dann habe ich richtig gehört. Wollen sehen ... meine Liebe zu dir. Sie spielt keine Rolle?«

»Deine Liebe und Lebenslust haben nur erreicht«, sage ich langsam, fast unhörbar, »daß ich an das Fehlen meiner eigenen erinnert worden bin.«

»Weißt du, was du sagst, Savanna? Ich habe nämlich eine schlechte Eigenschaft, ich bin nachtragend. Bestimmte Dinge kann ich nur schwer verzeihen. Ist das wahr?«

»Es ist wahr, und jetzt ist es gesagt.«

Meine Stimme klingt wie die eines Arztes, der eine Todesnachricht überbringt.

Er beugt sich über mich, um die Tür auf meiner Seite zu öffnen, damit ich aussteigen kann. Dabei streift seine Hand mein Knie.

»Es ist zu deinem Besten«, brabble ich. »Damit ...«

»Erspar mir das! Tu mir den Gefallen. Erspar mir so was.«

Er zieht die Tür hinter mir zu, wartet, bis ich die Koffer aus dem Auto genommen habe, und fährt los. Die Koffer auf dem Bürgersteig an meine Beine gelehnt, wie eine Koppel erschreckter Schoßhunde. Das war es also. Leere. Erleichterung. Kälte. Wieder allein – das beherrsche ich.

Dritter Teil

40. Kapitel

Ich halte ein frischgedrucktes Buch in meinen Händen: *Insomnia* von Elisabeth Brown und Savanna Brandt. In Rekordzeit erschienen, den Verlagen zufolge. Ein Buch für Patrick. Patricia sagte, das sei das Ganze wert. Der Geruch des Buches. Die Bilder von mir, von Patricia und Elizabeth. Meine Augen tränen. Das taten auch Ljunggrens, als er obendrein meine Dissertation auf den Tisch bekam. Der Doktorhut ist jetzt nur eine Formalität, *Insomnia* hat dazu beigetragen. Beinahe grandios, nach Ljunggrens Meinung. Fertig, meiner Meinung nach. Ein Abschluß, Kündigung bei der Bibliothek zum Herbst und eine feste Anstellung im Institut. Johannes kommt als erster in mein neues Zimmer.

»Gratuliere, Savanna. Was soll ich sagen? Eine Sensation.«

»Nein, harte Arbeit.«

»Selbstverständlich, selbstverständlich«, sagt er verbindlich. Zögern. »Wollen wir jetzt die Streitaxt begraben?«

Ich sammle mich, liebenswürdig und mutig.

»Was für eine Streitaxt?« frage ich sanft.

Zu seinen Gunsten muß gesagt werden, daß er ausgiebig lacht, bevor er wieder geht. Güte, wo man sie am wenigsten erwartet? Nein, aber wo der Erfolg sich nähert. Zynismus, ja sicher. Aber auch ein gewisses Maß an Hellsichtigkeit. Wie Elizabeth sie besaß.

Also ist es erledigt: Rampenlicht, Rehabilitierung und Ehre. Was für ein Gefühl das ist? Angenehm, sogar beglückend – beinahe zehn Sekunden lang tritt es in unregelmäßigen Intervallen auf. Dann habe ich mich daran gewöhnt. Was folgt? Ein bißchen anstrengend, dieses eifrige Sichbemühen. Aber ich bin wach, immerhin etwas, ich bin bereit. Und nun weiter. Die Professur, gewiß, ich habe den Posten nur noch nicht angeboten bekommen. Und an der Monsterfront? Nichts Neues. Er hatte sich auf einen Krieg im Schützengraben vorbereitet, mit Munition für viele Jahre. Ich selbst bin mit List und Tücke, mit Pferd und Lanze ausgerückt, entgegen den Forderungen der Zeit nach Technik und Schnelligkeit. Die Schlacht ist bereits gewonnen.

Eine andere Sache. Ich habe den Zorn von Marias Mutter über mich ergehen lassen müssen, es ist jetzt mehrere Wochen her, aber ich versuche die Erinnerung, so gut es geht, zu verdrängen. Ihr Zorn brandete mir entgegen, und ich mußte alle Kraft aufbieten, um mit den Füßen auf der Erde zu bleiben, mußte mich vorbeugen, mich dagegenstemmen. Ihr Aufschrei war doch nicht gegen mich gerichtet? Trotzdem tat er weh. Er glich dem von Patricia. Erspart mir mehr davon. Vergebliche Bitte. Ich bin eine Frau, die Tod mit sich bringt, nicht Leben. Genau das wurde mein Los. Wenn ich hätte wählen dürfen, wäre das Ergebnis ein anderes gewesen.

Jack. Die Sehnsucht brennt kleine Löcher in mich, wie eine Zigarette, vergessen unter weißen Laken. Was soll man tun? Ich sitze in Sams und Mirandas chaotischer Küche und trinke Kaffee, bis mir übel wird. Noch eine Tasse? Natürlich, oh, ich gehe es kühl an, es muß einfach hinunter.

»Sag nichts«, erklärt Sam, als ich hereinkomme. »Die Rezensionen des Buches. Laß mich raten. ›Einschläfernd‹ oder ›Das Buch läßt den Leser nicht gerade schlaflos zurück‹?

»›Einschläfernd‹ stimmt. Der Rest jedoch? Meist hervorragend.«

»Gratuliere, Schwester! Verzeih, *Frau Doktor*. Komme nicht mehr nach bei dem Aufstieg in deinem Leben.«

Ich nehme Anleihen bei Frenner: die Augen verdrehen, wenn der Blick nicht weiß, wo er hin soll. Setze mich an ihren Küchentisch. Miranda liegt noch im Bett, hinter der Schlafzimmertür eine Hand zum Gruß, ihr Blick hängt in einem Buch fest, Süßigkeiten neben ihr. Sie hat nicht gerade einen Kurs in sozialer Kompetenz absolviert. Gerade deshalb finden wir sie unwiderstehlich.

Sam sitzt mir gegenüber, seine Finger gleiten durch mein Haar. Darin liegt Liebe. Keiner von uns erwähnt sie.

»Wie stehts?«

»Ich schlafe nicht.«

»Wer tut das schon?« sagt er und schaut rasch zu Miranda.

Hände, die nervös über dem Tisch zittern. Es sind meine. Halte sie doch fest, verschränke sie im Gebet und laß dann die ganze Welt einstürzen.

»Mein Herzchen.«

»Du auch.«

»Jack?«

Ich zeige auf meine Brust, hole heftig Luft. Sam nickt.

»Es geht nie vorbei.«

»Was soll ich tun?«

»Nichts. Deshalb bist du ja hier.«

Ruhe und Schweigen – ich gebe Patricia recht – sind völlig unterschätzt in unserer viel zu gestreßten, sex- und silikonfixierten, kompetenzerhöhenden Welt, von der ich ein Teil bin.

Miranda kommt im Sommerkleid herein, reckt sich lange.

»Also hier sitzt ihr.«

Bei ihr klingt das wie ein Kompliment. Dann kommt sie zu mir und küßt mich auf den Mund. Sicherheitshalber gleich noch einmal.

»Du bist deinem Bruder so ähnlich«, sagt sie nur mit einem Zwinkern.

Mehr als das.

»Danke, euch beiden. Nochmals danke.«

Ein kleines Mädchen steht uneingeladen vor der Wohnung eines erwachsenen Mannes. Als er näherkommt, wächst sie heran, ist schließlich erwachsen, faßt Beschlüsse wie Erwachsene und hat eine feste Stimme. Mehr als das. Voller Liebe, ich gewöhne mich nie daran.

Jack verzieht keine Miene. Wartet nur ab. Seine ganze Haltung: Bitte ohne jede Einleitung, komm gleich zur Sache.

»Du hast einmal gesagt, nichts ist unverzeihlich.«

»Habe ich das?«

»Es wäre eine Übertreibung zu sagen, er klinge verbindlich.«

»Das hast du gesagt.«

»Die Voraussetzung war wohl, daß derjenige, der etwas falsch gemacht hat, das andere wirklich stark will.«

Wie stark ist mein Wille, stark genug? Mir ist, als würden Kraft und Lebenslust mich unerbittlich verlassen, als hätte der Tropfen den Stein so lange ausgehöhlt, daß schließlich ein Loch entstanden ist, durch welches das Wasser hindurchrinnt. Habe ich, was notwendig ist, um Jack umzustimmen, um die Liebe am Leben zu erhalten und die Angst auszusperren?

Jack schließt seine Tür auf. Er tut es nicht für mich, ich weiche instinktiv zurück.

»Wo du jetzt einmal hier bist«, sagt er nur, geht in die Wohnung und kommt ein paar Minuten später wieder ins Treppenhaus. Er hält ein Telefon in der Hand.

»Mit dem erreichst du mich sofort, es verbindet dich direkt mit der Polizei. Wir können dich immer finden. Bis das Ganze vorbei ist, nur noch knapp zwei Monate. Frenners Idee.«

»Und deine?«

»Es kann ja wohl von Nutzen sein.«

Wir sehen aneinander vorbei. Danach seufzt er: »Natürlich, Savanna. Du darfst niemals Schaden nehmen.«

Räuspern und Ausschlagen mit dem linken Bein, im Bruchteil einer Sekunde bin ich wieder zum Teenager geworden. Was ich sagen will, ist: Aus welchem Grund darf ich dich wecken, Jack? Aus Sehnsucht, Verlangen, Einsamkeit?

Er präzisiert, während er mir das Telefon reicht: »Falls er sich dir nähert.«

Die Tür ist geschlossen, und ich stehe draußen. Ich habe die Öffnungszeiten verpaßt, und jetzt ist es zu spät, mein Leben umzutauschen, trotz Quittung und angeblichem Umtauschrecht. Sagen sie das nicht immer?

Ein rasches Telefonat mit Frenner. Ich glaube, es ist eins von jener Art wie damals, als ich ihm Ljunggrens Fingerabdrücke schickte. Aber was soll eine Frau, die nicht schlafen kann und der nur wenig Zeit bleibt, tun?

»Ich habe eine Idee.«

»Lassen Sie hören.«

»Ich habe einmal einen Film gesehen.«

Ein leiser Seufzer von Frenner.

»In dem wurde eine Frau von einem unbekannten Mann gejagt, von einem Mörder. Damit er gefaßt werden konnte, verbreitete sie in ihrem Bekanntenkreis, daß der Mörder schon festgenommen sei. Man glaubte, daß er aus der allernächsten Umgebung der gejagten Frau stamme, und vermutete, er wäre so beleidigt, wenn man ihn *übersieht*, daß er sich verraten würde.«

»Sie sind nicht eben ungeschickt, was Theorien angeht. Auch wenn sie etwas weit hergeholt sind.«

»Das ist mein Job. Was halten Sie davon?«

»Ehrlich gesagt, Savanna, das ist eine Theorie, und die hat nicht viel mit der Wirklichkeit zu tun. Hat unser Mann fünfundzwanzig Jahre mit Erfolg gewartet, ist wohl mehr erforderlich, damit er sich verrät.«

»Ich verstehe. Ich fühlte mich nur ein bißchen desperat.«

»Das begreife ich. Aber Sie haben getan, was Sie konnten. Keiner von uns kann Wunder vollbringen. Und übrigens, lassen Sie die Schuld dort, wo sie hingehört.«

Korrespondiert auch er mit Patricia?

»*Tell me, Ernest.* Was soll man tun?«

Ein kurzes, trockenes Lachen. Er läßt mich gewähren, muß mich mögen.

»Es scheint ein miserabler Sommer zu werden«, sagt er lediglich.

Vielleicht meint er das Wetter, der Regen will nicht aufhören.

»Passen Sie auf sich auf.«

»Ernest«, sage ich da rasch, »pflegen solche Geschichten glücklich auszugehen?«

Langes Zögern, ich höre, wie er sich Kaffee eingießt und

daß er mit seinem schnurlosen Telefon durch das Zimmer wandert.

»Ich will es so ausdrücken. Es pflegt zwei Möglichkeiten zu geben. Die erste ist, daß überhaupt nichts passiert, das ist das Wahrscheinlichste. Solche Männer werden nicht immer gefaßt. Sosehr man es auch will.«

Ich schlucke.

»Und die zweite?«

Ich sehe ihn vor mir: weiße Zähne mitten in dem üppigen weißen Bart.

»Es gelingt ihr, natürlich, ihn ins Kittchen zu bringen. Etwas anderes gibt es nicht.«

Er legt den Hörer auf, und ich sitze und lausche, Hörer noch am Ohr. Welche Variante wird es werden? Die erste oder die zweite. Sowohl als auch. Such es dir aus.

41. Kapitel

Ich verbreite das Gerücht trotzdem in meinem Bekanntenkreis. Nichts passiert. Die Leute schauen mich verwundert an: »Ach ja, ist es vorbei? Was für ein Glück. Man hat ihn gefaßt, sagst du? Ich verstehe, daß du vor dem Prozeß keine Einzelheiten erzählen kannst.« Sie verstehen? Ich taste mich vorwärts durch das Unerbittliche, werfe Netze aus ohne Konzession, baue Brücken ohne Genehmigung, fische ohne Köder. Was ich tue, ist nichts anderes als Wasser treten, in der Hoffnung, festen Boden zu finden.

Der Sommer ist zweifellos ein Mißgebilde. Nicht mal eine Jahreszeit kann man ihn nennen, kalt und verregnet, nasse Teddybären hängen auf der Leine, die Kinder wetzen ihre Regenhosen ab, und nicht eines lernt in diesem Sommer schwimmen. Ich sitze oben in meiner Festung und blicke auf den Friedhof. Ein Glück, daß ich nicht schlafe, einen besseren Wachhund als mich gibt es nicht. So etwas unter seinen Bekannten zu verbreiten, ist das eine gute Idee? Nicht besonders gut. Und das Resultat? Merkwürdige Blicke und linkische Bewegungen, worauf die Leute sich mit ihren Plastiktassen erheben und gehen. Warum? Weil ich trotz meiner Erfahrungen mit der Theorie in der Praxis oft die reinste Katastrophe bin. Lügen sind noch nie meine starke Seite gewesen, auch vage Behauptungen nicht. Ljunggren sieht mich nur an und murmelt, was alle denken: »Unsinn.«

Wie Patricia: *Rubbish*. Keine gute Idee, auch keine schlechte. Alles, nur nicht dieses reglose Warten. Jetzt sitze ich dennoch hier und warte, daß meine Festung möglicherweise gestürmt wird. Manchmal meine ich Jacks Schlüssel im Schloß zu hören, doch hat sich nur mein seniler Nachbar in der Tür geirrt. Hin und wieder taucht Sam auf und fragt, ob er eine Zeitlang einziehen solle, bis die Sache vorbei sei. Krampfhaftes Kopfschütteln meinerseits. Wenn ich ihn nun nicht wieder weglassen kann? Besser, ihn gar nicht erst hereinzulassen.

Das war es also: Solche Männer werden nicht immer gefaßt. Frenner sollte es wissen. Er hat die Statistik und seine Erfahrung. Bei mir herrschen Angst und Bedrohung. Vielleicht würden wir beide von einem Austausch profitieren? Genug davon. Der Sommer wird vorübergehen, auch wenn ich finde, er zieht sich unerträglich hin. Ich versuche mir Ausflüge auszudenken, mit Thermoskanne und heißer Schokolade unter Sonnenschirmen, die jetzt als Regenschutz dienen. Geleite mich selbst zu Ausstellungen und bleibe sachkundig murmelnd vor jedem Gemälde stehen. Halte meine eigene Hand im dunklen Kinosaal, als Trost bei Bildern, die heftige, nicht befriedigte Bedürfnisse wecken. Ich lasse mich massieren, in der Hoffnung, die Berührung könnte etwas von dem befreien, was im Archiv meines Körpers gespeichert ist. Es geht schlecht aus. Ich weine so sehr, daß der Masseur gezwungen ist, mich hinauszubegleiten, er winkt mir mit dem Taschentuch hinterher.

Schwimmen, Sonne, Sand? Nicht in diesem Sommer. Spaziergänge um Jacks Haus, in der Hoffnung, er möge auftauchen. Das geht bei jedem Wetter. Bald schaffe ich mir wohl einen Hund an. Unangenehm berührt schüttele ich den Gedanken ab, es ist anstrengend genug, mich selbst auszuführen. Welche Energie erforderlich ist, um sich lebendig zu halten. Naiv, wie ich war, hatte ich geglaubt, problemlos zur alten Savanna zurückkehren zu können, nachdem ich von Jack abgetrennt war. Doch sie gab es nicht mehr. Nichts wußte ich über physische Sehnsucht, die den Körper aus Mangel an Nähe in Stücke zu reißen droht. Eine Sehnsucht, welche die Zeit völlig stillstehen läßt. Ich wußte auch nicht, wie verhängnisvoll eine solche Sehnsucht ist, kombiniert mit der Erkenntnis, nur sechs Wochen Zeit zu haben, um einen Mann zu finden, der das Leben von drei Frauen zerstört hat. Angehörige nicht eingerechnet.

Aber so reiß dich doch zusammen, Savanna! Auf, Amaryllis! Und reck dich ordentlich, Vitamine zum Frühstück und ein fester Blick, ein bequemer Sessel und ins Bett zu vernünftigen Zeiten, wenn ich bitten darf. Das Auto, wenn ich eins gehabt hätte, in die Garage, und die Rechnungen ordentlich gestapelt, eine Haarspange schräg in die Mähne und ein freches Lächeln aufgesetzt. Was noch? Geld angelegt in Rentenversicherungen und Aktien, um dem Dasein einen Touch von Gefahr zu geben, nicht wahr. Gott sei Dank, daß man gesund, rundum sauber und stabil sein darf, doch ich glaube, jetzt ziehe ich die Jalousie herunter. Gute Nacht meine Lieben und adieu. Genau das tue ich. Ein unendlich langer Tag, und erstaunlicherweise schlafe ich sofort ein.

Ich bin in der Ministerialbibliothek. Es ist nur so merkwürdig, man kann kaum zum Ausleihtisch gelangen, weil Berge von Büchern den Boden bedecken, weshalb die Besucher sich zu mir durchschlängeln müssen. Einige Stapel stürzen ein, man muß einen weiteren Sachbuchberg besteigen, um vorwärts zu kommen. Was für eine merkwürdige Zeit, seltsam hell wie im Traum, nichts scheint wirklich. Mårtensson ganz oben an der Decke, er zählt Bücher und Angestellte, ist eifrig damit beschäftigt, Kurven und Diagramme zu zeichnen, die sich keiner ansehen wird. Der Kopierer läuft auf Hochtouren und taucht die Bibliothek in grünliches Licht, ein Blitzen und dann eine Sekunde Dunkelheit, noch ein Blitz und da im Lichtschein wieder die Beamten, balancierend auf den Bücherbergen. Ich halte mich mit den Händen am Ausleihtisch fest und weiß, daß auch ich der Gefahr ausgesetzt bin, zu Mårtenssons Höhen aufzusteigen – in das Reich der abstrakten Führungsstile.

»Koste die Macht, und bald befindest du dich hier!« ruft er mir zu.

Ich nicke abwehrend, habe keine Zeit, die Bücher schwappen mir in Wellen entgegen, und ich beeile mich, sie alphabetisch zu ordnen – rasch ins Magazin mit ihnen, bevor wir überflutet werden. Außerdem stört es mich, daß alles, was Mårtensson sagt, in gedruckter Form, mit Anführungsstrichen erscheint, in Sprechblasen hängen die Sätze aus seinem geifernden Mund.

In die Bibliothek kommt ein Mann. Eine Frau, schwankend auf einem der Berge, unmittelbar hinter ihm, verdeckt von seinem Rücken. Maria, o endlich wieder zu Hause. Der Mann trägt einen Hut, natürlich ist er das, aber genau wie im Fahrstuhl kann ich sein Gesicht nicht sehen. Meine Lider werden immer schwerer, und ich kann die Augen nicht offenhalten. Nicht müde sein, Savanna, jetzt nicht einschlafen! Ich strenge mich an, aber sein Gesicht bleibt verborgen. Es ist sinnlos, hoffnungslos. Wo ist die List, Patricia? Hilf mir! Jetzt öffnet er den Mund, keine Sprechblasen kommen, nur Worte: »Du schläfst gut?«

»Ja.«

»In Ordnung. Das ist die Hauptsache.«

Er steht mit gesenktem Kopf an meinem Ausleihtisch, und ich sehe, daß Maria versucht über die Bücherberge zu uns zu gelangen.

»Ich muß es wissen«, flüstere ich. »Schlägst du sie?«

Er bewegt die Arme, als wollte er sagen: Oh, aber es gibt noch andere als mich.

Maria ist jetzt am Ausleihtisch angelangt, nur ihr Gesicht ragt über die Stapel, sie ist außer Atem, und auf ihrer Stirn steht der

Schweiß. Ich will meine Hand ausstrecken und ihr die Stirn abtrocknen, aber ich bin wie festgebunden.

»Ich weiß nicht, was ich sagen soll, Maria.«

»Sage nichts. Was passiert ist, war ein Alptraum. Jetzt habe ich mich zurechtgefunden.«

Sie sehen einander an. Eine Innigkeit zwischen ihnen. Nicht so, Maria! Wie einem Kind, das einen Fehler gemacht hat, lächelt der Mann mir nachsichtig zu und weist mich zurecht: »Was dein Problem ist, Savanna? Du kennst deinen Platz nicht. Du hast ihn nie gekannt.«

»Das ist nicht wahr, überhaupt nicht wahr«, will ich schreien, taste statt dessen nach Mårtenssons Direktive und finde schließlich das Schreiben mit der Überschrift:

Savannas Platz nach der Umstrukturierung,
Eintragsnummer: C187ZXZ-G3:

Ein Bruder oder eine Schwester für Martin
Mein Insomnia erhält ein Ende
Professur
Jack anrufen

Aber nur ich kann es lesen, Maria und der Mann haben sich in ein Buch vertieft.

»Adieu«, sagt der Mann und streckt mir die Hand zum Abschied hin.

»Zieh die Handschuhe aus«, sage ich und reiche ihm ein Buch.

Er tut es, legt die bloßen Hände auf den Einband.

»Es ist jetzt vorbei, nicht wahr?« sagt er ruhig. »Es ist ein langes Jahr gewesen, und nun ist es vorbei. Natürlich bin ich müde, natürlich bin ich das.«

Meine Hände suchen nach Jacks Telefon. »Ich habe ihn hier!« will ich rufen. »Er hat kein Gesicht, aber das lösen wir, denn ich weiß genau, er ist es.«

Im selben Moment zieht der Mann das Buch weg, und darunter liegt die Zeitung des Tages: 15. September 1998.

»Das ist nicht möglich! Das kann nicht stimmen.«

»Tut es doch. Wollen mal sehen, wie war unser Datum? Der 26. August. Drei Wochen über die Zeit. Ist es nicht genau das, was euch Frauen glücklich macht?«

Er geleitet Maria auf einen Bücherberg. Ihr von der Schwangerschaft gewaltiger Bauch zeigt in meine Richtung. Ein tiefer Atemzug, danach: »Lauf weg, Maria, bitte, lauf, so schnell du kannst.«

Aber die Textzeilen kommen unformatiert aus meinem Mund, lassen sich nicht lesen: xva56&9%?! Maria bewegt sich rückwärts durch die Bibliothek, ein seliges Lächeln auf den Lippen, um sie herum stürzen Bücherberge ein.

Der Mann streckt die Hände aus, umfaßt mein Gesicht und zieht mich so weit an sich, daß keine Schärfe mehr existiert. Meine Augen blicken direkt hinein in ein Monster, und ich kann dennoch nichts sehen: nur schwarze und weiße Punkte, die sich weigern, eine Form zu bilden.

»Bei Männern wie mir«, sagt er, »kann es nur auf eine Weise ausgehen.«

Er geht rückwärts aus dem Saal, lüftet den Hut zum Abschied, bleibt trotzdem undefinierbar und ohne Gesicht.

Damit ist es also vorbei.

42. Kapitel

Ich habe aufgehört zu schlafen. Es gibt sicher tausend Arten einzuschlafen, doch ich beherrsche keine einzige. Sitze in der Küche, die soeben dem Briefschlitz entnommene Morgenzeitung aufgeschlagen vor mir. Nein, ich habe keine Kraft mehr zu Gebäck und Tee mit Zeitungsboten an meinem Tisch. Das Gefühl, sich im Kreis zu drehen, ist schon jetzt überwältigend.

Das heutige Datum: 5. August 1998. Auch ein Sommer wie dieser geht irgendwann vorüber. Aber er währt seine Zeit. Der Traum von Maria? Ich schlage mir fest ins Gesicht, mehrmals.

Werd jetzt wach! Bald ist es vorbei, Maria kommt wieder nach Hause, und auf irgendeine merkwürdige Weise dürfen wir neu beginnen.

Rechts neben der Tasse liegt Patricias Brief. Immer wieder gehen mir ihre Worte durch den Kopf: »Etwas hast du vergessen, es ist dir entgangen. In der Hypnose hast du von *Insomnia* gesprochen, daß die Antwort dort liegt, *im Text*. Finde heraus, was es ist, wonach dein Gedächtnis sucht.«

Was hatte sie über Selbsthypnose gesagt? Daß der Mensch in einen Zustand gerät, wo er wie aus eigener Kraft hypnotisiert ist, die Umwelt verschwindet, und er konzentriert sich total: wie Ärzte bei der Operation, Schauspieler auf der Bühne, Liebende beim Liebesakt. Wenn man nach der Uhr greift, bemerkt man, daß Stunden vergangen sind. Phasen der Zeitlosigkeit. Ich müßte es doch wohl selbst tun können?

Beginne damit, Elizabeths *Insomnia* erneut zu lesen, um zu sehen, was mir entgangen sein könnte. Ich bin vollständig konzentriert, danach sitze ich lange mit geschlossenen Augen. Nichts dort. In meinen Kommentaren? Gut geschrieben, sachkundig, zuweilen quälend selbstbewußt wie bei Leuten, welche »die Wahrheit« gefunden haben (dieses nachsichtige Lächeln!). Aber nichts, was mir hilft, klarer zu sehen. Etwas ist mir entgangen. Wie spät ist es? Endlich zehn Uhr morgens, die Bibliothek um die Ecke hat geöffnet. Ich fahre mit dem Rad hin, um das Buch auszuleihen, das Maria und ich von dem Mann bekommen haben: *Insomnia – die Volkskrankheit unserer Zeit.* Es steht im Regal, ich setze mich hin und lese es durch, von der ersten bis zur letzten Seite. Leichte Übelkeit, wie immer, wenn ich mich bei sämtlichen Symptomen wiedererkenne und das Vergnügen habe, alles noch einmal erleben zu dürfen. Die Ursachen? Davon wissen die Autoren nicht viel. Weniger rauchen, weniger Kaffee trinken, viel Bewegung und sich keine Sorgen machen, ob man einschlafen wird oder nicht. Die ersten drei Ratschläge sind leicht zu befolgen, beim letzten ist das so gut wie unmöglich. Die Verfasser des Buches haben ihren Text anhand von Fakten und Interviews geschrieben, nicht nach eigenen durchwachten Nächten. Daran ist nichts Falsches, diese Nächte sind nichts, das man mit anderen teilen möchte.

Ich schlage das Buch zu. Ein sachliches Buch über Schlaflosigkeit. Ich reibe mir die Augen. Auch da nichts. Ein Reif um die Brust, die Verzweiflung läßt mir kaum Luft, und das Herz macht kleine unregelmäßige Sprünge, die Hände liegen verkrampft auf dem Brustkorb. Still dort, es geht vorbei. Ruhig, schließ die Augen, suche im Inneren, tief unten, sicher ist dort etwas, nicht jagen, ganz langsam, dann kommt die Erinnerung von selbst.

Die Gedanken flattern zwischen Elizabeths Büchern umher, ganze Abschnitte tauchen auf, Textzeilen sehe ich vor mir, weiter zu den Teestunden mit Maria, ihr Lachen über meine Teebeutel, Sams Zorn bei dem Brief des Monsters, Patricks todkranker Blick, Patricias Zittern unter den zwei Decken, Jacks Körper neben meinem unter dem Laken: Hier, Savanna, hier bin ich. Dann verführ mich doch. Geliebter, Geliebte …

Geliebte? Ich schlage die Augen auf und blicke hastig um mich. Etwas ist da. In Elizabeths *Geschlagen*, was hat sie da geschrieben? Die Frau findet eine Quittung mit Geschäftsrabatt von dem Hotel, in dem der Mann mit seiner Geliebten gewesen ist. Ja sicher. Geizig und Rabatt … *Da ist es.* Die Quittung, die aus dem Buch geflattert war, das der Mann für Maria und mich gekauft hatte. Eine Quittung fiel heraus, ich hob sie auf und warf einen Blick darauf. Maria legte sie in das Buch zurück und stellte es ins Regal. Frenner und Jack? Kein Wort von einer Quittung im Buch, das hätten sie bestimmt erzählt. Sie fanden das Buch in Marias Arbeitszimmer, nicht zu Hause. War die Quittung vielleicht unterwegs herausgefallen? Aber wenn ich Glück habe, liegt sie noch in ihrem Büro.

Ich stürme aus der Bibliothek, das rote Regencape übergezogen und schnell aufs Fahrrad. Regen peitscht mir ins Gesicht, ich kneife die Augen zusammen und sehe die Autos in grauem Nebel, die eingezogenen Köpfe der Menschen im Wind. Eine gräßliche Zeit: Mach Platz für etwas anderes!

Ich finde sie ganz schnell. In Marias Bücherregal, hinter ein paar theologischen Werken und einer Mappe mit ungeordneten Papieren. Eine kleine zerknitterte Quittung, offenbar völlig ohne Wert. Sie ist einfach nur herausgefallen und liegengeblieben. Ich biege die Finger mit einem Knacken nach hinten, bevor ich sie mir genauer ansehe. Das Buch ist im Januar gekauft worden, Titel und Autoren sind aufgeführt und stimmen überein. Ahlströms Buchhandlung. Unter dem Preis steht: Rabatt 13,5%. Rabatt? Jetzt erinnere ich mich, wo ich davon gelesen hatte, im Rundschreiben 01257-CR: »Information für Angestellte der Ministerien über einen Sonderrabatt (13,5%) in Ahlströms Buchhandlung.« Großartiges Gedächtnis und er ein Geizhals. Was hatte Frenner doch gesagt? »Irgendeinen Fehler machen sie immer.«

Drei Möglichkeiten. Wie ich es sehe, gibt es drei mögliche Monster. List und Tücke? In diesem Fall hier vor allem List. Ich schalte Marias Computer ein. Es wird ihm einen Heidenschreck einjagen, einen Brief mit ihrem Absender, aber unterschrieben von mir zu erhalten. Ihr Paßwort? Was hätte ich genommen? *Lovisa.* Die Mailbox öffnet sich. Drei Briefe werde ich verschicken, drei identische Schreiben an jeden der Verdächtigen. Das Lösegeld für mein Schweigen? Unbezahlbar. Wie in Patricias Fall, bevor sie die Bedingungen änderte.

Ich schreibe direkt an die Arbeitsstelle der Männer, kein Verstecken mehr hinter erfundenen E-Mail-Adressen. Eine Sache wird das Monster verwundern: Warum gehe ich mit dem, was ich weiß, nicht direkt zur Polizei? Ich lasse die Finger ein Weilchen auf der Tastatur ruhen. Kein Vertrauen mehr, entscheide ich dann. Jack hat mich verlassen, und Frenner hört mir nicht zu. Jetzt nur noch er und ich. Aber wenn er nicht bezahlt? Ich kann nicht umhin zu schreiben: »Keine Drohung, sondern eine Forderung.« Ich sende die drei Briefe ab. Was bleibt, ist Warten; davon verstehe ich eine Menge.

Ich verbarrikadiere mich in der Festung. Wie lange wird es dauern, bevor er auftaucht? Vielleicht nicht allzu lange. Jacks

Telefon liegt die ganze Zeit auf meinem Schoß. Ein Gefühl von Heiterkeit – das Unwahrscheinliche der Situation. Als müßte ich jedesmal kichern, wenn ich einen Schritt auf der Treppe, ein Kratzen an der Tür höre. Hysterisch lustig. Unwirklich hysterisch, wie bei Elizabeth. Ich ertrage schon noch etwas mehr. Manchmal schlafe ich für Momente ein, den Kopf auf dem Küchentisch. Es ist, als *könnte* ich mich nicht länger wachhalten, obwohl das lange Zeit meine besondere Begabung war. Ironischerweise scheint meine Schlaflosigkeit wie weggeblasen, und ich muß nachts durch die Zimmer laufen, um nicht einzuschlafen. Ein kurzer Besuch in Martins Zimmer, hier ist Saubermachen nötig. Ein Blick auf seine Zeichnungen, mein Gesicht begraben in seinem Teddyberg, danach den Klebstreifen wieder an seinen Platz. Mir wird schmerzlich bewußt, daß Veränderung nötig ist. Sachlich betrachte ich das, was Martins Leben war, und begreife, es ist vorbei. Wie im Fall der Schlaflosigkeit scheint auch von den Tränen nichts mehr übrig zu sein.

»Adieu«, flüstere ich, bevor ich die Tür für immer schließe. »Adieu, mein Liebling.«

Gegen Mitternacht. Ein schwaches Geräusch am Briefschlitz, jemand hebt ihn an, aber nichts wird durchgesteckt. Man kontrolliert, ob jemand zu Hause ist. Ein Lichtstreifen von der Lampe des Treppenhauses dringt in die Wohnung. Ich drücke mich ins Dunkel, nehme das Telefon in die eine Hand und presse die andere aufs Herz, um dessen Töne zu dämpfen. Hallt es hier drinnen nicht wider?

Ich bewege mich zur Wohnungstür, zu früh für meinen Zeitungsboten, zu spät für meinen senilen Nachbarn. Vor langer Zeit brachte mir Martin bei, wie ein Indianer zu schleichen. Mit leichten Schritten nähere ich mich der Tür. Nur ganz flaches Atmen, natürlich muß ich Luft haben, doch jetzt nicht soviel. Dank Martin war es, als würden meine Füße schweben. An der Tür angelangt, das Auge ans Guckloch, ganz dicht, das andere geschlossen. Ein neuer Zeitungsbote. Mit Schirmmütze?

Er hebt den Kopf und blickt direkt zu mir. Ich sehe ihn, jetzt sehe ich ihn endlich. Wie gelähmt stehe ich dort. Das Telefon in meiner Hand zittert, nicht fallen lassen, liebe Savanna, fester Blick und sichere Hand. Stand es nicht so in den Büchern zur Kindererziehung? Mit eindeutigen Bescheiden und sicherer Hand geleitet man sein Kind durchs Leben. Und wie ist es mit Monstern, die plötzlich einen Namen haben?

»Ulf«, höre ich es tief in mir sagen.

Güte, wo man sie am wenigsten erwartet.

»Stierner.«

Wie proper er aussieht, eleganter Haarschnitt, jung für seine fünfzig Jahre. Der Blick? Derselbe. Wie konnte ich ihn vergessen. Und ich sage es, mit einer Stimme, die meiner eigenen nicht gleicht: »Ich nehme keinen Platz ein. Ich schlafe.«

Wie gelähmt stehen wir, jeder auf seiner Seite der Tür. Seine Hand außen, meine innen. Diese Müdigkeit. Komm endlich, geht es mir durch den Kopf, laß uns die Sache zu Ende bringen. Ein leises Geräusch in der Wohnung. Unbewußt habe ich den Notknopf des Telefons gedrückt. Jacks Stimme, schwach, ganz unten in meiner Hand. Instinktiv weiche ich zurück, den Hörer am Ohr und beide Hände auf die Sprechmuschel gedrückt, aus Angst, man könnte etwas hören.

»Ein Beamter aus dem Landwirtschaftsministerium. Glaubst du, die haben es nötig, nebenbei als Zeitungsbote zu arbeiten?« ist alles, was ich sagen kann.

Ich vermag es nicht anders auszudrücken.

»Leg nicht auf, Savanna. Drin in der Wohnung, versteck dich drin.«

Mit einer raschen Bewegung greife ich nach Pfeffer und Kardamom im Gewürzregal, auch nach einem Messer. Heftiges Gähnen. Ich höre, wie ich in einem Anfall von Hochmut, aber auch von Entschlossenheit, deutlich sage: »Ich *nehme* Platz ein. Ich schlafe nicht.«

»Natürlich ist es so«, flüstert Jack gestreßt, während er mit anderen spricht. »Aber jetzt im Moment? Einen versteckten Platz. Und versuch wach zu bleiben, Liebes.«

Ich krieche ganz nach hinten in Sams Schrank. Er ist unendlich, die ganze Wohnung ist unendlich! Das erste Mal ist mir meine Festung wirklich von Nutzen. Ich breite Sams Jacke auf dem Boden aus und lege mich darauf, das Telefon neben mir. Ich liege auf der Seite und sehe es an, das ist alles, was ich tun kann, es nur ansehen und Jacks Stimme lauschen, ganz nahe jetzt. Es juckt in den Augen. Reibe. Reiße sie auf. Jacks Stimme irgendwo dort draußen im Äther, sie dringt in Wellen in mein Bewußtsein. Jetzt ein entferntes Geräusch in der Diele, jemand ist hereingekommen. Bin so erbärmlich schwer geworden.

Umfasse meinen Kopf, umfasse ihn! Halt mich fest und wiege meinen Körper, bis er sich entkrampft. Laß mich auf deinem Schoß ruhen, streich mir übers Haar, bis ich einschlafe. Laß das Licht in der Diele brennen, zur Sicherheit. Alle Monster im Schrank sind jetzt verschwunden, das sind sie doch? Nur noch Stille und Ruhe.

Mehr als das brauche ich nicht.

Epilog

Jack und ich auf einem Felsen hoch über der Stadt. Stockholms Hafeneinfahrt liegt weit hinten am Horizont, Boote schaukeln auf dem Weg zu Sommerhäusern und Landebrücken. Die Sonne wärmt. Der Sommer, der nie zustande kam, verabschiedet sich vorsichtig, mit vagen Verheißungen von Wärme zu anderer Zeit. Meine Beine unter dem Sommerkleid sind bleich, sie haben nicht viel Sonne abbekommen. Unbeholfen streiche ich über die blasse Haut, ihr werdet sehen, bald wird es besser. Ich zucke zusammen, streife die Schuhe ab und lehne mich nach hinten an den Felsen, die Augen zum leuchtend blauen Himmel erhoben.

»Ich bin ein wenig eingenickt«, entschuldige ich mich.

»Daran hast du recht getan«, antwortet Jack. »Sehr angenehm war es nicht gerade. Aber du warst auch nicht leicht zu finden, da drinnen im Kleiderschrank, auch nicht leicht zu wecken.«

Warst du froh, als du mich gefunden hattest? möchte ich fragen, aber mein Mund bleibt verschlossen. Jack nimmt Anlauf, räuspert sich.

»Mit wem wolltest du aufwachen, Savanna? Als ich dich dort schlafend vorgefunden habe, da habe ich mich gefragt: *Ob du überhaupt wieder aufwachen wolltest.*«

Aufwachen. Ich möchte sagen: Was weißt du von Schlaf? Das einzige, was ich will, ist, Schicht um Schicht durch den Schlaf fallen, betäubt in Träume hineinwandern und wieder hinaus, wahrnehmen ohne Zwang und Alpdrücken, zuweilen aufwachen und von dem Wasser trinken, das neben dem Bett steht, wieder ins Bodenlose versinken, um zehn Stunden später die Augen ausgeruht aufzuschlagen. Nacht für Nacht.

»Laß mich schlafen«, murmle ich. »Bitte, ich möchte mich einfach nur hinlegen.«

»Ich muß es wissen. Wofür du dich entscheidest. Nur das. Mit wem willst du jetzt aufwachen?« fragt er mit dünner Stimme.

Endlich verstehe ich. Daß eine elektrisierende Welle durch meinen Körper lief, ist lange her. Ein schwaches Lächeln unter geschlossenen Augenlidern.

»Du willst, ich soll sagen: Mit dir, Jack. Nur mit dir.«

Er springt auf, heftig und ungeduldig, dreht sich um, will gehen. Ich schlage die Augen auf, die Sonne blendet mich, aber ich starre direkt in sie hinein, bis ich nur noch Sterne und schwarze Flecken sehe. Mit einer Hand ziehe ich ihn zu mir herunter, mit der anderen suche ich in der Tasche meines Kleides. Dann in der Jacke. Die Hände rutschen am Stoff ab, ich muß sie an den Beinen trockenwischen. Ich lächle Jack nervös an. Die andere Tasche vom Kleid. Daß es so schwer sein kann, das Richtige zu finden, so schwer, anzukommen.

Da. Ich ziehe eine kleine Plastiktüte heraus. Darin zwei Ringe: Martins Totenkopfring und der andere, den er von der schönsten Linnea Johansson im Kindergarten bekommen hatte, ein Ring aus Plastik mit winzigen glitzernden Rosen. Klein und unbedeutend. Gewaltig und unüberwindlich. Ich gebe sie Jack. Offener Mund, keine Worte.

»Machst du mir einen Antrag, Savanna?«

Für dich, Martin, für dich. Du mußt noch ein wenig warten, die Zeit vergeht so schnell, du kannst es doch? Vielleicht erst Bruder oder Schwester. Vielleicht erst ein Leben. Du würdest es mögen, du würdest Jack mögen. Sein Herz kann Berge versetzen, verstehst du, mit oder ohne Monster darin. Sein Herz verpflanzt mich. Wie unrecht ich hatte, Liebling. Zu glauben, es würde ausreichen, dich zu überleben. Daß ich es nicht begriffen habe – du würdest mehr als das verlangen.

Keine Lügen jetzt, keine Drohungen. Kein Erspar-mir-das. Für mich, Martin. Um meinetwillen. Nur um meinetwillen.

»Ich habe nicht verstanden.«

»Ja«, sage ich. *»Ja.«*

Barbara Voors

Klaras Tagebuch

Roman

Aus dem Schwedischen
von Gisela Kosubek

304 Seiten. Gebunden
ISBN 3-378-00630-7

Mit Mann und Tochter führt Saskia in Amsterdam ein glückliches Leben. Bis ein harmloser Fahrradunfall ihre mühsam verdrängte Vergangenheit wieder wach werden läßt. Zehn Jahre ist es her, daß ihre Zwillingsschwester Klara verschwunden ist.

Ein doppelbödiger Roman um die geheimnisvolle Beziehung zweier Frauen.

»Ein spannendes Buch von einer jungen Autorin, die wirklich eine Geschichte erzählen kann – sowohl was die Handlung angeht als auch die Gefühlswelt der Personen.«

Marianne Fredriksson

»Krimi und Psychostudie zugleich.«

Frau im Spiegel

Gustav Kiepenheuer
VERLAG

Kurt Aust

Das Jüngste Gericht

Roman

Aus dem Norwegischen
von Maike Dörries
und Günther Frauenlob

Mit einer Kartenskizze
411 Seiten. Gebunden
ISBN 3-378-00632-3

Dezember Anno Domini 1699: ein Mord und Prophezeiungen vom bevorstehenden Weltuntergang beunruhigen die Gäste eines Wirtshauses in Jütland. Thomas von Boueberge, Professor aus Kopenhagen und legitimer Nachfahre des William von Baskerville, gelingt es mit seiner unerhörten Kombinationsgabe, das Rätsel um den Toten zu lösen.

»Das Jüngste Gericht« ist mehr als eine spannende Kriminalgeschichte. Zeitgenössische Philosophie und Mathematik, Glaube und Irrglaube werden in diesem wahrhaft gelehrten Roman auf erfrischende Weise vorgeführt, der sich durchaus an Umberto Ecos »Der Name der Rose« messen lassen kann.

Gustav Kiepenheuer
VERLAG